国家社科基金
GUOJIA SHEKE JIJIN HOUQI ZIZHU XIANGMU
后期资助项目

明清传奇叙事艺术研究

The Art of Narrative in Chuanqi Plays of the Ming & Qing Dynasties

刘志宏　著

中国社会科学出版社

图书在版编目（CIP）数据

明清传奇叙事艺术研究/刘志宏著. —北京：中国社会科学出版社，
2021.10

ISBN 978 - 7 - 5203 - 8963 - 1

Ⅰ.①明… Ⅱ.①刘… Ⅲ.①传奇剧（戏曲）—文学研究—中国—
明清时代 Ⅳ.①I207.37

中国版本图书馆 CIP 数据核字（2021）第 172788 号

出 版 人	赵剑英	
责任编辑	郭晓鸿	
责任校对	师敏革	
责任印制	王 超	

出 版	中国社会科学出版社	
社 址	北京鼓楼西大街甲 158 号	
邮 编	100720	
网 址	http://www.csspw.cn	
发 行 部	010 - 84083685	
门 市 部	010 - 84029450	
经 销	新华书店及其他书店	

印 刷	北京君升印刷有限公司	
装 订	廊坊市广阳区广增装订厂	
版 次	2021 年 10 月第 1 版	
印 次	2021 年 10 月第 1 次印刷	

开 本	710 × 1000 1/16	
印 张	17	
插 页	2	
字 数	305 千字	
定 价	89.00 元	

国家社科基金后期资助项目

出 版 说 明

后期资助项目是国家社科基金设立的一类重要项目，旨在鼓励广大社科研究者潜心治学，支持基础研究多出优秀成果。它是经过严格评审，从接近完成的科研成果中遴选立项的。为扩大后期资助项目的影响，更好地推动学术发展，促进成果转化，全国哲学社会科学工作办公室按照"统一设计、统一标识、统一版式、形成系列"的总体要求，组织出版国家社科基金后期资助项目成果。

全国哲学社会科学工作办公室

目　录

导　言

一　研究缘起

以现代学术思想对古代戏曲进行研究大致始于 20 世纪 20 年代，从 20 世纪初期到 60 年代，中国的戏曲研究者们主要在古典戏曲理论文献资料的收集、整理上做了很多工作，他们先后汇刻、出版了多部戏曲论著资料集，尤以《中国古典戏曲论著集成》为代表，许多重要的古代戏曲论著得到了保护。这一时期也出现了许多戏曲通史著作如张庚的《中国戏曲通史》、周贻白《中国戏剧史长编》等。戏曲理论研究同时被纳入文学批评史的研究体系中，如陈中凡《中国文学批评史》、郭绍虞《中国文学批评史》等。进入 80 年代以后，中国古典戏曲理论研究重又兴盛，出现了一批优秀的学术论著。其中有通史性质的阐释论著，如赵景深的《曲论初探》、齐森华的《曲论探胜》、叶长海的《中国戏剧学史稿》、赵山林的《中国戏剧学通论》、傅晓航的《戏曲理论史述要》、陆炜和谭帆的《中国古典戏剧理论史》，也有详细而深入的专题性戏曲理论研究，如叶长海的《王骥德〈曲律〉研究》、余秋雨的《戏剧审美心理学》、高宇的《中国戏曲导演学论集》、李昌集的《中国古代曲学史》、赵山林的《中国戏曲观众学》、俞为民的《李渔评传》等。学者们以宏阔的视野展示了戏曲理论史的自然进程，勾勒出古代戏曲理论的发展概貌，同时他们的研究也关注到戏曲的史料、文学、理论、美学、批评等各个部分，可谓巨细无遗。前人所付出的艰辛劳动已经结出丰硕的果实，他们也当然地占领了学术的高地，这是一个难以逾越的高度。

在蔚为大观的戏曲研究之中，前辈们对传统戏曲的研究更多着重于介绍戏曲理论、考证源流、评议褒贬，对于中国戏曲整体创作的特点、表演、演员技艺等方面的研究则相对关注不多，专门研究古代戏曲创作理论的专著则相对更少，只有祝肇年的《古典戏曲编剧六论》、蔡仲翔的《中国古典剧论概要》等几本，他们对中国古典戏曲编剧理论中关于题材、结构、情节、人物、语言及表演等基本范畴进行了归纳论述，提出了具有中国特色的戏曲编剧理论。但这些研究还是比较笼统的，尤其是对于戏曲的叙事艺术研究多未涉及。中国古典文学理论中对于叙事理论一向不太重视，而事实上明清传奇的文本创作、舞台表演以及戏曲评点中确实存在着比较鲜明的叙事因素。简单地说，对于明清传奇的叙事研究，其实也就是对于明清传奇如何讲故事的研究。本书作者通过大量阅读传奇文本之后，结合部分学者的研究成果，发现明清传奇的结构、时空、主题、人物、情节等层面不仅确实体现着相当明显的叙事风格，而且与西方所盛行的叙事学理论有着比较多的重合。因此生出了想法，试图结合明清传奇对于中国文学传统的继承，并借鉴西方叙事学理论的叙事理论研究方法来对明清传奇做一次系统的叙事艺术研究。

　　无论中国文学传统还是西方叙事理论，都有这样的认识，或明或隐，一部叙事作品离不开这样几个组成部分，即作者、叙述者、故事情节、叙事话语、叙事方式、叙事接受等方面，因此叙事理论也相应地分成几个层面：一是作者、叙述者与故事的层面；二是叙事话语的层面，包括叙事角度、叙事时间等因素；三是故事的层面，它包括叙事逻辑、叙事角色、叙事结构等因素；四是叙事方式的层面，包括各种叙事修辞手法等。西方叙事理论学者在开展叙事学研究时基本是从小说研究入手，因此叙事学理论被介绍到中国古典文学研究以后，更多的被纳入研究者视野中的是古典小说而不是传奇戏曲。叙事学进入中国以后，出现了多部理论介绍以及运用此理论研究中国文学的各个方面的论著，如宏观叙事学理论的研究专著，有张寅德编选的国外叙事学研究专著和论文集《叙事学研究》、罗钢的《叙事学导论》、申丹的《叙事学与小说文体学研究》、谭君强的《叙事理论与审美文化》等；有以此理论来研究中国文学基本问题的，如杨义的《中国叙事学》、浦安迪的《中国叙事学》、董乃斌的《中国古典小说的文体独立》、王平的《中国古代小说叙事研究》、刘祥安的《拆散七宝楼台》《话语的魔方》等。研究者抓住作为叙事文学的古代小说的基本特征和创作手法，对上文提到的"叙事视角""叙事时间""叙事结构"等多个范畴进行研究，探讨中国古典小说中作者与叙述者、叙述者与被叙述者、故事与原生态之间的复杂关系，这种超越了传统的感悟印象式批评的理论使中国古典小说的研究注入了新鲜的血液。但真正运用叙事学理论研究中国古代戏曲的专著则几乎是个空白。河南师范学院中文系苏永旭组织了《戏剧叙事学》课题项目组对戏曲叙事进行研究，并撰写了部分相关论文；郭英德的《明清传奇戏曲文体研究》考察了明清传奇戏曲的文体如剧本体制、语言风格、抒情特性、叙事方式等诸层面的历史变迁过程，研究了明清传奇戏曲叙事结构的历史演化及其成因；朱万曙的《明代戏曲评点研究》一书中明确地提到了在明代戏曲评点中已经有理论家们开始对戏曲的叙事有所关注，对戏曲的叙事文学的特性有所体认；谭帆、陆炜在《中国古典戏剧理论史》一书中也专门用了一章论述中国古典叙事理论的发展及其理论体系；等等。其他就古代戏曲叙事艺术的某一个或几个方面进行论述的论文也散见于多家报刊，虽有论文已经运用叙事学相关理论对明清传奇的部分议题进行了论述，但并没有建立起明清传奇戏曲叙事理论的全面研究框架和系统。

　　鉴于此，可以得出结论，中国的戏曲叙事学理论体系尚未完全构建成功，因此，本书选取明清传奇的叙事艺术部分作为研究对象而进行研究，是希望能将东西方叙事学原有的主要研究范围（小说、神话与民间故事），拓宽至戏曲领域，并且能够对拓展戏曲研究的空间，弥补中国古典戏曲研究的空白或薄弱部分起一点积极作用，从而推进中国古典戏曲研究中叙事学理论体系的完善，并不断系统化、深入化。

二　本书中"明清传奇"的范畴界定

　　中国文学史中所用"传奇"的含义在唐朝时用以指称小说，如裴铏所撰小说集题为《传奇》，是小说集名，并不是文体概念。至宋代，被指称为诸宫调的一种，如"说话有四家，一者小说，谓之银字儿，如烟粉、灵怪、传奇"，[①] 多被当为艺人说书的内容之一。以"传奇"称戏曲，始见于南宋末年张炎的【满江红】词小序："赠韫玉，传奇惟吴中子弟为第一。"他所说的"传奇"，应指当时流行于南方的南曲戏文。钱南扬认为"传奇一辞，本唐人小说的名称，借来当作戏曲的名称，始见于戏文"。[②]南曲戏文为"传奇"的说法也可以从戏文剧目中得到证明，如《小孙屠》戏文第一出，副末道："后行子弟不知敷演甚传奇？"这说明在南戏时已经明确用"传奇"指称这种演出形式。在元代则又有用"传奇"指称杂剧，如钟嗣成《录鬼簿》说"前辈已死名公才人，有所编传奇行于世者"。[③] 而当"杂剧"成为北曲杂剧的专门称呼之后，传奇逐渐就被用来

---

① 灌圃耐得翁：《都城纪胜·瓦舍众伎》，中国商业出版社1982年版，第11页。
② 钱南扬：《戏文概论》，上海古籍出版社1981年版，第5页。
③ 钟嗣成：《录鬼簿》，《中国古典戏曲论著集成》第二册，中国戏剧出版社1959年版，第104页。

称呼南曲戏剧了，如徐渭所说："传奇，……借以为戏文之号，非唐之旧矣。"①　明清两代多将明清传奇称为传奇，以与宋元两朝产生的戏文与杂剧相区别。祁彪佳的《远山堂曲品》与《远山堂剧品》所收的剧本以体制长短而区分是否称为传奇，黄文旸《曲海目》对于剧本的分类也明确地以"明人传奇"来指称体制较长的剧目。到清朝仍然有人沿用传奇指称杂剧以及传奇，但从那时起，一般作者都已经比较明确地认定"传奇"一词，其实就是以南曲演唱的长篇戏曲文本的统称。

传奇这一戏曲样式的名称的演变使得学界对传奇的内涵有不同的见解，特别是由于宋元戏文与明清传奇的关系问题还有不少有待厘清的地方。因此，本书主要以时间为标准来划分传奇，研究的重点在明清两代出现的传奇上，即从明嘉靖元年到清代嘉庆年间大约三百年产生的传奇作品，并且基本是一些代表性作品。另外，此期间出现的有关戏曲论著（评点）所呈现的理论论述，也将有所涉及。由于明清传奇作品卷帙浩繁，囿于时间、精力以及学识，本人无法全部阅读，故只能就常见的、具有一定影响的、具有代表性的传奇作品进行叙事学意义上的讨论。其中，《琵琶记》虽为元末高明所作，但其作为明清传奇的发轫之作与其充作后世作品范本的特殊地位，故而也将其涵括在研究范围之内。

三　明清传奇的叙事元素分析

作为传奇，它必然要讲述一个故事，而故事必定有其独特的叙述方式。研究某部作品时，我们必然要考虑的是它的作者是何人，作者在讲述着一个什么样的故事，这个故事的发生时间是什么，故事是关于谁的或者是谁跟谁的，通过什么样的方式来讲述这个故事，采用了什么视角，如何安排事件的发生与发展的，叙事的节奏又是如何控制的，作品所呈现出的物理形式是否能帮助其表达作者主观的意旨，等等，以明清传奇为研究对象时，当然也不外乎这些方面的研究。

在西方戏剧理论中，戏剧是以叙事为主要手段的文学形式，而明清传奇因为继承的是中国自《诗经》以来的"韵文"传统，是一种以"诗歌"来叙述故事的形式，自然形成了一种抒情能力强于叙事能力的艺术特征，戏曲"以歌舞演故事"要求以"曲"为核心要素，这就注定了它必须以抒情性为主要文体特征。但当剧作者通过对具体事件的叙述和描写

---

①　徐渭：《南词叙录》，《中国古典戏曲论著集成》第三册，中国戏剧出版社1959年版，第246页。

来抒发其意志和情感的时候，传奇的叙事特征和场上演出特征便凸显出来了。并且，戏曲不只是一个平面的文学剧本，绝不是仅留在案头作为作家们自娱自乐的消遣品，它的目的是要奏之于场上，搬上舞台供观众观赏的，正如李渔所说的"填词之设，专为登场"，① 因此，剧作者在编写剧本时就必须要从舞台演出的实际需要出发来结构全篇，把创作和演出密切地结合起来。而作者或导演在运用曲词、宾白、科介这些要素进行创作或舞台调度和节奏安排时就进入了戏曲的"情节世界的展现"中，这就绝对离不开具体的叙述行为，因此我们可以用叙述学的观点来研究剧作者和导演的具体创作活动。

中国古代剧作家与剧论家在传奇产生之日起，就一直不断地努力寻找传奇的恰当的表现方式。在长期的发展中，创作者们发现了传奇创作的一些共同特征。明清传奇之所以称为传奇，关键在于它的"无奇不传"。传奇是情节的艺术、叙事的艺术，从明中叶开始，一些剧作家和评论家将注意力转移到戏曲的叙事能力方面来。例如，"传奇自有曲白介诨，《紫钗》止有曲耳，白殊可厌也，诨间有之，不能开人笑口。若所谓介，作者尚未梦见在，可恨可恨。凡乐府家，词是肉，介是筋骨，白诨是颜色"。② 他们对"曲白介诨"在传奇艺术中的作用有着十分精到的见解。如孙鑛说过"传奇十要"，将"事佳""关目好"列为"十要"之首，强调情节和结构在传奇中的正确运用。③ 其实从剧作家和剧论家们十分强调和鼓吹"奇"这一创作与审美原则上我们看出他们对于叙事理论的自觉。元代钟嗣成《录鬼簿》就已经常用"奇"或"新奇"来评论剧作家的作品；在明代，茅暎评点《牡丹亭》时以题记指出"传奇者，事不奇幻不传，辞不奇艳不传"；④ 李渔则更进一步说："戏场关目，全在出奇变相，令人不能悬拟。若人人如是，事事皆然，则彼未演出，而我先知之，忧者不觉其可忧，苦者不觉其为苦，既能令人发笑，亦笑其雷同他剧，不出范围，非有新奇莫测之可喜也。"⑤ 而孔尚任则言简意赅、斩钉截铁地说：

---

① 李渔：《闲情偶寄》，《中国古典戏曲论著集成》第七册，中国戏剧出版社1959年版，第73页。

② 吴毓华编著：《中国古代戏曲序跋集》，中国戏剧出版社1990年版，第248页。

③ 参见吕天成《曲品》，《中国古代戏曲论著集成》第六册，中国戏剧出版社1959年版，第223页。

④ 茅暎：《题〈牡丹亭记〉》，吴毓华编：《中国古典戏曲序跋集》，中国戏剧出版社1990年版，第162页。

⑤ 李渔：《闲情偶寄·脱套》，《中国古典戏曲论著集成》第七册，中国戏剧出版社1959年版，第108页。

"传奇者，传其事之奇焉者也，事不奇则不传。"① 这直接表明明清传奇的作者和评论家们在作品和评点中不再仅仅停留于对"曲"的写作、斟酌和欣赏之上，他们千方百计地试图进入戏曲的"情节"话题中去，开始对叙事之"关目""结构"等方法也多加关注。整个明清传奇创作队伍以及评论队伍对于叙事理论的关注是逐渐形成并壮大的，比如李卓吾在评点《红拂记》时就说过："关目好，曲好，白好，事好。"② 对《拜月亭》的评点则是"此记关目极好，说得好，曲亦好，真元人手笔也"。③ "关目"这种情节叙事因素被当作首要的标准，而且情节设计以及其他叙事手法的运用也被作家和评论家们接受为一种创作和评点的自觉。

论者通过对《古本戏曲丛刊》、《六十种曲》和《善本戏曲丛刊》等明清传奇选集的大量传奇的阅读，发现了明清传奇在故事情节的设置、人物形象的刻画等许多方面的确显现出比较明显的叙事特征，加上古代戏曲论著中关于传奇叙事的相关论述的搜集和整理，对比分析后基本确立了下列研究重点。

第一，视角：明清传奇的主题选择。

明清传奇从兴起到最终定型，始终作为社会意识形态的一个重要组成部分，上承中国古代诗学传统，另外也同时接受着时代文化的影响。传奇作家们通过对主题的选择表达他们对现实世界的感受与认识。他们既希望能够在传奇中延续抒情言志的诗学传统，又希望传奇能帮助他们实现教化、娱人的目的。由于明清时期绝大多数文人始终是把传奇作品中的故事叙述当成他们表现主题情感、主体精神的艺术手段以及途径，他们的创作始终没有能够完全挣脱传统的束缚，作为戏曲本身最需要的叙事因子的发展未免受到严重妨碍。文本的审美指向与"以叙事而娱人"的标准之间有时相距还十分遥远，作者们只是"以自己之肾肠，代他人之口吻"，④ 所关注的并非作为普通人的真正情感，作为一种人本性的"情"进入传奇的脚步相当缓慢。人情少，名教重，这导致了明清传奇的作者对于教化、情理冲突、历史兴亡与平民关怀等理解的具体视角不同，他们对作品

---

① 孔尚任：《桃花扇小识》，吴毓华编：《中国古典戏曲序跋集》，中国戏剧出版社1990年版，第439页。
② 李贽：《杂述·红拂》，《焚书》卷四，中华书局1961年版，第196页。
③ 李贽：《〈拜月亭〉序》，吴毓华编：《中国古典戏曲序跋集》，中国戏剧出版社1990年版，第68页。
④ 王骥德：《曲律》，《中国古典戏曲论著集成》第四册，中国戏剧出版社1959年版，第138页。

叙事主题的选择就会产生相应的不同。这种主题的选择在明清传奇发展历史过程中形成了一定的运动轨迹，从这种轨迹中可以看出传奇作家们在其理念与传统艺术的思考既妥协又斗争的过程中，明清传奇也不断地实现向故事化、情节化等方向发展，叙事性不断增强。因此，我们也能够从文本中更多地读出主题的不同选择对传奇的情节结构、人物刻画方式、时空安排等叙事因素所造成的影响。

第二，明清传奇叙事的结构艺术。

李渔说传奇"首重结构"，① 结构一词，有多种说法，一般单指情节的安排，也指排场结构，同时也包括音乐的结构。本研究认为，宋元戏文、元杂剧、明清传奇分别对应着中国古典戏曲结构设置的三个不同阶段。宋元戏文时期属于戏曲文本的粗糙初创时期，结构线通常是平面的，多设置为"单串珠式"。因为生旦双线表演体制尚未完全形成，故而单以一生一线为主，其他众多角色共同构成辅助线，推动剧情发展。元杂剧的叙事结构则在注重点线结构的同时，又特别强调组合式结构模式，结构设置上呈现出立体化的倾向。但总体来看，因"四折一楔子"的体制限制，叙事技法未达繁复甚严格，叙事上则多显模式化的倾向。而从高明的《琵琶记》开始，叙事方面的技巧不断增益，篇幅也不断加长，内容也更加庞杂，明清传奇叙事结构的设置便基本确立为生旦双线方式，花开两朵，各表一枝，同时能以双线将整个故事情节勾连回环，相辅相成，齐头并进。同时，在既有的文本表层结构线之外，尚能看出传奇作者的心路历程，故而可以推断出明清传奇另有一隐藏的心理结构线存在。这段时间涌现出汤显祖的《牡丹亭》、洪昇的《长生殿》等传奇名篇，从中完全可以看出中国古典戏曲叙事结构的各种组合方式，说明明清传奇叙事结构经历的由芜杂到精练、由片段到完整的历史发展脉络非常明显。中国古代戏曲叙事结构技巧的各种方式方法，完成了自己的叙事结构理论，达到了完美境界。

第三，明清传奇叙事的类型化情节。

亚里士多德强调"情节"为悲剧六要素之一，王国维则言古代戏曲是"合歌舞演故事"，以一定的情节铺叙、搬演、讲述一个故事，由此来看，东西方戏剧叙事实为同途。在古代曲家口中情节初称"关目"，如钟嗣成在《录鬼簿》中评赏杂剧运用关目时有所谓"关目嘉""关目真"

---

① 李渔：《闲情偶寄》，《中国古典戏曲论著集成》第七册，中国戏剧出版社1959年版，第10页。

"关目奇"；李贽在《焚书》里对《玉合》《拜月》《红拂》各剧的评点中就有"关目好"、"关目妙"、"没关目"、"少关目"和"无关目"等各种评词；徐复祚《曲论》中则将情节与关目二词合并："《琵琶》《拜月》而下，《荆钗》以情节关目胜，然纯是倭俚巷语，粗鄙之极。"冯梦龙则混用《万事足》第二十八折"高科进谏"："此套关目甚好，字字精神。"《万事足》第三十四折"恩诏录孤"："此出情节妙。"至吕天成《曲品》卷下前言中基本就以"情节"取代了，如上之下品《绣襦》："情节亦新。"具品《龙泉》："情节阔大。"中之中品《双珠》："情节极苦。"情节一词在传奇叙事中的地位不断提高，受重视程度也不断提升。因此本研究也从情节角度进行研究并发现一些简单的规律，明清传奇多利用某一中心事件作为贯穿全剧的主轴，沿此主轴线而安置相关情节段落，整个戏剧动作呈现出一种点线组合的运动状态。高潮的安置不一定集中在戏剧的最后，而且，在适当的情节点上甚至可以安排不止一个局部的高潮。本研究通过对比分析发现，明清传奇多采用"类型化情节"来结构谋篇，经常采用一些固定情节模式作为"点线式"结构线上的不同串珠，比如在传奇开篇通常会用"相遇"的情节作为剧情发展的第一个机杼，"相遇"往往是因为"赴考"情节而形成，而"赴考"也可以作为"相遇"后并经"盟誓"结成一定的婚姻或联盟，而再次形成实际的"分离"或"失散"的导因，而阻断音信的原因往往是"战争"或"乱事"。这样一来，双线对位结构上的主角就会各自经历不同的"磨难"，而这些"磨难"也同样具有非常明显的类型化。"磨难"的结束通常会借助外来力量，有"人助"和"神助"之分，且最终结果也通常被设定为"姻缘婚事"的成就，或者"相逢团聚"的场面，即便传奇的主题是"昭雪沉冤"或者"兴亡变迁"，其中也总少不了锦上添花的"大团圆"结局。另外，明清传奇在程序化、类型化情节的运用上也充分注意到避免过分雷同，往往还用一些别出心裁的特殊情节以显与大部分剧目的区别，如隐姓埋名、易姓改装等来丰富剧情的表现力。再者，明清传奇还有一些情节套式，如问卜、占卦、求签、测字，劝农、训子（女），打围、狩猎，冥判等，促成故事发展的完整与丰富，在情节排场上也能起到调剂冷热、丰富舞台趣味等作用。

第四，明清传奇的模式化叙事。

明清传奇的情节多有类型化程式化的特征，对于这些类型化情节的呈现方式也是多种多样，但传奇作者们经常采用魂梦叙事模式、巧合误会模式和道具模式等几种方式，也颇具模式化的倾向。以模式化的方式呈现类型化的情节，多是经过很多传奇的实践，证明其有助于传奇实现情节的丰富性、浪漫性，保证结构的严谨性、逻辑性，也能够充分凸显剧作的写意性与虚拟性等审美目标。明清传奇作家多具有浪漫的艺术真实观，他们奉行"情理真实"超越于"人事真实"的原则，如汤显祖的"至情说"就影响了许多传奇作家。明清传奇的作者们常以"逐奇尚幻"的多种模式化的情节展示方式而达到"人情所必至"的真实。如"魂梦"模式中鬼魂与梦境作为艺术构件为传奇开辟了更加广阔的叙事空间，大幅提升了传奇的艺术水准与审美内涵。巧合误会模式给作家安排意外事件带来巨大方便，精心设计的巧合、误会情节，出乎意料，利于形成新奇之感，造成新的悬念，具有强烈的审美张力，促使剧情发展不断踏上向上的旋梯，构成曲折起伏的情节。而借助于"信物""道具"等意象来暗寓人物悲欢离合的命运或创设诗化情境，则更能够凝聚作品的精神，强化作品的审美趣味。特别是"意象"的构设使作品能够以形传神，文脉疏通，增强了审美趣味。另外，明清传奇文本创作所普遍采用的宫调曲牌在叙事方面有着非常特别的中华民族特色，本书对此也进行了简略的研究。

第五，明清传奇叙事的时空艺术。

明清传奇叙事的时空处理具有典型的虚拟性特征。传奇叙事中有故事时间和情节时间的区分，这与西方叙事学所讨论的叙事时间颇为类似。故事时间是故事本身所经历的时间，它是一种自然的时间状态，明清传奇如《牡丹亭》，剧情从《游园》开始，到最后《圆驾》结束，其间杜丽娘由生到死，由死回生，经历了数年。但每一出戏讲述的故事所占的时间长短不一，出与出之间所间隔的时间也不相同，故事情节发生的顺序也不一定按时间线而有先后，因此需要读者、观众在阅读观赏过程中按照正常时间的线性顺序来次序安排，即需要借助他们（上文提到读者、观众）的接受重构而形成。传奇体现出来的情节时间则是叙事过程中所展示的时间，它是经由作者对故事的加工而实现的，它是一种被改造了的时间，并且是凝固在作品中并通过文本才可以表现的时间形式。由于故事时间和情节时间在作品体现中出现了不一致，因此，事件发生的先后顺序、快慢、频率等时间因素必然会受到影响。明清传奇的舞台搬演所呈现的时间与故事在实际生活中发生的时间长度是无法等同的，两种时间在舞台上的呈现产生的不一致，给传奇提供了利用故事时间与情节时间的不对等来安排情节的方便。明清传奇采用多种手法处理省略、延长等时序要素，预叙、回叙等时距要素，以达到时空表达的写意化与虚拟化特征，干预叙事的进行及不同叙事效果的实现，说明明清传奇已经具有鲜明的"时间叙事"意识。明清传奇作者们对于时距、时序、频率等影响叙事节奏的诸多因素有了比较充分的认识，作品中表现出来明显的时空叙事技巧，充分利用"时间不一致"来重组原生态的故事时间，使故事的演绎跌宕多姿，扣人心弦，构成了明清传奇叙事艺术的一个独特风景。

第六，明清传奇的人物类型化塑造。

叙事文学中人物形象的塑造不可缺少，但明清传奇往往特别注重传奇故事性，尚奇、尚幻，多注重"大团圆"的结局，说明作者们多采用程式化的写作方式，剧中人物性格的细致刻画以及人物内在性格发展的逻辑性也就很少成为作者关注的焦点。因此，明清传奇的人物塑造表现出明显的"脸谱式"的程式化、类型化特征。尽管如此，明清传奇在突出人物性格、强化人物的独特性方面也还是有着比较自觉的追求的，还是有不少栩栩如生的人物形象。这与明清传奇在人物形象塑造上基于"角色""行当"而进行角色的设置有相当大的关系。巧合的是，这种分类实际上明显地呈现出比较具有现代"角色"叙事的特征，极其利于产生强烈的戏剧效果。这与叙事学理论中的"主角和对象"、"支使者与承受者"和"助手和对头"三对关系有很大程度的偶合，因此从这些角度对明清传奇进行研究，也是一种很有意义的尝试。

总之，本书试图以中国古典戏曲理论中的编剧理论与西方叙事学理论共同关注的话题如主题选择、结构设置、情节类型、时空安排、人物设置等，对明清传奇文本做一次既有综合又照顾到局部的研究，以探求中国古典戏曲叙事理论在明清传奇文本中的体现，在不盲目照搬西方叙事学理论的前提下，探索出真正属于中国的古典戏曲叙事理论体系。

第一章 视角:明清传奇主题的选择

明清传奇从兴起到最终定型,作为社会意识形态的一个组成部分,它始终上承中国古代诗学传统,另外也同时接受着时代文化的影响,反映着作者自我的主体精神,也即作者以何种视角观察反映他所处的时代。每一部明清传奇作品都有一个统照一切的中心,也就是传奇的主题,作者根据他们自己对现实世界的感受与认识,从不同视角出发,对作品主题进行各种各样的选择。这种选择早在戏曲产生之时便已经确立,司马迁《史记》中辟出专章《滑稽列传》为倡优立传,他认为倡优之戏与孔子的"六艺"有同等地位:"太史公曰:天道恢恢,岂不大哉!谈言微中,亦可以解纷。"他认为优戏的作用在于化解纷乱,统一思想,使天下归治,这与六艺具有同样的效力。唐代崔令钦的《教坊记》中把戏剧活动与道德教育联系起来,他强调戏剧对于培养人的仁义礼智信的重要作用。段安节《乐府杂录》中则认为乐"上可以吁天降神,下可以移风变俗",对于戏剧的教化作用十分看重。而元代许多剧论家们的视角明显集中在劝善惩恶的教化作用之上,他们的观点多在讨论戏曲题材的分类的时候表达出来。元代的燕南芝庵《唱论》中开始讨论戏曲分类,夏庭芝复又提及,如"院本大率不过谑浪调笑,杂剧则不然。君臣如:伊尹扶汤、比干剖腹,母子如:伯瑜泣杖、剪发待宾,夫妇如:杀狗劝夫、磨刀谏夫,兄弟如:田真泣树、赵让礼肥,朋友如:管鲍分金、范张鸡黍,皆可以厚人伦、美风化"①,强调了戏剧题材的宗旨为"厚人伦,美风化"。朱权在《太和正音谱》将杂剧分为十二科:一曰神仙道化、二曰隐居乐道(又曰林泉丘壑)、三曰批袍秉笏(即君臣杂剧)、四曰忠臣烈士、五曰孝义廉节、六曰叱奸骂谗、七曰逐臣孤子、八曰铍刀赶棒(即脱膊杂剧)、九曰风花雪月、十曰悲欢离合、十一曰烟花

---

① 夏庭芝:《青楼集》,《中国古典戏曲论著集成》第二册,中国戏剧出版社1959年版,第7页。

粉黛（即花旦杂剧）、十二曰神头鬼面（即神佛杂剧）。① 后来吕天成等人也对传奇题材作出分类，他说：括其门数，大约有六：一曰忠孝，一曰节义，一曰风情，一曰豪侠，一曰功名，一曰仙佛。② 这些不同的题材分类体现出无论是杂剧还是传奇，作者们都把作品中不同的故事生发出不同的主题来进行叙述，从而实现他们表现自身的主体情感、主体精神的目的，他们希望通过这些艺术手段和途径将传奇文本的主题与家国社稷及个人的人生相互融合，同时阐释个人的经验与情怀。直到后来王骥德、李渔等提出"大头脑""主脑"的理论，应该是传奇创作的一个重要美学原则。当然，在创作实践中，明清传奇的作者们更多的只是"以自己之肾肠，代他人之口吻"③ 而已，"制曲者，文人自填词曲，以陶写性情也"，④ "情"作为一种人之本性的"情"进入传奇的脚步还是相当缓慢。他们的创作始终没有能够完全挣脱传统的束缚，作为戏曲本身最需要的叙事因子的发展未免受到了一些妨碍，文本的审美选择与以叙事而娱人的标准之间的距离还是十分遥远。因此，明清传奇所体现出的题材主题类型基本上对于教化、历史兴亡还是多有倾斜，但随着时代的发展，着重反映情理冲突、平民关怀等叙事主题的作品则逐渐增多。这反映出传奇作家们在与封建传统和艺术思维既妥协又斗争的过程中，所创作的作品也不断地实现向故事化、情节化方向的良性发展，他们所选择的主题当然不会只是一碗随物赋形的水，总要能够反映作者的社会思考。由于主题的不同，戏曲表现方式也相应地发生了很大变化。因此，我们还是能从传奇文本中读出叙事动机与主题选择的视角不同，以及对传奇的情节结构、情节类型、人物塑造、时空安排等叙事手法所造成的种种影响。

第一节　秩序视角：高台教化　裨益人伦

　　明清传奇的创作内控于传奇作家的文化心理与情感诉求。戏曲创作历

① 朱权：《太和正音谱》，《中国古典戏曲论著集成》第二册，中国戏剧出版社 1959 年版，第 24 页。
② 吕天成：《曲品》，《中国古典戏曲论著集成》第六册，中国戏剧出版社 1959 年版，第 223 页。
③ 王骥德：《曲律》，《中国古典戏曲论著集成》第四册，中国戏剧出版社 1959 年版，第 138 页。
④ 吴梅：《顾曲麈谈》，《历代曲话汇编·近代编》第三集，黄山书社 2009 年版，第 372 页。

来被视为小道,若要正名,则必从"秩序"层面入手进行创作,而教化主题堪称封建时代的最强主脑,它一灵不散,始终贯穿于整个明清传奇创作的始终。从政治层面看,统治者希望所有文艺作品形式都带有道德教化的内容,发挥其伦理教化功能,这样对他们维护统治有所裨益;从传奇作者的文人性层面看,"修身齐家治国平天下"的信仰使他们始终自觉地把政治伦理道德规范的内容融在作品中;从传奇创作的叙事技巧角度看,人物的悲欢离合最能展示人伦关系与道德矛盾的冲突,最适宜表现出现实生活中符合伦理纲常的事件,从而表彰社会中美好的人或事,抨击社会的丑恶面,传奇作品也会因为种种冲突的存在而形成跌宕多姿的形态。所以,我们今天看到的明清传奇基本在或明白直露或潜形隐晦地宣扬着教化的主题。不过,明清传奇教化主题的表现形式有一个变化过程,随着时代的发展与创作方式的变化,它从单一、简单到丰富、复杂,呈现出比较明显的三种倾向:一是对教化主题进行一番机械图解,许多明清传奇从抽象的主题入手设置相应的故事情节与人物;二是通过传奇对真实生活的表现进行部分的反映,让教化目的通过生活的实例自然地归纳出来;三是对教化主题进行情趣化的表达,传奇作品也显示出"风流"与"道学"的合流,色彩迥异于其他两类作品。

一 教化主题的机械图解

明朝建立以后,儒家伦理思想文化逐步恢复并得到进一步的巩固和加强,统治者愈加发现通过戏曲对于儒家伦理思想的传播已经是一种相当实际的渠道,是维护、巩固其政权统治不可或缺的思想武器之一。因此,从朱元璋开始,统治者便十分注意戏曲的教化作用,其意当然在维护"秩序"之上。徐渭的《南词叙录》中记载了这样的情况:

> 我高皇帝即位,闻其(高则诚)名,使使征之,则诚佯狂不出,高皇不复强。亡何,卒。时有以《琵琶记》进呈者,高皇笑曰:"五经、四书,布、帛、菽、粟也,家家皆有;高明《琵琶记》,如山珍、海错,贵富家不可无。"既而曰:"惜哉,以官锦而制鞋也!"由是日令优人进演。寻患其不可入弦索,命教坊奉銮史忠计之。色长刘杲者,遂撰腔以献,南曲北调,可于筝琶被之。①

---

① 徐渭:《南词叙录》,《中国古典戏曲论著集成》第三册,中国戏剧出版社1959年版,第240页。

　　作为统治者，朱元璋对《琵琶记》的接受还是有一定先决条件的，但他认为《琵琶记》与山珍海味无异，是贵富之家不可缺少的。从这一点来看，《琵琶记》在当时的地位是相当之高的。然而，统治者们接受并看重的只是传奇中有关宣扬道德伦理的那一部分内容，对于戏曲作品的形式本身并没有表现出足够的兴趣。尽管在洪武初年，他曾给亲王之国"必以词曲一千七百本赐之"。不过，并不是所有的戏曲都可以受到这样的待遇，从永乐年间的"榜文"上我们可以更清晰地归纳出那时的统治者对于戏曲功能的看法：

　　　　一榜永乐九年七月初一日，该刑科署都给事中曹润等奏：乞敕下法司，今后人民倡优装扮杂剧，除依律神仙道扮、义夫节妇、孝子顺孙、劝人为善及欢乐太平者不禁外，但有亵渎帝王圣贤词曲、驾头杂剧，非律所该载者，敢有收藏传诵、印卖，一时拿送法司究治。①

　　统治者对于戏曲的态度好坏完全取决于戏曲教化内容的有无，只有那些宣扬伦理道德、歌功颂德、粉饰太平、劝人为善的戏曲在不禁之列，有亵渎皇帝的坚决不容。正统思想如此，传奇作者在思想上和王权保持一致也就不足为奇了，这种现象一直存在于明清两代的剧作者头脑当中。

　　先来看《琵琶记》对于寓教化思想于戏曲的直白宣言：

　　【水调歌头】秋灯明翠幕，夜案览芸编，古往今来，其间故事几多般。少甚佳人才子，也有神仙幽怪，琐碎不堪观。正是不关风化体，纵好也徒然。论传奇，乐人易，动人难。知音君子，这般另做眼儿看。休论插科打诨，也不寻宫数调，只看子孝共妻贤。正是骅骝方独步，万马敢争先？（第一出《副末开场》）②

　　《琵琶记》所叙写的确实是"子孝与妻贤"的内容，但高明强调封建伦理的重要性，希望通过戏曲的"动人"力量，让观众受到教化，从而起到移风易俗、劝善惩恶的教化作用。高明认为，戏曲若只有插科打诨、寻宫数调这些戏曲艺术本体是远远不够的，所以，"子孝妻贤"这样有关

---

① 顾起元：《客座赘语》，中华书局1987年版，第347页。
② 高明：《琵琶记》，毛晋编：《六十种曲》，中华书局1958年版。

风化、合乎教化功能的情节，才值得一写。高明认为他发现了戏曲传奇的教化功能，因此也努力把当时士大夫所不屑的戏曲看作可以"载道"的工具，对于抬高戏曲地位、肯定戏曲社会价值来说有巨大的贡献。同时，高明能正视社会生活的真实，在肯定孝子贤妻的同时，间接地揭示出封建伦理本身存在的矛盾，展示了由于封建伦理的钳制而产生的社会悲剧，也为作品增加了更高的艺术魅力。

朱权《太和正音谱》中认为："夫礼乐虽出于人心，非人心之和，无以显礼乐之和；礼乐之和，自非太平之盛，无以致人心之和也。"① 他继承了《乐记》中"治世之音安于乐，其政和"的观念，强调人心之和与礼乐之和的关系，说明戏曲创作受社会政治伦理影响的必然性。高明对于戏曲思想内容与艺术趣味关系问题的阐明，剧作家与剧论者开始更多考虑起戏曲的主旨与情节的教育功效，因此在明初的戏曲创作中，以丘濬、邵璨为代表的文人作家把传奇的教化作用加以发挥，使作品呈现出鲜明的道德教化色调。

丘濬是把戏曲传奇当成宣扬教化工具的代表人物，在他创作于成化年间的传奇《伍伦全备记》中写伍伦全、伍伦备与安克和兄弟三人，忠君，孝亲，夫妻和睦，友于兄弟，信于朋友，"伍伦全备"，因此享尽荣华，超升仙界。全剧无论是故事情节还是人物形象，都是三纲五常等封建伦理道德的图解。一开场他用两只曲表达了他"文以载道"的教化思想：

【鹧鸪天】书会谁将杂曲编，南腔北曲两皆全。若于伦理无关系，纵是新奇不足传。风日好，物华鲜，万方人乐太平年。今宵搬演新编记，要使人心忽惕然。②

【临江仙】每见世人搬杂剧，无端无赖前贤，伯喈负屈十朋冤。九原如可作，怒气定冲天。这本《伍伦全备记》，分明假托扬传，一场戏里五伦全。备他时世曲，寓我圣贤言。③

丘濬把戏剧的教化功能当成戏曲艺术的本质，在作品中以程朱理学的观念作为结构情节、塑造形象的基础。尽管"假托传扬"之法是符合一

---

① 朱权：《太和正音谱》，《中国古典戏曲论著集成》第三册，中国戏剧出版社 1959 年版，第 11 页。
② 丘濬：《伍伦全备记·副末开场》，《古本戏曲丛刊初集》，商务印书馆 1954 年版。
③ 丘濬：《伍伦全备记·副末开场》，《古本戏曲丛刊初集》，商务印书馆 1954 年版。

般艺术作品的创作规律的，但因为所寓的是"圣贤言"，他想表现的是与"伦理"有关的道德说教中那些和他自身身份有关的内容，最终目标是让人观阅后得到感化：

> 使世上为子的看了便孝，为臣的看了便忠，为弟的看了敬其兄，为兄的看了友其弟，为夫妇的看了相和顺，为朋友的看了相敬信，为继母的看了必管前子，为徒弟的看了必念其师，妻妾看了不相嫉妒，奴婢看了不相忌害。善者可以感发人之善心，恶者可以惩创人之逸志，劝化世人，使他有则改之，无则加勉……①

因此在进行人物形象设置和刻画时，他就不免要虚构出种种符合在朝忠君、在家孝亲、夫妻和睦、友于兄弟、信于朋友的人物，但所有这些人物都没有自己的个性，人物形象根本立不起来，所以作品的审美艺术成就也就无从谈起了。丘濬利用人物对伦理纲常进行机械的图解，并没有真正地创造出独特的人物形象来，"艺术价值"与"道德功能"两个议题在《伍伦全备记》中被生硬地掺和在一起。不是通过艺术形象含蕴某种道德质量，而是从道德概念出发构思剧本，人物是道德概念的赋形，故事是道德原理的衍化，这样创作出来的剧本必然流于说教。

不过，丘濬主张"若于伦理无关紧，纵是新奇不足传"，对比高明的"不关风化体，纵好也徒然"的创作主张可以发现，二者的戏曲观还是有很大差距的，貌合却神离。高明虽然强调戏曲应关风化，但他关注的中心是戏曲，他认为戏曲要好，须是能够动人，必须能够带给观众以情感的共鸣。而丘濬只希望"要使人心惕然"，只是关心故事的搬演能否成为道德教诲的例子或模板，是否能达到宣传伦理道德的作用，这与高明之意有本质的不同，二人作品的艺术水准高下立判。《伍伦全备记》这样一部丝毫不建构文学想象力、不注重感人至深的艺术形象塑造的作品被后世人批评也就在所难免了。在明嘉靖、隆庆以后，特别是万历以后评论家对该剧的批评非常激烈、尖锐，如王世贞评此剧为"不免腐烂"，②徐复祚认为此剧"纯是措大书袋子语，陈腐臭烂，令人呕秽"，③祁彪佳也认为"一记

---

① 丘濬：《伍伦全备记·副末开场》，《古本戏曲丛刊初集》，商务印书馆1954年版。
② 王世贞：《曲藻》，《中国古典戏曲论著集成》第四册，中国戏剧出版社1959年版，第34页。
③ 徐复祚：《曲论》，《中国古典戏曲论著集成》第四册，中国戏剧出版社1959年版，第236页。

中尽述五伦，非酸则腐矣"。①

　　丘濬站在维护礼教的立场上对伦理道德进行图解，虽说没有顾及艺术的审美特性，概念化、图解化倾向十分明显，但却实实在在地开了个教化戏曲的源头，后世许多传奇作家或多或少，或隐晦或鲜明地依循丘濬的脚印，不断地书写着教忠教孝、维护纲常的文字，出现许多公式化的传奇作品也就正常了。邵璨便是其中比较典型的代表。

　　邵璨师法丘濬，他取宋代张九成故事作传奇《香囊记》。《香囊记》共有四十二出，故事叙述南宋时候，开封地方有张九成、张九思兄弟二人。九成娶了邵贞娘，甫及半月，即奉母命带了兄弟上京赶考。张九成高中状元，张九思也中了探花，因为张九成廷试对策专言大臣失职，触怒了丞相秦桧，就派他到岳飞幕下监兵征讨，九思放归故乡。后来，张九成把母亲给他佩带在身上的紫香囊失落在战场上，被一个乞儿拾去，恰巧到张家来卖，九成母亲疑惑九成身死，遂命九思前往岳军探听消息。九思去后，其家遭逢战乱，九成母和贞娘一同逃难，路上又遇草贼，婆媳相失。一日，九思在驿馆里和母亲巧遇，母子一同避难去了。邵贞娘为周老妪所救，留住在她家。后来这紫香囊又为赵运使的公子所得，要凭这香囊强讨贞娘为妻。贞娘就将这事诉于新任太守，不料新太守就是九成。于是夫妻共喜重逢，一面派人寻得母、弟，全家团圆。《香囊记》也是赤裸裸地宣扬伦理道德的作品，主旨与丘濬的《伍伦全备记》无异，都是为着"忠臣孝子重纲常，慈母贞妻德永臧，兄弟爱慕朋友义，天书旌异有辉光"的教化宣传而作的，因此传奇中竭力表彰的是张九成的忠义、张九思的孝悌、邵贞娘的贞节、王伦的信义以及崔夫人的贤德，并对"士无全节，有缺纲常"的现实风气进行了激烈的讽刺，全然不见人物的自然刻画以及符合生活逻辑的情节安排。

　　丘濬和邵璨各以权臣和学士的身份把传奇引入了文人士大夫的圈子里，开了以塑造符合伦理道德规范的理想人格、讴歌伦理美的教化传奇的创作源头，从此同样的叙事主题影响着整个明清两代的传奇创作。无论是明确提出以教化为主旨的图解式的道德教化剧，还是才子佳人剧，或者是描写历史兴亡的传奇，几乎都或多或少地表达了"有益风化"的主题。从高明、丘濬等人极力宣扬戏曲的风化观以后，文人传奇中一直没有缺乏过这样的标榜道德的教化内容，文人传奇中道德化倾向十分明显。明君、

---

① 祁彪佳：《远山堂曲品》，《中国古典戏曲论著集成》第六册，中国戏剧出版社1959年版，第46页。

忠臣、清官、孝子、节妇、贞女等形象不断大量地出现在作品中，符合道德规范的例子多见于历朝历代的史籍，里巷坊间多有流传，或来自历朝历代的史籍，或来自里巷间里的口传，这些都成为创作的最佳素材。于是，更多的传奇作品中便出现了像《伍伦全备记》和《香囊记》中所宣扬的那些对"五伦""三纲"的提倡和鼓吹。我们且看这几部传奇的自我讲述：

> 【尾】纷纷乐府争超迈，风化无关浪逞才，唯有孝义忠贞果美哉！（陈罴斋《跃鲤记》第四十二出）
> 【永团圆】从来名教纲常重，德行彻重瞳，褒旌宠锡如天纵。忠和孝，难伯仲，况坚贞胶巩。从容成义勇，卓异尤超众。（沈鲸《双珠记》第四十六出《人珠还合》）
> 【西江月】主圣臣忠子孝，妻贤妇节明良。九流三教有纲常，叠作一场新唱。（阙名《四美记》第一出《究义》）

陈罴斋的《跃鲤记》叙写东汉广江人姜诗、其妻庞氏三娘以及儿子安安伺亲至孝的故事。剧中姜母得病，需要饮用江心之水以畅血气，三娘独往汲之，却不料风浪大作，三娘差点被淹死。家中久候三娘未归，姜母愤而命子休妻。三娘虽寄寓邻家，却不忘孝敬婆婆。以纺织换江鲤，托转婆婆享用。作者对于庞氏三娘对公婆的无条件的服从，受了委屈也不改奉养之心的做法大加赞赏，这正好应了"百善孝为先"的传统礼教的要求。子孝妇贤是儒家所认定的最基础的家庭伦理思想。《跃鲤记》开场时这样说：

> 【满庭芳】独对青灯，静看黄卷，忠臣孝子古来稀。感动天地，万古有名垂。赤子之心皆孝，思妻子，物欲相迷。举风化，是诸君子效益奉亲帷。①

作者又借姜诗之口说："人爵不如天爵贵，功名争似孝名高。"（第一出【前腔】）而庞氏的生活目标是"脂粉慵施，勤理桑麻，恭承淑水，克全妇道闺仪。和鸣鸾凤效于飞。似孟光举案齐眉，愿夫妇偕老，相看共事亲帷"。②《芦林相会》一出中，姜诗得知庞氏被冤枉赶出家门后遭

---

① 陈罴斋：《跃鲤记》，《古本戏曲丛刊初集》，商务印书馆1954年版。
② 陈罴斋：《跃鲤记》，《古本戏曲丛刊初集》，商务印书馆1954年版。

受的痛苦,却仍然不肯带庞氏回家,因为在他看来,母命难违,孝心十分坚决。传奇作者完全秉着褒奖孝行的目的来叙述这个故事,认为这样孝顺的儿媳和儿子最终是能够感动上苍的。所以,最终姜母派孙子安安接回庞氏,阖家团圆,上苍也被感动,玉帝命姜宅旁涌出清泉,而且每日跃出两条鲤鱼,以助姜诗夫妇的孝心。于是末出就有这样的感叹:"骨肉参商已两年,今朝幸喜得团圆。天庭感格江泉涌,官诰褒荣御墨鲜。二母旨甘同禄养,百年好合显盟坚。要知盛事传千古,须识妻贤子孝廉。"①

佚名的《商辂三元记》的教化主题是宣扬贞和孝,特别是对"未嫁守节"大加褒扬。传奇写商霖聘妻秦雪梅,未娶而霖卒。秦雪梅却依然到商门守节,后与妾鲁氏共同抚养妾生遗腹子商辂。商辂攻读时有懈怠,秦雪梅"断机教子"以示警诫。商辂长成后连中三元,授翰林院学士,秦氏得封,商辂为二母造五凤牌坊以示报答。

郑之珍的《目连救母劝善记》则是借助宗教故事来宣扬教化。此剧虽穿插了许多民间作品,作者的创作目的却十分鲜明:"取目连救母之事,编为三册,敷之声歌,使有耳者之共闻;着之象形,使有目者之共观。至于离合悲欢,抑扬劝惩,不惟中人之能知,虽愚夫愚妇,靡不恻恻涕洟,感悟通晓矣,不将为劝善之一助乎?"②后人评价其"劝善乃是第一义。爱敬君亲,崇尚节义"。③

张凤翼的《祝发记》则选取了南朝梁时徐孝克因遭叛军围城,被逼卖妻换粮以养母亲。其母责其祝发以谢妻,后叛乱平定,徐孝克还俗出仕,救回其妻,徐孝克之孝与其妻之贞被诏奖。

吴江派首脑沈璟,继承和发展了丘濬《伍伦全备记》的传统,用浅近易懂的语言和精美的音律,借用历史题材写了宣传封建教义的《十孝记》《埋剑记》等作品,还从当时社会现实生活中直接取材,写了歌颂封建伦理道德的喜剧《博笑记》。《十孝记》全剧写了十个孝亲故事,第一剧为黄香扇枕温衾事,源于《后汉书·文苑传》及《东观汉记》。第二剧为张孝、张礼兄弟孝义事,第三剧为缇萦救父事,第四剧写韩伯瑜亲衰泣杖的事,第五剧写郭巨埋儿获金事,第六剧写闵孙芦衣忍冻事,第七剧写王祥卧冰求鲤事,第八剧写孝妇张氏事,第九剧写薛苞孝母事,第十剧写

---

① 陈罴斋:《跃鲤记》,《古本戏曲丛刊初集》,商务印书馆1954年版。
② 郑之珍:《目连救母劝善记》,《古本戏曲丛刊初集》,商务印书馆1954年版。
③ 陈澜汝:《〈劝善记〉评》,《中国古典戏曲序跋汇编》,齐鲁书社1989年版,第620页。

徐庶孝义事，宣扬教化的创作追求可见一斑。

传奇作品中对于教化主题的强烈追求一直在作家的创作中占有相当重要的地位，即使到了清代中期，仍然有作家拾起教化的图解公式来写作。如康熙年间的夏纶，其传奇作品同样充满了教化的气息。清人梁廷枏曾概括他的传奇创作意图："惺斋作曲，皆意主惩劝，常举忠、孝、节、义，各撰一种。"① 他的传奇《无瑕璧》叙写明初燕王起兵，攻打济南，守臣铁铉忠节不渝，高捧明太祖牌位立于城头，燕兵不战而退。后来金陵城破，铁铉义不屈事朱棣，被油烹于朝。而其子女虽惨遭迫害，却仍誓守贞节。作者说："【尾声】寻宫数调多劳攘，笑老去心情偏壮，也只是要万世千秋同将忠义讲。"② 除了《无瑕璧》言君臣，教忠外，他还写《杏花村》言父子，教孝；《瑞筠图》讲夫妇，表节；《广寒梯》讲朋友，劝义；《花萼吟》讲兄弟，友受。《惺斋五种》传奇把道德教化中的几种准则当成主题——图解写来，完全是继承了丘濬的写作衣钵。参与这种主题复制的还有董榕、瞿颉等人，无一不是通过对伦理思想和教化观念的简单图解而构建传奇故事的情节与人物，只做简单的对应。

着力于鼓吹伦理教化的作品为数不少，一直贯穿整个明清两代，虽有部分作品也注意到了情节构成、人物塑造等基本的戏曲叙事要素，但其主题先行的图解创作方式，导致传奇作品的叙事手法并不能流畅地支撑起故事，所以这些仍然属于比较粗糙的作品，以传奇艺术标准来衡量，不能代表中国明清传奇艺术的真正水准。

二 教化主题的含隐表达

明清传奇多有对伦理道德教化进行图解的做法，但这不是传奇创作在"秩序"视角下选择的唯一方式。当更多的作者不满足于借助传奇进行道德说教之后，他们对于作品艺术价值的考量最终还是脱离了仅着眼于道德功能，逐渐扭转流于说教的倾向，开始慢慢地接近了戏曲艺术创作的真正堂奥。传奇作者们开始采用以艺术形象蕴含某种道德品质的方式来结构故事，谋篇布局，很多作品不再简单地运用丘濬和邵璨等人直白图解教化意旨的做法，他们的作品虽然对纲常伦理有自觉的认同，但作品本身的故事性开始被特别地关注，多从故事内部的人物性格发展设置情节，不再完全地为

① 梁廷枏：《藤花亭曲话》，《中国古典戏曲论著集成》第八册，中国戏剧出版社1959年版，第267页。
② 夏纶：《无暇璧》第三十二出《合璧》，《惺斋五种》，清乾隆十五世光堂刻本。

教化而教化、想当然地设置人物形象了。一旦脱去了人工斧凿的痕迹,传奇就开始朝向抓住人物形象中的部分优秀品质进行褒扬而在敷演成戏的道路上迅速前行。从对教化的图解而构思人物的做法到通过对人物形象的刻画而表达自己主观意旨,传奇有了艺术化地表现故事的机会,创作质量能够得到大幅度的提升也就是情理之中的事情。

当明清传奇开始弱化明显的宣扬伦理与道德教化主旨之后,传奇人物形象中虽然仍旧以刻画忠臣义士与孝子贤妇为主,但作家们首先考虑的是一个人物的自身性格的完整,再次才是对于符合伦常的思考。姚茂良的《双忠记》写唐朝张巡和许远抗击安史之乱、死守睢阳、英勇就义的历史故事。张巡与许远协守睢阳,有效地阻止了叛军南下,但被围日久,军士饿死大半,于是张巡杀妾,许远烹僮,城中老弱也尽烹饷军,惨烈之极。内无粮草、外无救兵,最终被敌军攻破睢阳,张巡、许远也英勇就义。姚茂良忠于史实而塑造了张巡、许远、吴爱卿等感人的艺术形象,通过对这些将士的忠勇报国、舍身为民的高尚品质的刻画,表达出他自己对于忠义的褒扬。正如他自己所说:"典故新奇,事无虚妄,使人观听不舍。阎闾之间,男子效其才良;闺门之内,女子慕其贞烈。将见四海同风,咸归尊君亲上之俗,岂小补哉?"①

描写忠烈之事自然可以高台教化,普通人的生活事件同样可以达到这样的目标,自然也是传奇作家们十分喜爱的话题。沈鲸的《鲛绡记》写南宋襄阳人魏从道一家遭奸人陷害流落四处,后历经波折重新团聚、衣锦还乡的故事,共三十出。剧情是:襄阳魏从道之子必简与沈必贵之女琼英早有婚约,但富豪刘均五看中琼英欲求为儿媳,遭到回绝后怀恨在心,重金贿赂讼师贾主文设计陷害。魏从道被判斩刑,但因周三畏力救而免死,沈必贵押戍崖州,魏必简发配淮下。解差单庆受贿于刘均五,欲在途中杀死必简。但遇一相士言必简久后大贵,单庆积阴德则可得子,单庆遂罢歹念。淮州大帅刘奇爱必简之才勇,任以为将。必简又立了战功,升为经略使。沈必贵戍崖州,招讨张彪看中琼英求而不得,遂遣沈必贵抵抗金兵。沈必贵年老体病,惊怖而死,其同年驿丞张叔度将沈妻与琼英养在一尼庵中。时值元宵,经略使魏必简以军情为重,禁放花灯。张叔度恰逢诞辰,筵前稍稍放灯,沈氏母女以当日必简所赠传家宝鲛绡为贺,悬于筵前。张彪率兵将鲛绡夺去,并向经略使控告叔度放灯之事。必简仔细盘问,弄清了事情的始末,于是报知朝廷,与琼英结为夫

———————
① 姚茂良:《双忠记》第一出,《古本戏曲丛刊初集》,商务印书馆1954年版。

妻。奸人刘均五父子双双被诛。魏必简携带夫人及岳母衣锦荣归，回到襄阳，拜见了老父魏从道，至此一家人重获团聚。传奇着力写刘均五的恶行和沈家父女的守节仗义，作者明白地称赞："琼英沈老真堪敬，节义双全名振，万古流传戒后人。"（第三十出《团圆》【尾】）作者并没有直接地描写朝廷的忠奸斗争，而是借用了普通人物的悲欢离合来进行揭示，也使得传奇有了比较明显的平民色彩，而这种表现形式同样可以宣扬教化的主题，更能让普通人接受。

随着时代的发展，传奇创作中对于叙事主题的选择与叙事技巧的结合越来越紧密，传奇作者们加强了对具有优秀品质的人物形象的塑造，逐渐扭转了塑造人物上的机械做法。如沈璟的《义侠记》中一改武松草莽英雄的形象，把武松当成士大夫加以刻画，进而突出他的忠义和侠肝义胆，他这样写道："【临江月】今古英雄称义侠，报恩雪忿名高，请看名将出衡茅。"冯梦龙的《精忠旗》着意经营岳飞精忠报国、立功疆场却蒙受奇冤惨遭杀害的剧情，表现了超越于传统的忠君意识之外的爱国情怀。这些作品的艺术成就相比那些图解教化的作品要高很多。

清初苏州派作家的传奇作品中的伦理教化指向也十分鲜明，是他们处于朝代变更的动荡时代，加上对于亡明那些官员误国的痛恨，也加上他们身上强烈的社会责任感，所有这一切都促使作家们更多地刻画具有甘心为正义赴汤蹈火、不辞万死意志的忠臣义士。比如《喜逢春》中的毛士龙，《磨忠记》中的杨涟，《回春记》里的汤去三，《合剑记》中的彭士弘，《清忠谱》的周顺昌，《万里圆》中的史可法，《一品爵》中的汤木天，《人中龙》中的李德裕，《党人碑》中的刘逵，《千忠戮》中的方孝孺、程济、史仲彬、吴成学、牛景先，《朝阳凤》中的海瑞，等等，以及其他众多类似的有血有肉的忠贞之士的艺术形象栩栩如生地存活于传奇中。由于这些作品生动地刻画人物形象与符合生活逻辑的事件，因而，在这些人物身上表现出来的种种符合教化要求的特征，不再让人感到突兀与虚假，作品所要表达的教化主旨也就更顺利地为大众所接受。更为重要的是，苏州派所推崇的教化观着眼点是讴歌高尚的道德情操，对卑劣的个人欲望的无情鞭挞，他们怀着拯救堕落的世风、维系伦理传统的社会责任感，更多地从对普通人的生活角度的关注来选择叙事主题，具有了更多的平民色彩。所以说，苏州派作家的大多数作品是明清传奇中具有人文关怀的性情之作，即使在今天也有着强烈的现实意义。

蒋士铨是传奇发展后期教化剧目的代表作者，在他生活的时代里戏曲风化观重新抬头，教化在传奇创作中重新占据了主导地位。但与几乎处于同时代的夏纶总是直白地对教化进行图解宣扬的复古行径有所不同,蒋士铨比较注重在选择题材、结构情节、塑造人物上多下功夫,从而使传奇的叙事艺术取得了比较大的发展,同时,传奇创作艺术中的传统的抒情性、审美性等特征都得到了加强。蒋士铨的作品通常对作品的主题稍稍加以藏匿,自觉地"空诸依傍,独抒性情",把儒家的道德礼仪等融入普通人的情感世界当中来抒发,而不是明白地标榜褒扬忠孝义烈之心。他在《香祖楼》第十出《录功》中指出:"万物性含于中,情见于外。男女之事,乃情天中一件勾当。大凡五伦百行,皆起于情,有情者为忠臣、孝子、仁人、义士。无情者为乱臣、贼子、鄙夫、忍人。"接着他把他所体会到的"情"作了一番解释:

> 【混江龙】这情字包罗天地,把三才穿贯总无遗。情光彩是云霞日月,情惨戚是雨雪风雷。情厚重是泰华松衡摇不动,情活泼是江淮河海挽难回。[1]

蒋士铨终究并没有跳出道德先行的窠臼,他在题材的选择上仍旧以表彰节烈、扶植人伦为标准。如《冬青树》,叙写南宋末年文天祥义不降元,奔波救国,最后作《正气歌》而慷慨就戮,浩气长存,极力褒扬文天祥的"岁寒然后知松柏之后凋"的"耿耿丹衷""凛凛高节";《雪中人》则写查继佐和吴六奇肝胆相照、义气相交、知恩报恩的故事,对朋友相交的侠义之举十分称道。《空谷香》则以其故交顾瓒园之妾姚梦兰之事为蓝本,写一个普通女性的"贞魂烈性"而表达他所认识到的孝义忠贞,并在自序中作了明确的阐释:"夫姬以弱女子,未尝学问,一丝既娉,能为令尹数数死之,其志卒不见夺,虽烈丈夫可也。"[2] 他的强烈的正统道德观可窥一斑。

不过,我们也不能对明清时代的传奇作家们过分苛求,对教化主题的宣扬本身就融在他们的血液之中,希望他们放弃文艺作品对"经夫妇,成孝敬,厚人伦,美教化,移风俗"功能的鼓吹,无异于缘木求鱼。其实,即便在晚明时代强烈崇尚追求个性自由之风盛行之时,反对礼教的人文主义者也并不能完全跳出教化论的窠臼,如汤显祖就曾特别明确地表示:

---

[1] 蒋士铨:《香祖楼》第十出《录功》,《蒋士铨戏曲集》,周妙中点校,中华书局1993年版,第580页。

[2] 蒋士铨:《空谷香自序》,《蒋士铨戏曲集》,周妙中点校,中华书局1993年版,第434页。

　　（杂剧、传奇）长者折至半百，短者折才四耳。……可以合君臣之节，可以浃父子之恩，可以增长幼之睦，可以动夫妇之欢。可以发宾友之仪，可以释怨毒之结，可以已愁愦之疾，可以浑庸鄙之好。然则斯道也，孝子以事其亲，敬长而娱死，仁人以此奉其尊，享帝而事鬼。老者以此终，少者以此长。外户可以不闭，嗜欲可以少营。人有此声，家有此道，疫疠不作，天下和平。岂非以人情之大窦，为名教之至乐也哉。①

　　文人作家在"发乎情，止乎礼义"的文化框架内所形成的心态自然对儒家的思想有着明显的依赖和眷念。他们潜意识中已经具有强烈的现实关怀的苗头，但他们又无法摆脱理性对他们的束缚。因此，他们的传奇作品便染上了强烈的作为文人这一个特殊阶层的特色，既有对人性理想的强烈追求，又有挥之不去的教化取向。因此说，传奇作品中对教化思想的宣扬始终是一脉相承的，当然会因为其思想追求而影响对教化主题的宣扬。

三　教化主题的谐趣表达

　　明清传奇的整个发展历史过程中，由于传奇作者们对伦理道德于世风的规范功能笃信不疑，他们自始至终地秉承着儒家传统进行传奇创作，那么作品的主题选择也就基本不太可能脱离对封建政治伦理与道德规范的维护。不可否认的是，明朝中后期社会思潮的巨大变化给传奇作家的思想带来了很大的冲击，以汤显祖为代表的一部分作家开始大张旗鼓地宣扬对"至情"的追求，作品的叙事主题的选择出现了与宣扬教化的作品有了天壤之别，为明清传奇带来了丰富的理想色彩。但当这段高潮过去后，许多作家开始在"礼教主题"与"情欲主题"二者之间不断摇摆，既努力表现出与传统礼教相符的一面，又不愿意放弃对自然的、正常的、完善的人性的追求。矛盾的心理导致在传奇作品中出现了畸形的情与理、情与礼、情与性的统一。这种统一显然是追求"发乎情，止乎礼义"的一个必然结果，力图能够弥合封建道学与风流艳情之间的沟壑。

　　这种创作潮流从吴炳和阮大铖开始就初露端倪，但最主要的代表还是李渔。虽说李渔的作品里也有不少地方表现了对爱情的追求，比如肯定自

────────

　　① 汤显祖：《宜黄县戏神清源师庙记》，徐朔方笺校：《汤显祖全集》，北京古籍出版社1999年版，第1188页。

主婚姻、批判传统婚姻观念的《凰求凤》中的乔小姐自己选中才郎并千方百计去追求；《比目鱼》中谭楚玉和刘藐姑为了反对父母作主的婚姻，双双投江殉情而死，最终变成浑然一体的比目鱼；《蜃中楼》中写张生和柳毅与洞庭龙女私订婚约，龙女宁可放羊而不向父母和权势低头；《玉搔头》则夸张地写了至高无上的皇帝和社会最底层的妓女的爱情，皇帝也认为男女相交全在真情，而不在于势力地位，并且冒雪私访，打算万一有了差池，"也拼一死将他殉，做了九泉下两痴鬼"。这些都证明李渔十分肯定人对于爱情的正常欲望。但李渔恰恰又是虔诚向道，常借传奇作品宣扬伦理教化：

> 窃怪传奇一书，昔人以代木铎，因愚夫愚妇识字知书者少，劝使为善，诫使勿恶，其道无由，故设此种文词，借优人说法，与大众齐听。谓善者如此收场，不善如此结果，使人知所趋避，是药人寿世之方，救苦弭灾之具也。①

李渔的《笠翁十种曲》几乎都是写才子佳人的故事，他承继明末才子佳人戏曲的遗风，写作目标是"借三寸枯管，为圣天子粉饰太平；揭一片婆心，效老道人木铎里巷"，②但他把写作的目光和重点放到了文人学士的风流韵事以及生活理想上，因此，同样是宣扬封建道德与伦理教化，方法上却具有明显的谐趣化特征。

《怜香伴》以他自己的生活为蓝本，写一夫二妻，妻子热心地为丈夫娶妾，妻妾相怜相爱，共事一夫。李渔对于情理的认识十分清晰，他借曹有容训导女儿的话表达了他的看法：

> 【正宫过曲·刷子序】名山自存。把奚囊紧括，休露诗痕。残稿收藏，不嫌吝惜如珍。堪焚。女子无才为德，名与字忌出闺门。一任你织回文巧擅苏娘，终不似安机杼本分天孙。（第三出《僦居》）

虽然要宣扬教化，但在写崔笺云到佛堂进香，循香觅见寄住庵中的少女曹语花后，却写了两人一见如故，诗文相和之后的不忍分别：

---

①　李渔：《闲情偶寄·结构第一·戒讽刺》，《中国古典戏曲论著集成》第七册，中国戏剧出版社 1959 年版，第 11 页。

②　李渔：《李渔全集》第一卷，浙江古籍出版社 1991 年版，第 130 页。

【前腔】（旦、小旦合）谁称可意儿，叹知稀！今朝棋手才逢对。怎能勾生同地、嫁并归，吟联席。韦弦缟芑交相惠，将身醉杀醇醪味。（第六出《香咏》）

二人再见面时决定同事一夫，二人也"只分姊妹，不分大小，终朝唱和，半步不离，比夫妻更觉稠密"。① 尽管故事中多有周折，最终范石还是娶得曹语花进门。李渔把一夫二妻的故事叙述得十分精彩，他所津津乐道的是文人的风流道学，赞美的是"破格怜才范大娘"的病态封建思想，传奇追求的是谐趣化的风流与道学，格调并不高。

《风筝误》写了美男丑女、美女丑男相互错位，最后到底美美相合，丑丑相归，各安其位。如叙中所说："媸冒妍者，徒工刻画。妍混媸者，必表清扬。"尽管是才子佳人终将成为眷属，但人的婚配还是命中注定的："更是婚姻拿不住，……横竖总来由定数"，并且"良缘未许便相遭，知造物定非无意"，其实是宣扬命定的思想。李渔在《蜃中楼》中虽对婚姻门第观念进行了调侃，但也还是把才子佳人的故事进行了拔高，让男女对爱情的忠贞不渝上升到"贞义"的高度。

《奈何天》里李渔把他对礼教的认识赋予到了貌丑身残的阙里侯却娶得三位绝色美人的婚姻上。第二出写阙里侯的出场："丑扮财主，疤面、糟鼻、驼背、跷足。"阙里侯已经丑到"恶影不将灯作伴，怒形常与镜为仇"的地步了，虽然读过十多年书，但肚里没有一点墨水，"身上的五官四肢没有一些不带些毛病"，万贯家财也由仆人打理。但就是这样一个连丑丫头都不愿近身的丑人，却阴差阳错地做了赈济穷边几万民众的好事，被朝廷封为尚义君，最终还被上帝的变形使者将他变成一个美男子，三位美妻均被封为一品夫人。李渔把劝人为善和谨守妇道作为宣扬的中心，分明是抛开了才子佳人传奇的惯常写法，对于"情"的宣扬已经不再像以汤显祖为代表的那些传奇作家们那样大张旗鼓，而且概念也有了变化。

《比目鱼》本来可以沿着宣扬至情的道路前行，把对谭楚玉和刘藐姑的爱情故事的刻画加入不朽的作品之列，他却为之树起了"维风教，救纲常"的牌坊，难怪作序者王端淑说其是"情至而性见，造夫妇之端，定朋友之交，重以国事灭恩，漪兰招引，事君信友，直当作《典》《谟》

---

① 李渔：《怜香伴》第十出《盟谑》，《李渔全集》第四卷，浙江古籍出版社 1991 年版，第 34 页。

训诂观"。① 李渔的目的也是"以忠臣信友之志,寄之男女夫妇之间,而更以贞夫烈妇之思,寄之优伶杂伎之流,称名也小,事肆而隐"。

《凰求凤》中吕哉生慕色不淫而卒中高魁,最终劝人止淫;三个女人也化妒为怜,互让封诰,以劝人已妒;以殷媪的敲诈勒索终被揭发,而劝人息诈。② 杜濬看到人世间"淫""妒""诈"三患的危害,也看到了李渔深深的担忧。不过,李渔传奇的最终目的是"以竹肉为针砭,以俳优为直谅",而李渔最后的下场诗则深刻地解释了他的传奇创作的教化目的:

> 倩谁潜挽世风偷,旋作新词付小优。欲扮宋儒谈理学,先妆晋客演风流。由邪引入周行路,借筏权为浪荡舟。莫道词人无小补,也将弱管助皇猷。③

当李渔自己认为已经达到创作的顶峰时,他的风流和道学融为一体的追求才真正显出其全貌:"才子的风流艳情不违背道德,其道德也绝不否定风流,道学中充溢情感,风流里暗藏理性",④ 李渔弥合风流道学的努力在《慎鸾交》中体现得最为完整。李渔认为:"风流未必称端士,道学谁能不腐儒?"⑤ 要使风流和道学合而为一,关键在于"兼二有,戒双无"。风流的才子华秀认为自己力持伦理道德,却又极力想要逞自己的才子之思,他说:

> 小生外似风流,心偏持重。也知好色,但不好桑间之色;亦解钟情,却不钟偷外之情。我看世上有才有德之人,判然分为两种:崇尚风流者,力排道学;宗依道学者,酷抵风流。据我看来,名教中不无乐地,闲情之内也尽有天机,毕竟要使道学、风流合而为一,方才算得个学士文人。(第二出《送远》)

李渔把"道学、风流合而为一"作为凡有才有德之人追求的最终境界,其实也就是鼓吹情于理有节制,理于情有归附。书生华秀是风流和道

---

① 王端淑:《〈比目鱼〉传奇叙》,《中国古典戏曲序跋汇编》,齐鲁书社 1989 年版,第 1506 页。
② 杜濬:《〈凰求凤〉序》,《中国古典戏曲序跋汇编》,齐鲁书社 1989 年版,第 1494 页。
③ 李渔:《凰求凤》,《李渔全集》第四卷,浙江古籍出版社 1991 年版,第 521 页。
④ 郭英德:《明清传奇史》,江苏古籍出版社 1999 年版,第 393 页。
⑤ 李渔:《慎鸾交》,《李渔全集》第五卷,浙江古籍出版社 1991 年版,第 528 页。

学合一的代表，他年少登科，送父之任归途游虎丘，与名妓王又嫱相识，却又故作道学姿态以示冷淡。了解了王的人品心地之后决定与其相交。定情之后他对王又嫱一心亲爱，不离不弃，中了状元之后朝廷权贵的提亲也被其拒绝，最终娶王为妻。这一切足以见得他对道学规范的恪守。而也正是对这样一个既风流多情又彬彬循礼的人物的刻画，让人见到了李渔教化世人的娱人目的，坚决主张以礼制情、以情附理，以风流艳情之事为名目，实诉救世劝惩之苦心。李渔曾说："于嘻笑诙谐之处，包含绝大文章。"① 当以李渔的另外一段话为证：

> （传奇）可传与否，则在三事：曰情，曰文，曰有裨风教。……情事俱备，而不归乎正道，无益于劝惩，使观者、听者哑然一笑而遂已者，亦终不传。②

由于李渔在叙事中更多地注重了故事的情趣化与人物形象的生动化，教化主题的展示在谐趣的情节中达成，但不可否认，无论对"情"的表现方式如何，外衣之下包裹的其实仍然还是对传奇有益"风教"价值的看重。

从上文分析我们可以看出，明清传奇创作动机中对于教化主题的选择，体现了封建时代的作家维护"秩序"的伦理本位特征，很多传奇的政治与社会功能被充分地强调了。作家们着重于传奇在促进社会风俗的改良、社会稳定的效用上大做文章，叙事主题的选择与他们自身作为封建正统思想的维护者或者实践者对于社会秩序稳定的一种发自内心的要求相符合。而正是传奇通过对教化主题的选择，让戏曲能够有机会堂而皇之地以"尊贵"的身份被统治者接纳而登堂入室，对戏曲原本卑微的身份地位得以提高起到了相当大的作用。这样一来又吸引了更多的文人加入传奇创作队伍，求异之本能必然带来叙事手法的差异，反映在教化主题方面，从机械图解到隐含表现再到谐趣表达方式的变化清晰地画出了一条轨迹，这也正是传奇戏曲作为文艺形式的本体特征逐渐获得众多作家、评论家的认可的过程，也是为传奇自身赢得充分发展空间的一个曲折历程。

---

① 李渔：《闲情偶寄·词曲部·科诨第五》，《中国古典戏曲论著集成》第七册，中国戏剧出版社1959年版，第63页。

② 李渔：《香草亭传奇序》，《李渔全集》，浙江古籍出版社1991年版，第47页。

第二节　性情视角:情理冲突　一波三折

从"秩序"视角出发的教化主题在明清传奇中的表现经历了明显—隐讳—谐趣的曲折发展过程,着重表现"情怀"的以婚姻爱情为主题的传奇作品所经历的情况却正好相反,实现了从隐讳到明显的发展。郭英德《明清传奇综录》称,"明清传奇中爱情婚姻题材的作品几乎占到80%—90%"。[①] 情爱主题在明清两代的传奇作品中得到的表现是最多的,也是最充分的。

明清两代王朝都采用中央集权制度以加强封建统治,在意识形态领域上也没有放松对广大人民的控制,上文提到的许多作家都以道德教化作为传奇作品的主题就是明显的例子。以纲常伦理为标准,以"存天理""灭人欲"作为行事和待人的准则,必然在社会生活的各个方面钳制人们。然而,从王阳明开始,心学理论日益由外在的天理、规范、秩序变成内在的自然、情感甚至欲求,以李贽为代表的"去天理,存人欲"的思想解放浪潮突兀而起,把人们从被伦理、规范、政治束缚着的精神氛围中解放出来。时代哲学思潮渗进文学艺术领域,一改文学只为载道的狭隘观念,人们开始追求文学的独立性和主体性,表现真情、肯定自我,开始形成了一股重心灵抒写、重真情实感表达的"尚情"写作狂潮。自然的情欲、独立的个体和自由的个性越来越被当成真实的可以感知的东西被许多人追求着,儒家的意识形态领域内一向被看作禁区的"情",变成了用以对抗"仁义礼智信"的最重要的武器。文人开始响应李贽的号召:"夺他人之酒杯,浇自己之块垒,诉心中之不平,感数奇于千载。"他们纷纷扛起"情"的大旗,不断冲击封建礼教对人们的束缚,情爱的要求中最为平常也最热烈的男女之间的情爱话题便成了传奇作家们所津津乐道的题材。

一　以"情"抗"理"

在戏曲领域,李贽在论辩《琵琶记》和《拜月亭》、《西厢记》的"画工与化工"的区别之时,提出要重视创作中"情"的作用,王骥德也以"诗不如词,词不如曲,故是渐近人情。……快人情者,要毋过于

---

① 　郭英德:《明清传奇综录》,河北教育出版社1997年版,第12页。

曲也"① 为佐证，陈继儒则说"夫曲者，谓其曲尽人情也"。② 在这一批人的影响下，尽情尽俗、张扬言情的传奇作品大量涌现，歌颂男女对爱情的坚贞不渝以及对自由与幸福爱情的追求一时间充当了传奇最主要的议题，整个社会掀起了一股如火如荼的言情热潮。正如清初高奕所说的那样：

> 传奇至于今，亦盛矣。作者以不羁之才，写当然之景，惟欲新人耳目，不拘文理，不知格局，不按宫商，不循声韵，但能便于扮演，发人歌泣，启人艳慕，近情动俗，描写活现，逞奇争巧，即可演行，不一而足。其于前贤关风化劝惩之旨，悖焉相左；欲求合于今，亦已寥寥矣。③

作家们追求着"当然"之景，书写自然之情，言情写情，宣扬着至情，赞赏着真情。从这一时期开始，叙事主题的变化，作者们开始注重起人物形象的刻画与塑造，特别是对于"近情动俗"故事的青睐，使得他们渐渐地漠视起"关风化劝惩"的风尚。由于对"情"的追求，作品中人物形象的身份、地位、家世并不重要，关键在于建构起才子佳人悲欢离合的故事，只要让他们为追求自己的幸福做出生死不渝的努力，作者最终几乎都能赋予"情"以大团圆的结局，"传奇十部九相思"的局面开始形成。

一旦传奇更多地以对"情"的宣扬构建作为主题，传奇就立即开始突破图解教化创作方式的进程，开始注重设计人物形象的性格形成。并且，此时期以"情"为叙事主题的作品中出现了众多刻画得相当成功的女性形象。无论是大家闺秀还是歌姬妓女，无论是情窦初开的少女还是经历丧夫之痛的寡妇，无论是身在空门的尼姑还是幽居仙界的仙姑龙女，几乎都被赋予了反封建礼教的鲜明个性。

高濂的《玉簪记》描写书生潘必正和尼姑陈妙常的爱情故事。金兵南下，少女陈娇莲与母亲失散，入金陵女贞观出家修行，法名妙常。其一片诚心皈依佛法，府尹张于湖赴任经过，挑逗妙常，遭冷拒。但会试落

---

① 王骥德：《曲律》，《中国古典戏曲论著集成》第四册，中国戏剧出版社1959年版，第160页。

② 陈继儒：《秋水庵花影集序》，《中国古典编剧理论资料汇辑》，中国戏剧出版社1984年版，第103页。

③ 高奕：《新传奇品序》，《中国古典戏曲论著集成》第六册，中国戏剧出版社1959年版，第269页。

第，暂居女贞观的观主之侄潘必正却惹得她凡心大动。由于宗教的清规戒律，她对于潘必正的"琴挑"表面上十分冷淡，但通过对问病、偷诗等情节的详细描写，表现出爱情的热烈最终突破了束缚，妙常与潘必正私订终身。当观主逼潘必正赴试，妙常秋江追船，哭诉别情，并以玉簪相赠。后潘必正登第得官，与妙常团聚。清规戒律对于人性的束缚是显而易见的，但青春的觉醒却是无法阻挡的，陈妙常争取自己的幸福与解放的行动十分坚决，被描写得细致入微。由于兵乱，她不得不暂时出家，但她少女的情怀却没有因此而泯灭。在第十六出《寄弄》中，陈妙常盼望着属于自己的"分中恩爱，月下姻缘"，与潘必正以琴曲互诉衷肠。传奇这样写道：

> 【朝元歌】你是个天生俊生，曾占风流性。无情有情，只看你笑脸儿来相问，我也心里聪明。脸儿假狠，口儿里装做硬。待要应承，这差惭怎应他那一声。我见了他假惺惺，别了他常挂心。我看这些花阴月影，凄凄冷冷，照他孤另，照奴孤另。①

陈妙常心中燃起了爱情之火，虽在假装无情，但潘必正一离开，她立即感到凄冷孤零。当她的情词为潘必正所得之后，她就不再忌讳那些清规戒律，任由爱情热烈奔放，足见其对爱情的渴望以及内心情感的真挚。剧作者对于妙常心理活动的描写十分细腻，对于爱情是如此的渴望却又害羞畏怯的矛盾心理跃然纸上。同时，尼姑庵本应该是杜情绝欲、修身养性的场所，作者却让二人在这道法庄严的场合产生浓烈爱情，对比如此强烈，更加表现了青春和爱情不可遏制的巨大力量。

汤显祖的《牡丹亭》更是一部以情反理、高歌青年男女情爱的旷世之作。汤显祖把"至情"作为人的一种本性来与理学相对抗，深刻地揭露了程朱理学对人性的桎梏。剧中女主人公杜丽娘被闭锁在深闺小院，身心均被严格地束缚着，没有任何机会接触青年男子。汤显祖动用了各种鲜明的对比来刻画理学和人性的对立：如杜丽娘裙子上绣着比翼鸟，其父母却要横加指责；杜丽娘伤春而病，其母认为是着鬼，让陈最良下药、石道姑禳解等。传奇中这些角色正是封建礼教的化身。然而，人性终究是封锁不住的，杜丽娘还是在游园时被美丽的春情触动了青春的遐思，在梦中与书生柳梦梅私会合欢，缠绵缱绻。书生："不是前生爱眷，又素乏平生半

---

① 高濂：《玉簪记》，《古本戏曲丛刊初集》，商务印书馆 1954 年版。

面，则道来生出现，乍便今生梦见？"这是青年女子爱情的觉醒，是情欲的果敢外化。杜丽娘和柳梦梅在梦中"千般爱惜，万种温存"之后竟然为情忧郁而死，但她一灵不散，在冥间得到判官的同情，被放出枉死城并给以路引，去和柳梦梅幽媾，她的肉身则被保存完好，最终柳梦梅因爱而掘坟使其还魂重生。正是这种"情不知所起，一往而深，生者可以死，死可以生"①的"情"所蕴藏的巨大力量，对扼杀人欲的"理"作出了强烈的反抗。

《牡丹亭》所提出的"至情"说有着深刻的意蕴，不仅仅体现在作品对男女情欲的描写上，以"情"反理在那个时代更具有广泛的意义。如杜丽娘从对大自然美丽风景的感叹延伸到对自己命运的思考，其实也给世人以更多的警醒：

> 【步步娇】〔旦〕袅晴丝吹来闲庭院，摇漾春如线。停半晌，整花钿，没揣菱花，偷人半面，迤逗的彩云偏。〔行介〕步香闺怎便把全身现。【醉扶归】〔旦〕你道翠生生出落的裙衫儿茜，艳晶晶花簪八宝瑱。可知我常一生儿爱好是天然。恰三春好处无人见。不提防沉鱼落雁鸟惊喧，则怕的羞花闭月花愁颤。
>
> 【皂罗袍】原来姹紫嫣红开遍，似这般都付与断井颓垣。良辰美景奈何天，赏心乐事谁家院。朝飞暮卷，云霞翠轩，雨丝风片，烟波画船。锦屏人忒看的这韶光贱。【好姐姐】遍青山啼红了杜鹃，荼蘼外烟丝醉软。牡丹虽好，他春归怎占的先。闲凝眄，生生燕语明如翦，听呖呖莺歌溜的圆。②

杜丽娘顾影自怜，反复赞赏着自己的青春容貌之美，表达一个妙龄女子对于"天然"的热爱。她对于莺歌燕舞的阳春三月天的每一份美好更是惊叹不已，但当与自己的生活相对照后，不禁转入深深的沉思中去，这样的美丽却只能付与"断井颓垣"，这种好景却是无人见得，从陈最良到杜宝夫妇，他们都不曾在杜丽娘面前提过花园的美景，对于自然的漠视进而引申到了对人性的漠视。汤显祖以《牡丹亭》热情地歌颂情爱与爱美之情，通过杜丽娘的遭遇再现了情与理的斗争，并赋予作品十分深广的内涵，颇具民主色彩、个性解放色彩的民主思想也激励着

---

① 汤显祖：《牡丹亭题词》，吴毓华编：《中国古典戏曲序跋集》，中国戏剧出版社1990年版。
② 汤显祖：《牡丹亭》，《古本戏曲丛刊初集》，商务印书馆1954年版。

千千万万的青年男女，同时对传奇创作产生了深远的影响。自汤显祖之后，鼓吹人性、歌颂至情的传奇作品纷纷出现，形成了一股强大的思想解放潮流。

孟称舜的《娇红记》是明清传奇宣扬"至情"的另一个高峰。孟称舜与汤显祖不同，他把目光从"至情"的梦幻移回到现实中来，纯以人性的自我觉醒为作品描写的重点，着重描写并歌颂了申纯与王娇娘之间的纯真爱情。秀才申纯落第之后暂时住到了舅舅家里，与表妹王娇娘相遇而产生了爱情。经过反复的试探和苦苦的思考之后，二人互定终身。但当申纯请媒求亲时，却因家境贫寒、门不当户不对而遭到了王父王文瑞的拒绝。王文瑞惧怕帅府权势，嫁娇娘于帅公子。王娇娘抗命而逝，申纯为践前盟，也绝食而死。最终二人得以合葬，灵魂化为鸳鸯，双飞于坟上，与父母相见。虽然结尾处为两个真诚相爱的青年男女画了一个"圆"，但无法抹去整个作品的悲剧色彩。孟称舜把申纯与王娇娘的爱情故事完完全全放到了现实的人间社会中来讲述，二人爱情的产生也不入以往作品中男女一见钟情后便私订终身的俗套，孟称舜将二人的爱情还原到现实的写法，申纯初见娇娘，生出爱慕之心，但王娇娘的理想是："但得个同心子，死同穴，生同舍，便做连理共冢"，"我也心欢悦"（第四出《晚绣》）。她希望男女双方相互了解，具有共同的思想基础，既有才能、美貌，又志趣相同；对爱情忠贞如一，能够做到生死与共、永不相离、永不相弃、白头偕老：

相其才貌，良可托以终身。（第四出《晚绣》）
生不同辰，死愿同穴。…暮暮朝朝不相离，生生世世无相弃。（第三十一出《要盟》）①

王娇娘的爱情理想与以往传奇作品中所描写的爱情理想是不同的，她认为人生最大的幸福莫过于自由的幸福，没有门第、金钱和功名的羁绊和束缚，是纯真的、坚定的，同时又是进步的。作者对于这样的爱情的认识是超越了前代和当代的几乎所有作家的，因为王娇娘的爱情经过了长时间的恋爱，相互了解，有思考有斗争有反复，同时他们并肩反抗来自家长、社会和权贵的压力，其斗争精神和坚决的态度则是前人所没有描绘过的。看他们二人的誓言，一个说："若事不济，妾以死相谢"，另一个则是"小生若有负心，皇天可鉴"（《拥炉》）。从王娇娘对于婚姻的思考上我

① 孟称舜：《娇红记》，《古本戏曲丛刊初集》，商务印书馆1954年版。

们更可以看出作者的进步意识。他认识到"若红颜失配",便会"抱恨难言"(《晚绣》),面对着"古今多少佳人,匹配匪材,郁郁而终"的惨痛教训,于是生出对现实的感叹:"婚姻儿怎自由,好事常差缪,多少佳人错配鸳鸯偶!"(《拥炉》)作者对于婚姻爱情的思索通过王娇娘的内心独白得到了酣畅淋漓的发抒。

王娇娘和申纯对于封建势力的斗争是坚决的,因为他们对现实的认识是十分清醒的。申纯对于功名十分漠视,他追求的是真正的爱情,并明确地把婚姻恋爱放在科举功名之上:"我不怕功名两字无,只怕姻缘一世虚。"(《愧别》)王娇娘之所以劝申纯赴试完全是因着实现两情相谐的目标。但高中后申纯仍不能和王娇娘成亲,因为除了科举功名的一个阻碍之外,他和王娇娘的爱情还面临来自权贵和家长的阻隔。当他和娇娘的爱情受到摧残时,他毅然抛弃科举及第的"光辉"前程,与娇娘双双殉情。这种轻功名、重爱情的叛逆思想,与娇娘叛逆礼教的精神本质上是一致的,他不愧是娇娘的"同心子"。申纯和王娇娘的爱情悲剧其实是社会造成的,他们不仅仅是嫌贫爱富、功名利禄的牺牲品,更是整个封建礼教制度的牺牲品,这样一来,作品的思想性得到了极大的升华。

《娇红记》的反抗精神不仅在于描写了王娇娘执着的爱情追求,而且客观地描写了飞红的情爱追求。飞红是王娇娘父亲王文瑞的妾,但是由于王妻的悍妒,她根本就是有名无实,"奶奶素性严妒,俺与老爷,名虽亲近,实未沾身"。在帮助申纯和小姐的过程中,她也有自己的情感追求,"二八花容侍女身,随他无事度芳春。也知一种伤情思,秋波暗里去撩人"(《和诗》)。正值青春年少,自然的情思涌动使她突然发现自己也爱上了申纯:"俺看申家哥哥,果然性格聪明,仪容俊雅,休道小姐爱他,便我见了,也自留情。"当老爷不在家、夫人睡觉的空闲,她便往中堂去看申纯了。春色如许,她感叹道便是铁石人也会动情的,却无奈人生空老。也许作者这里对待丫鬟的爱情是有偏见的,王娇娘对飞红的斥责就表明了作者的态度:"你丫鬟们呵,只不过房中刺绣添针黹。"而飞红却反驳:"小姐,你做的事瞒谁?倒几次寻嗔我,我拼的乘便告知奶奶,看怎生解说?"作者还没有就此打住,他还刻画了女鬼对于申纯的爱情。女鬼化作娇娘与申生相会,"虽然是依花附草形儿假,人和鬼,两女娃,真情一点不争差","年华有尽情无尽","则俺不灭幽魂,一样情非诳"。[1] 作

---

① 此段中引文均引自孟称舜《娇红记》,《孟称舜戏曲集》,王汉民、周晓兰编校,巴蜀书社 2006 年版。

者甚至还说虫蚁也一样具有人性,作者不自觉地把他对人性的呼喊扩大到了天地万物,强烈地表达了人性觉醒的普遍性和自觉性,也更见其反封建的深刻性。

王玉峰《焚香记》中对王魁与敫桂英的爱情描写也比较典型。王魁因为落第而耻归故里,暂居莱阳,和妓女敫桂英相爱并成亲。当地富豪金垒访知桂英貌美,以利诱劝鸨母,欲夺桂英为妾。为全家室,王魁在敫桂英的劝说之下再度赴试。临行前夫妻二人到海神庙里焚香立誓,表示生死相共,绝不负心。当王魁得中状元以后,韩丞相要招他为婿,王魁坚决不从,并写信接桂英一同赴任。但被金垒设计改写为休书。桂英得到这样一个沉重的打击,悲痛万分,加上鸨母又逼她改嫁金垒,愈加使她怨愤难当;想起和王魁一起在海神庙里有过誓约,于是到庙里诉冤,却毫无结果。怨恨交织,结果自缢身死。死后魂灵再向海神控诉,结果海神派阴兵把王魁的魂灵拘来对质,发现王魁并无入赘相府、遗弃桂英之事;后经海神查知确是为金垒所害。遂令桂英再生,和王魁重为夫妻。敫桂英死后在海神庙的两次控诉,强烈地表达了她对被遗弃的不幸遭遇的控诉和反抗的真切感情。《阳告》《阴告》充分反映了作者的思想取向。

孙柚的《琴心记》描写了司马相如和卓文君的爱情故事。卓文君是一个寡居的女子,而司马相如却以琴挑之,而卓文君也为之而动情。卓文君把贞洁观念抛掷一边,已经是对封建礼教相当大的叛逆,卓文君进而又偕司马相如私奔,更是把一个勇敢追求自己幸福生活的女性形象描写得个性十足。

明末的冯梦龙提出了"情教"说,对情的推崇登峰造极,"借男女之真情,发名教之伪药",[①]并自称"多情欢喜如来",以情为万物之本,文学之源。他在改编的才子佳人剧作中极力表现情的感人力量。《墨憨斋定本传奇》中有五种是专写爱情的,《洒雪堂》、《风流梦》、《楚江情》、《梦磊记》及《永团圆》。在《洒雪堂总评》中写道:"是记穷极男女生死离合之情,词复婉丽可歌,较《牡丹亭》、《楚江情》未必远逊,而哀惨动人更似过之。若当场更得真正情人写出生面,定令四座泣数行下。"[②]因此,在这部传奇中,梅孝已还特地借贾云华之口发出伤春之声:

①　冯梦龙:《叙山歌》,《冯梦龙全集》,江苏古籍出版社 1993 年版。
②　冯梦龙:《洒雪堂总评》,吴毓华编:《中国古代戏曲序跋集》,中国戏剧出版社 1990 年版,第 272 页。

　　到如今似梦里不分笑和啼，有日里呵向心头添出个情和意，还疑花枝褪红蜂懒窥，秋槐乍黄无燕栖。看萧索如期，年光去似水，还怕这佳人命，打不出红颜例。①（第三出《贾女斗草》）

　　最后纯真的爱情终于感动了阎王，让死去的贾云华借尸还魂，而贾母也不再阻拦她与魏鹏的婚事，有情人终成眷属。

　　情感在艺术中的渗透力是相当强大，众多传奇作家纷纷以"情"为主题进行创作，则必然对创作手法产生巨大的影响，人物形象的刻画生动自然，甚至更多的是采用夸张的方法来进行。如周朝俊的《红梅记》、范文若的《梦花酣》、徐复祚的《红梨记》、吴炳的《画中人》、袁于令的《西楼记》等传奇，都通过对才子佳人悲欢离合的爱情故事进行细致入微的描写，言情、写情、讴歌真情与至情，把处于封建礼教桎梏中的少男少女从灵魂到躯体全身心的抗争形象地表述出来，这种充满浪漫色彩的对爱情生死不渝的追求不仅打动了作家，更在几百年之后感动着读者去探究他们的"情"的境界。

二　"情""理"相融

　　在明末以及清初张扬对情的追求高峰之后，情与理、情与礼、情与性的折中统一逐渐卷土重来，传奇创作在追求"发乎情，止乎礼义"的前提下，"情"的理想境界发生了变化，人们对爱情生死不渝的追求变得微妙起来，"情"的实现不再是无条件的，纯洁爱情的获取变得十分功利。似乎阻碍爱情实现的不利因素突然变得简单了，爱情之路之所以有阻碍、有冲突，主要原因只是那些无良权贵以及奸诈小人等作乱其间，批判的矛头不再直接指向封建礼教。明清传奇突然失落了对理的反动，批判性也就随即被削弱甚至抽取，传奇中情感的指向必然会趋向于伦理化。于是，汤显祖也开始显得有些迟疑。虽然《牡丹亭》被看作倡人性、反礼教的扛鼎之作，其内心深处的名教思想还是在杜丽娘回生后的那些戏中表现了出来。近乎完美的对礼教的反叛在杜丽娘还魂后就失去了它应有的力量，"鬼可虚情，人须实礼"，一句话便在汤显祖所有的努力上撕出了一个豁口。孟称舜在《娇红记》中寻找"同心子"的努力也在《贞文记》中变成了"发乎情而止于礼"。在文学和艺术里的实践领域里，真正宣扬"至情"的传奇作品越来越少，反而是追求名教与风流合一、宣扬情理

---

　　①　梅孝巳：《洒雪堂传奇》，吴毓华编：《古本戏曲丛刊二集》，上海商务印书馆 1955 年版。

相融的作品越来越成为创作的主流，其实，这样的作品也并不只是在汤显祖之后才出现，纵观明清两代，有许多传奇作家都表现出比较明显的情理相融的创作倾向，尤以李渔、万树、沈起凤、蒋士铨、夏纶等人为代表。

周履靖的《锦笺记》传奇叙元朝江北书生梅玉与杭州少女淑娘两相爱恋，屡经周折最终偕合姻眷的爱情故事。侍女芳春提议前去看灯，柳淑娘拒绝，只是在房内看书。然而所写伤春之诗却遗失在园内被梅玉拾到。其在媒婆和侍女芳春的帮助下与淑娘私会，密订姻盟。但过程却是十分的曲折。当芳春把锦笺和诗给淑娘看时，她"〔旦看笺掷介〕狂生！狂生！我岂贾午崔莺乎"？在尼庵，梅玉又与尼姑设计用迷药迷倒淑娘，淑娘以"冰霜自比，怎管他鱼鸟难窥"，痛斥梅玉：

　　【扑灯蛾】〔旦〕君心何太痴，君心何太痴。越礼奚端始，韫椟匪沽名，期将完璧归子也。你看桑间濮上，迄今千古尚贻讥。①

梅玉欲与淑娘成就好事，淑娘坚辞不允，然而她却以芳春代替送入梅玉房中。作者通过这种叙写，其意全在褒扬柳淑娘的持节稳重，洁身自爱，虽风流多情私订终身，但和作者描写的那位意欲改节私奔的陈大娘相比，柳淑娘则是更符合他心目中理与礼的标准。因而尽管作者写到了陈大娘丧夫后的孤独寂寞的生活：

　　【解三酲】〔小旦〕冷清清谁来为伴，闷恹恹惟寄高眠。日里不打紧，孤帏梦断灯影暗，真个是夜如年。愁看夕月窥香兽，恼听春风叫纸鸢，深嗟怨。②

也写了陈大娘在进香时偶遇梅玉时心生暗恋，意欲与梅玉同结连理。但在她见到柳小姐：

　　【簇御林】〔小旦〕我看他堆花脸，削玉肩。语生香，步展妍。浅颦微哂情无限，蕴风流绣榜元应占。〔合〕谩猜嫌，何论年少，我

---

　　①　周履靖：《锦笺记》，《古本戏曲丛刊二集》，上海商务印书馆 1955 年版。
　　②　周履靖：《锦笺记》，《古本戏曲丛刊二集》，上海商务印书馆 1955 年版。

见且犹怜。①

于是"形秽羞临珠玉前",并且"自比泉下泥",发出"相思亦何为"的感叹后匆忙离去,最终竟然自尽而亡。果真如后人之评价:"抱真先生愤世破情,特为是以垂闺范尔",② 足以见得作者的苦心,明面上虽是写梅玉风流多事,暗里却写着节义之事:"风情节义难兼擅,女戒分明在此编,寄语梨园仔细传。"(第四十出【尾】)

孟称舜的《贞文记》的创作思想在王业浩的《鸳鸯冢序》中概括得十分明显,那就是"邃于理而妙于情",③ 作为同时代的人,王业浩对于孟称舜的传奇的认识是深刻的,从他在对《娇红记》的评价中看出作者其实是在歌颂节义之事:"阿娇非死情也,死其节也;申生非死色也,死其义也",④ 因此在作者写作《张玉娘闺房三清鹦鹉墓贞文记》时,他的"情之至则理之至"的思想主张就明白地表现在其中了。他的《题词》说:

男女相感,俱出于情,情似非正也!而予谓为天下之贞女,必天下之情女者何?不以贫富移,不以妍丑夺,从一以终,之死不二,非天下之至钟情者而能为之乎?然则世有见财而悦、慕色而亡者,其安足言情哉!?必如玉娘者而后可以言情,此记所以为言情之书也。孟子曰:乃若其情,则可以为善。则此书又即所为言性之书也。⑤

在作者眼里,他看到的不再是简简单单的忠于爱情的青年男女因抗拒权势的逼婚而伤情殒命,他是把"情"当成"理"来进行广传而征信的。孟称舜认为"言情"就是"言理",因而要"撰传奇而布之"。这不正说明了汤显祖倡导的情理对立、以情反理的人性观念发生了重大的变化吗?

由于明末清初的朝代更替,社会矛盾激化,整个社会思潮也从对意识观念的反叛转向了对经世致用的倡导,人们更多地关注起社会政治问

---

① 周履靖:《锦笺记》,《古本戏曲丛刊二集》,上海商务印书馆 1955 年版。
② 陈大来:《〈锦笺记〉引》,《中国古典戏曲序跋汇编》,齐鲁书社 1989 年版,第 1289 页。
③ 王业浩:《〈鸳鸯冢〉序》,《中国古典戏曲序跋汇编》,齐鲁书社 1989 年版,第 1356 页。
④ 王业浩:《〈鸳鸯冢〉序》,《中国古典戏曲序跋汇编》,齐鲁书社 1989 年版,第 1356 页。
⑤ 孟称舜:《〈贞文记〉题词》,《中国古代戏曲序跋集》,中国戏剧出版社 1990 年版,第 202 页。

题,社会风气由务虚而转为务实,文人传奇爱情剧中更多着力表现情与势(权贵、无行文人、奸诈小人等)的冲突,情理统一在所难免。明末清初正统文人传奇戏曲中少有以爱情描写为主的作品,即使有,情理统一的趋势也非常明显。吴伟业的《秣陵春》传奇写徐适与黄展娘聚散离合,就只是因为阴险小人从中作梗,而最终的团聚也是因为有贵人相助,皇帝特赐徐适状元及第,使两人再结良缘,作品传达出的"情"对于"理"的妥协十分清晰。由于传奇作品更多的是表面地写情与势的冲突,符合自然之性的爱情慢慢地不再是这些作品所要表达的主题了,作家们不过是借儿女之情抒发对情理相容的盼望。如丁耀亢的《西湖扇》传奇中,顾史与二宋(宋娟、宋湘仙)的爱情就没有多少情理的冲突了,作者似乎只是津津乐道于他们之间的风流韵事。程镳《蟾宫操》的主旨也不是情理之争,而是个人身世经历之感,叙写元朝成都秀才苟鹤与乌台御史宓鳌之女瑶华的姻缘会合,中间穿插丞相桑哥擅政作恶,劣生乔材挑拨离间等事。在这些作品中,"至情"的影子早已荡然无存,完全是情理合一的天下,甚至连情理冲突这一主题都成了附庸,干脆就取消了情的描写刻画,应该说,这种创作趋向是对传奇创作的一个严重的伤害。

蒋士铨是在情性上文章做得极深的另外一个主要的传奇作家。生活中蒋士铨是一个以志节自持、重视立身道德的正统文人,因此他的传奇创作也基本是以表彰节烈、扶植人伦为主题,道德教化色彩远远强烈于"情"的色彩。明清传奇初期对"至情"的追求到他这里已经发生了明显的变化,才子佳人的故事也不再是他传奇中主要的描写对象,他把"情"拓展到了更大的范围,内核也由人的个性至情转向了受理节制的人伦之情。他的传奇中女性主人公少有年轻男女一见钟情便誓言相守始终,主人公变成了贞女和节妇的情节:《采樵石》写宁王妃娄氏义谏宁王,最终投江自尽,以保一身清白的节烈;《空谷香》写薄命小妾姚氏的"贞魂烈性"而褕扬女子的贞节等。在《香祖楼》中蒋士铨则表明了他对"性情之正"的激赏之意,他要求自己的作品能达到"以情关正其疆界,使言情者弗敢私越焉",这也更说明了蒋士铨的作品中借传奇颂扬纲常伦理、抒发道德情感的出发点。而在蒋士铨之后的一些传奇作家如张坚、石琰、唐英等人,虽然创作上仍旧重提"情"字,但始终跳不出以传奇挽救世风、维持风化的窠臼来,情节上也越发囿于吟咏才子佳人的艳情,以至于到了清代中后期的传奇作品涂染的封建道德说教色彩越来越浓,也使得传奇越来越脱离舞台,彻底走入了发展的死胡同。

三　"情"话沧桑

中国古代文人儒道互补的思想历来在传奇作品中有明显的体现，除了"修身齐家治国平天下"的理想，他们还同时以"达则兼善天下，穷则独善其身"的准则作为理想精髓，儒家的理想主义和入世精神以及道家的豁达态度与出世境界往往在文人身上体现得十分明显。当文人面对历史兴亡演变中的规律并对其作深刻反思的时候，他们往往会陷入深刻的矛盾中。传奇作家多是失意文人，他们当中许多像汤显祖、沈璟、洪昇等人都是在仕途乖蹇之时才将精力投入传奇创作中去的，同时还有许多传奇作家根本不屑于仕途，他们借戏曲抒发胸中愤懑。而当这些人在创作中展现自己才华的时候，他们的剧作便在不同程度上体现出自己的际遇，思想内涵也因此而呈现出斑斓的色彩。虽说"传奇十部九相思"，明清传奇从产生之初就露出了以男女爱情作为作者抒发胸臆的载体的趋向，通过他们的聚散离合而反映凝重的社会历史事件，以及作者对历史兴亡的思考。

梁辰鱼的《浣纱记》是这一类型中具有典型开创意义的作品。《浣纱记》又名《吴越春秋》，创作于明代隆庆年间，是魏良辅改革昆山腔以后的第一部用昆山腔创作的文人传奇，同时这也是第一部广泛而深入地涉及政治、历史与人生的作品。《浣纱记》描写了吴越春秋时范蠡与西施的爱情故事，但梁辰鱼却在爱情的故事中加入了太多的爱国情怀，使爱情与爱国的思想结合在一起，开了明清戏曲传奇把爱情、人生放置到社会政治的大背景下进行思考的先河。作者在"家门大意"中表明他的写作选择的人物是"范蠡谋王图霸，勾践复越亡吴，伍胥扬灵东海，西子扁舟五湖"（第一出《家门》）。这与其他传奇中普通男女的情感发生机制一样，传奇从范蠡和西施的爱情开始写起，范蠡溪头偶遇西施，一见钟情，以浣纱为凭，私订终身。然而，在吴越两国战争背景之下的爱情显得那样的无助，这场美好的婚姻注定命运多舛。吴越交战越国兵败，越王采纳范蠡之策，到吴国三年，忍辱负重。被吴王释放回越后立即着手反攻吴国的准备，卧薪尝胆，励精图治，并决定向吴国进献美人以乱其国。在吴越争霸的严峻政治形势面前，范蠡忍痛割爱，让心爱的未婚妻西施去完成这一神圣的使命，因为只有她最了解范蠡，最能领悟这一谋略的用意所在。深爱着范蠡的西施为未来的夫君做出了巨大的牺牲，最终顺从范蠡的意志完成了这一"任务"。第二十三出"迎施"详细地写出了二人面对这一事件的内心冲突，最终西施顾全大局，为国家利益而舍弃个人感情，忍辱负重入吴宫。

最后吴王果然因此而败国。作者借离合之情写兴亡之感，是通过一系列忠臣人物形象的刻画而实现的，除了范蠡，忠臣伍胥、文种等人也是作者歌颂的对象，而对误国的奸臣小人伯嚭则是鞭挞。特别是范蠡，在实现了灭吴兴越的宏愿之后，他毅然携西施泛舟远适，完完全全是寄托了作者的精神追求，也让读者可以清楚地看出作者借他人之酒杯浇自己之块垒的真正用意。

《浣纱记》这种既是历史剧又是爱情剧的创作模式，把爱情情节与历史政治情节结合到一起，也就是把个人的悲欢离合与国家命运联系在一起，给后世的传奇创作留下了重要的影响。以此为圭臬的传奇以洪昇的《长生殿》和孔尚任的《桃花扇》最为出色，而正是这两部作品与汤显祖的《牡丹亭》一并被称为中国古典戏曲的三大高峰。

洪昇的《长生殿》是继汤显祖《牡丹亭》之后又一面"至情"的旗帜。洪昇酷爱汤显祖的《牡丹亭》传奇，对汤显祖怀有崇高的敬意，对《牡丹亭》的精神实质有着深刻的理解。他说《牡丹亭》"肯綮在死生之际。记中《惊梦》、《寻梦》、《诊祟》、《写真》、《悼殇》五折，自生而之死；《魂游》、《幽媾》、《欢挠》、《冥誓》、《回生》五折，自死而之生。其中搜抉灵根，掀翻情窟，能使赫蹄为大块，嚅嚅为造化，不律为真宰，撰精魂而通变之"（三妇评本《牡丹亭》洪之则文引）。所以，洪昇的创作指导原则与汤显祖一样是"情在写真"。第一出《传概》【满江红】中开宗明义："今古情场，问谁个真心到底？但果有精诚不散，终成连理。万里何愁南共北，两心那论生与死。笑人间儿女怅缘悭，无情耳。感金石，回天地。昭白日，垂青史。看臣忠子孝，总由情至。先圣不曾删《郑》、《卫》，吾侪取义翻宫徵。借太真外传谱新词，情而已。"显而易见，对理想化的"至情"的讴歌是其创作主旨。洪昇以情结构全剧，按照情感逻辑来铺叙故事、塑造人物，为了叙述李杨间真挚热烈、生死不渝的爱情，他将李杨塑造成至为忠诚于爱情的情种，对于有损杨妃形象的"史载杨妃多污乱事""概置不录"（《长生殿例言》），因此保持了杨妃个性形象的完美，也使得作者要歌颂的爱情具有合乎逻辑的信服力。而《长生殿》的描写总体上却并没有割裂历史，在历史大框架真实的前提下加入较多的艺术点染，依然体现着历史的真实感。

洪昇所歌颂的至情与汤显祖在《牡丹亭题词》中所宣扬的出生入死的至情是十分相似的，都写了爱情理想在现实中破灭，而又在超现实中复生，不过二者所体现的"情"的审美内涵却十分迥异。《牡丹亭》中杜丽娘求的是一种自然的情感，是一种自觉追求并为情而死的"至情"，并且二人的爱情最终是在现实中实现的，因情而死只是一个显示其心坚决、其意坚贞的方式。由于洪昇的至情观是"义取崇雅"，还包含着"臣忠子孝""不删《郑》、《卫》"的道德与理性的精神，所以他虽然肯定"情"，却同时又否定了有悖伦理传统的私情。他以李杨爱情为载体所讴歌的"至情"是"但果有精诚不散，终成连理"的夫妻伦理之情，并不是出自人的本性的"自然之情"。基于李杨二人的现实身份，他们的"钗合情缘"当然要被放置在双重现实情境之中：一是宫廷内部杨玉环的专宠与以梅妃为代表的其他妃嫔失宠的矛盾；二是宫廷外部由于杨玉环的专宠而带来的严重政治后果。由于社会、政治的掺入，杨玉环的爱情追求不得不并入复杂的社会背景之下，她追求的情感当然就变成了一种社会情感，功利目的体现在她的追求过程中的每一个行动里。当至情的理想在现实中无法实现时，被挤压、扭曲直至走向毁灭就成了李杨爱情的最终结果。因此，洪昇只能让二人的爱情挣脱现实而在虚空中得到实现。洪昇在传奇的下半部设置了一个超越现实的天堂境界，让"情悔"之后的李杨二人得以"精诚不散，终成连理"。团圆模式虽与《牡丹亭》相似，却以牺牲现实的一切为代价，其中的批判内涵也因而差之甚远。洪昇一心想弘扬"至情"，理想背上了沉重的历史责任，而且"至情"改换成了"泛情"，换成了包含着特定时代情绪的梦幻的"情"，思想的局限性显然让作品无法超越《牡丹亭》。

与汤显祖时代相比，洪昇生活的时代里在社会上有了更多的束缚，这样的时代背景下理想与现实的反差更显巨大，"至情"观在对伦理化的反动路上越行越远。洪昇与那些负有使命感和道德责任感的文人并无二样，当他把李杨的爱情悲剧与社会历史动荡变迁合二为一进行考量的时候，文人意识使得洪昇绝不可能仅仅全身心地投入对爱情悲剧的玩味之中，他自然不可避免要用历史和理性的眼光来思考、探究朝代兴亡更迭之因果，继而借文章来抒发隐藏在他内心深处的历史兴亡之悲哀感慨了。因此我们可以读道：

> 唱不尽兴亡梦幻，弹不尽悲伤感叹，大古里凄凉满眼对江山。我只待拨繁弦传幽怨，翻别调写愁烦，慢慢的把天宝当年遗事弹。（《长生殿》第三十八出《弹词》【转调货郎儿】）①

---

① 洪昇：《长生殿》，《古本戏曲丛刊五集》，上海古籍出版社 1986 年版。

　　《长生殿》之所以成为中国古典戏曲的高峰并不只是因为它对李杨爱情进行了一番别样书写，也不是因为它歌颂了作为普通人的帝王的情感悲剧，而是它把对李杨爱情悲剧的感受引申为了历史兴亡之叹。洪昇继承了从《浣纱记》传奇以来形成的"借离合之情，写兴亡之感"的文人剧作传统，孔尚任也没有例外。他的《桃花扇》传奇在《先声》一出中就做了同样的声明，他叙写南明时期复社名士侯方域和秦淮名妓李香君悲欢离合的爱情故事，但全剧同样是将历史兴亡系于桃花扇底，侯李二人的爱情故事完全只是一个表象，正如沈默所说："《桃花扇》一书，全由国家兴亡打出感慨结想而成，非止为儿女细事作也。大凡传奇皆注意于风月，而起波于军兵离乱。唯《桃花扇》乃先痛恨于山河迁变，而借波折于侯、李。读者不可错会，以致目迷于宾中之宾，主中之主。"① 南明一代的兴亡史借侯李二人的爱情进行表现：第一出到第六出写侯李的结合，并同时描写了复社文人对阮大铖的斗争，爱情被涂上了浓重的政治色彩；从第七出到第十二出则写了侯方域与马士英、阮大铖之间矛盾的激化；从十七出到第三十出将爱情和政治分而写之，以李香君为一线写其爱情经受的迫害，而李香君依旧坚贞，同时又以侯方域为另一线写了南明王朝的内讧以及矛盾激化；从三十一出到第四十出则写了侯李二人在南明王朝覆灭之际的重逢聚合。总之，"山河迁变，而借波折于侯、李"。等到经过千难万险终于重逢的时候，二人发现所面对的是一个山河破碎的国家，作者又借用道士张薇的话语："呵呸！两个痴虫，你看国在那里？家在那里？君在那里？父在那里？偏是这点花月情根，割他不断么？"二人顿悟，斩断了苦苦追求、期待的"花月情根"，双双入道。无论作者以何种笔触描写侯李二人的感情之真，他们的爱情都只能是黑暗政治的牺牲品，最终也只能以爱情的牺牲来追故国而全大义的，作者的主旨中爱情是政治的附属，没有了"国"和"君"的位置，"爱情的位置"便不再存在。

　　明清传奇从最初崇尚"理教为先"的《伍伦全备记》等一批传奇，发展到提倡"至情"的《牡丹亭》，再到借"情"而感叹国家兴亡的《桃花扇》，明清传奇作品中"情"与"理"的主题发生了十分明显的变化。虽然像《牡丹亭》、《长生殿》和《桃花扇》这样优秀的作品并不多见，但正是这样为数不多的传奇作品让我们认识到在明清时代的封建背景之下，传奇作品不管呈现出何种面貌的情、理，融合也好，冲突也好，文

---

① 沈默：《桃花扇跋语》，《中国古代戏曲序跋集》，中国戏剧出版社1990年版，第446页。

字深处都寓含着文人们救世卫道的拳拳之心，我们能够清晰地看到文人作家们基于自身性情的视角对情与理主题做出的不同选择，尤其是当出发点基于性情不是单一的呈现，当亡国失意的时代情绪紧紧依傍着爱情而成为抒发感受、反思历史的写作选择时，明清传奇中对于爱情的描写才终于跨出对现实批判的踏踏实实的一大步，并与作品中表露出的真情一起感天动地，尽管传奇作家们始终无法摆脱礼教羁绊，但这种不以个人意志为转移的强大思想解放浪潮，给整个社会带来了巨大的震动，这些传奇也长期为后人所激赏。

第三节　情怀视角:兴亡反思　平民关怀

我们常说"相当一部分"，明清传奇中相当一部分作品是描写才子佳人悲欢离合的，再除去教忠教孝的那部分作品，所剩下的传奇当然是以历史事件和时事为内容的作品。这些作品借对历史和时事的叙写而抨击现实的弊端，借历史人物抒发自己的报国雄心，表现出对历史兴亡交替的思索、迷惘以及感叹；也有对平民百姓的生活投入较多关注，反映平民情怀的作品。此类既有家国情怀，又有人文关怀的作品从文人传奇出现时就有了，在明清两代王朝统治期间，皇帝荒淫残暴，朋党斗争激烈，阶级矛盾尖锐，社会风气堕落，社会政治的黑暗，政局的动荡，百姓的疾苦都对传奇的创作产生过重大的影响，使明清传奇的主题既包含了反对权奸阉党、平乱抗战和揭露社会黑暗、反思国家兴亡的作品，也有体现对普通民众关怀的传奇，本文且将这些作品划归为"情怀视角"系列。

一　忠奸斗争

叙述忠奸斗争的传奇作品首推李开先的《宝剑记》。传奇描写禁军教头林冲弹劾高俅与童贯，高俅以看家传宝剑为名，将林冲赚入白虎节堂，问成重罪。林冲被发配沧州，于雪夜杀死刺客，投奔梁山。林冲的妻子真娘也被高衙内逼迫躲入尼姑庵。后来梁山英雄受招安，高俅父子被处死，林冲夫妻团圆。由于作者把林冲与高俅之间的矛盾冲突的起因改为林冲一再上本参奏童贯、高俅等奸臣结党营私、祸国殃民，而不单纯由于高衙内图谋林妻张真娘，这样林冲的反抗便从个人利益的出发点提高到了忠心爱国的高度，其实这也更直接地反映了作者的"诛佞臣，表忠良，提真作假振纲常"① 的创作目的。作者以此剧指斥当时的黑暗政治，抒发胸中积郁的不平之气。对于主人公林冲的刻画比较突出，作者着重描写了他爱国忧民的思想和行动。在第十五出中，林冲中计误入白虎堂，被问为死罪，真娘闻讯急往探监。夫妻互诉衷肠，林冲用【山坡羊】表明自己的心迹："虑只虑萱亲无靠，苦只苦娇妻年少。恨只恨半生命蹇，悔只悔争名利无着落，枉自劳。死生事最小，但只念君亲恩重，未尽忠和孝。"张真娘宽慰丈夫："倘或有些吉凶之事，奴岂有再嫁之理，只是竭力养母。"一个既温柔似水又坚贞刚烈，同时对邪恶势力毫无畏惧的女子形象十分鲜明。第三十七出描写林冲夜奔一场也特别精彩，写出了林冲被逼上梁山的复杂心理，"专心投水浒，回首望天朝"，也抒发了"丈夫有泪不轻弹，只因未到伤心处"的悲愤以及"叹母妻将谁靠"的无奈心情。全剧借宋代故事曲折反映明代社会政治状况，具有一定的艺术感染力。雪蓑渔者在《宝剑记·序》中评价此剧："足以寒奸雄之胆，而坚善良之心。"

《鸣凤记》对于时事的关注从其第一出《家门大意》中就可以鲜明地看出：

> 【西江月】秋月春花易老，赏心乐事难凭。蝇头蜗角总非真，唯有纲常一定。四友三仁作古，双忠八义齐名。龙飞嘉靖圣明君，忠义贤良可庆。②

全剧以夏言、杨继盛等人与严嵩一伙奸党的斗争为主要内容，充满了悲壮激烈气氛，表彰了夏、杨等人的忠诚与牺牲精神，批判了严嵩一伙贼党抢夺民田、霸占妇女、陷害忠良、生活荒淫，以及暗中投降勾结外敌的丑恶行径。《鸣凤记》把忠臣义士的忧国忧民以及他们的反抗活动与奸佞们的享乐腐化进行对比写作，对结党营私、把持朝政、误国害民的严嵩的丑恶嘴脸和无耻行为，极尽揭露挞伐讽刺。同时对于爱国的正直官员夏言、杨继盛、邹应龙等加以热情歌颂。作品取材于当代的历史事实，写重大政治斗争，在戏曲史上首开先河。另外作品为了适应政治斗争题材的需要，打破了生旦格局，从各个角度采用多重方式描写了众多的忠臣义士反权奸的斗争，把"劝忠斥佞"当成主线来进行全剧的构思。"夫妇死节"

---

① 《宝剑记》相关引文均引自李开先《宝剑记》，《古本戏曲丛刊初集》，商务印书馆1954年版。

② 《鸣凤记》相关引文均引自王世贞《鸣凤记》，《古本戏曲丛刊初集》，商务印书馆1954年版。

一折生动感人，临刑前杨夫人问杨继盛对于家事有何吩咐，杨继盛斥责道："我平生哪有家事？我浩气还太虚，丹心照千古。平生未了事，留与后人补。"足见其早就以身许国，他视死如归的浩然正气具有强烈的震撼力。

《鸣凤记》是中国古代戏曲史上较早表现当代重大政治事件的作品，对后世的影响巨大。"传奇写惯了的是儿女英雄，悲欢离合，至于用来写国家大事，政治消息，则《鸣凤》实为嚆矢。"① 在《鸣凤记》的影响下，后世出现了许多类似题材的政治时事剧，祁彪佳《远山堂曲品》收录有四十多本，其中揭露明代另一大权奸魏忠贤的传奇，有剧名可考者至少可达十一种，如范世彦的《磨忠记》、清啸生的《喜逢春》和李玉的《清忠谱》等。

当传奇作家们强烈的社会意识与黑暗现实发生冲突时，许多作家就想到借用历史故事来影射或者批判当朝政治。王济的《连环记》写东汉末年王允巧用连环记诛杀奸臣董卓，许多传奇作品是通过对历史故事的描写来寄托作者或人民的爱憎，以及对世事的善恶是非观的。无名氏《金丸记》写宋朝刘皇后毒害李妃，宫女寇承御与太监陈琳却救护太子之事。《曲海总目提要》卷三十九说该剧中所叙宋代李宸妃之事，"与明代纪太后事相类，或作者借宋事以寓意耳"。②《远山堂曲品》曾说："闻作此于成化年间，曾感动宫闱。"③ 姚茂良《双忠记》写唐朝张巡、许远同守睢阳，尽节殉国，后变为厉鬼擒拿叛军首领安庆绪，平定叛乱；《精忠记》则是一部歌颂抗金英雄的古老传奇，反映了历史上的民族英雄岳飞的抗金反奸的正义斗争。岳飞大胜金兵，秦桧却暗通金国，召回岳飞父子并投之狱中，又与其妻在东窗下定计，将岳飞父子害死于风波亭。岳飞死后成为神，在冥间审问秦桧夫妻，宋帝亦追封岳飞为鄂国武穆王。由于其对挟宠专权、欺君卖国、残害忠良的奸相秦桧的尖锐谴责，这部剧长期以来一直具有深刻影响，十分流行。

社会历史的进程以及作者本身立场观点的限制，使他们的作品不可能反对皇帝，更不可能从根本上去否定整个封建统治制度，而是把全部同情和希望都寄托于封建统治阶级内部正派官员们身上，认为唯有这些忠臣们才是解除国家危亡和百姓痛苦的救星。但苏州派的李玉创作的《清忠谱》

---

① 郑振铎：《插图本中国文学史》第四册，人民文学出版社 1957 年版，第 847 页。
② 董康辑：《曲海总目提要》，人民文学出版社 1959 年版，第 1816 页。
③ 祁彪佳撰：《远山堂曲品》，《中国古典戏曲论著集成》第六册，中国戏剧出版社 1959 年版，第 25 页。

以及其他几部作品则第一次在传奇作品中真切地描写出人民的力量，体现出作者深刻的现实主义精神以及锐利的眼光。

《清忠谱》取材于当代社会，因此必然要求严格尊重历史，作者在"谱概"中十分强调这一点，吴伟业也认为它"事俱按实，其言亦雅驯，虽言填词，目之信史可也"。①作品描写了以周顺昌为代表的一批刚正不阿的官员与阉党之间的斗争。传奇能够将忠奸之间的尖锐激烈的政治斗争放置在一个比较真实的环境中展开，展示现实生活。周顺昌不畏阉党权势，登船看望东林党人魏大中并与其结成儿女亲家，后来又在魏忠贤的生祠建成之日慷慨陈词，历数阉党滔天罪行。魏忠贤恼羞成怒，派东厂校尉逮捕周顺昌。此事激起了苏州人民的义愤，颜佩韦等人带领百姓抗议示威，冲进官府杀死恶官。周顺昌被秘密押解到京城，不屈而死，五义士也为了保全城百姓性命，挺身赴难，英勇就义。李玉用这样的一个故事抨击了统治者推行的惨无人道的专制统治以及特务政治，控诉了当权者的奸佞行径。在他的思想中，忠臣义士与权奸腐臣们的斗争是关系到国运民生的大事，传奇理所当然地应该以其为作品的表现主题，当然要为那些为了国家命运而赴汤蹈火、百死不辞的仁人志士们鼓吹。当然这更是传奇作家们强烈的社会责任感的一种发抒。于是，我们在他的作品里还看到其他忠臣义士的形象，如《万里圆》中的史可法、《牛头山》里的岳飞、《万民安》中的葛成等人物形象，而也正是李玉等苏州派在创作上的努力，使得明清传奇在他们这里被推上了一个更高的、更具有审美感召力的文化层次。

二　兴亡反思

明清传奇作家虽多游戏笔墨写才子佳人之事，但也不乏以深沉的笔触描写历史兴亡的作品。中国古代文人所特有的历史意识促使他们对其所处时代的政治产生了强烈的反思，这样的作品可以勾勒出一条简洁的发展线索，从传奇初长期的《浣纱记》到传奇集大成者的《桃花扇》，这些作品围绕着历史兴亡的主题，表现出作者对于现实社会的思索。

《浣纱记》以范蠡与西施的爱情故事串连起吴越之间政治斗争的风云，批判了听信谗言、不纳忠谏的吴王夫差和奸邪贪婪、陷害忠良的伯嚭，也赞扬了卧薪尝胆的越王勾践，特别是作者还歌颂了忠心耿耿的伍子胥与范蠡。从作者对敌对双方的主要当事人的态度上来看，作者的道德出

---

① 吴伟业：《清忠谱·序》，吴毓华编：《中国古代戏曲序跋集》，中国戏剧出版社1990年版，第318页。

发点既有吴越两个国家的强弱兴亡的转化之考虑，又有一种慨叹兴废与人生无常的思索。因此，《浣纱记》总体上流露出一种失落的情绪。

明清易代之际本来就是中国思想界的启蒙时期，此时的传奇作家们在激烈的民族斗争与残酷的民族压迫情势下，自觉地选择了以传奇来表达他们对故国的忧思与兴亡的感叹。入清以后，以李玉为代表的苏州派传奇作家以及吴伟业、洪昇等人创作出了不少优秀的具有历史沧桑感的传奇作品，孔尚任则把对于兴亡反思的作品推向了顶峰。

李玉的《千忠戮》借明朝"靖难之役"建文帝的遭遇把国破家亡的哀思、流离失所的悲凉浓缩进传奇中，引起了人们广泛的共鸣。它对于叙事主题的选择是整个明清传奇中最为特殊的一个，对于这场灾难的是非曲直有着自己明确的判断，作者没有遵从"奸臣误国"的思想叙写传奇，而是显现出了对这种思想不一般的超越。《千忠戮》揭露了朱棣为了获取帝位而用尽惨无人道的手段，杀害忠良、残害无辜的种种暴行，是一个残暴无道的"篡位"之君，作者把批判的矛头直接指向了君王，突出了作者敏锐而切中要害的目光。尽管传奇中有奸臣陈瑛肆意进谗言，撺掇朱棣大行杀戮方孝孺、齐泰、黄子澄等忠于建文帝的官员，并且出谋划策追杀逃亡的建文帝。尽管后来陈瑛被皇帝杀了全家，但作者仍然认为朱棣应负有罪责。在第二十二出中朱棣率军巡视边关时，作者安排了朱元璋的鬼魂与朱棣对质：

> （小生）……因为我儿燕王，谋篡大位，伤残骨肉，特赴边关，不免责他一番。……（拍桌介）我儿醒来！（末惊醒介）……未识父皇有何见责臣儿？（小生）恨着你这强梁，恨着你这强梁！居然篡逆胡行憨，真个是吞噬行乖张！

作者借朱元璋的鬼魂之口对朱棣为自己罪行的种种开脱予以驳斥，这样一来，以往朱棣关于反对建文帝的种种原因都无法成立，他再无法为自己的篡位行径寻找借口——如朱棣说起兵乃是因建文"更章制度"，朱元璋说我"开创草草，制度岂能尽善，更改何妨"；朱棣说建文"任用奸邪"，朱元璋说"忠臣谋国，你反指为奸邪"；朱棣说为建文"不容哭灵"，朱元璋说"此是我的遗命"；朱棣说建文"削夺护卫"，朱元璋说"反形已露，自应削夺"，朱棣说建文"亲王连斩实堪伤"，朱元璋说"藩王叛逆，定尔加诛，此祖训"；朱棣说自己"刀临颈上"，不能俯首待毙，朱元璋说，建文早已晓谕军中"毋使朕负弑叔父之名"，建文帝并没想杀他! 最后, 在朱元璋"既已出亡, 你何苦屡屡擒拿杀害"的追问之下, 朱棣不得不承认: "为封疆怎顾宗枝, 保大位岂容魍魉", 为了能当上皇帝, 朱棣不惜大开杀戒, 残害了无数忠良与无辜百姓。最终朱棣在那些张牙怒目、奇形异状、颈流鲜血、痛苦发狂的众多冤鬼索命中气绝身亡。作者有了这样的认识, 自然不会再让朱棣有任何为自己开脱的机会。

吴伟业的《秣陵春》借南唐亡国的经验教训, 抒发自己的失国惆怅与兴亡感慨, 并且在卷末收场诗有云: "门前不改旧山河, 惆怅兴亡系绮罗。"这句话恰恰是明清传奇中对于国家社稷兴亡反思作品的写作方式的正确写照。不仅吴伟业的《秣陵春》传奇, 上文提到的《浣纱记》, 以及后来出现的《长生殿》《桃花扇》均是这种托兴亡愁思于爱情故事之上的传奇佳作, 因为爱情描写与历史兴亡的史实并不矛盾, 实际上二者还是紧密结合在一起的, 它们在审美的指向上是一致的, 历史兴亡为爱情增添悲剧色彩, 而爱情的悲剧又使得兴亡更加成为所有人的切肤之痛。

洪昇的《长生殿》对于历史兴亡的反思是建立在李杨二人"情悔"的基础之上的, 他的创作目的是"借太真外传谱新词, 情而已", 因此, 《长生殿》对于历史兴亡之感的表述相对就简单和草率得多, 他对于唐明皇对杨贵妃的"至情"的渲染, 虽然有批评其"为情弃责"的意思, 但由于他只"着眼于把李、杨情缘的悲剧感受引申为历史兴亡之感, 而不是沉浸于历史兴亡的深刻反思和痛切感受", [1] 所以《长生殿》所传达出的历史眼光应该说还是比较短浅的。

但《桃花扇》十分不一样, 这部被誉为"天地间最有关系之文章"将"五十年前遗事, 君臣将相、儿女友朋, 无不人人活现", [2] 通过栩栩如生的人物形象将明末清初动荡的历史展现出来, 旨在使人们"知三百年之基业, 隳于何人? 败于何事? 消于何年? 歇于何地? 不独令观者感慨涕零, 亦可惩创人心, 为末世之以一救矣"。[3] 侯方域与李香君之间的爱情充满了悲剧色彩, 因为作者决意要"借离合之情, 写兴亡之感", 传奇的叙事主题就明显是立足于政治性的兴亡感慨之上了。剧本以南明朝廷为中心构建出一个历史时代, 这个典型环境中人物之间的爱情很难超脱于复杂的封建末世的腐败环境。因此, 作为冲突一方的侯李虽然有着实现爱情

---

① 郭英德:《明清传奇史》, 江苏古籍出版社 2001 年版, 第 461 页。
② 刘中柱:《桃花扇跋语》, 吴毓华编:《中国古代戏曲序跋集》, 中国戏剧出版社 1990 年版, 第 445 页。
③ 孔尚任:《桃花扇小引》, 吴毓华编:《中国古代戏曲序跋集》, 中国戏剧出版社 1990 年版, 第 439 页。

婚姻的目的，但从一开始就遭遇马士英、阮大铖等人的阻碍和干扰，加上政权内部的矛盾冲突，本来简单的爱情婚姻为政治权势、江山地位的争夺而裹挟，构成了强烈的戏剧冲突，这股亡国的恶势力同时也是毁灭二人爱情的罪魁祸首。最终二人再次团圆时，他们面对的是一个破碎的国家，如何让二人有安宁之所？于是双双入道，远离凡尘。这一悲剧性的结尾其实是对整个封建社会的没落的一种无可奈何。《桃花扇》以其厚重的历史反思情绪为整个明清传奇所肩负的社会责任感的戏曲展现添上了浓墨重彩的一笔，自身也达到了传奇创作的顶峰。

三　平民关怀

明清传奇在初期以及繁盛阶段体现出了强烈的文人化特征，这使得在作品的主题选择上鲜明地反映出文人士大夫的审美情趣，他们把文人对政治、社会以及人生的审美看法融入创作思想中去，无论是教化主题、情爱主题还是爱国主题、对历史兴亡的反思主题，都明确彰显着他们作为封建文人的所谓的正统思想，因此，我们看到的传奇绝大部分是前文提到的具有强烈说教意识的教化作品、具有扬情反理的张扬个性的爱情作品以及寄托兴亡思索的作品，对于主题的选择近乎单纯，模铸出的是"千人一面，千部一腔"的人物形象，某种程度上影响了传奇的艺术水准。但明清传奇中还是有不少作品充满了平民色彩，体现了作家们对于普通人的人文关怀，为明清传奇单调的叙事主题增加了鲜活的元素，即使在那些被诟病的作品中也能找到平民化的色彩。尤其需要提到的是，平民色彩的增加，意味着传奇故事性的增强，特别是传奇更加注重人物形象的刻画了，以对某个抽象的道德伦理进行图解而设置情节的做法逐渐被传奇的叙事特征的强化代替。

重德尚义是明清传奇"平民化"特征的最为明显的表现。中华民族自古就有重视伦理道德的传统，传奇作家们坚信道德具有维护社会秩序和挽救颓废世风的重要功效，因此他们作品里的道德评判往往代替了是非评判。教化主题的作品中虽然总板着面孔教训人们要遵守纲常道德，但毕竟教忠言孝、讲求守信，也体现了普通民众最为朴实的追求。许多作品特别推崇义气，赞扬了人与人之间的平等互助、患难相守与知恩必报的可贵品质。

沈采的《千金记》第七出写韩信家贫无粮，临河下钓，遇漂母怜之，带其回家，赠之以饭。韩信立誓倘有荣贵之日，定把千金回赠。后来韩信果然助刘邦成就大业，被封为齐王，他荣归故里，报漂母以千金。作品歌颂了韩信一诺千金的优良品质，而这种品质，即使是平民百姓也十分的赞赏。

《明珠记》中的古押衙则是明清传奇作者们着意歌颂的一个具有正义感的侠士。奸相卢杞欲重金收买他刺杀清官刘震，他毫不犹豫地予以严词拒绝，加上他对"内有奸臣弄权，外有骄将悍卒，民穷财尽，天下不日将乱"的时局担忧，毅然挂冠而去，隐居山中。后来他又感于王仙客之义，设计将无双从皇宫中救出，玉成了二人姻缘。其他像张凤翼《红拂记》中的虬髯客、袁于令《西楼记》中的胥表都是这类人物。

明清传奇的平民化色彩在对于爱情的态度上体现得十分鲜明。传奇描写了许许多多的爱情故事，无论男女的身份如何，双方经历了多少痛苦磨难和漫长的等待，他们都坚守着婚姻和爱情的那一份承诺，这充分反映了平民化的创作倾向之下，作者们对于普通民众们幸福生活的理想关怀。

郑若庸的《玉玦记》写王商与妻子秦庆娘的离合之事，尽管王商因落第羞于归家，淹留临安。秦庆娘被叛将张安国擒，秦氏剪发毁容而全节，最终历尽苦难与王商团聚，贞节背后我们看到的是普通妇女对爱情的坚贞。袁于令的《西楼记》，梅鼎祚的《章台柳》、《玉合记》和《长命缕记》等传奇，表现的是妓女对真挚爱情的追求，而《绣襦记》对妓女李亚仙已经到了歌颂的地步，虽身在烟花巷，在郑元和成为乞丐后依然能够爱着他，并能剔目毁容而勉励郑元和苦求上进，作者这样写反映了她身上善良的本性。至于王玉峰的《焚香记》中的敫桂英、周朝俊的《红梅记》中的李慧娘、孟称舜的《娇红记》中的王娇娘、汤显祖《牡丹亭》中的杜丽娘、洪昇《长生殿》中的杨贵妃等众多的女性形象，无一不是充满了对爱情与幸福的憧憬与向往，丝毫不以外界的情势变化而改变自己的决心，能够勇敢地追求属于她们自己的幸福，这些主题的抒写何尝不是明清传奇中体现出来的对平民的关怀呢？

李玉是由明入清的剧作家，其特殊的下层文人的身份使得他作品的思想内容与那些士大夫剧作家们的作品大相径庭。李玉很少沉湎于卿卿我我的爱情的描写，他把目光和笔触更多地投向了普通人，借他们的遭遇来抨击现实的弊端，借平民对于政治与道德的思想觉醒与政治自觉来抒发自己的报国热情。以他为代表的苏州派作家们笔下的人物群像中颇多平民形象，并且这些形象已经成为作品主要人物或重要人物，一改以往传奇作品中小人物仅作为陪衬的做法。如葛成（《万民安》）、颜佩韦（《清忠谱》）、邬飞霞（《渔家乐》）、秦种（《占花魁》）等平民形象已经完全地成为传奇主要刻画的人物。当作者们从这些代表着大众的人物身上寻找高尚的道德人格，褒扬他们平等、互助、正直、忠诚、患难与共、大义凛然的高贵情操时，社会的病态也随之得以充分的揭露与鞭挞。当然，传奇作家们虽然不满社会现实，可是毕竟无法真正意识到人民群众才是推动历史前进真正的强大力量，他们只能在有限的范围内以及相当浅显的程度上表现出对平民的关怀，他们始终无法从现实社会所造成的文化困境中解脱出来。

　　充分估量作品的价值，强调作品的某种社会功能，这是明清传奇作者们创作之前必不可少的一个过程，由于他们对于叙事主题选择的视角不同，出发点不同，趋向不同，他们对作品情节与结构的设置、人物形象的塑造等有关叙事的许多方面都产生了比较大的区别。明清传奇的主要叙事主题总体上可以被概括为上文提到的三类，即从秩序视角出发的多选择教化主题，从性情视角出发的多选择至情主题，从情怀视角出发的多选择兴亡与平民关怀主题。传奇初期作家们出于对秩序的维护而对教化主题片面鼓吹，传奇作品变成伦理教化的图解大全，人物形象变成道德概念的化身。而到传奇发展时期，人性的"至情"观念高扬，由于"情"出诸人物形象自身，因此传奇主题的选择多以性情为出发点。传奇的叙事特征也在人物形象的塑造方面发生了重大的变化，叙事的结构、情节等设置也开始以人物为中心来进行。而以情怀视角为出发点的传奇采用了历史兴亡与平民关怀为切入点，作品拓宽了传奇的社会表达空间，特别是人物形象的塑造从帝王将相到普通平民百姓都被纳入作者的视野，这些都进一步增强了传奇作品的叙事特征。

第二章　明清传奇叙事的结构艺术

亚里士多德把"思想"、"情节"与"人物"视为戏剧之灵魂，"思想"隐含于作品的主题之中，作者需要通过作品把作者个人的人生态度或观念传达出来，必然要借助于结构之法作为创作剧本的凭借，以一定的方式对故事情节进行有意识的组织与安排，使戏剧能围绕人物行动而顺利进行。明清传奇的结构一词意义相对复杂，既指传奇文本和舞台表演艺术的构思布局，也可以指传奇情节结构，按许建中《明清传奇结构研究》中的说法，一般可以从三个角度来认识，一是作为文本所具有的文学结构，二是因其文本主要由曲牌构成而具有的音乐结构，三是为满足舞台演出而含有的排场结构。① 本章主要研究明清传奇的文本结构，其他二者还待另行研究。明清传奇通过人物和事件的多样化叙述传达作者的感情和认识，周之标曾说："戏曲者，有是情且有是事，而词人曲肖之也。"② 戏曲无非"曲"与"事"，这种观点正好对应着中国文学传统中的抒情性与叙事性特征。明清传奇中由于故事、情节、结构三者关系十分紧密，作家或评论家们又常常以"情节"代指"结构"，因此常有"故事情节"或"情节结构"的说法，故而，对传奇结构的讨论和研究往往会较多地关注故事的情节安排。一部完整的传奇作品是由许多事件组合而成的，事件与事件之间本身具备一定程度的内在的有机联系，这种组合一般都不能作机械式的拼凑，甚至还具有不可任意更换的逻辑顺序，因此情节的安排对整个传奇十分重要。明清传奇以灵活转换的时空为背景、以点线结构为基础的情节设计，就是为了使情节的组合更加生动、丰富、完整、和谐。由于明清传奇的"代言体"特征，叙事过程中作者常常会主动参与进故事的进程，情节结构的安排还免不了要受到作者心理结构的控制，明清传奇的叙事结构往往会程度不等地出现忽略人物自身行动逻辑发展规律的现象，

---

① 许建中：《明清传奇结构研究》，中州古籍出版社 1999 年版，第 19 页。

② 周之标：《吴歈萃雅·又题辞》，《善本戏曲丛刊》，台湾学生书局 1986 年版。

戏剧冲突的设计也往往与传奇最终情节的走向并不完全相关。因此，对具有浓郁的抒情性特征的明清传奇叙事结构进行探讨时，就不得不兼带考虑情节结构与心理结构二者之间的关系。

第一节　明清传奇叙事结构的基本格局与特征

一　中国传统结构叙事理论沿革简说

在明清传奇中，结构是作品和情节得以存在的基本前提之一，它关系到传奇的情节如何安排、故事如何讲述等问题。明清传奇动辄几十出的宏大体制，如何把纷繁复杂的事件与人物安排于其中，确实是一个比较重要的话题，从元代到明清时期，作家们以及评论家们多以"关目"、"布局"、"章法"或者"格局"等来指代"情节结构"，虽然其对象和内涵多有不一致，但他们还是不断地进行了许多有益的探讨，因此我们也看到了有关结构的理论经历了一个从零碎到系统的过程。

最早论及戏曲结构问题的是元代剧作家乔吉，他认为："作乐府亦有法，曰凤头、猪肚、豹尾六字是也。"[1] 对此，陶宗仪解释说：大概起要美丽，中要浩荡，结要响亮，尤贵在首尾贯穿，意思清新。[2] 显而易见，二者的理论都和结构问题有关，但他们还只是指出了剧曲和散曲的结构应具有完整性，尚未论及戏曲的整体结构。到了明代，臧懋循、吕天成、凌濛初、徐复祚、王骥德等人开始注意到了"结构"，他们分别提到了"布局""练格""构局""搭架"等与结构相关的要素。如凌濛初说："戏曲搭架，亦是要事，不妥则全传可憎矣。"[3] 臧懋循解释了"作曲三难"中的第二难，即"关目紧凑难"，这与孙鑛所提出的"传奇十要"中所列为"十要"之首的"事佳""关目好"[4] 的说法不谋而合。由于"关目"具有"情节"的意思，这才算是真正接触到了叙事结构的中心问题。李贽

①　乔吉：《作今乐府法》，秦学人、侯作卿编著：《中国古典编剧理论资料汇辑》，中国戏剧出版社 1984 年版，第 3 页。

②　陶宗仪：《作今乐府法》，秦学人、侯作卿编著：《中国古典编剧理论资料汇辑》，中国戏剧出版社 1984 年版，第 20 页。

③　凌濛初：《谭曲杂札》，《中国古典戏曲论著集成》第四册，中国戏剧出版社 1959 年版，第 258 页。

④　吕天成：《曲品》，《中国古典戏曲论著集成》第六册，中国戏剧出版社 1959 年版，第 223 页。

提到《西厢记》和《拜月亭》是"风行水上"的化工之作，"结构之密"①是两剧的重要特点。在评论张凤翼《红拂记》时把"关目"列为戏曲文学的诸多要素之首，他说："此记关目好，曲好，白好，事好。"②《荆钗记总评》中李贽对结构的功能下了一个论断："传奇第一关楔子全在结构，结构活则节节活，结构死则节节死。一部死活只系乎此。"③李贽对明清传奇叙事性艺术特征的认识上升到了一定的高度，而与他持有相同观点的作家或评论家也渐次增多，推动了戏曲叙事结构批评理论的建立和发展。

从晚明开始，传奇这一取材广泛、篇幅宏大的戏曲样式几乎一统天下，但体制上的拖沓冗长，也使得写作时更容易流于生活材料的堆砌，难以组织起真正有效的叙事。所谓叙事技巧的运用，是为了让故事新奇而富有吸引力，在艺术手法上必须精心组织结构。传奇作家、评点家们发现了这一时期传奇创作的流弊之后，开始形成比较明显的自觉意识，许多人开始强调结构在戏曲创作中举足轻重的地位，如袁宏道说："词家最忌逐出填去，漫无结构……一部《紫钗》都无关目，实实填词，呆呆度曲，有何波澜，有何趣味？"④王骥德在《曲律·论剧戏》中第一次对戏曲的叙事结构作了较为全面的论述：

> 贵剪裁，贵锻炼。以全帙为大间架，以每折为折落，以曲白为粉堊、为丹膜：勿落套，勿不经，勿太蔓，蔓则局懈，而优人多删削；勿太促，促则气迫，而节奏不畅达；毋令一人无着落，毋令一折不照应。⑤

王骥德的说法比较具有理论指导的性质，他提出传奇创作必须有总体构思，形成"大间架"，也就是全剧的中提结构，需要注意到剪裁与提炼，避免枝蔓太多而影响主线，要求能够注意到前后照应，布置好场次的

① 李贽：《杂说》，俞为民、孙蓉蓉编：《历代曲话汇编》明代编一，黄山书社 2009 年版，第 535 页。

② 李贽：《红拂》，俞为民、孙蓉蓉编：《历代曲话汇编》明代编一，黄山书社 2009 年版，第 542 页。

③ 李贽：《荆钗记总评》，俞为民、孙蓉蓉编：《历代曲话汇编》明代编一，黄山书社 2009 年版，第 543 页。

④ 毛效同：《汤显祖研究资料汇编》，上海古籍出版社 1985 年版，第 791 页。

⑤ 王骥德：《曲律》，《中国古典戏曲论著集成》第四册，中国戏剧出版社 1959 年版，第 137 页。

轻重详略，冷热调配均匀以突出重点。王骥德以六个"勿"（"毋"）作为戏曲结构的一般原则，论述整体结构问题，已经表现出系统的传奇本题意识，这与其他一些零散的有关结构的阐述相比要先进周密得许多。与他同时的许多作家或评论家也多有注意到"构局""炼局"等与结构有关的技法，如祁彪佳在《远山堂曲品》中就表明了他对戏曲形式布局操作的重视，提倡对原始材料进行选择、组织、提炼使之精简凝练。他在评朱期所作《玉丸记》中就明确指出："作南传奇者，构局为难，曲白次之。此记局既散漫，且词不达意。"① 从祁彪佳对传奇布局结构技法表示的不满之说可以看出，那个时期的一些曲论家们已经把结构列于与曲白等传奇创作要素的重要位置。另外，冯梦龙也提出过建构情节结构的主张，他认为情节结构之间应该做到相互衔接，尽可能紧密不着痕迹。不过，很多的作者以及评论者虽然都认识到了传奇的情节结构的重要性，但由于他们对文辞与音律的关注程度远超过结构问题，因此，关于结构理论的探讨还没有上升到自觉的程度。而王骥德独具慧眼，提出了戏曲结构相关的话题。他在《曲律》中对于结构的叙述是这样的：

> 作曲，犹造宫室者然，工师之作室也，必先定规式，自前门而厅、而堂、而楼，或三进、或五进、或七进，又自两厢而及轩寮，以至廪、庾、庖、湢、藩、垣、苑、榭之类。前后、左右、高低、远近，尺寸无不了然胸中，而后可施斤斫。作曲者，亦必先分段数，以何意起、何意接、何意作中段敷演、何意作后段收煞，整整在目，而后可施结撰。②

他以建筑作比，形象而具体地强调了戏曲创作必须首重情节结构，突出了创作之前的艺术构思对于剧本全部规模的设计所具有的举足轻重的作用。王骥德重视剧本结构的全局，看到了整个剧本就如同一个大间架，每一折戏都是一个小单元，处于最关键的地位，而曲词则远不如结构来得重要。这种论断当是对后来李渔关于叙事结构理论的集大成工作也有着重要的影响。

丁耀亢在《啸台偶著词例》中对戏曲创作理论进行了总结，他说词有

① 祁彪佳：《远山堂曲品》，《中国古典戏曲论著集成》第六册，中国戏剧出版社 1959 年版，第 102 页。
② 王骥德：《曲律》，《中国古典戏曲论著集成》第四册，中国戏剧出版社 1959 年版，第 123 页。

"三难""十忌""七要""六反"①，而"三难"之首为"布局，繁简合宜难"，将情节结构的布局置于音律与文辞之前，这也是他认识到了戏曲叙事性本质后的精辟论断。金圣叹则认为应该重视作品情节素材的结构布局，要对作品的情节发展脉络有宏观的把握。他认为传奇作品的戏曲情节可分为起承转合，认为"除起承转合，更无文法，除起承转合，亦更无诗法也"。这就直接将结构之法提高到了无以复加的高度。

待到李渔的《闲情偶寄》出现时，结构一词最终在剧作家创作中所面临的许多要素中占到了最为重要的地位。李渔对传奇作品不同的组成部分加以研究，分别从结构、词采、音律、宾白、科诨与格局等六项中一一细细讨论。其中结构和格局与作品的谋篇布局相关联，在六个要素中得到了李渔的特别重视。他说：

> 填词首重音律，而予独先结构者，以音律有书可考，其理彰明较著。……至于结构二字，则在引商刻羽之先，拈韵抽毫之始。如造物之赋形，当其精血初凝，胞胎未就，先为制定全形，使点血而具五官百骸之势。倘先无成局，而由顶及踵，逐段滋生，则人之一身，当有无数断续之痕，而血气为之中阻矣。工师之建宅亦然。基址初平，间架未立，先筹何处建厅，何方开户，栋需何木，梁用何材，必俟成局了然，始可挥斤运斧。倘造成一架而后再筹一架，则便于前者，不便于后，势必改而就之，未成先毁，犹之筑舍道旁，兼数宅之匠资，不足供一厅一堂之用矣。故作传奇者，不宜卒急拈毫，袖手于前，始能疾书于后。有奇事，方有奇文，未有命题不佳，而能出其锦心，扬为绣口者也。尝读时髦所撰，惜其惨淡经营，用心良苦，而不得被管弦、副优孟者，非审音协律之难，而结构全部规模之未善也。②

李渔认为，结构的工作必须在"引商刻羽之先，拈韵抽毫之始"，这个与"造物之赋形"以及"工师之建宅"一样，只有做好"结构"的准备才能"袖手于前，始能疾书于后"，那许多作品之所以不能够配上音乐供演出，关键就是剧本结构的规模未能做到尽善尽美。

与王骥德的论述相比较，李渔的"工师之建宅"说显然是对王骥德

---

① 丁耀亢：《赤松游·啸台偶著词例》，《古本戏曲丛刊五集》，上海古籍出版社1986年版。
② 李渔：《闲情偶寄·结构第一》，《中国古典戏曲论著集成》第七册，中国戏剧出版社1959年版，第10页。

"工师之作室"说的继承，但他又对此论进行了提高和拓宽。王骥德所关
注的主要是形式方面的要素，侧重于戏剧创作时整体结构的安排，如何对
各个组成成分进行排列组合，如何在空间维度上对材料进行衔接与组织
等。而李渔关注的则首先是整个戏曲创作而不是材料的组织，是所谓的
"点血而具五官百骸之势"，是包含了内容和形式两个方面的艺术构思活
动，李渔看重段落联系的内在逻辑性，戏曲结构的具体含义转化为奇事：
"有奇事，方有奇文，未有命题不佳，而能出其锦心，扬为绣口者也。"
故此我们认为李渔的结构理论价值要远高于前人的理论。而要做到"结
构第一"，则必须以"立主脑""密针线""减头绪"等为原则。李渔说：

> 古人作文一篇，定有一篇之主脑，主脑非他，即作者立言之本意
> 也。传奇亦然。一本戏中有无数人名，究竟俱属陪宾，原其初心，止
> 为一人而设；即此一人之身，自始至终，离合悲欢，中具无限情由，
> 无穷关目，究竟俱属衍文，原其初心，又止为一事而设；此一人一
> 事，即作传奇之主脑也。①

从中我们可以看出，李渔的"主脑"就是传奇中的主要人物和主要
事件，创作传奇时必须让传奇的故事情节围绕主要的人物和主要事件而展
开并一直服从于这个中心。同时，人物事件之间要做到前后照应、互相关
联。他认为"编戏有如缝衣，其初则以完全者剪碎，其后又以剪碎者凑
成。剪碎易，凑成难，凑成之工，全在针线紧密"，②因此在构思的时候
必须要"埋伏照应"，对传奇中提到的事情和人名必须要时刻记录在心。
关于人物和事件的议题，李渔提出了"一人一事"的说法，他认为传奇
的人物和事件头绪不应繁多，应该是"一线到底，并无旁见侧出之情"，
以免得出现更多的事、更多的关目，"令观场者如入山阴道中"。对"头
绪忌繁"的时刻关心就可以"思路不分，文情专一"了。做到了"立主
脑"，其实也就是做到了在主题的统领之下，作品的情节能够一线到底，
有头有尾，脉络分明，才能保证情节中的冲突尽可能地集中以表现其强
烈，故事能够纵向地发展而不至于横生枝蔓。他列举了一些例子对自己的
理论进行说明：

---

① 李渔：《闲情偶寄·词曲部》，《中国古典戏曲论著集成》第七册，中国戏剧出版社 1959
　年版，第 14 页。
② 李渔：《闲情偶寄·词曲部》，《中国古典戏曲论著集成》第七册，中国戏剧出版社 1959
　年版，第 16 页。

一部《西厢》止为张君瑞一人，而张君瑞一人又止为"白马解围"一事，其余枝节皆从此一事而生，夫人之许婚，张生之望配，红娘之勇于作合，莺莺之敢于失身，与郑恒之力争原配而不得，皆由于此。是"白马解围"四字，即作《西厢记》之主脑也。①

根据李渔的观点，他认为一部传奇应该是既为一人而作，同时还应为一事而作，而"后人作传奇，但知为一人而作，不知为一事而作。尽此一人所行之事，逐节铺陈，有如散金碎玉，以作零出则可，谓之全本，则为断线之珠，无梁之屋"。② 最终的结果就是"作者茫然无绪，观者寂然无声"。③ 因此说，李渔认为传奇创作"原其初心，止为一人而设"，④ 其实是掌握了戏曲艺术的叙事要围绕一个关键行动展开的问题，这样既能从整体性角度来把握戏曲结构问题，又表现出一种重视戏剧结构的审美趋向，这是李渔"结构第一"理论的新异之处，也是其最有价值之所在。李渔的理论既是对前人戏曲结构论的有效继承和发展，也是一种重大突破，这是对长久以来戏曲文学中"抒情"审美传统独霸天下格局的一种有力突破。可以说，至李渔为止，中国古典戏曲理论的基本框架已经完全成型，尤其是在戏曲结构理论方面已趋于成熟。

二　明清传奇结构的基本格局分析

传奇的体制结构通常包括剧本格局结构与音乐体式结构两个方面，由于本章仅研究叙事部分，不涉及音乐体式，故此单就剧本的格局进行分析。所谓格局，就是故事情节发展的不同阶段。明清传奇的格局虽有自己的特殊性，但大多数初期传奇的情节安排格局基本是由开端、发展、高潮和结局等四个部分组成，而且，在传奇长期的发展过程中也基本形成了比较规范的定式，作家们也常按照这样的定式来组织和整体布局传奇。传奇格局以李渔的概括较为全面，他在《闲情偶寄》中明确指出"家门、冲场、出角色、小收煞、大收煞"为传奇的一般格局。虽然李渔认为这个

① 李渔：《闲情偶寄·词曲部》，《中国古典戏曲论著集成》第七册，中国戏剧出版社1959年版，第14页。

② 李渔：《闲情偶寄·词曲部》，《中国古典戏曲论著集成》第七册，中国戏剧出版社1959年版，第14页。

③ 李渔：《闲情偶寄·词曲部》，《中国古典戏曲论著集成》第七册，中国戏剧出版社1959年版，第14页。

④ 李渔：《闲情偶寄·词曲部》，《中国古典戏曲论著集成》第七册，中国戏剧出版社1959年版，第14页。

就是"传奇不可移之格局",但在他之前,王骥德在《曲律》中认为戏曲的整体结构组成上可分为"起"、"接"、"中段敷演"和"后段收煞",尽管失之笼统,但毕竟是在李渔总结出传奇格局之前就已经出现的概括,当是李渔理论总结的一个基础。从实践角度来看,纵览明清传奇剧本,尽管每一部传奇的情节各有千秋,多有不同,但其情节结构的布局格式是相似的。由此看来,明清传奇作家们自觉或不自觉地都按照这样的格局形式进行情节故事的构思与运作,并且从中得到了更加顺畅的写作享受。

与情节结构相对应,传奇一般会分为开场、开端、发展、高潮、结尾五个部分,而李渔认为传奇格局是戏曲创作的不可更改的规矩,应该说是比较教条的了。

第一,开场部分。明清传奇称这一部分为"副末开场",或者叫"家门大意",当然还有很多说法,如《六十种曲》中就有"首引"、"提纲"、"提世"、"标目"、"统略"、"本传开宗"、"家门始末"和"开场家门"等说法,这是明清传奇舞台表演上一个重要的组成部分。开场部分通常是在正戏开始之前,副末角色上场向观众交代创作的动机、意图和主旨,并且介绍故事的主要人物和主要情节。明清传奇一般由四个部分构成一个副末开场,首先是副末或末上场吟诵一首或数首词,主要是表达作者的思想、文学主张;其次按常规问答,搬演何戏;再次是用一首词来介绍家门大意,也就是本剧的主要内容或故事梗概;最后一般还会用四句下场诗再次概括传奇主要人物及其故事或命运。如《鸣凤记》的开场:

第一出　家门大意

【西江月】〔末上〕秋月春花易老,赏心乐事难凭。蝇头蜗角总非真,惟有纲常一定。四友三仁作古,双忠八义齐名。龙飞嘉靖圣明君,忠义贤良可庆。且问后房子弟,今日搬演谁家故事?〔内应〕是一本同声鸣凤记。〔末〕原来是这本传奇,听道始终,便见大义。

【满庭芳】元宰夏言,督臣曾铣,遭谗竟至典刑。严嵩专政,误国更欺君。父子盗权济恶,招朋党浊乱朝廷。杨继盛剖心谏诤,夫妇丧幽冥。　忠良多贬斥,其间节义,并着芳名。邹应龙抗疏感悟君心,林润复巡江右,同勠力激浊扬清。诛元恶芟夷党羽,四海贺升平。

前后同心八谏臣。　朝阳丹凤一齐鸣。
除奸反正扶明主。　留得功勋耀古今。

作者开场以一曲【西江月】抒发了人生如梦，唯有纲常与忠义等才可万古长留的感叹，然后是传奇中常见的与后台人员的问答，以报告剧名，这是传奇的定式，后来的传奇几乎都省略地写成了"问答照常"。李渔对此有总结："未说家门，先有一场上小曲，如【西江月】、【蝶恋花】之类，总无成格，听人拈取。此曲向来不切本题，只是劝人对酒忘忧，逢场作戏诸套语。"① 接着作者又用【满庭芳】对全剧的主要人物和事件以及最终结局进行简单介绍，作为全剧的提纲大意。然后还有下场诗，也是用来揭示主要人物和剧情的。再如孙柚《琴心记》第一出《家门始终》中以【月下笛】抒发人生短暂的感慨，劝世间人不应为潦倒而自叹，不如观看戏曲以解闲愁。开首的四句诗和【满庭芳】词则是对传奇的主要人物司马相如和卓文君等人的介绍以及对剧中主要故事情节的交代。

不过这样的开场格局也并非一成不变，后来传奇的开场变得更加简洁了，有时单用一曲来介绍剧情，仅此而已。如《玉簪记》的开场就只用了一只曲牌来交代剧情，下场诗也省略了：

> 【沁园春】〔末上〕陈女娇容，潘生俊雅，姻亲指腹。奈兵戈惊散，子母天涯。女娘指引，寄迹烟霞。张公借宿词调空夸，王郎闹会惹嗟呀。潘生投观，天遣会娇娃。堪佳美女才华，暗写情词怨出家。岂知才郎邂逅，词章入手，相思情逗到难遮。凤鸾方就，姑意会猜，秋江逼试泪如麻。荣归处，夫妻子母，重喜会蒹葭。②

就功能而言，副末开场与剧情发展没有必然的联系，完全是作者的叙述、训诫说教，以及对于剧情的主观评判与议论。有时开场部分也提供一些关于作者的名姓、所在地等具体信息，有利于对传奇作者信息的了解，如梁辰鱼的《浣纱记》之开场言作者名号，"问何人作此，平生慷慨，负薪吴市梁伯龙"；《还魂记》则言"玉茗堂前朝复暮"，交代了汤显祖的草堂之名。也有提供传奇故事来源的，如《香囊记》说"因续取五伦新传，标记紫香囊"。这说明这是依据《五伦传》生发而成的作品。有时也可以说明它是独立于戏曲情节之外的一个部分，它所起的作用除了交代剧情、介绍人物之类的背景知识之外，主要是力求唤起大家的共识，引发观众的

① 李渔：《闲情偶寄·格局》，《中国古典戏曲论著集成》第七册，中国戏剧出版社1959年版，第66页。

② 高濂：《玉簪记》，《古本戏曲丛刊初集》，商务印书馆1954年版。

兴趣。但它毕竟仍然是中国文学传统中的"诗言志""言有物"以明确表达作者创作意图与创作目的的一种艺术思维方式的产物,所以,传奇作家对于这一部分也十分重视,甚至十分强调应该作开门见山式的描写。李渔就说过:"予谓词曲中开场一折,即古文之冒头,时文之破题,务使开门见山,不当借帽复顶,即将本传中立言大意,包括成文,与后所说'家门'一词,相为表里。"① 不过,随着时代的发展,传奇剧本体制发生了巨大的变化,为了便于舞台演出,许多戏缩长为短,甚至只演数出折子戏串成的"串折全本戏",副末开场部分在舞台上就很少见到了。

　　第二,传奇的开端部分。明清传奇的开端部分着重介绍剧中人物与交代故事背景。明清传奇的基本格式就是按顺序将重要的人物如生、旦以及次要人物分别出场,并且自叙生平履历与目前的处境。如生角的出场一般在传奇的第二出,通常这出被称为"冲场"。形式上"必用一悠长引子,引子唱完,继之以诗词及四六俳语,谓之定场白"。② 一般是生角上场先唱一曲,其后用诗词或俳语叙述个人行止。然后在第三出中再让女主角出场。汤显祖《牡丹亭》中第二出《言怀》即安排了柳梦梅出场,唱【真珠帘】曲一只,吟【鹧鸪天】词一首,再行自报家门,交代身世,然后又唱【九回肠】集曲一只,再念一首下场诗作结。第三出则安排了旦角色出场,不过这一出里安排出场的人物增加了许多,与杜丽娘相关联的人物都一起出场了,这就使剧情显得比较紧凑,篇幅上也比较经济。再如李渔《风筝误》第二出《贺岁》中主要人物韩琦仲上场后,自报家门,以及体瘦才肥却青春未偶的生活经历,并交代了与戚家父子的关系等。明清传奇在介绍人物出场的时候有比较类型化的做法,比如采用家宴、聚会或者是游玩等形式,着重于可以用比较经济的方式介绍众多的人物。但随着传奇的叙事功能的加强,这种简单、平面、舒缓的人物出场方式也有了比较大的变化,许多作品中都采用了直接把人物放在冲突中出场的方式。

　　看袁于令《西楼记》的人物出场:

　　　【恋芳春】〔生晋巾青圆领上〕剑闪秋霜,砚飞寒雨,唾壶不叩长鸣。季子黄金虽尽,舌在堪凭。梦想秦台凤影,奈缘浅空余愁病,

---

① 李渔:《闲情偶寄·格局》,《中国古典戏曲论著集成》第七册,中国戏剧出版社1959年版,第66页。

② 李渔:《闲情偶寄·格局》,《中国古典戏曲论著集成》第七册,中国戏剧出版社1959年版,第67页。

还思省。何事苍天，恁般虚付才情。

　　风韵萧竦一少年，病多愁剧叹迍邅。荆山空有投瑜泪，汉水难期解佩缘。只索举杯邀素月，漫劳搔首问青天。从来去路黑如漆，且听时人笑眼前。于鹃字叔夜，御史雪宾公之子，南畿解元也。技擅雕虫，素重长安纸价；功耽刻鹄，曾分太乙藜辉。人说我二酉为胸，长淮为口。怎奈叶公有龙图之好，涓人无骏骨之求。未得上国观光，且向寒庐抱影。正是富贵在天终莫强，功名到手始为真。不在话下。咳，只是一件，向为父任随行，母忧守制，虽成冠礼，未遂姻盟。我想婚姻乃百年大事，若得倾国之姿，永惬宜家之愿。天那，你便克减我功名寿算，也谢你不尽了。目下绿绮无弦，玄霜乏杵，如之奈何。咦！难道三生石上，半笑也没有，或迟速不同耳。今上元佳节，多少女子游玩，不免观看周遭。万一凤缘，不期而会，也未可知。①

　　这与明清传奇的一般开场格局无异，作者设计出一个上元观灯的生活场景，让小生于鹃出场自报家门，介绍出自己的身世、处境等，让后文末扮的李节和净扮赵伯将一起出场，所用篇幅十分经济。这样的出场为传奇的基本定式，一般作家也都是遵循这样的体制格局来安排传奇的。而进入清朝传奇繁盛时期，也由于舞台表演的要求，传奇开始舍去繁文缛节的套式，往往从开场就把人物安插进冲突中，迅速展开情节。比较典型的如李玉的《清忠谱》，第一出《傲雪》直接写周顺昌"冰心独抱，挺然傲雪孤松"，被削职归家。学生来访，也只能生腐待客；第二出《书闹》以颜佩韦大闹书场而引出了五义士结义，在传奇刚开场就勾勒出具体的戏剧情境，交代人物出场的同时也开始人物性格的刻画。这样的开场十分明晰、轻快，体现了明清传奇在叙事方面的重大改变与进步。

　　传奇的开端部分主要承担的任务是让角色亮相，功能作用可以概括为"起承转合"中的第一步"起"。作为剧情开端部分的"冲场"和上文提到的"家门"都起到提示剧情的作用，但二者又有所不同。家门使用的是叙述体，是对故事情节作整体的概括；冲场使用的是代言体，是以剧中人的口述交代具体内容的开始，是引发全剧动作的契机。虽然家门对戏曲内容有了概括的介绍，但观众对故事具体内容如何发生尚不能明了；冲场实际上是传奇有机情节的开始，也是剧中人与观众直接交流的开始，它的

---

① 　袁于令：《西楼记》，《古本戏曲丛刊二集》，上海商务印书馆 1955 年版。

重要性其实是不言而喻的。"其未说之先，人不知所演何剧，耳目摇摇，得此数语，方知下落"，① 这段人物出场其实也起着安定观众的作用。简单说来，传奇开场与开端部分基本就限于把主要人物故事发生的时间地点、人物之间的基本联系以及矛盾冲突的开端交代清楚，它构成了传奇情节点线结构的最初出发点。

第三，传奇的发展部分。一般认为在传奇中从开端之后到高潮之前的那部分内容都属于发展阶段，也就是在传奇中的位于"大收煞"之前的那部分情节。由于传奇的篇幅较长，一般分为上下两本，其中上半本的结尾一出在格局上被称为"小收煞"，如《投桃记》的第十五出《私计》，《玉镜台记》中的第二十一出《燃犀》，《蜃中楼》中的《授诀》等即为"小收煞"。庞大的篇幅与复杂的剧情使得传奇能够叙述较多的情节，而且这些情节几乎都是围绕着一个中心事件或中心人物来展开的，因此伴随着不断的冲突和斗争情节的出现，故事进展可能会显得拖沓，难以连缀与递进，这时在上本末尾暂时地对已经发生的情节作一小收煞，确实是"暂摄情形，略收锣鼓"的一种做法，也起到一个留下悬念的作用，"能令人揣摩下文，不知此事如何结果"，② 小收煞并不会影响故事的进程，重点还是希望能让剧情抓住观众的心弦。

从整个传奇来看，故事的发展部分也是全文最重要的部分之一，因为故事的具体情节都将在这一过程中呈现。由于明清传奇主要是通过连缀的情节来表现人物的性格，抒发人物的情感，读者观众也许会在这一部分中看到或读到比较多的情节，如以《牡丹亭》《长生殿》为代表的宣扬至情的作品的生、死、合三段中所出现的众多的情节，如《桃花扇》中以侯方域与李香君的分合、合分而连缀起的四段情节，如《鸣凤记》中以忠奸斗争为线而连缀起双忠八义前赴后继与严嵩奸党多年不懈斗争的若干情节等。纵观多部传奇，故事的发展部分的确也就是整个剧情的关键部分，当人物引出剧情并且规定了剧中人活动的地点以及冲突进行的情境之后，便由人物的性格与情感的发展去推动剧情发展，通过各种不同类型情节的多样组合而构成走向不同的故事。

第四，传奇的高潮部分。高潮部分应该是全剧剧情发展的顶峰，是全剧最为紧张而且有意义的一个部分，并且能够将"小收煞"处已然提及

① 李渔：《闲情偶寄·格局》，《中国古典戏曲论著集成》第七册，中国戏剧出版社 1959 年版，第 67 页。

② 李渔：《闲情偶寄·格局》，《中国古典戏曲论著集成》第七册，中国戏剧出版社 1959 年版，第 68 页。

却未做叙述交代的种种线索做一个总的收束。在被关注的故事情节都被尽可能地充分叙述之后，情节自然发展到了揭示人物性格的最关键的地步，也就是对整个故事进行最终总结、交代结局的一个部分。充分利用情节发展的必然性趋势，提供全剧一个比较合理的、比较自然的、符合情节发展走向的传奇也还不少，如《浣纱记》、《牡丹亭》、《清忠谱》、《长生殿》和《桃花扇》等作品，它们能够通过对情节的巧妙处理而形成比较符合逻辑的戏剧高潮，既在传奇的本身结构安排上做到了自然妥帖，又能将作者自身的创作主旨恰当地贯穿在叙事过程中，体现出作品的物理结构与心理结构的有机统一。如《长生殿》中的《埋玉》是上半卷的最后一出，也就是李渔所说的"小收煞"，这一出也正是全剧的高潮处，李、杨"占了情场，弛了朝纲"，导致了安史之乱，马嵬兵变，断送了杨玉环的性命，造成了李杨爱情悲剧，剧情发生巨大转折。在《埋玉》以后，作者又用了二十五出的篇幅来描写李杨由离到合，最后得以团圆的情节。

　　第五，传奇的结尾部分。从高潮之后到全剧的结束处，可长可短。部分传奇的结尾讲究"到底不懈之笔"，能够写出传奇的"团圆之趣"来，但这些在明清传奇中我们很少能看到。有很大一部分传奇的结尾多为才子高中、夫妻母子大团圆、奸人受惩、忠臣良将得雪冤仇的套路，其中有一部分是运用得恰到好处的，如《鸣凤记》《牡丹亭》《西楼记》等，这些以热闹喜庆结尾的传奇采用大团圆的方式给了观众更多情感上的慰藉与享受。然而，当更多的传奇采用了这样的大团圆结尾时，给人的感觉就有些不妥帖了，这样的结局并不是根据剧情发展的自然结果和人物性格的必然归宿而得来的，总是与情节发展的自然规律相背离，颇有"无因而至，突如其来，与勉强生情，拉成一处"①的感觉，观众自然在情感上难以接受。采用大团圆的模式化结尾最初应该是非常符合观众审美情趣的，但这种渐渐成为俗套的写法，总让人觉得有些"包括之痕"在其中，不能不说是遗憾。当然，众多明清传奇中也有部分作品并不是"大团圆"式的，如孟称舜的《娇红记》可算是悲剧性的结尾，《浣纱记》与《桃花扇》则是归隐式的结尾，这些结尾都是对传奇"大团圆"结尾模式的一种突破，是对戏曲主题的总结与升华，更多地体现了作家对整个社会、历史的美学体认。

①　李渔：《闲情偶寄·格局·大收煞》，《中国古典戏曲论著集成》第七册，中国戏剧出版社1959年版，第70页。

传奇的结构格局其实也并不是确定不易的，在整个传奇发展历史过程中，传奇作家们还是能够根据作品自身的剧情发展规律去安排故事的开端、发展与高潮的。主观上来说，他们尽可能去符合这些已经形成的规范要求，但在实际创作时还是在寻求着变化，力争能够有所突破，在固有的格式之外创设出与众不同的布局来。总的来说，传奇的格局虽说已有定制，但其本来就兼有长短，规范的、固定的格局使得戏曲叙事能够循序渐进地进行，并可化传奇冗长篇幅为短小的片段，把纷繁复杂的人物和情节更巧妙地分别展现于舞台之上。而副末开场、冲场出角色等关节的仔细交代，让传奇中人物关系以及时代背景能够比较完整地呈现给观众，更利于观众进入剧情。而这些近乎俗套的体制格局又在很大程度上无法避免地导致人物塑造方法、叙述方式的趋同化，使得明清传奇创作的内容与主题的选取囿于比较狭窄的范围，从而影响了全面彻底细致地反映整个社会生活。

三　明清传奇繁简问题的讨论

明清传奇作为一种独具特色的"点线式结构"的叙事作品，以情节结构线带动冲突展开，而这些缀入整体结构中的具有相对独立性的情节单位的主次、轻重、繁简、缓急的关系处理必定对传奇的艺术特色起着举足轻重的影响。由于明清传奇过分追求情节的曲折、奇幻和排场的热闹，往往故意在情节上横生出许多枝蔓，设置出繁多的头绪。许多传奇都是四五十出的庞大体制，而且每出的曲牌数量甚至有十几曲以上，繁芜冗长，缺点十分明显。这就造成了很多作品只是适合案头阅读，根本不能搬演到场上。因此，对于繁简问题的讨论以及简化创作的实践就成了明清两朝作家和曲论家们论述探讨的重要话题，有关繁简问题的众多讨论与批评散见于曲论著作、序跋以及评点中，如王世贞《曲藻》评价《浣纱记》说："梁伯龙《吴越春秋》，满而妥，间流冗长。"① 徐复祚《曲论》也评云："关目散缓，无骨无筋，全无收摄。"吕天成《曲品》则说其是"罗织富丽，局面甚大，第恨不能谨严。中有可减处，当一删耳"。② 《玉合记》的情节结构散漫，被李贽《焚书》评云："此记亦有许多曲折，但当紧要处却缓

---

① 王世贞：《曲藻》，《中国古典戏曲论著集成》第四册，中国戏剧出版社 1959 年版，第37 页。
② 吕天成：《曲品》，《中国古典戏曲论著集成》第六册，中国戏剧出版社 1959 年版，第232 页。

慢，却泛散，是以未尽其美。"① 王骥德还警告传奇作家："勿太蔓，蔓则局懒，而优人多删削。"② 实际情况确实是这样，传奇写得太长，在搬演的时候就会出现被优人随意删减的情况。清代孔尚任担心演员们胡乱删减，明显地在写作初始就注意体例的长短了，《桃花扇凡例》中指出："各本填词，每一长折，例用十曲，短折例用八曲。优人删繁就简，只歌五六曲，往往去留弗当，辜作者之苦心。今于长折，止填八曲，短折或六或四，不令再删故也。"③ 这样一来也能保证作者的主观意志能够不被优人随意删削而篡改。其实除了优人删改作品而尽量适应舞台演出的要求之外，许多曲家也加入删改作品的行列中来。对于《牡丹亭》的删削就是一个明显的例子，其原本是五十五出，臧懋循将其删节为三十五出，《六十种曲》中删为四十三出，冯梦龙则在《墨憨斋定本传奇》中删改为三十七出。当然删改后的《牡丹亭》与原作相比情节更加集中了，能够围绕着杜丽娘与柳梦梅的爱情故事来敷演情节，应该说是比较方便于场上的演出的。

　　繁简问题的关键首先是要强调"一人一事"。李渔用"一人一事"与"减头绪"的原则来规范传奇的创作，以达到繁简相宜。"一人一事"要求克服"尽此一人所行之事，逐节铺陈"的毛病，免得整个作品如"断线之珠，无梁之屋"。这就要求写作时能够分清主要人物以及主要情节的主次关系。主要人物与主要情节必须细加雕琢，该浓墨重彩地写透写足的一定不能放过，次要情节则仅需点到为止，切忌不分主次。如卢鹤江《禁烟》，"演介之推忠而隐……但撺晋重耳事甚详，嫌宾太盛耳"。④ 祁彪佳在《远山堂曲品》中评价谢天瑞《狐裘记》："记孟尝君事，平铺直叙，详略尚未得法。"⑤ 评朱鼎《玉镜台》则说："此不及风情，而惟铺叙太真事迹，于紧切处反按以极缓之节，不逮孙、范两君及清阮堂之作远矣。"⑥ 李贽也认为《琵琶记》"繁简不合宜，便不及《西厢》、《拜月》多了。故描写殆

---

① 李贽：《杂述·玉合》，《焚书》卷四，《中国古典编剧理论资料汇辑》，中国戏剧出版社1984年版，第57页。
② 王骥德：《曲律》，《中国古典戏曲论著集成》第四册，中国戏剧出版社1959年版，第137页。
③ 孔尚任：《桃花扇凡例》，《中国古典编剧理论资料汇辑》，中国戏剧出版社1984年版，第312页。
④ 吕天成：《曲品》，《中国古典戏曲论著集成》第六册，中国戏剧出版社1959年版，第242页。
⑤ 祁彪佳：《远山堂曲品》，《中国古典戏曲论著集成》第六册，中国戏剧出版社1959年版，第92页。
⑥ 祁彪佳：《远山堂曲品》，《中国古典戏曲论著集成》第六册，中国戏剧出版社1959年版，第52页。

尽，亦以太尽，而少逊《西厢》也"。①

由此我们可以看出，传奇中人物关系的组织对于传奇结构具有十分重要的作用，故事中众多的人物当中谁主谁从，怎样通过"从"来表现"主"，这直接决定着传奇主题的表达。人物关系的安排以金圣叹对《西厢记》的评点最为经典，他说："《西厢记》止写得三个人，一个是双文，一个是张生，一个是红娘，其余如夫人，如法本……他俱不曾一笔半笔写，俱是写三个人时，所忽然应用之家伙耳。……若更仔细推算时，《西厢记》亦止写得一个人，一个人者，双文是也。若使心头无有双文，为何笔下却有《西厢记》。《西厢记》不止为写双文，止为写谁？然则《西厢记》写了双文，还要写谁？"② 他认为只有人物的主从关系确立后才会详略相宜，不至于喧宾夺主或者横生枝叶。李渔则从舞台演出的效果的角度来强调人物关系的重要性。他充分考虑到舞台效果，假如主脑不明，就会使"作者茫然无绪，观者寂然无声"。他就是要主脑鲜明，让"三尺童子观演此剧，皆能了然于心，便便于口"。③

另外，要注意情节展开的轻重缓急。结构绝不是情节要素在空间形式上的"前后左右，高低远近"简单的排列组合，其中必有各个部分赖以贯通生成的内在依据，具有叙事的整体性和内在的逻辑性。传奇的节奏不明朗，结构不得当，就会极大地影响作品的效果。尽管传奇特别讲究情节发展的迂曲盘旋，但故事情节有其自身的发展逻辑与韵律感，创作者则必须要遵从。毛声山在其《第七才子书总论》中主张"正笔宜重宜详，闲笔宜轻宜略"，④ 也就是在传奇中必须要安排几场重要的戏，或者在戏的高潮处，或在表现人物性格的关键处加以精心刻画。但这还不够，还需要那些"闲笔"对其他人物或事件进行描写，这样就避免无法分辨出情节的轻重，从而也无法体现出剧作的节奏。也就是说，明清传奇对于故事情节展开的美学认识基本聚焦于这几个要求，轻重相宜、详略得体、疏密有致，这个艺术格局从舞台演出效果来看也是一种必需。

---

① 李贽：《李卓吾批评琵琶记》，《中国古典编剧理论资料汇辑》，中国戏剧出版社 1984 年版，第 51 页。

② 金圣叹：《贯华堂第七才子书》，《中国古典编剧理论资料汇辑》，中国戏剧出版社 1984 年版，第 221 页。

③ 李渔：《闲情偶寄》，《中国古典戏曲论著集成》第七册，中国戏剧出版社 1959 年版，第 18 页。

④ 毛声山：《第七才子书总论》，《中国古典编剧理论资料汇辑》，中国戏剧出版社 1984 年版，第 285 页。

第二节　明清传奇的物理结构

明清传奇结构具有以人物上下场为片段单位、基本按时间顺序安排的流动分场形式的基本特征，从传奇创作的谋篇布局角度看属于物理范畴，传奇结构的安排决定着情节在作品中的物理分布。根据明清传奇情节结构线索设置的主次、主辅、隐显的不同，可以将传奇的结构形式分为平面结构类型和立体结构类型两种，对这两种情节构成形式的分析，可以看出传奇表现方式呈现由单纯向复杂转化的轨迹。

一　"点线式"结构

明清传奇整个故事情节的展开是在"头—腹—尾"的基本框架中进行的，多采用繁简相杂、疏密相间、虚实相生等方式，在多个纵向连续情节中的关键点上作停顿，以点入线，然后分别加以敷演，这就使得传奇在横向上能够形成诸多情节高潮，从而构成传奇情节的跌宕起伏。但无论结构传奇的手法如何变化，内中的情节结构线都是极其分明的，这也就成了明清传奇最为常见的"点线式"典型结构特征。明清传奇以线性时间顺序来构建传奇的基本线，并以时空的自由转换为基础，设立单线、双线甚至多线结构，实现情节的顺列、并列、交叉、重叠等多种形式，从而掌控剧情的发展。

明清传奇在结构上的技巧上承于宋元南戏，从《张协状元》《荆钗记》《白兔记》《琵琶记》等宋元戏文、早期传奇剧目的创作方式上可以看出明显的模仿痕迹，再加上传奇作家们对"曲本位"的尊奉，传奇早期甚至是发展到比较繁盛的时期，仍然可以看出许多传奇并不娴熟于建构情节结构，叙事技巧方式方法稚嫩，剧情表现上比较单纯集中，头绪单一。这些传奇基本是采用一生一旦双线并进的结构，比较注重故事线索的情节性，而对人物性格的塑造则有偏废，剧情的发生发展乃至最终的矛盾解决，往往依赖于偶然因素或外在力量来实现。因此，这些作品的情节结构基本是对应于事件发生的自然状态的。这种情节结构线在明清传奇的整个发展历史中一直都有出现，从明朝的《香囊记》《连环记》等到清代张坚的《梦中缘》、夏纶的《无瑕璧》等传奇，它们的情节结构线都是以生、旦各领一线，是明清传奇所采用的最为基本的结构范式。

如果仅采用一条叙事线索来结构全篇，难免会十分单调，而且叙事中所涉及的繁杂头绪往往会交代不明。因此，部分传奇作者还是注意到了这一点，如李开先的《宝剑记》传奇故事源于《水浒》，共五十二出，在林冲逼上梁山的情节线索之外，作者为了成全生旦双线结构，又刻意设置了一条其妻张真娘与高衙内之间强婚与拒婚的情节线，作为辅线贯穿全剧。因此，作者运用了生旦并重的双线叙事结构，即以生角林冲、旦角真娘各述一人始终，展开各自线索上的故事情节，最终生旦团圆于当场，将两线聚合为一线。这样林冲与高俅之间的政治矛盾主线得以与感情线索交叉演进，全篇剧情发展因此能够呈现出错落有致的局面。增设的真娘一角结构线遭到了祁彪佳等人的批评："此公不识炼局之法，故重复处颇多，以林冲为谏诤，而后高俅设白虎堂之计，末方出俅子谋冲妻一段，殊觉多费周折。"① 但双线结构还是共同构成了《宝剑记》既充满政治风云，又富有儿女情长的剧作特色。

采用双线结构的传奇很多，如邵璨的《香囊记》亦为一例。其中一线为生角，以张九成赴考得中，出使金国被囚，最终又从金国逃归为官；另一条旦线则写张九成妻贞娘逃难遇救，辞聘拒婚。大致情节结构线是先分别叙述夫妻双方的情节，最后再写二人团圆。陆采的《明珠记》以王仙客与刘无双各为一线，并以"明珠"的圆、分、合作为关键而贯穿全剧，情节紧凑，绝不像一般传奇的结构那样松松散散，结构变得更为完整。因此，吕天成评云："然其布局运思，是词坛一大将也。"② 针对此文中第十五出和第十六出穿插进如何营救刘无双的谋划和实施的情节，李调元评价"其穿插处颇有巧思"。③ 类似的还有沈鲸《双珠记》的情节构思精巧，吕天成评云："情节极苦，串合最巧，观之惨然。"④ 梁廷枏亦评云："通部细针密线，其穿穴照应处，如天衣无缝，具见巧思。"⑤ 王济的《连环记》虽然全剧上场人物很多，但全剧的戏份主要集中在王允和貂蝉身上，因此自然也就成就了双线结构，一线以王允设计诛灭董卓为主，另

① 祁彪佳：《远山堂曲品》，《中国古典戏曲论著集成》第六册，中国戏剧出版社 1959 年版，第 47 页。

② 吕天成：《曲品》，《中国古典戏曲论著集成》第六册，中国戏剧出版社 1959 年版，第 238 页。

③ 李调元：《雨村曲话》，《中国古典戏曲论著集成》第八册，中国戏剧出版社 1959 年版，第 19 页。

④ 吕天成：《曲品》，《中国古典戏曲论著集成》第六册，中国戏剧出版社 1959 年版，第 238 页。

⑤ 梁廷枏：《曲话》，《中国古典戏曲论著集成》第八册，中国戏剧出版社 1959 年版，第 277 页。

一线则以貂蝉为主。生和旦的戏份穿插于整个结构中，生线主要是写政治旋涡中的斗争，旦线则多讲情感的渲染，情节设计也更显得张弛有度，颇合观赏逻辑。从《议剑》开始，政治斗争便成为情节的主线，中间通过对部分情节进行叙写从而强化了点线结构：《拜月》、《小宴》、《大宴》、《送亲》、《纳妾》及《激布》等出就是这个线上的一个个"点"，着重讲王允设计离间董卓和吕布，而最终达到《诛卓》之结果，而同时通过另外《从驾》《赐环》《叹环》等"点"将王允与貂蝉的养父与义女的情感缓慢地、充分地刻画出来，《拜月》中又强化了貂蝉的忠义性格，让貂蝉的性格在情节的顺序发展过程中越来越完美。点线结构串联情节使得整个剧本头绪集中，也使得主题的表达更为鲜明。

郑若庸的《玉玦记》以生角王商为一线，上京应举却沉迷李娟奴的美色，被骗得身无分文，但受道士吕公的救助，再试状元及第授官。而以王商之妻秦氏为另一线，秦氏劝夫应试后适逢张安国乱扰山东，秦氏被擒，誓死守节，剪发毁容。最终两条线在张浚、辛弃疾打败张安国后王商在癸灵庙审理为张安国所囚人员时相会合，夫妻二人得以重逢。传奇抓住生与旦的悲欢离合中的各自的情节"点"而展开故事的叙述，而最终又能把两条线巧妙地结合起来。同时，《玉玦记》中将王商与妻子的离合故事与南宋抗金历史结合起来写作的方式，在文戏中穿插武戏、儿女私情中穿插国家大事的创作方法与前期许多作品有了一些区别。

张凤翼的《红拂记》更是不同，作者采用了双生双旦的双线情节结构，用红拂、李靖一线与乐昌公主、徐德言一线相互对称，使得结构达到了一种立体的平衡，使剧情更充满了变化。这两条结构线索的并用，还具有以其中乐昌公主一线之被动、软弱来反衬红拂夜奔李靖一线之主动、大胆，对深化传奇主题有一定的作用。

尽管传奇在情节线索的设计上多用心思，但即使在生旦以外加入了其他线索，但说到底还是平行的两条线索，或仅是以生线为主、旦线为辅的格局，并没有在作品的思想深度和社会生活表现上进行更多的挖掘。再加上明清传奇创作初期对于情节结构上的处理技巧还很不圆滑，许多作品所增添的情节线没有给作品增色，反而遭到了评论家的诟病。沈采的《千金记》写韩信少时家贫，临河下钓，漂母怜之，赠以饭，韩信誓报以千金。受胯下之辱后投军在汉拜将，最后灭楚封王。剧中写韩信封王后，刘邦赐他千金荣归故里。他将千金转赠给漂母以报德。该传奇除了用韩信一线以外又添上韩信母、妻一线，作为旦角关目。吕天成对此评价不高：

"但事业有余，闺阃处太寂寥，且旦是增出。只入虞姬、漂母，亦何不可？"① 祁彪佳亦有同感："所演皆英雄本色，闺阁处便觉寂寥。"② 《投笔记》加入班母、班妻一线之后也因为游离主线，对剧情发展都没有起到锦上添花之效，反而有画蛇添足之嫌，又被吕天成评"旦"之一线亦是多余，反问"何不只用曹大家"？③ 《曲海总目提要》也指出《投笔记》构思的漏洞："其班超之母，本传亦未载，超在西域三十余年，不应其母尚存。"④

与传奇初期的情节结构线索的机械添加不同，传奇发展到明末及清初，传奇作家们获得了有关情节线索构置的创作实践积累，部分曲家也对情节结构理论进行了初步的概括和提炼，或许也是得到了启发，许多传奇作家们开始构置更为复杂的情节结构线索，同时，情节结构的调度较传奇发展初期也变得较为自然了。如史磐的传奇基本是采用双线结构，"极曲中奇幻"，⑤ 被誉为明清才子佳人剧的套路典范。《樱桃记》写了唐朝三河人丘奉先与穆爱娟姻缘离合的故事，中间又插入黄巢与丁香的恋爱故事，以构成双生双旦的情节结构线。冯梦龙说："史氏所作十余种，率以情节交错，离合变幻为骨，几成一例。"⑥ 《鹔鸹记》讲述了两对生旦宋璟与荆燕红、康璧与真国香的爱情婚姻纠葛。《吐绒记》写润州人皇甫曾、皇甫冉兄弟与卢忘忧及其婢女凌波的事情。吴炳的《西园记》以王玉真、赵玉英两个角色进行叙述，一生一死，忽真忽假，忽生忽死，形成了迷离错乱的感觉，但传奇结构上却一丝不乱，作者缜密的情节结构设计使得故事跌宕起伏，颇有情趣。阮大铖的传奇结构情节线索也非常曲折且脉络清晰，头绪纷繁却井井有条，皆极具缜密的文思。如《春灯谜》的情节结构设置非常曲折：书生宇文彦与母亲随父之任途中见元宵热闹便私自离船上岸，与女扮男装的韦家大小姐影娘相遇，题诗互赠。回船时却因酒醉、

① 吕天成：《曲品》，《中国古典戏曲论著集成》第六册，中国戏剧出版社 1959 年版，第 226 页。
② 祁彪佳：《远山堂曲品》，《中国古典戏曲论著集成》第六册，中国戏剧出版社 1959 年版，第 129 页。
③ 吕天成：《曲品》，《中国古典戏曲论著集成》第六册，中国戏剧出版社 1959 年版，第 228 页。
④ 黄文旸：《曲海总目题要》（下），俞为民、孙蓉蓉编：《历代曲话汇编》，黄山书社 2009 年版，第 1502 页。
⑤ 姚燮：《今乐考证》引用（明）郑仲夔《泠赏》，《中国古典戏曲论著集成》第十册，中国戏剧出版社 1959 年版。
⑥ 冯梦龙：《梦磊记·叙》，《墨憨斋定本传奇》卷首，凤凰出版社 2007 年版。

大雨而鬼使神差地错上了枢密大臣韦初平的官船，被韦大人认为他诱女私奔，韦大人惧怕毁了名声，便将他扔进江中，却又被官兵打捞，当作反贼，陷身监牢。历尽艰辛之后，否极泰来，宇文彦改名后考中状元，娶了已经做了宇文家干女儿的影娘，最终与父母哥哥团聚，而这一切都是在"错"中实现的，充满了戏剧性。阮大铖紧紧抓住宇文彦一线而写，同时为了强化故事的曲折性，又凭空增添了众多结构线索。整个故事格局则因这些"头绪"而复杂多变。基本线索是生、旦两线平行，但重心明显是在生角上，生、旦两角色所承担的戏份多有悬殊。这样，既突出了主要情节，又使故事内容丰富曲折，而且形式上大致不脱传奇创作的结构框架。其他旁枝侧出的头绪，都是围绕着主线而展开的。例如宇文曦考试时被主考官叫错姓名，皇帝只好赐其改姓。而宇文父亲不得已也只能随之改为李姓。后来宇文彦看到为自己立墓碑的人是"李行简"，哪里想到这原本就是自己的父亲，于是后续宇文彦这条情节线得以继续展开，直至最后的团圆。阮大铖的传奇，头绪既多，又有"主脑"，但故事一点也不散乱，他较为恰当地处理了众多头绪与主要情节的关系，故事内容曲折而又集中，十分清晰，与明传奇通常的双线并行的结构形似而实则异趣，当是创作技巧上的超越表现。

当以人物为中心进行创作时，我们看到的是情节线索比较单纯的，几乎是"一人一事"原则的具体解析。虽然爱情主体双方各占一线，但传奇仅以个人或家庭的悲欢离合命运作为表现的主体，情节选择的广度、深度似乎都比较欠缺，叙事手法的采用上也很难避免雷同。当以事件为中心而组织情节时，由于事件的复杂性，作者对人物与事件都有相应的遴选，服从于事件的发展要求，人物的选择会增加，这也使得各个人物形成了更多的情节点，造成情节结构线的增多。这些情节线索的交叉组合形成叙事格局，使得作品能够反映更为广阔的社会生活。

《鸣凤记》描述了嘉靖年间杨继盛等人与严嵩一党之间的政治斗争，由于头绪纷繁，人物众多，描写的事件无论是时间还是空间，覆盖范围都相当广泛。因此，《鸣凤记》的情节结构的设计上明显地与前述的《宝剑记》有所不同。它采用了双生双旦的结构形式，将十几年间激烈的忠奸斗争有条不紊地展示出来，一共描写了双忠八义、三个奸臣，前后五个回合的斗争，并描写了被迫害忠臣的家属流离失所以及外敌的入侵。以邹应龙与林润的求学、交游以及得官为一线，缓缓叙来并与其他线索相交通，而夏言、杨继盛等忠臣前赴后继地上本弹劾严嵩的情节敷写得十分紧张，一张一弛，一松一紧，一内一外，对比也十分强烈，使全剧充满了强烈的悲剧精神。由于结构上的别出心裁，如此庞大的事件叙述起来十分有层次，而且线索的交叉，也使整部传奇波澜起伏。《鸣凤记》也给明清其他以重大政治斗争为题材的作品树立了一个艺术典范。李卓吾《鸣凤记总评》曰："凡传奇之胜，乃在结构玲珑，令人不侧。如此部传奇，填词度曲时入圣境，亦可谓极尽才人之致矣！而小小串插，良工苦心，不谓无之。"① 清人郭芬说："曩如《鸣凤》诸记编，……独是以邹、林为主脑，以杨、夏为铺张。"② 吕天成《曲品》曰："纪诸事甚悉，令人有手刃贼嵩之意。"③

明清传奇多重结构以及复合结构的出现，使得传奇的结构设置更加趋向于复杂化，增大了传奇的承载能力以及表达了社会生活的深度和广度。明清传奇作家在创作中对于前人叙事模式的提取与重构过程，渐渐地找到了独特的叙事结构的方法，再加上作者对于场上演出的普遍重视，情节结构的简化就成了这一时期的主要发展特征。

以李玉为主的苏州派作家的传奇体制标志着传奇发展的一个新的方向，他们在篇幅长短、曲律曲谱、折数出数、唱词宾白上对原有传奇的体制均有所突破，对于传奇案头化倾向的校正做出了极为重要的贡献。苏州派作家的传奇篇幅一般都比较短小，结构奇巧，并无明显的"头绪繁多"的流弊。比较讲究戏剧结构的周密与布局的严谨，主脑突出而且情节曲折。尤其是他们对于结构的主、副线的安排多有良苦用心，许多作品是以某个物件作为贯穿整个线索的戏眼，如李玉的《一捧雪》的玉杯，《太平钱》中的太平钱，朱素臣的《十五贯》中的十五贯铜钱等。

《一捧雪》以莫怀古为中心，以"一捧雪"玉杯为凭借，构成全篇的情节发展与矛盾冲突。情节线索基本以主副线的方式来安排，主线写莫怀古进京补官，却因献假玉杯而受到了严世蕃的迫害，莫诚代主斩首，莫怀古逃出关外，雪艳手刃汤勤然后自尽；另一条线则是莫昊躲避于乡间苦读，考中功名，弹劾严世蕃为父报仇。两条线索一主一副，其中还隐含着作者表彰忠孝节烈的情感线索。

《千忠戮》中以建文帝由于燕王作乱被迫出逃为主线，另外又辅以燕

① 李贽：《鸣凤记总评》，俞为民、孙蓉蓉编：《历代曲话汇编》明代编一，黄山书社2009年版。

② 丁耀亢：《表忠记》第八出批语，《古本戏曲丛刊五集》，上海古籍出版社1986年版。

③ 吕天成：《曲品》，《中国古典戏曲论著集成》第六册，中国戏剧出版社1959年版，第249页。

王迫害大臣以及大臣们的种种忠义之举一线，二者以建文帝受保护而作为交叉点重合，情节繁多，内在的线索却十分清晰。

《清忠谱》只有二十五出，在整个明清传奇中的篇幅算是比较短小的了，但它的剧情却在简练而完整、空灵而充实的情节结构之中表达得十分完整。传奇叙述的是周顺昌和苏州"五义士"与魏忠贤奸党斗争的真实故事。由于传奇的重点不是描绘表现整个斗争的全过程，所以作者选取的只是周顺昌和苏州市民与奸党斗争的片段，并在人物形象塑造和整个剧情氛围的渲染上做了许多文章。情节结构以周顺昌与奸党的冲突为主线，另外辅之以五义士为代表的苏州市民反对奸党迫害忠良的群众运动一线，两条线索交织递进，层递展开。以周顺昌代表遭受迫害的众多的东林党人，起到了削减头绪的效果，而同时苏州市民的救援运动又以五义士为代表，也使得人物能从群像中凸显出来。两条线索的中心人物相互映衬烘托，强烈地表达了"一忠风世，五义歌传"的社会共识。

李渔的风情戏剧作品在结构上也达到了很高的成就，尤其是他的传奇能考虑到演出的需要，具有良好的剧场效果。李渔传奇的结构讲究"一人一事"，但"一人一事"并不意味着剧情的简单，错综复杂的人与事同样被组织进他的作品中。《风筝误》是李渔作品的代表作，剧情主要在二美（韩世勋与詹淑娟）与二丑（戚友先与詹爱娟）之间展开。他设计了放风筝和风筝题诗为戏眼，以韩世勋追求詹淑娟为主线，表现了二美具体结合的曲折过程，其中充满了新颖别致的误会巧合，如风筝误落，韩世勋督军恰好到詹烈侯军中等，但这些误会和巧合都比较自然，因为都是从人物自身性格出发的，并且体现了连续性与相关性，这些巧合和误会不断地强化着具体的故事情境，铺垫并促进着剧情的发展。但由于李渔的传奇作品多追求风趣与雅致，戏剧冲突并不尖锐深刻，因此，在情节结构的线索的设计中才不得不讲究更多的巧合误会，虽然剧情有跌宕起伏，但难免形成作品的技巧性特征明显大于内容的弊端，尽管结构精致，却仍然情致不足。

明清传奇作家们对于传奇的叙事结构进行了相当长时间的努力和改革，其中有因循相习的东西，更有独创与突破，从最初简单的生旦离合的单纯线索到李玉和李渔剧作中简练却十分精致的情节结构线索，我们可以体会出他们对传奇叙事结构的要求是一致的，能以"场上之曲"、舞台为中心，对叙事结构追求"不落窠臼，情理之中"，他们的努力也为后来洪昇与孔尚任的作品结构集大成铺垫了道路。

二　立体结构

不管生旦离合传奇采用的是单线还是双线结构，由于作品中的线索增多只是让我们感觉到情节丰富了、人物形象增加了、人物的遭遇变多了而已，但作品最终呈现出的面貌几乎都是平面的。只有将个人悲欢离合与家国兴亡结合起来的作品，情节结构线索这样安排才能算作立体，也才是能让读者切身感受社会生活图景的最佳道路。

以人物的悲欢离合为情节线索，外显的叙事手段提供了读者对情感的直接认识，而那种对家国兴亡的审思同时也深深地隐藏在人物的离合之内，这是明清传奇在叙事结构设置上的一个重要特征。这样的安排设计让阅读者首先能够把握到的是传奇的戏剧性，如《浣纱记》在情节上的设置是以范蠡与西施二人的离合为外在线索，但明显的是，二人爱情离合线并不是传奇真正的主线，爱情的线索被分解为一个个片段穿插在吴越争霸的线索之中，因此《浣纱记》传奇中出现了两条明暗结构线索相互交织的形式，生旦离合与国家兴亡紧密结合在一起：吴越冲突是生旦离合的背景，也是生旦分离的根本原因，而生旦的爱情悲欢同时被纳入吴越冲突当中，并作为剧情线索的重要环节存在，二者产生诸多互动，有力地推动了戏剧冲突的展开。《浣纱记》中爱情线索与吴越兴亡两条线索与其他传奇中表现的生旦离合线索并不一样，在那些传奇剧中，生旦的离合未必是国家兴亡之类的原因引起的，这些原因在传奇中的出现只是为离合提供一个契机，或是作者为调剂场面冷热所用的凭借，并不会被作为传奇的主线之一而加以细致刻画，因此，《浣纱记》中的爱情离合与吴越兴亡构成了双重结构，形成了一个立体图景。

传奇的双重结构线索除了以家国兴亡与人物的悲欢离合结合而成，对于"至情"的宣扬也常被作家们选择来构成双重或多重结构的另外一条线索。在传奇繁盛期，以汤显祖与沈璟为代表的临川派与吴江派的分别注重文辞和声律的创作与理论争论而把传奇创作推向顶峰，但两派在传奇的结构设置上却没有太多的隔阂，他们在谋篇布局上都非常自觉地注重故事情节的迂回曲折与穿插照应，为了实现这种结构设置上的美学目标，尚奇逐怪往往会成为他们采用的叙事技术手段。

汤显祖的《牡丹亭》与以往传奇创作的线性结构方法敷演的传奇并无二样，他以杜丽娘"游园惊梦"为中心设置了杜丽娘与柳梦梅一生一旦的双线结构，但他又同时设置了一条潜在的"情"与"理"的冲突线索而将杜丽娘"惊梦"、"寻梦"以及"圆梦"的过程结缀在一起，把杜丽娘、柳梦梅整个的爱情故事自然分解成了三个段落，分别写出了人间—阴间—人间的时空转换，并与现实—理想—现实相对应，叙写杜丽娘的"生可以死，死可生"的至情追求历程。汤显祖重点利用了虚幻与现实空间的双重性来构建《牡丹亭》的艺术格局，重点则放在对"游园惊梦"的处理上。杜丽娘春情缱绻，见姹紫嫣红而伤春、怀春，因而在梦里径直与有情之人一见钟情，共成云雨之欢。由于梦中之情非真，杜丽娘梦醒后自然而然地要"寻梦"，纯真自然的情欲追求而导致中秋"闹殇""魂游""幽媾"，回生后与柳梦梅"婚走""如杭"，直至在皇帝面前也不悔自己"无媒而嫁"、生生死死皆为"情至"的"追情"历程。《牡丹亭》并没有设置更多外在的情节冲突，而是从人物思想内部去挖掘，以杜丽娘对"至情"的追求来强化叙述的象征性，尤其是通过对杜丽娘的人生经历和情感经历而赋予了"情"以超越生死的力量，如《牡丹亭题词》所说："情不知所起，一往而深，生者可以死，死可以生。"① 同时，《牡丹亭》也初步注意到了场上的安排与调度，让生旦间隔出场，二人的情节线索交错进行，继承了南戏以来戏文结构的传统性。而对于"头脑"的设置，恐怕也启发了后来许多传奇作家以及曲论家对于传奇结构的思考。特别是他所设计出的奇幻无比的无缘由的生旦梦中聚合对后来的传奇创作对于"奇""幻"的追求开了一个先河。

由于要照顾到传奇场上之热闹等因素，《牡丹亭》并没有完全地以"一人一事"为主，因此汤显祖不仅设计了杜丽娘、柳梦梅的情感发展的结构明线，安排了"情理冲突"的暗线，同时还安排了另一条政治线：李全作乱，并详尽地描写了战争的双方，占了五出戏的篇幅。这一线游离于杜、柳爱情主线之外，似乎妨碍了爱情主线的发展，造成了结构不够紧凑的问题，不少出目之间的关联显得较为松散，弊端其实也是十分明显。外族入侵或是叛乱而造成生旦分离的情节在《牡丹亭》之前已经被许多传奇运用，从元代施惠的《幽闺记》到明代陆采的《明珠记》、郑若庸的《玉玦记》、高濂的《玉簪记》等都有类似的情节。但这些作品所描写的战争只是为了促成生旦在动乱中分离、相逢乃至结合所提供的一个不可或缺的情节，起到承上启下的结构作用，基本只作为故事中的时代背景进行描写，在剧中其实并不成为主要结构，占的出数也相当少，从排场结构角度看，可以调剂冷热，因而达到生旦分离或相逢的目的以后，这样的情节

① 汤显祖：《牡丹亭还魂记题词》，吴毓华编：《中国古代戏曲序跋集》，中国戏剧出版社1990年版，第88页。

就已经完成任务，并不构成生旦爱情线以外的另一条线索。而汤显祖的"李全叛乱"则是表现了他对现实时事的一种关注，尽管跟生旦的离合并没有多大的关系，但他的做法还是对长于以时事入戏的苏州派作家以及以武戏入戏的李渔等人产生了巨大的影响。

沈璟的传奇创作对于明清传奇结构的多样化有着自己的贡献。在万历朝，由于传奇作家们浓重的审美趣味，特别是着意尚奇的时代风气，许多传奇作家已经注重对传奇的一生一旦离合双线结构进行改变。当然这个时期的作品除了对传奇传统结构的继承，更多地则是在作品中构置了新颖别致的叙事结构。沈璟的代表作《义侠记》是根据武松故事所作，主要写武松的英雄气概与梁山英雄们的种种义举。沈璟以武松为生角，其间写了武松打虎、逢兄杀嫂、醉打蒋门神、飞云浦逃脱、血溅鸳鸯楼，最后投了水泊梁山等情节，一线一贯到底，几乎没有枝蔓，但出于对传奇体制创作规范的遵守，沈璟又为传奇增加了武松的未婚妻贾氏一线，但很明显，旦角的增加反而成了结构上的累赘。而他的《红蕖记》讲述郑德璘与韦楚云、崔喜周与曾丽玉二生二旦的离合情恋，着意构建相互平行而又密切关联的两条情节线以形成交错变幻的局面。

洪昇的《长生殿》与孔尚任的《桃花扇》历来被人们奉为传奇结构的集大成者，事实确实如此。如《长生殿》，在结构上运用了三段式结构，分别是情盟、情悔和重圆，并且三者之间的逻辑关系相当严密。《长生殿》在情节结构上继承了前代作品中的爱情与历史的内容，并且把二者有机地结合起来，做到了以爱情写历史，又以历史衬托爱情的双重结构的巧妙组合。上卷以唐明皇与杨贵妃的帝妃恋情为主线，以安史之乱的孕育与爆发为辅线，着重叙写了帝妃恋情在现实中的变形与伴生的政治后果；下卷则以二人恋情的实现为主线，以安史之乱最终得以平定为辅线，唐明皇与杨贵妃的恋情经由"情悔"得以超升天堂。剧情中爱情的主线是贯穿始终的，政治冲突在第二段就提前收结了，因此，在第二段之后的情节线索则变成了歌颂帝王家罕有的真诚爱情。传奇在采用钗盒情缘、叛乱兴灭两个线索之外，还添加了一条天孙协助的线索作为铺垫和辅助，保证了唐明皇与杨贵妃能够团圆，因此三线交织，使得《长生殿》这一鸿篇巨制的结构上比较完整。另外，作者还运用了较多的插叙的线索分布于剧情发展的各个阶段之中，如郭子仪的情节、李龟年的情节、飞骑送荔枝的情节等，以丰富的社会生活内容增大了唐明皇与杨贵妃情离合的委婉曲折，对于历史经验的总结也更显深刻。

与《长生殿》通过李杨情缘体现至情理想不同，孔尚任的《桃花扇》虽兼有历史和爱情两方面的题材，反映出来的审美风格却是深深的历史兴亡的感伤情怀。传奇以侯方域、李香君的离合为中心线索，设计了二人的定情信物桃花扇贯穿始终，借"离合之情，写兴亡之感"，把南明一代的兴亡历史穿插其间，形成全剧的双重结构。具体来说，《桃花扇》的内在情节相当缜密，内外两层结构能够和谐统一、相互映带。孔尚任对于传奇结构的平衡与匀称的掌控十分到位，全剧正文凡四十出，离合兴亡的双重主线被均匀地分割为上下两部分，并且创造性地在上下本的首尾各加了一出戏：上本开头试一出《先声》，末尾闰一出《闲话》，下本开头加一出《孤吟》，末尾续一出《余韵》，并分别以老赞礼和张道士为主角抒发兴亡之感。这是一个明显的双套式的结构，情节结构与抒情结构巧妙地组合在一起。而且由于突出了李香君坚贞刚烈的性格以及她与奸党之间的尖锐冲突，也加强了情节结构的叙事性。《桃花扇》对于非主要情节性人物的设置方面与《长生殿》颇有相似之处，都用到了许多人物与场面，对于突出生旦主角的人物形象起到了重大的作用，同时也对戏剧冲突的提升帮助有加。

《长生殿》与《桃花扇》的结构艺术的独创性和完美性堪称明清传奇的绝对代表，二者的创作在结构技巧上明显带有"集大成"的感觉。相对于他们自己的时代而言，许多作家和作品在结构上也没有更多的突破，大多陈陈相因，不能够在题材上开辟新领域，因此，《长生殿》与《桃花扇》被视为传奇创作的最后两座艺术高峰。

纵观明清传奇从生长到最终衰落，其情节的"点线式"线性结构特征一以贯之，对于故事的叙述始终坚持着主线与辅线结合的原则。同时，明清传奇勃兴之后能充分运用多条与多重情节线索的设计来反映更为广泛的社会生活，利用"减头绪、密针线"等技巧在局部情节点上做出了许多精彩的文章。由于众多作家的创作努力，数量庞大的明清传奇虽然不乏在情节上的相互模仿，取材上也多是重合相似，虽然许多传奇的结构散漫，但我们还是能够看到有不少作品能够在设立情节线索、构建情节布局上十分讲究，情节曲折而脉络清晰，再纷乱的头绪也能以细密的文心而安排得紧凑严密，这实在是明清传奇为我们留下的最为宝贵的叙事学意义上的财富。从传奇中我们能够强烈地感受到明清传奇对于叙事性的不懈追求，对于情节复杂性的苦心经营。戏曲结构所具有的叙事优势在明清传奇中得到了极大的高扬和充分的展示，明清传奇对于以强化叙事性为核心的新戏曲形式的创建是成功的。

第三节　明清传奇的心理叙事结构

明清传奇除了有丰富多彩、曲折变幻的戏剧情节之外，往往还特别存在着一条与不同形态的人物心理相关的线索。如李渔所提到的"在引商刻羽之先，拈韵抽毫之始"，① 它是隐含在传奇作品中的，并且体现着作者对于传奇作品的情感注入程度，反映着作者对于人生和社会的思考。这条线索往往支撑着作品中人物情感与意志的冲突，尤其重要的是它还反映着作者对于世界的具体认识。如果说明清传奇是一个网状物，那么情节结构就是经，心理结构就是纬。物理结构与心理结构二者在作品中是相互影响的两个方面，一明一暗，一显一隐，二者在具体作品中的结合十分密切，我们无法机械地将二者分割开来，二者的配合和谐与否，直接影响到作品的优劣。

一　物理结构与心理结构的融合叙事

明清传奇是一种高度综合的艺术样式，它综合了多种艺术要素如诗歌、音乐、舞蹈、说唱等，但终究是以"曲"为本位的一种抒情艺术形式。所以，用诗性的宫调曲牌来描述一个个故事，借助于故事表达对社会的认识、对人生的态度以及对未来的向往才是他们创作的出发点。不过，抒情言志作为传奇作品的终极目标，却在他们使用了众多可以表现故事的、代言的叙事元素后，"曲"变成了"剧曲"或者"剧诗"。明清时代绝大多数的作家，无论是属于文人阶层还是平民阶层，他们都秉持儒家传统，以封建伦理与道德规范作为基本准则，在传奇作品中对善恶进行评判，以达到劝惩风教的效用。每一个故事被诗意叙述的同时，实际上也伴随着作者心理体验轨迹的完成。因此说，只要作家们意图表现现实社会关系，就一定存在着与之相应的心理结构。

在明清传奇中，心理结构最为显著的体现是以情感方式出现的。每一篇作品都有一种内在的情感结构隐含着，它决定着作品的取材与主题的选择视角，决定着作品中人物的命运和最终结局，当然也决定着作品的整体艺术风格。明清传奇中的"大团圆"结局正是体现了心理结构对于作品

----

① 李渔：《闲情偶寄》，《中国古典戏曲论著集成》第七册，中国戏剧出版社1959年版，第10页。

情节结构的影响作用。这种心理结构实际上就是明清传奇作家们的理想反映与视角选择：他们大多数总是习惯性地把情与理、情与性、情与礼等同起来，教育人们只有对礼教遵从才能最终获得幸福的结局；即便对于封建礼教有强烈的反叛或者不逊，最终也都将回归到正统轨道上来，而且只有这样的途径，人们才能最终获得"情"的实现。

　　心理结构对于作品的决定性作用是十分巨大的，我们从传奇作品的主题选择上可以看出这点。当作者心理结构的出发点偏向于"理之情"时，他们的作品表达出来的情感取向则多是表达高台教化的目的。明清传奇从一开始就明确地体现了这一特点，即使到了传奇衰落的时候也没有太多的变化。如姚茂良的《双忠记》是"传张、许事，词意剀切，可以揭忠义肝肠"。① 沈鲸的《鲛绡记》则以"节义双全名振，万古流传戒后人"②来褒扬女子的贞节。陈罴斋的《跃鲤记》更是将庞氏的孝心刻画得拳拳如真，作者则自我表白："纷纷乐府争超迈，风化无关浪逞才，惟有孝义忠贞果美哉！"③ 到了清代的夏纶、唐英、蒋士铨等人，创作中也同样明确地宣扬着教化。夏纶的《无瑕璧》中他自述创作的主旨："寻宫数调多劳攘，笑老去心情偏壮，也只是要万世千秋同将忠义讲。"④ 梁廷枏评论说："惺斋作曲，皆意主惩劝，常举忠、孝、节、义，各撰一种。"⑤ 徐梦元《五种总序》："其传奇定为五种：曰《无瑕璧》，所以表忠也；曰《杏花村》，所以教孝也；曰《瑞筊图》，曰《广寒梯》，所以劝节、劝义也。至《南阳乐》一编，颠倒两大游戏之昧，为千古仁人志士补厥缺陷，固忠、孝、节、义之赅而有者也。"⑥ 类似的例子还很多，无法在此一一列举穷尽。在这种心理结构制约下所创作的作品是无法达到较高的艺术价值的，他们总是观念先行，以人物的行动与情感的发展来图解礼教的概念，人物自身的胸臆如何能得到真正的表达？而且，这类作品也大多脱离了正常的自然之情表达的情节结构，蜕化为打着幌子而进行的说教，因此，作品的艺术成就自然不高。

　　当作者的心理结构倾向于"性之情"时，我们读到的传奇作品中所

---

①　祁彪佳：《远山堂曲品》，《中国古典戏曲论著集成》第六册，中国戏剧出版社1959年版，第46页。

②　沈鲸：《鲛绡记》第三十出《团圆》【尾】，《古本戏曲丛刊初集》，商务印书馆1954年版。

③　陈罴斋：《跃鲤记》第四十二折，《古本戏曲丛刊初集》，商务印书馆1954年版。

④　夏纶：《无瑕璧》第三十二出《合璧》【尾声】，《惺斋五种》，世光堂刊本。

⑤　梁廷枏：《曲话》，《中国古典戏曲论著集成》第八册，中国戏剧出版社1959年版，第267页。

⑥　蔡毅编著：《中国古典戏曲序跋汇编》（三），齐鲁书社1989年版，第1742页。

呈现的就是充满了温情、浪漫色彩甚至反叛精神。我们看到吴炳、孟称舜等许多作家们对"至情人性"的揄扬，他们用乐观的信心表达着对真情与幸福的追求。孟称舜一面以王娇娘与申纯二人"与同心子结为良偶"的要求讴歌着爱情的理想，"愿普天下有情人做夫妻呵，一一的皆如心所求"，① 一面又坦率地把他们二人生死相许的爱情凝聚、生发为具有震撼人心的悲剧美。而汤显祖的《牡丹亭》则更进一步，通过杜丽娘慕色还魂的故事，歌颂着"情不知所起，一往而深，生者可以死，死可以生。生而不可与死，死而不可复生者，皆非情之至也"② 的自然人性之至情，标识着对于个性解放的要求，极大地影响了其后明清传奇的创作。这类作品通常是作家借助具体的人物以及行动而表达属于人物自身的思想、情感，人物的抒情达意是在具体的作品情境中进行的，也是从这些自然的情境中自然地，而且合乎逻辑地产生的。因此，作家无须直接以人物作为自己的传声筒，他只需要把自己的思想与情感赋予到戏剧人物身上，并且力争做到与剧中人情感的合二为一，这样的作品才是真正成功的作品。

　　如果作者的心理结构倾向于伦理教化，却同时还想要兼顾到情的宣扬，作品所呈现出的风貌将会是特别讲究技巧，娴熟运用误会、巧合、错认、发现、突转、波澜等情节结构的技巧手法，突出的一点一定是"奇而幻"，剧场性效果十分强烈。然而，这一类作品还是有些问题的，我们看到的作品往往只是传奇创作技巧的大荟萃，它们所表现的也主要是他们自己的或者是整个士大夫阶层的审美情趣，或者爱情理想。这些作品反映出来的人生态度甚至可以用"游戏"两个字来概括。如阮大铖的《春灯谜》中错综复杂的"十错认"，真如他自己所说的那样"满盘错事如天样，今来兼古往，功名傀儡场，影弄婴儿像，饶他算清来，到底是个糊涂账"③，算是一种浪费。尽管这些作品也写出了主人公自己的情感，也写出了对美好爱情、理想情人以及美好生活的渴望与追求，作品的意义远远不能和那些偏向以"性之至情"结构全篇的作品相媲美。特别是李渔的作品一夫多妻、妻妾团圆等情节更是典型地体现了士大夫的审美情趣，尽管他的作品在情节结构技巧上堪称完美，剧情曲折起伏有波澜，而且结构

---

① 孟称舜：《娇红记》第五十出《仙圆》【尾声】，《古本戏曲丛刊二集》，上海商务印书馆1955年版。
② 汤显祖：《〈牡丹亭〉题词》，吴毓华编：《中国古典戏曲序跋集》，中国戏剧出版社1990年版，第88页。
③ 阮大铖：《春灯谜》第三十九出《表错》【清江引】，《古本戏曲丛刊二集》，上海商务印书馆1955年版。

严谨无重大罅漏，舞台演出效果还成为作者最关心的话题，无论是文学性还是观赏性都十分典型出色，然而我们还是能感觉到李渔的作品有些轻飘飘的，原因当然是在于他的这些传奇作品心理结构方面的处理确实浅薄，削弱了真正的情感对于传奇的审美架构的作用。因此，"至情"蜕化为"风情"之后，自然影响了作品的质量。至于蒋士铨等人的作品，则是因为其心理结构中的倾向又走回了对于礼教的认同，体现出来的情节结构自然与表现"至情""风情"的作品有了不小的差距。

当心理结构倾向于表现道德人格时，我们读到的传奇作品更多的是表达对高尚道德情操的褒扬以及对背信弃义、趋炎附势的不道德行为的批判，同时他们也把清明的吏治与安定的社会作为他们向往和追求的目标，明末清初以李玉为首的"苏州派"传奇正是此类作品的代表。苏州派的传奇作品对于传统伦理道德有其独特的尊奉，与传奇初兴期笃信教化的丘濬等人的创作取向多有不同，也和蒋士铨等人的作品大相径庭，因为他们的作品在宣扬对伦理教化尊奉的出发点是对于非道德的社会现象的满腔愤怒。苏州派作家大多数是生活于社会底层的布衣文人，他们创作的内容有三大特点："讥切时弊，关注现实的现实精神，事关风化、劝善惩恶的教化指向，和'天下兴亡，匹夫有责'的平民色彩"，[①] 由于他们将笔触直接伸向广阔丰富的社会生活，他们的传奇必然与文人士大夫们创作的才子佳人故事明显不同。他们作品的主要题材都是和普通百姓生活有关的社会剧，如《占花魁》《十五贯》《翡翠园》《人兽关》等，也有表现政治斗争、忠奸斗争的历史剧，如《千忠戮》《一捧雪》《清忠谱》等。这类作品的体制相对比较紧凑精致，长度相较于之前那些动辄五十出的作品来说，已经相当适于舞台搬演。一来源于这类作品的情节结构安排上做到了主脑突出，作者对于作品所承载、所表现的主题有清晰的认识，而在情节安排上能够较紧密地根据主题来安排情节与结构，同时情节的曲折跌宕又使舞台气氛营造变得容易。苏州派作家的传奇作品基本上能实现以心理结构与情节结构的重合而表达作品的主题，在传奇领域中独树一帜，而其他许多文人作家却无法做到这一点。

情节结构对于传奇作品内容与主题的呈现起着比较重大的作用，但最终能够帮助深化创作主旨的因素，还得靠传奇内在的心理结构。情节结构与心理结构二者的协和可以使传奇中繁杂的情节线索的交合点与心理高潮的出现实现重合，但明清传奇中往往很难找到符合这个标准的作品。以

---

① 郭英德：《明清传奇史》，江苏古籍出版社 2001 年版，第 361 页。

《鸣凤记》为例，从情节结构的高潮来看，忠奸斗争的最终胜利应该是传奇的高潮所在，经过了双忠八义十多年前赴后继的不懈斗争，最终以奸党失败而结束，自然为传奇收尾。但心理高潮的出现却是在表现杨继盛的几场戏上，在第十四出《灯前修本》、十五出《杨公劾奸》以及第十六出《夫妇死节》中，杨继盛忍疼痛、斥鬼神、论忠良、劝妻子，将死生置之度外，毅然上本劾奸，最终蒙冤被送上刑场。而杨继盛夫人为丈夫跪读祭文之后，问杨继盛是否还有家事。杨继盛斥责道："我平生哪有家事？我浩气还太虚，丹心照千古。平生未了事，留于后人补。"① 杨继盛被害后，杨夫人悲痛欲绝，最终也以尸谏的方式作出了与奸臣的不屈斗争。这一段绝对是《鸣凤记》中最为动人的高潮部分，心理结构中的高潮提前在前部分出现，客观来讲，后部分的情节所营造出的戏剧冲突与这几出相比，实在是无法达到这样的力度，因此，不能不说这是作品的一个比较大的遗憾。

简而言之，传奇作品的内在心理结构不同，传奇所展现出来的风貌与肌理也就大不相同，这就导致传奇的情节结构表现随之异变。传奇中的心理结构与情节结构所控制的方向各有侧重，二者是传奇成功与否的两个紧密相关的因素。

二 尚奇——审美心理结构的外化

明清传奇发展过程中形成了利用层次鲜明的情节线性结构叙事的手法，许多作品明显体现出了作者对于平面结构与立体结构设置的高度娴熟的技巧。除了对于线索分明、头绪简洁的结构方式追求之外，明清传奇作家们最为突出的一个有关结构的审美认识是对"奇"的追求，这是一种明显的审美心理结构的外化展示。"奇"或者"新奇"并不是明清传奇作家们的首创，早在宋元南戏之时便已有之，如元代钟嗣成《录鬼簿》评范康《杜子美游曲江》"下笔即新奇"，评鲍天佑的剧作是"跬步之间，惟务搜奇索古而已"。② 不过，由于元杂剧的体制以及对于情节设置的认识所限，"奇"作为一种创作上的追求并没有被充分接受。而直到万历时期，以汤显祖的《牡丹亭》为标帜，"奇"才逐渐成为被许多传奇作家作为构建情节、组织关目的好方法。由于理论的晚出特征，晚明戏曲评点者

---

① 王世贞：《鸣凤记》第十六出《夫妇死节》，毛晋编：《六十种曲》，明崇祯间虞山毛氏汲古阁刻本，中华书局 1958 年版。

② 钟嗣成：《录鬼簿》，《中国古典戏曲论著集成》第二册，中国戏剧出版社 1959 年版，第120、122 页。

比传奇作者更多、更广泛地将"奇"作为戏曲叙事的批评标准。如倪倬在《二奇缘·小引》中说："传奇，纪异之书也。无奇不传，无传不奇。"①从晚明开始，整个社会多有动荡，文化新潮不断涌现，时人轻视礼法并蔑视成规，慕新好奇的审美思潮已经渐渐形成，逐渐影响到传奇的创作。传奇作者、评论者明显地开始反对陈词滥调、因循蹈旧，于是传奇作者们的审美心理预期就借壳传奇创作规则而被顺理成章地提了出来。

　　对于"奇"，首先就是"事佳"与"脱套"。②"事佳"就是故事要新奇有趣，"脱套"就是不落俗套。从晚明开始，这股尚奇之潮越来越强烈，似乎所有作家的创作都开始大力提倡曲折跌宕的情节结构了，甚至，众多的评点家也注意到了这点。王思任提出了"天下无可认真，而惟情可认真；天下无有当错，而惟文章不可不错"③的说法，其中的"错"就是特指戏曲情节结构上的交错曲折，它的巧妙运用可以产生令观众"吃惊"的审美效果。许多曲家对情节曲折交错都十分看重，祁彪佳称王澹《轩辕记》："构局之妙，令人且惊且疑；渐入佳境，所谓深味之而无穷者。"④汤显祖评《种玉记·促晤》说："妙在书停使去，转出子夫力挽仲孺逞赴塞。晤此变中又变、错中更错，生出几许峦峰，弄出几许波澜，提放之巧若此。"⑤通过"错"的情节设计，传奇故事情节能够达到波澜起伏、变幻莫测的审美效果，这成了许多传奇作家们着意追求的创作方式。传奇作者及评点家们都相当重视戏曲叙事的"新奇"特点，反对创作中的陈词滥调与因循蹈旧。在他们看来，单纯的"事"已不足以构成戏曲的叙事特征，只有事"佳"、事"奇"才能真正显现出戏曲叙事的特征。吕天成《曲品》在品评戏曲时，"奇""佳""妙"字屡屡出现。如"事佳，搬演亦可。……岂不真奇。"（《孤儿》225）"词多佳句，事亦可喜。"（《连环》225）"杜丽娘事，果奇。而著意发挥怀春慕色之情，惊心动魄。且巧妙叠出，无境不新，真堪千古矣。"（《还魂》230）"本传

①　倪倬：《二奇缘·小引》，吴毓华编：《中国古典戏曲序跋汇编》，中国戏剧出版社 1990 年版，第 231 页。

②　吕天成：《曲品》，《中国古典戏曲论著集成》第六册，中国戏剧出版社 1959 年版，第 223 页。

③　王思任：《十错认春灯谜记序》，《中国古典编剧理论资料汇辑》，中国戏剧出版社 1984 年版，第 137 页。

④　祁彪佳：《远山堂曲品》，《中国古典戏曲论著集成》第六册，中国戏剧出版社 1959 年版，第 58 页。

⑤　汤显祖：《种玉记评语》，《中国古典编剧理论资料汇辑》，中国戏剧出版社 1984 年版，第 81 页。

虽俗而事奇，予极赏之。"（《双卿》234）"董元卿遇侠事佳。"（《旗亭》236）"蕉鹿梦甚有奇幻意，可喜。"（《四梦记》237）"周孝侯除三害事，甚奇。"（《蛟虎》237）"此《耳谈》中杨大中一段事，甚奇。"（《蓝田记》248）① 如此这样的评价明显体现出"奇"已经是众多剧作家们对于创作的共同认识。

明清传奇作家们对于曲折错综复杂的戏曲情节看法其实不仅仅限于物理意义上的曲折奇巧，他们对于传奇是否能够描写人物情感的委曲婉转也同样十分在意。王玉峰的《焚香记》就是戏剧情节曲折多姿、变幻莫测的代表，汤显祖曾评《焚香记》说："作者精神命脉，全在桂英冥诉几折，摹写得九死一生光景，宛转激烈。"② 同时，汤显祖对该剧的结构穿插也比较赞赏，在第三十七出《收兵》的评语是"结构串插，可称传奇家从来第一"。③ 袁于令在《焚香记序》中对该剧的"纤曲"作了比较精到的评析：

> 兹传之总评惟一真字足以尽之耳。何也？桂英守节，王魁辞姻无论，即金垒之好色，谢妈之爱财，无一不真。……然又有几段奇境，不可不知。其始也，落魄莱城遇风鉴操斧，一奇也。及所联之配，又属青楼，青楼而复出于闺帷，又一奇也。新婚设誓奇矣，而金垒套书，致两人生而死，死而生，复有虚讣之传，愈出愈奇，悲欢沓见，离合环生。读至卷尽，如长江怒涛，上涌下溜，突兀起伏，不可测识，真文情之极其纤曲者。④

这段评论中袁于令充分肯定了《焚香记》由"突兀起伏，不可测识"的剧情引起的"奇"的美学风格。而这种对于情节的"纤曲"奇幻的评价并不在少数。

错与纤曲的基础是一个个平实的故事，只有通过作家们独具匠心的妙笔，才能产生委曲尽致的佳境。祁彪佳评《唾红记》："能就寻常意境，

---

① 以上均引自吕天成《曲品》，《中国古典戏曲论著集成》第六册，中国戏剧出版社 1959 年版，括号中为页码。

② 汤显祖：《玉茗堂批评〈焚香记〉》，《中国古典编剧理论资料汇辑》，中国戏剧出版社 1984 年版，第 75 页。

③ 汤显祖：《玉茗堂批评〈焚香记〉》，《中国古典编剧理论资料汇辑》，中国戏剧出版社 1984 年版，第 77 页。

④ 袁于令：《玉茗堂批评〈焚香记〉》，《古本戏曲丛刊初集·〈焚香记〉》，商务印书馆 1954 年版，卷首。

层层掀翻，如一波未平，一波复起。"① 《芍药记》却因没有做到这点而受到了批评："登第，成婚，具是顺境……所少者，曲折映带之妙耳。"② 平常的一个说亲情节，作者却能掀起许多波澜来，因此得到了评论家的称赞。如汤显祖评《异梦记》第三十出就说："说亲中有许多凑泊机缘，不比寻常撮合，所以为妙。"③ 在传奇中我们可以读到很多说亲类的情节，这些角色虽作为次要人物登场，但他们的出现表演，既有自己的独立性，又给整部传奇的发展提供了更多的情节支持，为舞台搬演提供了比较充分的空间。

当然，曲家们强调戏曲结构"错""曲"的特征，并不是一味主张情节的曲折，他们还是考虑到了观众的接受能力。如果过分追求错与曲，就会使人头昏目眩不知所云。祁彪佳评论《翡翠钿》时一语中的："迩来词人，每喜多转折，以见顿挫抑扬之趣。不知转折太多，令观者一解未尽，更索一解，便不得自然之致矣。"④ 在曲论者看来，首先要"自然"，然后"曲折"才能为观众所接受。传奇的关键是"要节次清楚，而过脉绝无痕迹。……其叙事又须明显使人一览而知"。⑤ 剧作家对戏曲情节的通盘考虑在先，情节设置的前有伏笔、后有照应在后，做到针线细密、合乎逻辑的作品才是真正的符合叙事规范的作品。特别是要对传奇人物的顺境逆境、苦境乐境、冷场热场等作通盘考虑，尽量能够"串插甚合局段，苦乐相错，具见体裁"，⑥ 这样才能做到"毋令一人无着落，毋令一折不照应"，⑦ 陈继儒评价《幽闺记》的说法更是体现了曲家们对于前后照应的关注："妙在悲欢离合，起伏照应，线索在手，弄调如是。"⑧

① 祁彪佳：《远山堂曲品》，《中国古典戏曲论著集成》第六册，中国戏剧出版社 1959 年版，第 44 页。

② 祁彪佳：《远山堂曲品》，《中国古典戏曲论著集成》第六册，中国戏剧出版社 1959 年版，第 33 页。

③ 汤显祖：《异梦记评语》，《中国古典编剧理论资料汇辑》，中国戏剧出版社 1984 年版，第 80 页。

④ 祁彪佳：《远山堂曲品》，《中国古典戏曲论著集成》第六册，中国戏剧出版社 1959 年版，第 58 页。

⑤ 冯梦龙：《洒雪堂总评》，《中国古典编剧理论资料汇辑》，中国戏剧出版社 1984 年版，第 129 页。

⑥ 吕天成：《曲品》，《中国古典戏曲论著集成》第六册，中国戏剧出版社 1959 年版，第 224 页。

⑦ 王骥德：《曲律》，《中国古典戏曲论著集成》第四册，中国戏剧出版社 1959 年版，第 137 页。

⑧ 陈继儒：《幽闺记评语》，《中国古典编剧理论资料汇辑》，中国戏剧出版社 1984 年版，第 106 页。

他说："传奇中多有拜月，只它处拜月冷落，无此关目奇妙耳。"关目奇妙再加上结构线索的自然缜密，自然可以创作出"奇"的典范作品来。冯梦龙也对此提出了相似的要求，在评点中反复强调着这一点，如评《风流梦》第二十折"点出中秋及春香，节节生情，针线甚密"，第二十六折"叙出三会亲来，针线不漏"。

在对讲究纤曲风致创作技法进行努力的同时，众多曲家注重事奇与情奇的结合。他们充分认识到，情节的质量高低直接决定着传奇能否达到生动、富于吸引力的艺术效果。茅暎在《题牡丹亭记》提出："传奇者，事不奇幻不传，辞不奇艳不传。其间情之所在，自有而无，自无而有，不魂奇愕眙者亦不传。"① 陈与郊的《鹦鹉洲》序也称"传奇，传奇也，不过演奇事、畅奇情"。② 其实这些说法不同程度上反映了传奇作者们对于奇幻的事与情的追求。郑道圭评点《红杏记》中说："此传有三奇：状元之妹状元妻，一奇也；先入于梦，二奇；又得方慕贞与小姐同貌，三奇。即谓之'三奇传'也可。"③ 这些理论家对于戏曲题材的特征强调有加，关键是他们对不同题材所能取得的效果有着明确的认识。其实也很简单，戏曲作为奏之于场上的艺术形式，要吸引观众就得有独特的内容，题材奇特当然是足以承担这一重任的。再加上奇特的题材更利于作家们运思，构置戏剧冲突，安排紧凑的情节。李渔则总结阐发了他的观点："戏场关目，全在出奇变相，令人不能悬拟。若人人如是，事事皆然，则彼未演出，而我先知之，忧者不觉其可忧，苦者不觉其为苦，既能令人发笑，亦笑其雷同他剧，不出范围，非有新奇莫测之可喜也。"④ 可见戏剧情节的奇特对于作品来讲是如何的重要。

就戏曲而言，故事情节新奇脱俗当然是必要的，因为只有这样，戏曲才能吸引观众。不过，传奇在讲究情节的奇特的时候，似乎无法以自身的力量来克服一味趋异逐奇的创作风气而走向"幻诞"一端。不少剧作家脱离现实生活而无端杜撰，走到专门捏造怪诞虚幻的歪道上了。这种狠求怪幻的歪风在创作中主要表现为创作者一味玩弄误会、巧合、错认等手法，作品中充斥着变换姓名、男女易装、扮鬼装神一类关目。当"奇"的审美

---

① 茅瑛：《题牡丹亭记》，吴毓华编：《中国古典戏曲序跋汇编》，中国戏剧出版社 1990 年版，第 162 页。

② 载《中国古典戏曲序跋汇编》（二），齐鲁书社 1989 年版，第 1224、1275、1383 页。

③ 转引自朱万曙《明代戏曲评点：批评话语的转换》，《文艺研究》2007 年第 10 期。

④ 李渔：《闲情偶寄·脱套》，《中国古典戏曲论著集成》第七册，中国戏剧出版社 1959 年版，第 108 页。

形态以明晰浪漫的风格出现在传奇中的时候，"幻"的倾向却给传奇带来了比较危险的冲击。凌濛初就对这样的情况敲响了警钟：

> 旧戏无扭捏巧造之弊，稍有牵强，略附鬼神作用而已，故都大雅可观。今世愈造愈幻，假托寓言，明明看破无论，即真实一事，翻弄作乌有子虚。总之，人情所不近，人理所必无，世法既自不通，鬼谋亦所不料，兼以照管不来，动犯驳议，演者手忙脚乱，观者眼暗头昏，大可笑也。①

凌濛初的担心与指责不无道理，当明清传奇这样一种复杂、曲折的情节展示方式在很大程度上将精力集中在"幻"的表现上时，那些"世间诧异之事"的作品正以偷换概念的方式侵扰着传奇正常的发展道路。于是许多有识之士开始呼吁"人情物理"的回归。汤显祖的《牡丹亭》虽然写的是杜丽娘慕色还魂的故事，看似十分奇幻，但他在传奇中还是事先表白了自己对于奇幻的理解，他说："人世之事，非人世所可尽。"② 但如果以理来衡量某件事情是否会出现在日常生活中，必须要把常情之下可能出现的事物考虑在内，现实的物态常理与人的精神活动之间还是存有一定的差异的，但如果在渲染奇幻的同时，多考虑情的成分的话，那即使是一件十分奇幻的事情，也有了它赖以存在的人世情感基础，也就成了一种超越"奇"而没有蜕化为"幻"的"人情"，人情和剧情都是观念意识的形象外化而已。张岱等人则要求把"奇"还原到"人情物理"中，他说：

> 传奇至今日，怪幻极矣。生甫登场，即思异姓；旦方出色，便要改装。兼以非想非因，无头无绪，只求热闹，不论根由，但要出奇，不顾文理。……兄看《琵琶》、《西厢》，有何怪异？布帛菽粟之后总，自有许多滋味，咀嚼不尽，传之永远，愈久愈新，愈淡愈远。③

张岱批评的出发点是基于袁于令所作的《西楼记》对于常情的刻画，

---

① 凌濛初：《谭曲杂札》，《中国古典戏曲论著集成》第四册，中国戏剧出版社1959年版，第258页。

② 汤显祖：《牡丹亭题词》，《古本戏曲丛刊初集》，商务印书馆1954年版。

③ 张岱：《陶庵梦忆》，俞为民、孙蓉蓉编：《历代曲话汇编》（明代编三集），黄山书社2009年版，第521页。

他认为在《西楼记》中，袁于令创作时所遵循的基本法则是"情"，特别是在《讲技》《错梦》《抢姬》几出更是情理皆通，自然是十分热闹，能够吸引观众，而那部《合浦珠》则充满了"不顾情理""不论根由"的弊病；祁彪佳也认为戏剧创作的情感十分重要；高奕的《新传奇品序》中也说：

> 传奇至于今，亦盛矣。作者以不羁之才，写当场之景，惟欲新人耳目，不拘文理，不知格局，不按宫调，不循声韵，但能便于搬演，发人歌泣，启人艳慕，近情动俗，描写活现，逞奇争巧，即可演行，不一而足。①

高奕的"近情动俗"的理论应该说是比较明确地为当时的传奇创作勾勒出了发展的方向。也确实如此，随着众多曲家的努力，剧坛的怪幻之风得到了有效的控制，更多符合人情物理的作品不断出现。后来李渔的概括比较明确直观：

> 凡说人情物理者，千古相传；凡涉荒唐怪异者，当日即朽。……世间奇事无多，常事为多，物理易尽，人情难尽。②

李渔对于作品题材的新奇理解非常朴实，他认为前人所作传奇"事涉荒唐，即文人藏拙之具也"。③他从"人情难尽"的观点上来说，发掘出人所未知的"人情物理"加以生动的表现，自然会给人以新奇感。

明清传奇叙事所具有的独特情节结构方式形成了常见的生旦双线平面或立体结构，这些属于外在的物理结构。而在作者们趋同化的心理结构驱使下，明清传奇又产生了"尚奇逐怪"的创作取向，反过来又影响了传奇结构的具体设置方式，二者互相作用，互相影响，推动了传奇创作叙事技巧的发展。简要说来，一方面，传奇作者常把中国诗学传统中的抒情性视为文艺最高价值，传奇不可避免会时不时地凸显出对抒情的追求，因而

---

① 高奕：《新传奇品》，《中国古典戏曲论著集成》第六册，中国戏剧出版社1959年版，第269页。
② 李渔：《闲情偶寄》，《中国古典戏曲论著集成》第七册，中国戏剧出版社1959年版，第19页。
③ 李渔：《闲情偶寄》，《中国古典戏曲论著集成》第七册，中国戏剧出版社1959年版，第19页。

场面、情节也自然会缺乏紧张感，一定程度上又挤占了戏剧性的地位。如此，作为戏剧性与抒情性具体文体特征的情节结构与心理结构就始终处于一种相互制约的状态。传奇的戏剧性要求传奇具有一定的叙事性特征，需要强调情节结构中的冲突与悬念的建立，要求人物自觉以意志为出发点展开行动、推进情节，进而完成人物性格的自我塑造。而恰恰是在追求传奇的戏剧性特征之时，传奇必然聚焦于情节激变点，着眼于能够引起"奇""怪"的情节类型，更多选择叙事技巧来表现剧情，这样反而会要求放弃对于主体人物的频繁描写、细腻刻画，甚至有时会显得拖沓的心理与情感的刻画描写，导致人物呈现出脸谱化特征。不过，传奇创作还是出现了自觉的比较融洽的统一，传奇作者们将部分可以产生突转与波澜的情节和事件同时巧妙地穿插到情感表现中去而得以创造更多的戏剧性，二者的相互对立在很大程度上由强调情节结构的高潮与心理结构中的情感高潮尽量重合的做法而调和了，明清传奇的叙事结构手法也基本定型于此。

第三章　明清传奇的叙事情节类型

亚里士多德强调"情节"为悲剧六要素之一，王国维则言古代戏曲是"合歌舞演故事",[①] 以一定的情节铺叙、搬演来讲述一个故事，由此来看，东西方戏剧叙事实为同途。在古代曲家口中情节初称"关目"，如元代钟嗣成在《录鬼簿》中评赏杂剧运用关目时有所谓"关目嘉""关目真""关目奇"之说;[②] 明代的李贽在《焚书》里对《玉合》《拜月》《红拂》各剧的评点中就有"关目好""关目妙""没关目""少关目""无关目"[③] 等各种评词；徐复祚《曲论》中则将情节与关目二词合并："《琵琶》《拜月》而下，《荆钗》以情节关目胜，然纯是倭僵巷语，粗鄙之极。"[④] 冯梦龙则混用《万事足》第二十八折"高科进谏"："此套关目甚好，字字精神。"《万事足》第三十四折"恩诏录孤"："此出情节妙。"[⑤] 至吕天成《曲品》卷下前言中基本就以"情节"取代了，如上之下品《绣襦》："情节亦新。"具品《龙泉》："情节阔大。"中之中品《双珠》："情节极苦。"情节一词在传奇叙事中的地位不断提高，重视程度也不断提升。因此本研究也从情节角度进行研究并发现一些简单的规律，明清传奇多利用某一中心事件作为贯串全剧的主轴，沿此主轴线而安置相关情节段落，整个戏剧动作呈现出一种点线组合的运动状态。高潮的安置不一定集中在戏剧的最后，而且，在适当的情节点上甚至可以安排不止一个局部的高潮。本章研究通过对比分析发现，明清传奇多采用"类型化情节"来结构谋篇，经常采用一些固定情节模式作为"点线式"结

---

①　王国维：《宋元戏曲史》，俞为民、孙蓉蓉编：《历代曲话汇编》近代编第二集，黄山书社 2009 年版，第 482 页。

②　钟嗣成：《录鬼簿》，俞为民、孙蓉蓉编：《历代曲话汇编》唐宋元编，黄山书社 2009 年版，第 315—393 页。

③　李贽：《焚书》，俞为民、孙蓉蓉编：《历代曲话汇编》明代编第一集，黄山书社 2009 年版，第 535—553 页。

④　徐复祚：《曲论》，《中国古典戏曲论著集成》第四册，中国戏剧出版社 1959 年版，第 236 页。

⑤　冯梦龙：《万事足》三十四折评语，《墨憨斋定本传奇》，凤凰出版社 2007 年版。

构线上的不同串珠，比如在传奇开篇通常会用"相遇"的情节作为剧情发展的第一个机杼，"相遇"往往是因为"赴考"情节而形成，"赴考"也可以作为"相遇"后并经"盟誓"结成一定的婚姻或联盟，再次形成实际的"分离"或"失散"的导因，阻断音信的原因往往是"战争"或"乱事"。这样一来，双线对位结构上的主角就会各自经历不同的"磨难"，而这些"磨难"也同样具有非常明显的类型化。"磨难"的结束通常会借助外来力量，有"人助"或"神助"之分，且最终结果也通常被设定为"姻缘婚事"的成就，或者"相逢团聚"的场面，即便传奇的主题是"昭雪沉冤"或者"兴亡变迁"，其中也总少不了锦上添花的"大团圆"结局。另外，明清传奇在程序化、类型化情节的运用上也充分注意到避免过分雷同，往往还用一些别出心裁的特殊情节以凸显与大部分剧目的区别，如隐姓埋名、易姓改装等来丰富剧情的表现力。再者，明清传奇还有一些情节套式，如问卜、占卦、求签、测字，劝农、训子（女），打围、狩猎，冥判等，促成故事发展的完整与丰富，在情节排场上也能起到调剂冷热、调节气氛、丰富舞台趣味等作用。

第一节　明清传奇"动力型"情节类型分析

明清传奇在情节的设置上奉行了"程式化"的类聚特征，因此，在被称为"词山曲海"的明清传奇中，几乎每一部传奇作品中都能看到大同小异的类似情节设置。从对故事的重要性来看，无非主要情节和次要情节。对故事发展具有非常关键作用的那些情节，可以构成"点线结构"之上的一个个"点"，对于故事发展具有推动性作用，本文且称其为"动力型情节"。其他一些出现频率相对较低、对剧情发展不太重要，但仍然对剧情发展起到助力作用的情节，本文称为"助力型情节"。而其他一些情节传奇剧本中虽常有出现，但基本不具备推动故事发展的动力功能，对于完整的剧情来说有些只是旁逸而出的枝叶，并非必不可少，这样的情节姑且称为"环节型情节"，本文暂不讨论。

明清传奇作者在设计情节时最常用的有十多种类型，且有一定不移之顺序，本章仅选择其中常见的情节形态进行分类讨论，以勾勒明清传奇在情节设计方面呈现的整体艺术特征。不过因为对情节类型的命名与讨论实在难以做到周密，故而只能尽最大努力提供有效的参考价值。

一　生旦相遇

明清传奇进入故事情节一般较快，因传奇创作中多用生旦对位，故而很多传奇在初出角色自报家门之后便会安排男女主人公（生、旦）的见面。特别是在才子佳人剧中，这样的遇见便成了更有意义的动因情节形态。

明清传奇的才子佳人相遇形式多样，依传奇之"奇巧"审美追求，"巧遇"当是传奇中用得较多的一种男女相遇方式了。"一见钟情"的是明清传奇最为推崇的情感之一。生旦的相逢一定是出其不意的，甫一见面，即惊为天人，被对方的风姿美貌或倜傥风流打动，而这一点春心萌动便是推动后续情节发展的动力。

如《浣纱记》第二出"游春"中，范蠡自报家门之后换作西施浣纱出场，唱完【绕池游】【金井水红花】之后正欲下场，范蠡重新上场，二人巧遇，姻缘瞬间成就：

〔旦下遇生上〕转过若耶渡。来到苎萝村。呀小娘子拜揖。〔旦〕客官万福。〔生背科〕世间有这等女子。岂非天姿国色乎。小娘子。我且问你。你何方居住。姓甚名谁。莫非采药之仙姝。必是避世之毛女。缘何在此。乞道其详。〔旦〕客官。妾就住苎麻山口。寒家姓施。世居西村。名唤西施。〔生〕小娘子。你青春几何。曾嫁人否。〔旦〕年方二八。尚未适人。〔生〕小娘子。我不敢容隐。下官就是越国上大夫范蠡。寻春到此。〔旦〕贱妾不知贵人。失于退避。〔生〕你是上界神仙。偶谪人世。如此艳质。岂配凡夫。你既无婚。我亦未娶。即图同居丘壑。以结姻盟。但以身常许君。遭时多难。敢冀少停旬月。即当奉遣冰人。乞告严亲。万勿他适。〔旦〕蓬茅陋质。田野村姑。蒙君子不遗葑菲之微。实贱妾得荷丝萝之托。虽迟年岁。岂敢变移。〔生〕敢问小娘子。你手中拿的甚么东西。〔旦〕家贫无以营生。聊以浣纱为业。〔生〕下官微行。失带礼物。卿是汉女。仆乃郑生。敢借溪水之纱。权作江皋之佩。持此为定。勿背深盟。①

与此类似，《紫钗记》里李益与霍小玉的相遇则是一样的巧遇，二人偶遇于上元节天街灯会。霍小玉贪嗅梅花香，李十郎一众文士突然行到，

---

① 梁辰鱼：《浣纱记》，《古本戏曲丛刊初集》，商务印书馆 1954 年版。

霍小玉惊走，却不料"梅梢上挂钗，厮琅的坠地也"，李益拾钗，得见霍小玉貌美如花，当下便萌生爱意，二人遂"天街一夜笙歌咽，堕珥遗簪幽恨结"。一番姻缘得以成就，后来又做成一段紫钗恩怨情仇。故而因着坠钗的巧遇便是动因型之情节了。

而《还魂记》中杜丽娘与柳梦梅的相遇更是奇特，二人的相遇竟然是在梦中：

> （旦）身子困乏了，且自隐几而眠。〔睡介梦生介生持柳枝上〕莺逢日暖歌声滑，人遇风情笑口开。一径落花随水入，今朝阮肇到天台。小生顺路而来，跟着杜小姐回来，怎生不见。〔回看介〕呀，小姐，小姐。〔旦作惊起相见介生〕小生那一处不寻访小姐来，却在这里。〔旦作斜视不语介生〕恰好花园内，折取垂柳半枝。姐姐，你既淹通书史，可作诗以赏此柳枝乎？〔旦作惊喜欲言又止介背云〕这生素昧平生，何因到此。〔生笑介〕小姐，咱爱杀你哩。①

一段梦中情缘虽不是现实，却也给杜丽娘、柳梦梅后来的幽媾回生之爱情婚姻得遂注入了显见的动力。

其他剧作如《玉合记》中的韩翃与柳氏是在郊外游春时迷了路而相遇的，《南西厢》中张珙在游殿时偶遇进香的崔莺莺，《种玉记》中霍仲孺与卫少儿的巧遇，《飞丸记》中易弘器与严玉英、《西园记》中的张世华与王玉真则都是在花园中不期而遇，虽是奇巧之设，却真有推动情节发展的动能。

明清传奇对于生旦的相遇并非仅有巧遇一种方式，常用的相遇方式还有一种叫访遇。双方的相遇基本是以生角久仰女主的才名与美貌，女方对男方的才名也有所耳闻，心中已然有了倾慕之情，待男主角登门拜访之后，便可初结姻缘。如《焚香记》中王魁听胡相士说起鸣珂巷中敫桂英"姿容殊丽，德性闲淑，只是误落烟花"，却有夫人之命，便相请胡相士引领前往拜会，以探缘分如何，却在鸨母等人的撮合下当场与桂英成亲。《西楼记》中于叔夜亲访西楼，一晤青楼才女穆素徽（第八出《病晤》）。二人早已凭借《楚江情》乐府暗生情愫，一俟叔夜到访，姻缘遂成：

【懒画眉】〔旦扶病上〕梦影梨云正茫茫。病不胜娇懒下床。欣

---

① 汤显祖：《牡丹亭》，《古本戏曲丛刊初集》，商务印书馆1954年版。

然扶病认檀郎。〔看生介生揖介旦低头介〕果然可爱风流样。〔凝眸相顾介丑笑介〕阿呀。恁地相逢看欲狂。〔旦〕就是叔夜于相公。尊庚了。〔生〕十九。〔旦〕曾娶否。〔生〕没有娶。〔旦〕曾聘否。〔生〕也没有聘。芳龄几何了。〔旦〕少足下三岁。〔生〕久慕隽才。兼得妙楷。今幸一晤。如渴遇浆。只是玉体不安。不合惊动。扶病而出。感次五中矣。〔旦〕思慕经年。适逢一旦。喜慰凤怀。死且瞑目。何有于病。〔生〕卿与小生。交浅言深。不知何缘。得此雅爱。〔旦〕三生留笑。两载神交。何言浅也。妾本烟花贱质。君乃阀阅名流。葭玉萝乔虽不相敌。然锦帆三奏。已殷殷司马之挑。妾铅椠数行。岂泛泛雪涛之笔。情之所投。愿同衾穴。不知意下若何。自荐之耻。伏乞谅之。〔生〕小生一向觅缘。碌碌风尘。无能解吾意者。刘楚楚家得卿亲笔。且闻相爱已久。不胜惊喜。今蒙以生死相订。小生永期秦晋。决不他图。如负恩背义者。有如日。〔旦〕片刻相逢。百年定约。如有他志者。亦有如日〔生〕只是少媒妁。然我辈意气投合。何须用媒。〔旦〕呀。楚江情一曲。是吾媒也。愿为君歌之。〔生〕愿闻。但恐俚鄙之词。有污香颊。且吾卿病虚气怯。只是莫歌罢。〔旦〕随歌而没。亦足明志，待吾谩歌你听。①

其他类似的剧目如《玉环记》《玉玦记》《霞笺记》等，情节的生发基本也是通过男女主角的访遇来促成原生动力的，使后续情节得以顺利展开。除去这种巧遇、访遇形式，明清传奇中还有多种其他形式的遇见。一是遇而不觉。如《占花魁》中第十二出《一顾》里，秦种卖油到青楼，美娘送客，小露一面。秦种初见，唱道："分明是仙姝恍遇天台上，神女遥临洛水湄"，"魂飞，险教人望断楼西"，一边卖油，一边想象着美人。于是，在第十四出《再顾》中，秦种便歇业一天，特地来湖边候着。这种相遇只是单向的，其中一人不知，但仍然是推动情节发展的重要动因。如《琴心记》中卓文君窥视司马相如操琴，几番阻隔，终究互不见面，但毕竟已经引发卓文君相从之意。再如《怀香记》第六出中贾午姐听了丫鬟对韩寿的描述，生出了兴趣，于是，第七出《青琐相窥》中贾午姐便来了一次窥视：

〔旦贴上偷窥介低声〕【北寄生草】果然是文章客。美丰姿。聪

---

① 王玉峰：《焚香记》，《古本戏曲丛刊初集》，商务印书馆 1954 年版。

俊才。桃源迷路风流辈。他生得这等标致。今世那里有。宋朝又得生
当代。潘安再世应难配。那人儿打动倩娘情。霎时间定台离魂害。

【北醉扶归】〔旦贴低声〕偷觑风流态。青琐恨难开。枉自支颐
叹美哉。此见求须再。缱绻从今在怀。整备相思害。〔贴〕小姐。天
色将晚。请进去罢。〔旦〕且住。〔贴扯介旦〕明日再来看他。〔贴〕
秋波频盼久。〔旦〕春意自伤多。①

这一窥不要紧，贾午姐完全被韩寿吸引，丫鬟春英遂替小姐向韩寿试
探心意，开始了一段美好爱情途程。另有《红梨记》一部传奇，也是通过
类似的窥视之法，宕开谢素秋钦慕赵汝州而亲往书房探其真容真情之行。

明清传奇中对于生旦相遇情节诸种不同形式的程序化的设置，均着眼
于为全剧提供原动力，总体不算繁复，其意图应该是尽量简化烦琐的开篇
故事，迅速进入情节，在其后别开生面，着眼于相遇之后的悲欢离合。因
此，可以将"相遇"之情节形态归入动因型情节类型之中。

二　赴考应试

中国古代社会以科举考试取士，是大多数士子踏入官宦上流社会的最
佳通道，故而明清传奇坚定地宣扬着这条定律，读书人自该一心追求功
名，因此，赴考应试的情节在绝大部分传奇中都有其身影存在。一般来
说，传奇中的赴考应试通常是指书生进京参加科举考试的一段情节，这
是明清传奇作家们采用得最多也是最重要的一个动力型情节，因为赴考
应试的结果对于整部传奇的故事发展有着决定性的影响，举足轻重。

从赴考的促成方式来看，首先是自身求取功名的方式。明清传奇的生
角人物通常是书生，求取功名乃是他们人生中的头等大事、首要目标。自
身发奋求取功名乃是赴考应试的动力之一，像《荆钗记》中的王十朋、
《焚香记》中的王魁、《牡丹亭》中的柳梦梅、《紫钗记》中的李益、《玉
簪记》中的潘必正、《胭脂记》中的郭华、《珍珠记》中的高文举、《玉
环记》中的韦皋、《红梨记》中的赵汝州等，均是自求功名而赴考。其次
是催逼赴试的方式。明清传奇也多有翻出波澜之赴考情节设计，多是虽有
求取功名之意，但源于某种客观阻碍而暂时搁置赴考应试之举。有因为挂
念亲严而不愿离家赴考之安排，也有贪恋娇妻爱妾而不欲赴考的，在这种
情况之下多是由父母或妻子或邻居长者说教逼迫往京赴考，多有催试、逼

---

① 陆采：《怀香记》，《古本戏曲丛刊初集》，商务印书馆 1954 年版。

试之情节设计。如《琵琶记》《香囊记》《幽闺记》《绣襦记》《玉簪记》《霞笺记》等传奇，均是以家庭原因而不愿进京赴考的例子。有些传奇里的逼迫则与能否成就姻缘有关，如《西厢记》里相国夫人虽然同意了张生与崔莺莺的婚事，但以相国千金不嫁白衣为由，逼迫张生赴试。《玉簪记》中潘必正姑母怕潘必正与陈妙常在庵堂中做出事情玷污声誉，也逼迫潘必正赴京赶考。

对于书生赴考应试情节模式注入全剧故事发展的动力之后，赴考应试的后续结果对于传奇故事也具有非常重要的意义。明清传奇通常会从书生离家之后两方的情况入手，一面情况是家庭方面多出各种变故，从而引出后续情节的剧烈变化。如《琵琶记》中蔡伯喈赴考之后，陈留郡连遭大旱，家中困顿无继，最后父母双亡，赵五娘祝发葬亲后携琵琶千里寻夫。而蔡伯喈高中之后也被相府招亲，辞婚不成，辞官不允，经历种种磨难，才与赵五娘重聚。另一面情况是关于书生自身的经历。首先是考试遭到延宕，如《龙膏记》中张无颇赴考却遇到吐蕃入寇，考试暂缓，困扰纷纷，却正好与元湘英成就一段天赐良缘。《牡丹亭》中柳梦梅科考过后因官家没有立即发榜，他才有时间去寻访岳父，从而生出硬拷一段情节。《明珠记》中王仙客赴京应试，顺访曾有婚约的刘无双。其次是书生赴考大都金榜题名，获得官职并获配美满婚姻；或者是皇榜高中后出于某种原因得罪权贵，或遭奸人嫉妒陷害，并由此生发出其他如辞家、别妻、贬谪等种种磨难。两种结果的不同安排均可成就整本传奇多彩多姿。这样的传奇作品如《三元记》《幽闺记》《还魂记》《绣襦记》《牡丹亭》《红梨记》《鸣凤记》《焚香记》《紫钗记》及《蕉帕记》等。再次是书生名落孙山之后，无颜回家，只得飘零他乡，寄居他处。这种情节安排以《玉簪记》为代表，潘必正下第羞归，寄居在姑母庵中，反而巧遇陈妙常，生出情愫来。其他如《鸾篦记》杜羔落榜、《玉环记》韦皋下第等传奇均采用了落榜情节来翻出生旦情缘的方式。

三　姻缘信誓

明清传奇创作中一般在男女相遇之后，便会大幅度提升叙事的速度，故事情节迅速展开。第一件事情便是让生旦之间结成婚约甚至立下毒誓。如《焚香记》中，王魁访得敫桂英之后，便当场成了亲。但到第九出《离间》中，鸨儿却又逼敫桂英改嫁富商，催逼王魁进京赶考。第十出《盟誓》中王魁与敫桂英到海神庙焚香设誓：

〔拜介同白〕暮雨朝云意正浓。那堪分袂各西东。此生但愿如鱼鸟。入地登天厄亦从。〔起介生〕娘子。我和你敬蓺名香。共通盟誓。〔旦〕官人请。〔生〕娘子先请。〔旦跪〕海神爷。奴家姓敫名桂英。年方二十岁。正月十五日子时生。自与王魁结为夫妇。死生患难。誓不改节。有渝此盟。乞赐勾提。永沉苦海。以谢违夫之罪。〔旦拜〕

【忆多娇】海神爷爷呵。记此盟。念敫桂英自嫁儿夫王俊民。一马一鞍誓死生。〔合〕若负初心。若负初心。仰望尊神降临。

〔生跪〕海神爷。小生姓王名魁。年方二十五岁。九月初三日亥时生。自与桂英结为夫妇。死生患难。誓不再娶。有渝此盟。乞赐勾提。永堕刀山。以谢负妻之罪。

【前腔】念小生设此盟。自配荆妻敫桂英。生死相依不再婚。

〔合前生〕娘子。两边判官小鬼。与你也告他一声。可作知证。〔生旦合〕

【斗黑麻】再告左右威灵。共鉴此盟。他日呵。若有参商。全凭处分。与我姻缘簿共注名。这两下言词。是百年证明。〔合〕一任分鸾别镜。也随他风浪生。各守坚心。各守坚心。但愿白头似新。①

王魁和敫桂英一同对着海神与判官小鬼盟了誓言，为后文产生的误会做了铺垫准备。

再如《牡丹亭》中柳梦梅与杜丽娘在梅花观中人鬼得见，《冥誓》中这样写道：

【滴溜子】〔生旦同拜〕神天的，神天的，盟香满蓺。柳梦梅，柳梦梅，南安郡舍。遇了这佳人提挈，作夫妻，生同室死同穴。口不心齐，寿随香灭。②

柳梦梅对着神天发尽誓愿，誓言与杜丽娘生死不弃，之后引出柳梦梅掘墓、回生等一系列故事，对于情节发展具有强大的推动力。

明清传奇在处理盟誓情节时还经常加入信物，为剧情增色。如《玉簪记》潘必正、陈妙常二人密定情缘，却被姑母看出端倪，逼潘必正临

---

① 王玉峰：《焚香记》，《古本戏曲丛刊初集》，商务印书馆 1954 年版。
② 汤显祖：《牡丹亭》，《古本戏曲丛刊初集》，商务印书馆 1954 年版。

安赴试。《追别》中写道：

> 〔旦〕奴别君家。自当离却空门。洗心待君。君家休得忘了奴。有碧玉鸾簪一枝。原是奴家簪冠之物。送君为加冠之兆。伏乞笑纳。聊表别情。〔生〕多谢多谢。我有白玉鸳鸯扇坠一枚。原是我家君所赐。今日赠君。期为双鸳之兆。①

《玉玦记》第四出《送行》里秦庆娘赠王商以玉玦，嘱其若得成名，务须早归。而第十三出《设誓》中王商又在癸灵神王庙中盟誓时将玉玦送给了李娟奴：

> 〔生〕小生有一玉玦，是俺荆妻临别所赠，相期决意早归。只因大姐留住，约为婚姻。如今将此玉玦，系于癸灵大王佩刀鞘之上，与大姐同效于飞。取归见俺荆妻，亦显小生一点诚心。〔外收玉玦系神上介〕②

《霞笺记》第四出《霞笺题字》中李玉郎与诗友在艺圃听到角妓所居之处"丝竹之声，管弦之亮，信如天外飘飘，宛若清商洒洒"，戏题诗于霞笺之上，担心老师责备，便将霞笺扔过墙去，恰为张丽容拾到。第五出《霞笺和韵》张丽容以写颊胭脂染成霞笺一页，依韵和诗一首，还从原处扔回。第六出《端阳佳会》二人相逢，一番表白之后，二人缔约盟誓：

> 〔生〕既蒙卿家真心待我，愿为比翼，永效鹣鹣。若有私心，神明作证。〔旦〕若然如此，和你对天盟誓。将此霞笺，各藏一幅，留作他年合卷。〔生〕正是，和你各留一幅便了。
> 【侥侥令】〔生旦〕神明须有证，天地岂无灵。愿鉴微忱无虚谬，保佑我好夫妻松柏龄。
> 【前腔】〔旦〕虔诚惟一点，稽首拜三星。愿取今生常厮守，默赞我美姻缘永不更。
> 【余文】百年姻契今初订，两幅霞笺作证盟，分付邻鸡莫乱鸣。③

---

① 高濂：《玉簪记》，《古本戏曲丛刊初集》，商务印书馆1954年版。
② 郑若庸：《玉玦记》，毛晋编：《六十种曲》，中华书局1958年版。
③ 《霞笺记》，毛晋编：《六十种曲》，中华书局1958年版。

其他传奇如《玉环记》《春芜记》《怀香记》《鸾篦记》及《飞丸记》等都采用了信物盟誓结姻的情节，而这些信物基本上为接下来的情节发展提供了关键的动力支撑。

四　分别乱离

明清传奇的叙事情节设计上多用离合之手法，男女主角的家庭、婚姻稳定，或者是姻亲初设，虽然为全剧定下了一种温馨的基调，但这种和谐稳定是用来被打破的。明清传奇通常运用各种磨难来打破平衡。磨难的方式多种多样，一般有以下这么几种。

（一）分离远别

分离远别是磨难中最为常见的情节形态之一种，其之所以被造成，既可以是某一方主动选择，也可以是出于某种原因而被动形成。主动行为一般以赴考为主，亦有奉旨迁调，获派他职，皆为主动应承之意，故称为主动选择。被动选择的分离多以被诬陷而形成事实上的远别。

赴考导致的分离对于主角双方来说，虽有不舍，却也可以暂时接受。明清传奇选用此类情节叙写时常常会为全剧造成第一个情感高潮。如《琵琶记》第五出《南浦嘱别》，一共用了 23 只曲牌，将蔡伯喈与赵五娘、父母的别离场景细细道来，千般不舍，万般难别，可见进京赶考造成的分离远别对于一个普通家庭、一对相爱夫妇是如何的牵扯心扉。当然，明清传奇最为擅长这类分离，因为男女之间越是情深意切、意浓情长，后面翻出的波澜越会震撼人心。其他剧目如《荆钗记》《香囊记》《紫钗记》《玉簪记》《焚香记》及《金雀记》等，多是采用这样的分离远别，写出一番传奇故事的。

（二）战乱流离

突如其来的战争乱事是用来翻起一段离情的常用手段，而且基本是整篇传奇剧情发展的重要基础。明清传奇许多的作品都出现了战乱，如《香囊记》《浣纱记》《千金记》《红拂记》《邯郸记》《明珠记》《玉簪记》《双珠记》《娇红记》《牡丹亭》《占花魁》《长生殿》和《桃花扇》等传奇，多是将战乱作为整部传奇的背景来用，即便是《千金记》《精忠记》《双烈记》《双忠记》《浣纱记》《桃花扇》和《长生殿》这些传奇也并没有将战争作为主要描写对象，只是用其作为贯穿线索，用以叙述家国兴亡之下普通人的福祉及普通人的爱情婚姻家庭的际遇。战乱之际，主要角色人物与家人走散，男子流离失所，学业无继，而女子多被迫遁入庵堂庙宇，或被拐卖堕入烟花柳巷，命运凄惨。所以，传奇最终的情节大多指向夫妻重圆、家庭重聚等大团圆结局，其间所伴着皇榜高中、钦赐姻缘等情节均是作为对战乱流离所造成的痛苦形成的一种对比，反拨效果自然强烈。可见，战乱而造成的流离是主人公所经历的磨难之重要一种，具有不一般的叙事推动力。

（三）威逼谋害

除去战乱这种重大而特殊的缘由为背景，造成磨难的手段之外，明清传奇常用威逼与谋害情节来形成磨难，挑起叙事波澜。威逼谋害通常与误会或嫉妒联系在一起，如《玉环记》中韦皋与妻子的分离缘起于管家的挑唆；《娇红记》中申纯与王娇娘的第一次分离源于飞红的嫉妒；《绣襦记》郑元和与李亚仙的分离则是郑元和钱财花光，贪财鸨母设奸计所致；《紫钗记》中李益与霍小玉的离别则源于卢太尉的迫害；《一捧雪》中莫怀古所遭受的磨难则与汤勤小人之举报关涉较深，最终妻离子散、家破人亡，自己也不得不远遁边塞，受尽磨难；《节侠记》中裴伷谏议却遭流放岭南，夫妇无法团聚，则是因为奸臣李秦授与武承嗣的谋害；《雷峰塔》中许宣与白蛇分离也是因为法海之妒；《香囊记》中张九成因忤逆丞相被发配到边疆征战，造成分离，而经历了被异族拘禁不得归的磨难；《琵琶记》则是源于蔡伯喈被牛府强行招赘，辞婚不能，辞官不得；《荆钗记》中王十朋拒绝了万俟丞相招赘之后被改调潮阳，书信被孙汝权套改，造成许多磨难。

对于女性角色而言，她们所遭受的磨难则通常是对其自身贞节维持的挑战，即便是不幸落到烟花之地，仍有机会自保贞节，以期最后重逢。如《红梨记》谢素秋拒王太傅求欢；《西楼记》穆素徽为池同挟持；《一捧雪》雪艳为保主人而曲意应承汤勤婚事最终刺汤后自杀；《渔家乐》中邬飞霞则无端地失去父亲；《占花魁》中莘瑶娘则几次三番被富贵之人羞辱；《焚香记》的敫桂英、《霞笺记》的张丽容均是遭鸨母逼迫要求改适他人；《寻亲记》中郭氏毁容明志避祸。这些都是属于磨难之下的具有充分叙事动力的情节之不同类型，传奇中多能见到。

五　救助脱困

明清传奇在叙事手法上很重视对主要人物设计的种种磨难进行解救脱困，方式多种多样，一般分为"怪力乱神"之设，以及人助之设二种。

（一）神助

神助情节在明清传奇获救脱厄中占有很大一部分比例，在故事开端，传奇会安排一个占卜问卦情节，故事发展过程中或者最后结局时再给予神助的安排，使得剧情不至过于突兀。传奇中最典型的运用神助情节之剧当属《牡丹亭》，杜丽娘死后得判官之允，方可幽魂悬停于梅花观中静候柳梦梅；《荆钗记》中钱玉莲投江自尽，救人者钱安抚乃是在睡觉之时神人嘱咐他要救起投江节妇；《飞丸记》中易弘器与严玉英的诗丸得土地公公相助而分至二人手中，最后结成良缘；《龙膏记》中袁大娘动用天兵相救，张进士与元湘英的婚事方可得保。《焚香记》中敫桂英误信王魁高中之后别娶韩丞相女为妻，于是到海神庙以罗帕缠死，魂告王魁。于是镇海神差遣鬼兵捉拿王魁前来折证。经审理方才弄清金垒套书伤残人命之罪，海神遂嘉奖王魁守义，贵不易妻。桂英坚志，死不改节。二人终或懿德可嘉，爵禄宜永。与他再世，夫妻完聚，各自送归阳世。《灵犀佩》第十六出写丙灵公放归自缢而亡的窦湘灵和投江而死的梅琼玉回阳世重生，以嫁为萧凤侣妻妾。小鬼索贿不成，将二人魂灵互换附体，别生出一段故事来，颇为有趣。他剧如《梦花酣》《双珠记》《蕉帕记》《二胥记》《风流院》及《长生殿》等皆有神助情节，不一一赘述。

（二）人助

明清传奇中主要角色人物遭遇厄运苦痛危难之时，能够指望得上为其脱困解厄的帮手除了神灵之外，更多的是通过"人助"的方式解决，剧情得以继续展开或者达到大团圆结局。如《琵琶记》中赵五娘在蔡伯喈进京赶考之后，遭遇到公婆双亡、祝发葬亲，生活难以为继的困顿，邻居张广才张大公几次帮助，赵五娘才得以暂时渡过难关，后来又在张大公的帮助下进京寻夫；《寻亲记》中周羽被张员外陷害，差点在外乡断送性命，张文醒悟后相释并与李公公的接济，帮助他脱离险境；《千金记》第六出中韩信饥寒无食，于是到河边垂钓，漂母蚕事已毕，恰在河边漂絮，闻知韩信未食，遂邀回家饭食。韩信立下誓言，他日建功立业，当赠漂母千金以报恩；《玉合记》中许俊知晓韩翃对柳夫人的挂念，遂策马至沙府将柳夫人救出；《西楼记》中胥表付出了牺牲轻鸿生命的代价，从恶人池同手中救出了穆素徽，将其送到赵汝州处；《八义记》中为了救下赵氏孤儿，先后有八人奋力相助，程婴、公孙杵臼的相助自始至终，中间有鉏麑停刺触槐、翳桑救辄、周坚替死、灵辄留朔、韩厥死义、提弥明杀獒及惊哥替孤等情节，紧紧围绕着救孤主题，八义士前赴后继，舍身救助，方式不一，全剧情节因此波澜起伏，跌宕多姿，扣人心弦而无一刻松懈，着实为此类传奇之经典。

六　觅人寻亲与平冤复仇

觅人寻亲在明清传奇中也经常作为主要情节而存在，主角人物出于赴考、战乱、避祸等多种原因与父母、妻子或孩子失去联系，形成分离，传奇的情节设计一般会对此进行造势，通过种种增强戏剧性的误会、巧合等手段，为最后的团圆相聚造成一定的延宕、遮蔽，以示重逢相聚团圆之不易。如《琵琶记》中的巧合，蔡伯喈偏在庙中拾到赵五娘所绘父母真容，赵五娘又巧遇牛小姐，并且在牛小姐的安排下才得以见蔡伯喈。赵五娘千里寻夫咫尺难逢，剧情又陡起波澜，让人不由得揪心不忍。《牡丹亭》中柳梦梅呈得考卷后寻岳丈杜宝往赴淮扬，贼兵围困，遭了一些阻碍，见着杜宝后被押。发榜后柳梦梅中了状元，却不见踪影，于是郭橐驼又去寻人。最终状元总算到得金殿，弄清了原委，皇上御赐夫妻团聚，父女相认。这是明清传奇中寻人觅亲运用的典范，其他如《寻亲记》中周羽之子寻父，在旅店中与父亲巧遇；《红拂记》中乐昌公主凭破镜寻觅离散的驸马；《幽闺记》中蒋世隆因战乱与妹妹走散而进入寻亲情节；《四贤记》中乌古良祯寻找失散双亲等，多是这样的寻亲情节的运用。觅人寻亲情节自然具有非凡的动力，动因性情节的功能非常明显。

　　按李渔的说法，传奇结尾须有大收煞，也就是给整个故事做一个交代，以结束故事。在明清传奇具有动力性的情节类型之中，高中、平冤、复仇当是相当重要甚至是不可或缺的一环。从传奇甫一开始，主角人物与父母、妻子、儿女出于种种原因而分离，而后各方所经历的种种磨难考验，在临近结束时如何对人物结局有个明确交代，则是传奇所必须完成的一个任务。明清传奇通常用高中平冤复仇这种相互关联的情节方式来了结故事。尽管科举高中在故事开始阶段出现往往是后续坎坷的原因，如《琵琶记》《紫钗记》等传奇中主角是在高中以后受到逼婚或迫害而造成后续的离散的，但科举高中仍然经常是解决主角之前所经历的所有痛苦的主要情节手段，在高中之后，双方所遭受的困厄皆可以消除。如《玉簪记》中潘必正与陈妙常的恋情被姑母觉察，被迫去临安赴试，及第授官，乃致函姑母及父母，告知与妙常之婚约，遂回观成亲，两家欢庆团圆。《三元记》写商辂连中三元，一门荣耀。《牡丹亭》中柳梦梅也是最终中了状元之后，杜宝最后才与女儿女婿相认，而且是因为皇帝下了御旨。《青袍记》则写了梁灏到82岁才高中状元，衣锦还乡。《樱桃记》丘奉先赴考不中，历经磨难后才与穆爱娟成亲。《鹣钗记》中宋璟因代康璧赴荆府，几经周折，最终赴试，得中状元，才与荆燕红成亲；康璧也与真国香结为夫妇，各各团圆。《锦笺记》中梅玉与柳淑娘之恋情颇多周折，直至最后进士及第，方才与淑娘成亲。《十五贯》中熊友蕙、熊友兰兄弟二人蒙冤几死，幸况钟辨明冤情，救脱死罪，后收留二女，熊氏兄弟皆就试，并登科，二女分嫁兄弟二人。

第二节 明清传奇"助力型"情节类型分析

明清传奇对于情节的设计取舍多基于所具有的动力性之强弱，前文所述八种动力型情节类型的综合运用，搭建起主角故事的结构线，并在关键节点以其不一般的经历和遭遇叙述完整的故事，推动着整个剧情的发展。众多动力型情节的不同搭配运用，能够使传奇达到筋骨架构精巧曲折，即便有程序化的雷同，也能翻出新奇，各各有趣。但一部传奇光凭这些动力型情节自身还不够，它们可以是全篇的核心，可以是全剧的主脑，虽能影响故事的发展走向，却丰富不了细节。这些就须由具有助力能力的情节来填充间架结构，获得丰满的感觉，从而使整部传奇流转顺畅，呈现出完整性来。

"助力型"情节多指处于整部传奇中附着于动力型情节的、处于从属地位的那些具有程序化特征的叙事片段，叙事功能多集中于穿插点缀之上，但非常有用。明清传奇多用卜筮、拒婚、试场游街、相忆、训子（女）、宴庆、祷祝、打围、劝农等情节对动力型情节叙事加以助力。

一 言怀自叹

明清传奇在开篇"副末开场"介绍了剧情基本情况之后，立即进入"出角色"的环节。情节设置上通常安排生角、旦角先后出场。人物出场具有明显的程序化特点，一般是自报家门，或言怀，或自叹，周陈才学际遇，尽抒志向情怀。对于舞台搬演来说，这样的安排当是起势，为观众迅速弄清主要人物的身世志向等背景信息提供了绝对的帮助，也是剧情发展的"动因性环节"的最初准备阶段。从《琵琶记》开始，明清传奇的开场几乎都是这样的做法，一直到《雷峰塔》，几乎无一例外。高明《琵琶记》开场第二出：

（生上唱）【瑞鹤仙】十载亲灯火，论高才绝学，休夸班马。风云太平日，正骅骝欲骋，鱼龙将化。沈吟一和，怎离双亲膝下？尽心甘旨，功名富贵，付之大也。（白）【鹧鸪天】宋玉才多未足称，子云识字浪传名。奎光已透三千丈，风力行看九万程。经世手，济时英，玉堂金马岂难登？要将莱彩欢亲意，且戴儒冠尽子情。蔡邕沉酣六籍，贯串百家。自礼乐名物，以至诗赋词章，皆能穷其妙；由阴阳星历以至声音书数，靡不极其精。抱经济之奇才，当文明之盛世。幼而学，壮而行，虽望青云之万里；入则孝，出则弟，怎离白发之双亲？到不如尽菽水之欢，甘齑盐之分。正是：行孝于己，责报于天。更喜新娶妻房，才方两月。却是陈留郡人，赵氏五娘子。仪容俊雅，也休夸桃李之姿；德性幽闲，尽可寄蘋蘩之托。且喜夫妻和顺，父母康宁。自家记得诗中云，为此春酒，以介眉寿。今喜双亲既寿而康，对此春光，就花下酌杯酒，与双亲称寿。昨日已分付媳妇安排，不免催促他则个。娘子，安排酒，请爹妈出来。①

蔡伯喈的"自报家门"从自己家庭父母妻子讲起，一直到自己苦读寒窗、学富五车，基本是一篇详尽的自我介绍。不过，在这一段介绍里面，也把蔡伯喈虽有青云之志，却不愿背离孝悌之礼，抛离双亲娇妻的心态做了明白的表达，为下文故事发展做了铺垫。

再如《精忠记》：

〔生上〕【女冠子】怒发冲冠。丹心贯日。仰天怀抱激烈。功成汗马。枕戈眠月。杀金酋伏首。驾长车踏破贺兰山缺。空怨绝。待把山河重整。那时朝金阙。（白）【鹧鸪天】笔底龙蛇走篆虫，胸中豪气贯长虹。五车经史藏心腹，百万貔貅掌握中。心胆壮，气英雄，云台麟阁岂难逢。从今且养凌云志，听取春雷上九重。下官姓岳名飞，字鹏举，本贯相州汤阴人也。自古建都之地，贤人隐迹之乡。粤自夏河亶甲迁鼎于此。嗣后秦强楚霸定盟于兹，韩忠献文武全才，杜正伦一门三秀。俗尚英雄之习，谙通诗礼之风。何幸吾身生长于此地。吾乃博通六艺，兼览百家，学射周同，受制张俊。春秋褒贬，吾欲考其二百四十年之昭鉴。左传名家，吾欲核其一十六年之沿革。当今蛮夷猾夏，边界惊惶。宋室南迁，二帝有蒙尘之耻。举族北辕，诸臣无靖难之功。竭力事亲，乃为子职之本分。尽忠报国，实为臣道之当然。若欲移孝为忠，便可图存匡复。饥餐胡虏肉，方称吾心。渴饮月支血，始遂吾意。正是遇难独当天下事，功成却进手中筹。今日且喜天气晴明，对此春光，不免请夫人小姐，一同赏玩，多少是好。院子何

---

① 高明：《琵琶记》，《古本戏曲丛刊初集》，商务印书馆 1954 年版。

在。传话后堂，请夫人小姐出来赏春。①

　　这本传奇里岳飞的"自报家门"沿用了《琵琶记》的路数，先说自况，再说时事与志向，然后邀请家人出堂赏春。这个出场透露了岳飞对于建功立业、精忠报国的渴求，同样也为后文情节发展预埋伏笔。
　　再如《三元记》：

　　〔生上〕【满庭芳】花雾凝香，柳烟分绿，艳阳景物堪题。莺簧调律，燕颔香泥，满目韶光可爱。怡情处诗酒琴棋，瑶阶下奇葩异卉，何日产灵芝。〔鹧鸪天〕诗礼名家庆泽丰，衣冠烨烨振儒风。田畴漠漠阡连陌，仓廪陈陈杼贯红。心感慨，谩凭陵，几回长睹仰苍穹。承家未见宁馨嗣，耿耿常怀念虑中。自家姓冯，名商，字民末，湖广江夏人也。叨承祖荫，颇蓄家赀持己惟恭，族党尽恂恂之礼。济人以德，乡间施薄薄之恩。山妻金氏，家室攸宜，蘋蘩可托。仪容雅淡，俨然松柏之姿。德性贞坚，确乎金石之操。今日乃是卑人初度之辰，昨日已蒙娘子安排庆寿筵席，想已完备，同到长春亭上玩赏一回，却不是好。娘子早到。②

　　冯商的自报家门也与前文所引范例基本无二。可见，当传奇主人公家庭稳定，生活称心如意，无论志向如何，基本安排均以时令游赏作续。类似的有《玉玦记》中的王商、《金莲记》中的苏轼、《昙花记》中的木清泰、《节侠记》中的裴伷先、《四贤记》中的乌古孙泽等。
　　不过，明清传奇素有"传奇十部九相思"的说法，以爱情婚姻、家庭故事为主题的传奇数量众多，故而我们会经常看到另外一种的自叹言怀方式，主角通常是遭遇困顿的书生。
　　如《千金记》中的韩信出场：

　　〔生上〕【高阳台】七尺长躯，千军猛烈，正群雄角逐之日。拜将封侯，只恐势孤时失。胸中谩有安邦策，万种思量，晓夜头白。倘一朝风云际会，化家为国。〔生〕困守淮阴日有余，心存三略六韬书。方当炎汉兴隆日，正是嬴秦失鹿时。小生姓韩名信，乃韩襄王之裔孙

---

① 无名氏：《精忠记》，《古本戏曲丛刊初集》，商务印书馆1954年版。
② 沈龄：《三元记》，《古本戏曲丛刊初集》，商务印书馆1954年版。

淮阴世胄是也。自愧才兼文武，惭非伊吕之俦。胸有甲兵，颇让孙吴之术。室如悬磬，难堪原宪之贫。地无立锥，敢怃史鱼之苦。只今烽烟四起之时，虎斗龙争之日。使韩信乘时一出，料必能唾手封侯。只恐命蹇时乖，且自存心守己。正是未能凿井难逢玉，毕竟淘沙始见金。选日得暇。不免往淮阴城下闲步一回。①

初登场的韩信尚未得遇发迹之机，故而说自己暂时困守淮阴，只待相机而出。同样是为后面故事的发展作铺垫，其实是欲扬先抑的手法，主人公的命运几乎都是始困终亨式的。再如《牡丹亭》柳梦梅出场：

【真珠帘】〔生上〕河东旧族，柳氏名门最。论星宿，连张带鬼。几叶到寒儒，受雨打风吹。谩说书中能富贵，颜如玉和黄金那里。贫薄把人灰，且养就这浩然之气。〔鹧鸪天〕刮尽鲸鳌背上霜，寒儒偏喜住炎方。凭依造化三分福，绍接诗书一脉香。能凿壁，会悬梁，偷天妙手绣文章。必须砍得蟾宫桂，始信人间玉斧长。小生姓柳，名梦梅，表字春卿，原系唐朝柳州司马柳宗元之后。留家岭南，父亲朝散之职，母亲县君之封。〔叹介〕所恨俺自小孤单，生事微渺。喜的是今日成人长大，二十过头。志慧聪明，三场得手。只恨未遭时势，不免饥寒。赖有始祖柳州公带下郭橐驼，柳州衙舍，栽接花果。橐驼遗下一个驼孙，也跟随我广州种树，相依过活。虽然如此，不是男儿结果之场。②

柳梦梅虽曾科场得意，但他还是言道自己尽管"三场得手，只恨未遭时势，不免饥寒"，也是暂时困顿之中。其他传奇如《春芜记》中的宋玉、《琴心记》中的司马相如、《运甓记》中的陶侃、《彩楼记》中的吕蒙正、《玉镜台记》中的温峤、《鸾篦记》中的杜羔、《青衫记》中的白居易、《红梨记》中的赵汝州、《焚香记》中的王魁、《金雀记》中的潘岳等人物，基本属于暂时失意的情况。明清传奇作品中大多数的开场人物之自报家门都是这两种情况，但失意的主角都实有凌云之志，未来可期，进而能翻起一段波澜，做出一段传奇故事。所以说，明清传奇的人物出场以基本一致的定式，借助程序化的自报家门，提供了故事发生的最初动力。

---

① 沈采：《千金记》，《古本戏曲丛刊初集》，商务印书馆 1954 年版。
② 汤显祖：《牡丹亭》，《古本戏曲丛刊初集》，商务印书馆 1954 年版。

二　卜筮问卦

明清传奇在应用动力型情节中生旦相会开场之后，往往会安排主要人物问卜打卦，询问前程。这多半出于对观众读者的欣赏习惯的考虑，明清传奇从来不会让他们蒙在鼓里读书看戏。传奇多借助卜筮占卦情节，对即将发生的事件及人物的遭遇甚至最终结局做一个预示，一来可以规避观众的猜测，二来可以给观众一颗定心丸，安心欣赏后续发生的故事。因此，有时会看到作者往往会借助一番故弄玄虚，以达到"欲说还休"的预示作用。如《鸣凤记》第八出《仙游祈梦》一出：

〔副末上〕……自家是邹秀才家里一个小童。我官人自从与莆田林官人结义，兄弟相从郭相公讲书会文。今郭相公已上京会试，林官人要辞别归家。闻得福建有个仙游地方，其神灵应，凡富贵功名未来之事，俱在梦中预报先机。朝内公卿，江湖商贾，到彼祈梦，无有不验。两位官人亦欲往祈一梦，以卜终身。①

不只是邹应龙与林润欲往仙游祈梦，途中还加入了孙丕扬，三人一同前往。

再如，《双珠记》第三出《风鉴通神》中，孙钢得知袁天纲在附近，便邀约王济川、陈时策前往袁天纲处卜问前程：

〔末〕功名得失，皆有先兆。闻得袁天纲先生精于术数，能知未来事，缙绅无不敬信。朝廷亦尝宣召，待以隐士之礼。近日到此，寓在城东。欲请二兄往问前程消息，不知尊意若何。②

《玉镜台记》中的打卦情节出现得比较晚，直到第二十五出《得书》中才进行。温峤母亲思子心切，饭后取金钱来卜远人消息。

【刘泼帽】神著秘诀诚无妄。吉凶休咎托青囊。好卦好卦。看此卦真绝唱。〔合〕中正遇干刚。是龙德方亨之象。〔贴〕我也卜一卦。〔卜介〕好卦好卦。大川利涉宜攸往。大人利见遇非常。此卦虽好。

---

① 王世贞：《鸣凤记》，《古本戏曲丛刊初集》，商务印书馆 1954 年版。
② 沈琼：《双珠记》，《古本戏曲丛刊初集》，商务印书馆 1954 年版。

只恐国家任重。二郎一时不得返家乡。当重任为保障。〔合前旦〕奴家也卜一卦。〔卜介〕看此卦呵。五行四兆看无恙。二爻内腾蛇缠足。哥哥与丈夫只恐皆被滞留边塞。谅他的进退好似触藩羝羊。第三爻文书发动。想必就有信息回来。寄萍迹衡阳雁行。①

话音未落，便有温峤着人送书而至，可谓及时。不过这个卜卦情节对于全剧情节发展并无多大动力作用。

也有部分卜筮情节并不安排在主要角色身上发生，而是用在丑净人物身上，加强滑稽调笑的效果。如《西楼记》第二十七出《巫绐》中池同骗娶穆素徽，穆素徽哭闹不已，池同懊恼异常，遂去求签问卜，求一个和合之法，却不料被观音堂张娘娘骗了许多钱财。张巫是这样出场的：

【风蝉儿】女巫术能降神。走熟大家内阃。置符求媚转人嗔。一心待骗金银。人称我雌光棍。②

张巫自报家门，从来都是骗人，而池同全然不识，还要多加赠金。行文间刻画出一个活脱脱的骗子与愚蠢的丑角形象，为全剧增添了许多笑点，提升了舞台演出效果，但对于整个故事情节发展的主线却并没有提供任何动力。

三　拒婚

明清传奇中男主角的婚姻通常是先缔结、后历难，最终重新达到大团圆的结局。而作为对照，传奇里经常安排富家子弟或流氓无赖垂涎女主角美色的情节，但所获得的结果与男主角大为不同。大多数情况下，他们的求婚都会遭到拒绝，其后，他们多会不择手段来试图达成目的，或许能娶女主入门，但终究不能玷污女主角丝毫，因为要么他们的把戏被揭穿，要么女主角得到帮助，脱离困境，终究不能挡才子佳人当场团圆。从叙事功能上来说，使用这种情节，一般对男女主角的美满婚姻带来波折，甚至造成分离，带来磨难。这种情节对剧情的发展具有一定的推动力，有不少传奇使用了这种类型的情节，例如，在《荆钗记》第十出《逼嫁》中钱玉莲的继母与姑妈逼迫钱玉莲嫁给孙汝权，三人之间的交锋异常激烈，一共

---

① 朱鼎：《玉镜台记》，《古本戏曲丛刊二集》，上海商务印书馆 1955 年版。
② 袁于令：《西楼记》，《古本戏曲丛刊二集》，上海商务印书馆 1955 年版。

唱了曲牌【福青歌】二只、【七娘子】一只、【锁南枝】二只、【四换头】四只等九只曲牌，来描述钱玉莲引用前人虽守贫穷，而最终一朝风云际会的例子严词驳斥。

> 〔净〕依我嫁孙家。多与他房奁首饰。若不肯嫁孙家。剥得赤条条。拣个十恶大败日。一乘破轿子，送到王家。房奁首饰一些没有。再不管他。〔外〕将机就机。明日乃是一好日，只说不好。妈妈，十恶大败之日，就是明日送去。①

最后钱流行也只好将女儿嫁到了王家，也没有任何陪嫁。

《焚香记》第八出《逼嫁》中也写了敫桂英嫁了王魁之后，因家贫而遭谢妈妈逼令改嫁：

> 如何昨日金员外家来说。他要将些金银来娶你。他是莱阳第一个财主。就撇了那王俊民这穷酸。改嫁了他。有何不可。我门户中人。有甚么清浑。那富的穷了。就撇了穷的。再嫁那富的。偏你这丫头执迷不从。②

敫桂英心意坚决，不肯改嫁：

> 〔旦〕妈妈。那王俊民是读书君子。他日一举成名。自有好处。
> 【好姐姐】听奴一言拜启。王俊民是风流佳婿。常言道嫁鸡毕竟逐鸡飞。今日里若还苦逼分鸳侣。宁死在黄泉做怨鬼。③
> 谢妈妈生气斥打敫桂英，谢公劝阻。谢妈妈继续说道：
> 前日金员外在此说亲。我好意教他嫁了富家郎。那王魁有甚好。苦苦恋着他。④

敫桂英深知如果她负了王魁，定是"教他哭穷途，何处归"的结局，严词拒绝了谢妈妈要她另嫁金垒的无理要求。

《西楼记》第十五出《计赚》中池同通过贿赂穆素徽的母亲而得知其将去杭州寄居亲眷家，便提前在杭州购房置屋，等穆素徽一入房中，鼓乐

---

① 《荆钗记》，《六十种曲》（一），中华书局1958年版。
② 王玉峰：《焚香记》，《古本戏曲丛刊初集》，商务印书馆1954年版。
③ 王玉峰：《焚香记》，《古本戏曲丛刊初集》，商务印书馆1954年版。
④ 王玉峰：《焚香记》，《古本戏曲丛刊初集》，商务印书馆1954年版。

四起。穆素徽痛斥池同"无鱼吞饵强下钩，要成婚一死方休"，表示"决不嫁禽和兽"，进了房间，把门拴着，再不肯开了。在第十九出《凌窘》中又继续写了池同如何逼迫穆素徽就范，穆素徽坚决不从，遭池同毒打。

四 科举试场、游学会讲

功名一事对于明清传奇之主角异常重要，而在绝大部分的传奇中，只要牵涉科举，最终都能高中皇榜，这反映了传奇作者朴素的理想追求以及对于科举得中改变命运的坚定信念。因此明清传奇在处理主要角色人生中重要的转折时，大都会以科举情节的类型进行敷演。一般会描写主人公在科场应试的情节，主要是与考官之间的应答，多用如策论、诗文、猜谜、曲唱等方式，展示主角的才华。如《琵琶记》第八出《文场选士》中蔡邕的科举考试便是用了特别的形式：

〔相见介净〕你每众秀才听着。朝廷制度。开科取士。须有定期。立意命题。任从时好。下官是个风流试官。不比往年的试官。往年第一场考文。第二场考论。第三场考策。我今年第一场做对。第二场猜谜。第三场唱曲。若是做得对好。猜得谜着。唱得曲好。就取他头名状元。插金花。饮御酒。游街儿耍子。若是对得不好。猜得不着。唱得不好。就将他黑墨搽脸。乱棒打出去。〔生丑〕学生领命。〔净〕东廊下秀才蔡邕过来领题。〔生〕有。〔净〕我出天文门一个对。与你对。〔生〕愿闻。〔净〕星飞天放弹。〔生〕日出海抛球。〔净〕妙哉。妙哉。且站一边。西廊下秀才落得嬉过来领题。〔丑〕快些。〔净〕毛诗三百首。〔丑〕还有十一篇。〔净〕不好不好。且站一边。蔡邕过来。我出天下八个省名的谜儿与你猜。〔生〕愿闻。〔净〕一声霹雳震天关。两个肩头不得闲。去买纸来作裱褙。欠人钱债未曾还。〔生〕第一句是京东京西。第二句是江东江西。第三句是湖东湖西。第四句是浙东浙西。〔净〕妙哉。妙哉。且站一边。落得嬉过来。我出山上四样树名的谜儿与你猜。〔丑〕快些。〔净〕雨中妆点望中黄。独立深山分外长。庙廊之材应见取。家家织就绮罗裳。〔丑〕第一句是柏树。第二句是槐树。第三句是枫树。第四句是柳树。〔净〕不是不是。且站一边。蔡邕过来。我唱一只曲儿。你末后凑一句。要押得韵着。①

---

① 高明：《琵琶记》，《古本戏曲丛刊初集》，商务印书馆 1954 年版。

蔡邕在唱完曲子之后，便获得了考官的青睐，考中了状元。《玉玦记》第二十一出《对策》中则用四只【刮鼓令】详细地描写了王商廷试对策的经过，则是另外一种比较整肃的写法，不苟言笑，认认真真提出了自己对于国情的看法：

〔外〕廷试诸生。不得近前。只此敷奏。皇帝清问方今致治保邦之急务。各陈所见。以备采择。〔生〕臣对。臣闻国家之患，莫先于北虏。为治之要，在急于复仇。切见靖康中徽钦二圣。〔生〕

【刮鼓令】鸾舆陷虏尘。竟号弓塞月昏。空梦断长陵抔土。朔漠当悲杜宇春。当时二三执政。立议和好。因循忘战。庙议主和亲。父母之仇不共戴天。兄弟之仇不反兵。与毡裘戴天。神人共愤。愿吾皇薪胆幸留神。念齐襄九世恨犹伸。

〔外〕方今国计，更有何者为急。〔生〕臣闻王者必亲中国以为天下枢。今中原既失。偏安一方。非远略也。〔生〕

【前腔】乾坤久战氛。叹黄图已陆沈。江左偏安如黑子。九鼎相将睨楚人。〔外〕只恐壤地偏小。不能兴复。〔生〕百里可行仁。包羞为痛。衣冠左衽。愿吾皇宵旰法惟勤。念太康一旅再兴殷。

〔外〕恢复之策。何者为先。〔生〕若欲兴师。莫先任将。

【前腔】宣神武播闻。作鹰扬须虎臣。敌忾执俘仍辟土。可乏长城细柳军。命将得人。则邦家奠枕。国命此攸存。分符授钺。当专委任。愿吾皇推毂早咨询。念周宣方叔建殊勋。

〔外〕知人则哲。惟帝其难。何道可以遂得良将。〔生〕若欲知人。当先择相。宰相之职呵。〔生〕

【前腔】贞庶尹秉钧。亮天工弼一人。看论道经邦廊庙。进退贤愚义我民。宰相得人。则天下不劳而治。苟非其人。民受其殃。治乱岂无因。人情梦卜。前闻未泯。愿吾皇睿鉴别菀薰。念成汤伊尹学而臣。

〔外〕王省元诸策。条对详明。识见超异。天颜甚喜。就有玉音传降。〔生〕多谢先生提携了。①

传奇中描写科举考试内容有时会有很大变化，孟称舜的《贞文记》第二十一出《场戏》，考官竟然以演剧的方式来考试：

---

① 郑若庸：《玉玦记》，《古本戏曲丛刊初集》，商务印书馆 1954 年版。

〔外〕先朝皆以论策诗赋取士，独我元朝，改用梨园乐府。今年廷试诸生，就以女状元辞凰得凤为题，当场演戏。王娟扮作黄崇嘏，沈倅扮作贾胪，乌有扮作胡颜，下官即扮作丞相周庠，以后脚色，随时改扮。〔众称领命介〕①

这样的考试方法真是独特。无独有偶，路迪的《鸳鸯绦》一剧的科考也是特立独行：

〔外〕众举子过来，听我分付。往常头巾试官，一场经书，二三场论表策判，所以有传递、束卷、分房、做号、割卷面、买字眼，许多弊窦，就是公道去出来的，也只是头巾举子。今年风流试官见乐府近来无秽，每深痛恨。举子有能为我备陈其妙者，即居上选。〔众介〕生辈学短才疏，孜孜八股中，尚自不足，况非优伶，焉有余功及于乐府。②

这个要求提出之后，举子们觉得无法完成，只有生角分别从宫调、韵脚、格律、填词、尾声、宾白、落场诗讲述一番，深得考官喜爱。其中值得注意的是，考官竟然提到"戏曲搭架亦是要紧的，怎生便称绝构"？以传奇做法为考试题目也是一绝。

在士子高中以后，明清传奇一般还会安排游街庆宴之类的情节，以彰显金榜题名之富贵荣耀。《琵琶记》在第十出以《杏园春宴》为出目，铺陈了一番豪华奢侈的宴会景象。有太仆寺掌鞍马的令史，并洛阳县驿丞前后伺候着新科状元。管马的信口而言，有一万匹好马待选，千金价不枉了追求，各种颜色的宝马都有，名儿还各色各样，即便是马厩，也是响当当的名号，打扮得如此光景：

〔丑〕锦鞯灿烂披云，银镫荧煌曜日。香罗帕深覆金鞍。紫游缰牵动玉勒。玛瑙妆就辔头。珊瑚做成鞍子。正是红缨紫鞚珊瑚鞭，玉鞍锦笼黄金勒。③

---

① 孟称舜：《贞文记》，王汉民、周晓兰校注：《孟称舜戏曲集》，巴蜀书社 2006 年版。
② 路迪：《鸳鸯绦》，《古本戏曲丛刊二集》，上海商务印书馆 1955 年版。
③ 高明：《琵琶记》，《古本戏曲丛刊初集》，商务印书馆 1954 年版。

但却一匹马也没有。这完全是丑角在插科打诨，却生动活泼。排设也相当讲究：

〔净〕但见珠帘高卷。绣幕低垂。珊瑚席饤饾得精神。玳瑁筵安排得奇巧。金炉内慢腾腾烧瑞脑。玉瓶中娇滴滴插奇花。四围环绕画屏山。满座重铺锦褥子。金盘犀箸光错落。掩映龙凤珍羞。银海琼舟影荡摇。翻动葡萄玉液。洒扫得干干净净。并无半点尘埃。铺陈得整整齐齐。另是一般气象。正是移将金谷繁华景。妆点琼林锦绣仙。①

几句话便写出了杏林春宴的奢华：

玳筵开处游人拥。争看五百名英雄。三千礼乐如泉涌。一笔扫万丈长虹。恩深九重。丝络八珍送。无非翠釜驼峰。〔生〕宝篆沈烟香喷浓。〔众〕浓熏绮罗丛。琼舟银海。翻动酒鳞红。一饮尽教空。②

春宴完毕，新科状元的待遇是这样的：

【红绣鞋】〔合〕猛拼沈醉东风。东风。倩人扶上玉骢。玉骢。归去路。望画桥东。花影乱。日朦胧。沸笙歌。引纱笼。③

《香囊记》第十出《琼林》也有类似的情节，几乎与《琵琶记》如出一辙。《寻亲记》第二十九出《报捷》周羽上场所唱曲牌【似娘儿】，也提到了他高中之后曾赴过琼林宴：

平地一声雷。桃浪暖已化龙鱼。曲江赐罢琼林宴。宫花帽簇。天香袍染。高步云梯。

《紫钗记》第二十一出《杏苑题名》中写到李益高中状元之后的情形：

〔生谢恩介〕【滴溜子】圣天子。圣天子万寿临轩。贤宰相。贤

---

① 高明：《琵琶记》，《古本戏曲丛刊初集》，商务印书馆1954年版。
② 高明：《琵琶记》，《古本戏曲丛刊初集》，商务印书馆1954年版。
③ 高明：《琵琶记》，《古本戏曲丛刊初集》，商务印书馆1954年版。

宰相八柱擎天。人中选出神仙。总送上蓬莱殿。宫袍赐宴。谢皇恩。今朝身惹御炉烟。〔众〕请状元赴宴。〔行介〕

【前腔】笑从前。笑从前文章几篇。喜今日。喜今日笙歌上苑。十里珠帘尽卷。才认得春风面。祥云一片。浪桃香。曲江人醉杏花筵。①

像《寻亲记》《紫钗记》这样的传奇只是提到了士子高中之后当赴琼林宴的事情，并不铺陈，如《焚香记》第十五出《看榜》、《红梨记》第二十七出《发迹》都顺便提到游街春宴之事，《西楼记》第三十九出《游街》则借值宴官的出场侧面提到杏林春宴之事而已，并不铺陈。

除此之外，明清传奇还经常通过文人间的结社、会诗、雅集的比试等来对情节发展加以侧面推动，如《绿牡丹》第五出《社集》就描写了沈翰林家会考的全过程。无论是朝廷会试还是民间社集，基本会安排一些配角进行插科打诨，借以冲淡主角言语的说教色彩，亦庄亦谐，能产生更强烈的对比，生出更为活泼的效果。明清传奇创作中运用这类情节的剧目还有很多，不过，无论简单提及还是不惜笔墨铺陈状元游街春宴的豪华与奢侈景象，都只是用来强化角色获取功名后的荣耀心情与喜乐气氛，客观上并不具备故事发展的推动力。

五　游赏观灯

游赏观灯也是明清传奇常用的助力型叙事情节类型。具体运用时角度多种多样，有场面大的，如帝王出游；有场面小的，如夫妇同游，友朋同游，一人孤游等。有情绪欢乐的，有情绪悠闲的，也有情绪低落的。作为助力型情节类型，游赏观灯情节的使用多是用来渲染气氛、刻画人物的，如《浣纱记》第十四出《打围》：

【北醉太平】〔净丑领旦贴扮宫女众扮将校上合〕长刀大弓。坐拥江东。车如流水马如龙。看江山在望中。一团箫管香风送。千群旌旆祥云捧。苏台高处锦重重。管今宵宿上宫。……〔净〕起去。自家虎据三吴。鹰扬一世。天子之下第一。诸侯之上无双。光景无多。天下山河也无用。富贵已极。不图欢乐待何时。今日风景晴和。暮春天气。不免带着诸女侍。领着众将官。前往都城内外。水郭山村。问柳寻花。歌舞的歌舞，打围的打围。欢乐一回。多少是好。正是：压

---

① 邵灿：《香囊记》，《古本戏曲丛刊初集》，商务印书馆1954年版。

地旌旗开晓日。揭天歌管醉春风。①

　　吴王出游场面盛大，一众随从，热闹非凡，北【朝天子】与南【普天乐】的南北合套交替演唱，从王宫出发到锦帆泾百花洲，到斗鸡陂走狗塘，再到姑苏台，一路吹打高唱，气势浩伟，吴王的骄矜态势和追享富贵的心理显露无遗，而也正是这种处于高位的骄奢气氛与后来的兵败失意产生了极强烈的对比。

　　《长生殿》第五出《禊游》，换了第三者的视角来描写杨国忠与三位夫人出游的阵势。先是行人们的视角：

　　　　【仙吕入双调·夜行船序】春色撩人，爱花风如扇，柳烟成阵。行过处，辨不出紫陌红尘。〔见介〕请了。〔副净、外〕今日修禊之辰，我每同往曲江游玩。〔末、小生〕便是，那边簇拥一队车儿，敢是三国夫人来了。我每快些前去。〔行介〕纷纭，绣幕雕轩，珠绕翠围，争妍夺俊。氤氲，兰麝逐风来，衣彩佩光遥认。②

再从三位夫人的视角写出游的阵仗：

　　　　【前腔】〔换头〕安顿，罗绮如云，斗妖娆，各逞黛娥蝉鬓。蒙天宠，特敕共探江春。〔老旦〕奴家韩国夫人，〔贴〕奴家虢国夫人，〔杂〕奴家秦国夫人，〔合〕奉旨召游曲江。院子把车儿趱行前去。〔院〕晓得。〔行介〕〔合〕朱轮、碾破芳堤，遗珥坠簪，落花相衬。荣分，咸里从宸游，几队宫妆前进。③

又从安禄山与众看客的角度来写：

　　　　〔净笑介〕休得取笑，闻得三国夫人的车儿过去，一路上有东西遗下，我每赶上寻看。……〔众作寻、各拾介〕〔丑向净介〕你拾的甚么？〔净〕是一枝簪子。〔丑看介〕是金的，上面一粒绯红的宝石。好造化！〔净向丑介〕你呢？〔丑〕一只凤鞋套儿。〔净〕好好，你

①　梁辰鱼：《浣纱记》，《古本戏曲丛刊初集》，商务印书馆 1954 年版。

②　洪昇：《长生殿》，《古本戏曲丛刊五集》，上海古籍出版社 1986 年版。

③　洪昇：《长生殿》，《古本戏曲丛刊五集》，上海古籍出版社 1986 年版。

就穿了何如？〔丑作伸脚比介〕啐，一个脚指头也着不下。鞋尖上这粒真珠，摘下来罢。〔作摘珠、丢鞋介〕〔小生〕待我袖了去。〔丑〕你倒会作揽收拾！你拣的东西，也拿出来瞧瞧。〔小生〕一幅鲛绡帕儿，裹着个金盒子。〔净接作开看介〕咦，黑黑的黄黄的薄片儿，闻着又有些香，莫不是耍药么？〔小生笑介〕是香茶。〔丑〕待我尝一尝。〔净争吃，各吐介〕呸！稀苦的，吃他怎么！〔小生作收介〕罢了，大家再往前去。〔行介〕〔合〕蜂蝶闲相趁，柳迎花引，望龙楼倒泻，曲江将近。①

　　传奇对三位夫人出游的场面不厌其烦地描写，渲染了帝王妃嫔们生活的奢靡，同样是为了对比传奇后半部分王朝衰败的情节。

　　明清传奇中对于普通人的游赏情节安排则一般是为了展开情节而做铺垫之用，如《玉簪记》第九出《会友》中潘必正辞亲赴选，会试两场后不想病染离亭，难为策问，遂到西湖上游玩，其间碰到三位举子，遂同游西湖一番。《玉玦记》第十二出王商与妻子同游西湖，仆人王便出口成章，将西湖景色描述了一番。夫妻二人上场之后移步换景，再将西湖诸景赏玩一番才罢。而《设誓》的情节留在下一出才写。这样的写法也只是一种铺排而已，同样的如《邯郸记》之二十七出《极欲》、《狮吼记》之第五出《狭游》、《彩楼记》之十九出《重游旧寺》、《杀狗记》之二十一出《花园游赏》等均只是游赏情节，为游赏而写游赏，并无太多推进剧情之功能。

　　但游赏总有不期而遇，总能有意料之外的收获。如《南西厢》第五出《佛殿奇逢》中，张珙闻听普救寺盛名，遂前往拜访。长老不在，由法聪引领，寺内游览一番，恰巧碰到崔莺莺与红娘也在寺内游玩，张珙"怎当他临去秋波那一转"，遂向寺内求借书斋攻书。这里的情节处理与《玉簪记》中的游赏相比，则多了一层展开情节的作用。

　　《占花魁》第十四出《再顾》中，秦种因昨日在湖边见到一绝色女子，目断神迷，遂决定歇业一日，专门去等那女子，饱看一回。西湖的景色对于他并不重要，他的目光集中在绝色女子昨日出现的地方，果然被他等到：

　　【嘉庆子】双扉半掩帘漫卷，止有那乳燕呢喃语画椽，零乱飞花

---

①　洪昇：《长生殿》，《古本戏曲丛刊五集》，上海古籍出版社 1986 年版。

依藓。好教我愁似织，望将穿。

【品令】真个是倾城倾国，花笑玉生烟。他向湖边青雀，顷刻影飘然。徘徊顾望，恍隔云阶面。为云为雨，怎做曲终不见？指点迷津，想洞口渔郎自有船。①

看见绝色女子后与酒保的一番对话，让秦种坚定了决心，欲得美人共处一夜，实际上是启动了其后的所有故事情节。

明清传奇中使用这样的游赏情节类型比较多见，如《飞丸记》的第六出《游园题画》中易弘器进京后不得已去参谒严世蕃，仆人带游聚春园，却不料碰到严家小姐玉英也在游园，遂种下情根；《西园记》中第四出、第六出写张世华到西园游玩，偶遇王玉真，生出爱慕之情；《种玉记》的第三出《园逅》霍仲孺送完文案，顺便到园中看花，偶遇卫少儿，形单影只的卫少儿借口钗儿失落，故意与霍仲孺搭讪一番，二人暗生情愫。

为了避免游园情节的重复，其实也是明清传奇作者追逐奇幻的嗜好的体现，他们往往会别出心裁设计游赏情节。以《牡丹亭》为例，杜丽娘与柳梦梅的"男女游园"所获得的均为异想：杜丽娘游园归来梦中与柳梦梅相遇，柳梦梅游园拾画叫画找寻到一个鬼魂。但这两次游赏都引导向了情爱的产生，故而具有助力作用。

游赏作为一种渲染排场之用的情节类型之所以在明清传奇中多用，当是与"传奇十部九相思"分不开的。但因为多是才子佳人为主角，自当谨守礼教，所以游赏对于女性来说，也不见得能在公开场合进行，因此，许多传奇就采用了另外的游赏方式来进行叙写，多用的就是观灯。元宵观灯对于所有人来说都是一种戒律的松绑，正如《紫钗记》第六出《堕钗灯影》中李益所言：笙歌世界酒楼台，鸡踏莲花万树开。谁家见月能端坐，何处闻灯不看来。在灯会上，男女相遇的机会大大增加，一场美妙的爱情多能从此开始。即便不用作爱情的铺垫，也是强化舞台演出效果的绝佳情节。《紫钗记》霍小玉在元宵夜观灯时失钗却偶遇李益，二人萌生爱意；《金雀记》第五出《掷果》中，潘岳元宵夜观灯，众人悦其容貌，向其扔了一车的果子，井文鸾没有带果子，遂将一对金雀扔了过去，引出后续更多爱恋佳话。

综合而论，早期的传奇此类游赏观灯情节的使用于剧情发展并不必然

---

① 李玉：《占花魁》，《古本戏曲丛刊三集》，上海文学古籍刊行社 1957 年版。

起决定性的推动作用，但自入清之后，李渔和以李玉为首的苏州派作家的创作中则有较大的改变，游赏类情节基本倾向于和其他主要推动剧情发展的情节相结合，故事发展的速度明显加快，情节的展开也更具有节奏感。如上文提到的《占花魁》就是明显的例子。另外，《一捧雪》也是如此，第一出《乐圃》中莫怀古闻听后宅啸圃梅花已开，便与夫人同往游赏。待到傍晚时分，有客来访，莫怀古回转途中遇见了汤勤，因见汤勤裱褙手艺好，且识古玩，遂将其收留在门下。这一番游赏，为他后来遭受灾难埋下伏笔。

六　规训劝告

明清传奇多在开场出角色阶段采用规劝、训导子女等情节类型，从故事发生发展角度来讲，这类情节对故事发展具有一定的推动作用，属于助力型情节类型。

如《义侠记》第三出《训女》中，贾氏上场，对女儿进行一番训诫：

〔老旦〕老身清河县魏氏之女，贾门之妇。良人早丧，止生一女，从幼许聘武二郎，奈因他父母俱亡，少年飘泊。我的儿，几时是你于归的日子。〔旦〕母亲膝下无人，孩儿正好朝夕奉养。此事不须提起，请母亲训诲若真一番。〔老旦〕我的儿。

【三学士】你四德三从虽自守，奈家徒四壁堪忧。寒门子母空凝望，芳草王孙只浪游。〔合〕苦乐终身犹未剖，从天降，莫预谋。①

如《牡丹亭》第三出《训女》中杜宝出场后夸耀女儿："单生小女，才貌端妍，唤名丽娘，未议婚配。看起自来淑女，无不知书。"谁知侍女春香说漏了嘴：

〔外〕叫春香。俺问你，小姐终日绣房，有何生活。〔贴〕绣房中则是绣。〔外〕绣的许多。〔贴〕绣了打绵。〔外〕什么绵。〔贴〕睡眠。〔外〕好哩，好哩。夫人，你才说长向花荫课女工，却纵容女孩儿闲眠，是何家教。叫女孩儿。〔旦上〕爹爹有何分付。〔外〕适问春香，你白日眠睡，是何道理。假如刺绣余闲，有架上图书，可以寓目。他日到人家，知书知礼，父母光辉。这都是你娘

---

① 沈璟：《义侠记》，《古本戏曲丛刊初集》，商务印书馆1954年版。

亲失教也。①

　　然后杜宝将女儿教训一番，决定请来鸿门腐儒为女儿教学，"念遍孔子诗书，略识周公礼数"。将女儿重新规范成一个符合"三从四德"的女子。于是便有《闺塾》春香闹学后溜到花园游玩，才有杜丽娘《游园》《惊梦》的故事情节相继发生。

　　再如，《南柯记》第五出《宫训》中，大槐安国母在为金枝公主择婿之前特地对她训教了一番三从四德：

　　　　〔老〕公主，你年已及笄，名方弄玉。今日依于国母，他日宜其家人。四德三从，可知端的。〔旦〕孩儿年幼，望母亲指教。〔老〕夫三从者，在家从父，出嫁从夫，老而从子。四德者，妇言，妇德，妇容，妇功。有此三从四德者，可以为贤女子矣。
　　　　【傍妆台】〔老〕一种寄灵根，依然楼阁贺生存。论规模虽小可，乘气化有人身。中宫忝作吾王正，下国凭称寡小君。掌司阴教，齐眉至尊。你须知三贞七烈同是世间人。
　　　　【前腔】〔旦〕小小赘芳尘，念瑶芳生长在王门。虽不是人间世，论相同掌上珍。寒余窈窕深闺晚，暖至丰茸别洞春。父王庭训，娘亲细论，难道这三从四德微细的不如人。②

　　无论女子贵如瑶芳公主，还是大家闺秀，或者民间女子，都不能避免被礼教规范再三，可见父母权威、礼教谨严，而被教训的一方也明显显示出顺从。

　　其他传奇如《怜香伴》第三出《僦居》，曹有容进京赶考在即，无奈聪明伶俐过头的女儿曹语花无处托付，只得打算带至山东交妻舅后再行赶考。舟中无事，便唤女儿出来训教一番：

　　　　（外）孩儿，你终日吟诗作赋，手不停挥，虽不是内家本等，但你性之所好，我也不好阻当。只是妇人家的才情切忌卖弄，但凡做诗，只好自道，不可示人。就是稿纸也要谨密收藏，不可只字落人之手，以滋话柄。我如今送你到舅舅官邸暂居，虽是嫡亲瓜葛，也比家

① 汤显祖：《牡丹亭》，《古本戏曲丛刊初集》，商务印书馆1954年版。
② 汤显祖：《南柯记》，《古本戏曲丛刊初集》，商务印书馆1954年版。

内不同，需要十分谨饬。

【正宫过曲 刷子序】名山自存，把奚囊紧括，休露诗痕。残稿收藏，不嫌吝惜如珍。堪焚。女子无才为德，名与字忌出闺门。一任你织回文巧擅苏娘，终不如安机杼本分天孙。①

再如，《蜃中楼》第三出《训女》洞庭龙王当日闲暇无事，遂叫出女儿舜华来教训一番。即便是龙王的女儿，也逃避不了被教化训导的魔咒。

除了训女的情节类型，教子、劝夫、规奴的形式也比比皆是。《琵琶记》第三出《规奴》中，丫头惜春与其他下人在园子里玩耍，被牛小姐撞见，教训一番，教她一起去习学女工：

〔丑〕苦也。这般天气谁不去闲嬉，小姐却教惜春去习女工，兀的不是闷杀惜春么。〔贴〕妇人家谁许你闲嬉，不习女工，有甚勾当。你却不学那不出闺门的。〔丑〕小姐，你有盈箱罗绮，满头珠翠，少甚么子，却这般自苦。〔贴〕贱人好怪么。做女工是你本分的事，问有和没有做甚么。……〔丑〕小姐，我伏侍着你时节，见男儿也不许我抬头看一看。前日艳阳天气，花红柳绿，猫儿也动心，你也不动一动。如今暮春时候，鸟啼花落，狗儿也伤情，你也不伤一伤。②

在礼教的规范要求之下，如牛小姐一般的闺阁小姐们早已养成女德，而她们对待下人的态度当然也跟她们自己受到的待遇一样。而在第六出中，在牛丞相面前，牛小姐也要被耳提面命教训一番：

〔外〕孩儿，妇人之德，不出闺门。你如今长成了，我这几日不在家。你却放老姥姥惜春每都到后花园中闲耍，不习女工，是何道理？我想起来。都是你不拘束他。③

同是《琵琶记》，第四出《蔡公逼试》中蔡公教子蔡伯喈赴试，也搬出礼教来训教蔡伯喈一番：

① 李渔：《怜香伴》，《李渔全集》第四卷，浙江古籍出版社 2010 年版。
② 高明：《琵琶记》，《古本戏曲丛刊初集》，商务印书馆 1954 年版。
③ 高明：《琵琶记》，《古本戏曲丛刊初集》，商务印书馆 1954 年版。

〔外〕孩儿你听我说，夫孝始于事亲，中于事君，终于立身。身体发肤，受之父母，不敢毁伤，孝之始也。立身行道，扬名后世，以显父母，孝之终也。是以家贫亲老，不为禄仕，所以为不孝。①

在礼教面前蔡伯喈没有办法，只能乖乖打点行囊进京赴试。而在与赵五娘告别之时，五娘也祭出礼教数落了蔡伯喈一番：

〔旦〕官人，云情雨意，虽可抛两月之夫妻。雪鬓霜环，竟不念八旬之父母。功名之念一起，甘旨之心顿忘，是何道理。〔生〕娘子，膝下远离，岂无眷恋之意。奈堂上力勉，不听分剖之词。咳，教卑人如何是好。〔旦〕官人。我猜着你了。②

【忒忒令】〔旦〕你读书思量做状元，我只怕你学疏才浅。〔生〕娘子那见我学疏才浅。〔旦〕官人，只是孝经曲礼，你早忘了一段。③

《绣襦记》第二出《正学求君》，大比之年，郑儋遣儿子郑元和赴试，以显平日训子之功：

〔外〕孩儿，读书利益，本欲开心，不可凌忽长者。不务实学，惟事虚文。不宜徒恃能文，忽欺傲慢，而沦于不肖焉耳。不可如此。〔生〕请问爹爹，今之为学者，何为不肖。

【榴花泣】〔外〕论古之学者所学甚精详，知本末重纲常。彬彬文质好行藏。看先行孝弟，余力学文章。〔生〕晨昏激昂，务干干惕励心收放。效先儒入室升堂。淑诸人凿壁悬梁。〔贴〕尝闻得从来白屋出朝郎，荣亲显祖名扬。汝当励志继书香，早把皇猷黼黻。步武位岩廊。〔生〕嘉言敢忘。喜青云有路终须上。凤皇维准拟朝阳，乌鹊情恐难终养。④

作为父亲，郑儋对郑元和寄托了很大的希望，而后来他进京朝觐，却听到郑元和流落街头卖唱为生，盛怒之下打死郑元和，抛尸荒郊野外（第二十五出《责善则离》）。

---

① 高明：《琵琶记》，《古本戏曲丛刊初集》，商务印书馆1954年版。
② 高明：《琵琶记》，《古本戏曲丛刊初集》，商务印书馆1954年版。
③ 高明：《琵琶记》，《古本戏曲丛刊初集》，商务印书馆1954年版。
④ 徐霖：《绣襦记》，《古本戏曲丛刊初集》，商务印书馆1954年版。

《一捧雪》第三出《燕游》，莫怀古即将启程进京，莫妻再三叮嘱劝告丈夫小心汤勤：

> 相公此行，内有雪姬调护，外有莫诚支值，妾亦放心。但同行汤裱褙，既非夙昔交游，闻他专行谄谀，宵小之辈，凡事切宜斟酌。①

后来莫怀古被汤勤陷害，果不出其妻所料。这样的助力型情节对结构全篇能起到比较有益的效果。

上文所例举者仅有数例，而在明清传奇中使用的助力型情节类型远不止这些形式，如劝农、祭祀、祷祝、庆寿、宴饮、打围、狩猎、军情等等，所有这些不同类型的情节类型，在传奇中所起到的功能作用基本类似，有强有弱，但对剧情发展一般不具备决定性的推动作用，故而，仅仅用助力型情节来作一归类。

第三节　明清传奇类型化情节的叙事功能

明清传奇在叙事情节的设计选择上定向于动力型与助力型情节类型，与传奇点线式结构剧情的方式密不可分。一定数量的动力型情节如一个个珍珠顺次排开，推动故事围绕主题发展前进，有利于传奇"主脑"的明晰。而助力型情节则如同串起珍珠的线，保证动力型情节之间的流畅接合与巧妙串联，产生"密针线"的功效。动力型情节与助力型情节互相成就对方，本节试对两种不同类型情节的叙事作用作一番整体性讨论。

一　动力型情节类型与"立主脑"叙事结构线索的实现

每一部明清传奇都有贯穿全剧的主题，按李渔的说法就是"立主脑"，即贯穿全剧的主题思想，是作者立言本意。李渔认为"命题不佳"，则不能"出其锦心，扬为绣口"。② 同时，李渔认为"立主脑"也可理解为是一剧的中心事件。他的主要观点是以"一人一事"来具体呈现"主脑"。因为动力型情节多是以此一人为中心而展开的，并且其他许多情节，包括不是此一人的情节，均是由此一人之一事而生发、勾连，故动力

---

① 李玉：《一捧雪》，《古本戏曲丛刊三集》，上海文学古籍刊行社 1957 年版。
② 李渔：《闲情偶寄》，《李渔全集》第三卷，浙江古籍出版社 2010 年版，第 4 页。

型情节的巧妙运用能够结构起占主要地位的一个完整行动，从主体上确立传奇对居于"主脑"地位的人与事的描写。

数项动力型情节按不同的排列组合构建出中心故事，从而形成主脑表达的顺畅。如《琵琶记》一剧，李渔认为"重婚牛府"是此剧的关键事件。"一部琵琶，止为蔡伯喈一人，而蔡伯喈一人又止为重婚牛府一事，其余枝节皆从此一事而生，二亲之遭凶，五娘之尽孝，拐儿之骗财匿书，张大公之疏财仗义，皆由于此。"《琵琶记》主写蔡伯喈一人，其中的主要情节如蔡伯喈进京赶考情节、蔡伯喈与赵五娘的夫妻分离等情节、蔡伯喈重婚牛府情节、赵五娘吃糠祝发等磨难情节，蔡伯喈高中与赵五娘夫妻团圆情节，均是具有动力功能的情节类型，围绕着蔡伯喈"这一人"不断推进、穿插，构成了一部生旦双线结构的动人传奇，也诠释了作者的教化主张。《琵琶记》的动力型结构安排穿插极好，丁耀亢在《啸台偶著词例》就以《琵琶记》为例加以推崇。① 传奇写完赵五娘在家乡的极悲之遭遇"糟糠自厌"，紧接着就写蔡伯喈入赘相府之欢，写其与牛小姐花园赏月，然后又写赵五娘描画公婆真容的悲苦。如此穿插自然可以造成新奇的舞台效果，在古人眼里也属于能够打动人的做法。

对于《西厢记》，李渔也是这么理解的："一部西厢，止为张君瑞一人。而张君瑞一人又止为白马解围一事，其余枝节皆从此一事而生。"② 诚然如此，张君瑞游殿与崔莺莺相遇情节，崔夫人赖婚、张君瑞跳墙着棋情节，崔莺莺赖简、长亭送别等爱情历练情节等，也都是具有极强推动力的情节类型，围绕着张君瑞一人，交错穿插，波澜迭起，构成了生动有趣又动人的生旦爱情双线结构的传奇。

再如《牡丹亭》，以柳梦梅与杜丽娘的三次"相遇"情节类型，把整部传奇分解为前中后三段，生旦的三次相见被设计成各各不同的模式，从而发起每一段充满传奇色彩的爱情故事。第一部分"游园惊梦"中二人第一次"相遇"是在杜丽娘的梦中出现的。作为柳杜二人爱情传奇的发起者，杜丽娘游园惜春，春情缱绻，窗下一梦，却梦到了素昧平生的柳梦梅。二人湖山石畔芍药栏前缠绵初缔，杜丽娘好生欢喜，不过春梦被惊扰。杜丽娘寻梦不得，因情成病，及至中秋竟然一病而亡。这一部分的相见主要描写杜丽娘基于梦境美好与现实残酷的对照而形成的磨难。第二部

---

① 丁耀亢：《啸台偶著词例》，俞为民、孙蓉蓉编：《历代曲话汇编》，黄山书社 2009 年版，第 93 页。

② 李渔：《闲情偶寄》，《李渔全集》第三卷，浙江古籍出版社 2010 年版。

分中柳梦梅进京赶考，遭遇恶劣天气而落脚于梅花观，由此设计出二次"相遇"，从柳生角度新写一番与鬼魂杜丽娘的相见，牵出二人的人鬼恋情之传奇。照样，相遇之后，二人已是阴阳相隔，自然不能相拥至天明，这里所谓的美好，仍旧是爱情磨难的述写。第三部分中二人的"相遇"是一种设计好的相遇，柳梦梅掘坟，得杜丽娘的肉身，救其回生，二人再次相见。传奇经过前文两次相见的铺垫才让二人作为人而相见。杜丽娘"回生"，变成一个"活的"女孩之时，杜丽娘却要求柳梦梅找到丈人来获取封建家庭的承认，又人为造成了柳梦梅的另一段磨难，直至最后被杜宝拘捕硬拷。《牡丹亭》的三部分都充分利用了"相遇"类型的情节，以不同情境之下的相遇，形成强大的故事推动力，勾连起随后主角的磨难情节类型。这些情节环环相套，错接勾连，推动着故事不断向前发展，成就了一部伟大的爱情传奇。

而另一部经典传奇《玉簪记》的动力型情节类型则更能看出明清传奇对于具有推动力的情节选取上的特点。传奇所用的动力型情节有这样几种：赴试情节（第二出《命试》），战乱离散情节（第三、四出《南侵》《遇难》），生旦相遇情节（第十四出《相遇》），阻碍磨难情节（第二十一出《姑阻》），高中团圆情节（第二十七出《擢第》、第三十三出《合庆》）。前文归纳出的动力型情节类型《玉簪记》基本有所涉及，但传奇始终围绕着潘必正、陈妙常二人的爱情故事来写，循着生旦各一线索发展，最后收煞到生旦当场团圆的大结局，这当算是巧用动力型情节安排剧情分布与发展的经典剧目。

传奇《长生殿》则以宏大体制完成了对唐明皇杨玉环爱情传奇的抒写，也可以列举出许多具有重要推动力的情节类型，丝毫没有脱离前文所提到的那些动力型情节。如第二出《定情》，唐明皇与杨玉环立誓，"偕老之盟，今夕伊始"，金钗钿盒，同心结合欢，钗不单分盒永圆。这段情节实为李杨爱情之肇始，由此引出凄美爱情故事，自然具有强大推动力。而后，传奇通过第四出《春睡》、第八出《献发》、第九出《复召》、第十二出《制谱》、第十六出《舞盘》、第十八出《夜怨》、第十九出《絮阁》、第二十二出《密誓》等出的具体铺陈，一线贯穿而下，不断地解决李杨二人之间的爱情矛盾，最终到达第二十四出《惊变》，二人的爱情终于达到了顶点。这十出戏其实也并没有跳出生旦爱情传奇的窠臼，中规中矩地写二人感情的磨难，随着磨难而情感得到进一步的加深，内中有生旦的分离、旦角的自怨自叹等情节，都是不断推动二人爱情发展的动力，因此可以看出动力型情节的建构故事的作用。

对于动力型情节类型的不同组合，还能形成戏曲故事情节的开放式发展，更有针对性地叙述不同故事，造出不一般的传奇。串线式的情节安排方式中经常针对不同主题而对情节类型在传奇中的位置进行调整安排，这自然会影响到剧情发展的方式。动力型情节本身往往是既可朝积极方向发展，也可以朝消极方向发展。而某些关键情节安排的位置不一样，故事情节发展的起伏会大有区别，形成的悲喜情感体验也大不一样。例如婚姻一事，既可前置，也可后圆。如《琵琶记》甫一开始，蔡伯喈与赵五娘已是结婚两月，其后发生的磨难困苦均是对于二人忠贞与否的检验，让蔡伯喈和赵五娘困于其中，书馆相逢则是二人的别一种遇见，最后达到大团圆。如《荆钗记》中王十朋与钱玉莲二人已成秦晋之好，钱却被继母逼嫁孙汝权，其后造成一番惊天动地的传奇。另有如《焚香记》中王魁、敫桂英也是先成亲后赶考，其后才有逼婚及其他磨折。婚姻前置一般会让故事发展的节奏加快，悲情意蕴较强。还有如《永团圆》等传奇中，生旦只是有了婚约，欲成就婚姻，就需要克服即将出现的种种波折磨难，这样做出的传奇戏剧性会更强，更能让读者和观众产生强烈的观看欲望。

二　助力型情节助力"密针线"叙事功能的实现

传奇的动力型情节类型满足构成一个完整故事的关键，承担着主要的叙事空间的建构职责，营造主要的戏剧意蕴导向，具有牵一发而动全身的作用。李渔说："传奇格局，有一定而不可移者，有可仍可改，听人自为政者。"① 以此观之，动力型情节所构成的格局便属于"一定不可移者"。以此推论，助力型情节则应属于"可仍可改"的那一部分。助力型情节的巧妙使用可以保持动力型情节之间良好的前后照应，形成传奇情节内容的适宜开合与收放。

助力型情节"密针线"之叙事功能主要体现在其串联动力型情节的作用方面，可以填补动力型情节各个板块之间的空白与突兀的地方，以形成板块之间的妥帖过渡为使用宗旨。如传奇开场部分常用的动力型情节类型"生旦相遇"，则通常辅以"言怀自叹"的助力型情节。一般是男主角暂时未得良时，处于"不遇"的境况之中，但他们都有改变自己境遇的主动追求，因此有了进京赶考赴试的动作，而往往在此过程中他们会遇到让其心动的女子，从而结成一段姻缘。对于女性来说，则是慨叹自己芳龄如此，如陆采的《怀香记》贾午姐听丫鬟春英说到韩寿才高貌美，她不

---

① 李渔：《闲情偶寄》，《李渔全集》第三卷，浙江古籍出版社 2010 年版，第 59 页。

信天地间能生出这般十全的好人物来，转而唏嘘嗟叹起来。她家中姐妹三人，唯有自己虽正芳龄妙质，却无忝为好逑。人生百岁，光阴能有几何。人同此心，心同此欲。于是有了第七出《青琐相窥》中贾午姐偷窥韩寿，一窥而致相思的情节。后来丫鬟春英为之私通音信，韩寿答应伺机相会，为二人结成良缘而埋下佳笔。动力型情节"赴考应试"通常与助力型情节"卜筮问卦"相配合使用，以期为后文留下伏笔。但因为故事的发展最终自然如预言所述之况，观众的观剧预期往往就不会集中在最后的"出人意料之外"之上，而会重点关注传奇是怎样达到最后结局的全过程，也是另一种意义上转移注意力之功用，当然，借此类情节所预设的悬念之功效也就经常会打折扣。

　　助力型情节串联动力型情节不仅可以给剧情埋下精彩伏笔，更可以穿插剧情，调剂冷热，帮助情节悬念的实现。孔尚任在《桃花扇凡例》所言："排场有起伏转折，俱独辟境界，突如其来，倏然而去，令观者不能预拟其局面。"① 排场的安排对于一部传奇尤其重要，一般认为，动力型情节构成戏的主干，若是一环接一环，迅速就可以推进到故事发展的高潮，但这样往往容易导致排场过于简单，无曲致，所形成的戏剧氛围只是紧张、热闹，不能带给观众张弛有度的感觉。因此，助力型情节的使用就可以形成排场的起伏转折，调节戏剧节奏，张弛有度。可见得助力型情节有时并非为推展剧情而用，从而使得观者对于故事的行进产生间离效果。助力型情节的重要性在传奇的舞台搬演时更会显出其重要性来，成为舞台表演不可分割的组成部分，这些助力型情节对剧情、对人物情感变化起着重要的调剂作用，对于戏剧气氛的冷与热、表演节奏的紧张与松弛有很大影响。有了穿插，戏曲主题能得到更充分的发挥，剧情也能得到进一步强化。助力型情节的使用不只可以调和戏剧节奏，更着眼于保证主要演员场上表演的劳逸分配。

　　以《琵琶记》为例，粗略统计，使用的动力型情节大致有"赴试"（第四出《蔡公逼试》），"分离"（第五出《南浦嘱别》），"拒婚"（第十二出《奉旨招婿》、第十二出《官媒议婚》），"磨难"（第十四出《激怒当朝》、第二十一出《糟糠自厌》），"得助"（第十七出《义仓赈济》、第二十五出《祝发买葬》、第二十七出《感格坟成》），"寻人"（第二十九出《乞丐寻夫》）等几种，穿插其中的助力型情节则分别出现在动力型情节构成的故事不同时段，如"游学会讲"（第七出《才俊登程》）、"试

---

① 孔尚任：《桃花扇·凡例》，《古本戏曲丛刊五集》，上海古籍出版社 1986 年版。

场"（第八出《文场选士》、第十出《杏园春宴》）就穿插在"赴试"之后，以丰富、充实书生求取功名的情节。而"教子训女"（第六出《丞相教女》）则安排在"出角色"之女主角（牛小姐）出场之时进行，为剧情发展做好了导引。在后续的情节中，还安排了一些次要角色的戏码，如张大公、拐儿、李旺等人的戏，这样一来，蔡伯喈与赵五娘、牛小姐的故事情节就在这几个次要角色所构成的助力型情节出现时得到了推迟或暂时的停顿，同时，主要角色也无须每时每刻都承担过于繁重的演出，角色出演时体力实现了适当的调配。再如《玉簪记》，前文所述的动力型情节大致都有，分布在约十五出当中，有"赴试"（第二出《命试》、第二十二出《催试》）、"战事"（第三出《南侵》）、"磨难"（第四出《遇难》）、"得助"（第五出《投庵》）、"婚事"（第十三出《求配》、第三十出《情见》）、"相遇"（第十四出《幽情》）、"分离"（第二十三出《追别》）、"团聚"（第三十三出《合庆》），基本是两到三出就有一个主要情节，其他助力型情节则与动力型情节配合使用，整个剧作结构显得较为均衡。《牡丹亭》在动力型情节与助力型情节的配合叙事上处理得也比较平稳中正。动力型情节也基本采用了"相遇"（第十出《惊梦》）、"磨难"（第二十出《闹殇》、第二十三出《冥判》、第五十三出《硬拷》、第五十五出《圆驾》）、"再遇"（第二十八出《幽媾》）、"盟誓"（第三十二出《冥誓》）、"受助"（第三十四出《诇药》）、"赴试"（第三十六出《婚走》）、"中举"（第五十四出《闻喜》）、"团聚"（第五十五出《圆驾》）等常见的几种，助力型情节大致有"自叹述志"（第二出《言怀》）、"教子训女"（第三出《训女》、第十一出《慈戒》）、"劝农"（第八出《劝农》）、"战事"（第十五出《虏谍》）等，基本是传奇结构故事常用的情节类型搭配，主线情节也不显散漫。《长生殿》则由于容量庞杂，时间跨度较大，人物众多，动力型情节尽量与李杨爱情主题相关，有一些动力型情节便出现了重复使用的情况，如"思念自叹"（第十八出《夜怨》、第二十九出《闻铃》、第三十出《情悔》、第三十二出《哭像》、第三十九出《私祭》、第四十出《仙忆》、第四十一出《见月》）就多次出现，每一次出现遮掩的情节，都是借助于助力型情节在叙事主线上的插入而使得每一次相同类型情节的重复都能出现新的意味，也让剧情的发展出现疏密、节奏上的变化。

三　类型化情节与个性化情节基于程式化叙事的统一

明清传奇类型化情节的广泛使用能够使得传奇表现出更加丰富广阔的

社会历史现实，同时也极大地为传奇的个性化广泛传播提速增效。

　　具有共性的动力型情节类型的使用让明清传奇更多的时候看起来有非常统一的叙事风格，所形成的审美特征也就在更多程度上显现出统一的态势。由多种动力型情节组合成不同的搭配，构成传奇故事的主要部分，关节转折的地方则由助力型情节加以调整，以形成多种变化，从而构成故事的别样性。但明清两代传奇作者们在使用情节的手法上过于依赖类型化的情节，最终形成的传奇面貌还是多有雷同的。如最广为流传的那句"传奇十部九相思"的说法，即是典型的故事情节类型化特征过于明显而造成题材雷同的情况的写照。明清以来，一直有曲家关注"窠臼"的问题，不过，他们对于"窠臼"的态度却多有暧昧。从积极意义上来看，明清传奇的情节高度类型化这一特征使传奇的创作变得更为方便，许多传奇只需要将那些熟知的情节类型加以改造，甚至直接拿来，换个人名，便可写出另一部传奇来；当然在创作的同时，传奇作者们为了避免出现过分的雷同，往往也会在情节上做一些翻新，以努力达到"新奇"，与以往的情节类型有所区别，在反映社会生活的广度方面，不得不另辟蹊径，客观上还是为传奇的内容选择上添加了丰富的社会现实生活。如"赴考"这一动力型情节，明清传奇中很多作品用到了，但具体形态却大有区别。"赴考"无非中与不中，所以第一种情况是赴考顺利得中，像《琵琶记》、《荆钗记》、《香囊记》、《紫钗记》、《还魂记》、《怀香记》及《四喜记》等，这样的传奇作品不胜枚举，都基本写士子赴试即中，并未遇到很多阻碍；第二种是一度赴考失利，中途磨折，后来重新赴考，终于得中，如《绣襦记》、《焚香记》、《玉簪记》及《玉合记》等传奇。这一类型的情节出现在传奇中的位置多有不同，当是作者在结构传奇故事时的别有用心，更希望能够翻新出奇，而也正因为此，明清传奇中的"赴试"情节虽然多用，却颇有意趣。如《还魂记》中柳梦梅考试后不能马上发榜，最终形成状元不知踪迹的有趣情节。

　　另外，这种类型化情节的使用让明清传奇的传播方式变得更为简单，从士大夫到贩夫走卒，无论是哪个层次的观众，因为辨识度极高的那些俗套情节的使用，对于传奇的接受变得更为容易。而这些类型化了的情节又能使他们的注意力更多地集中在某部传奇表现出的"新奇"之处。同时，也是因为类型化的情节，让观众无须更多关注情节，注意力会相对集中到戏曲表演的其他元素上，比如演员如何呈现唱词、如何进行身段表演等。如侯方域《马伶传》记录的明末南京华林班和兴化班两个班社的对台表演，因所演同为《鸣凤记》，华林班演严嵩的是李伶，兴化班演严嵩的是马伶，当演到夏言、严嵩两相国争论河套事时，观众起先是"西顾而叹"，后来索性跑到西戏台看李伶的表演了。这种表现说明观众所关注的已不只是情节，从侧面说明了一点，正是由于类型化情节的大量使用，才让观众从传奇故事当中解放出来，从而更好地欣赏演员的演唱、表演，这当然是类型化情节使用的一大优势所在。

　　类型化情节的使用还可以拓展不同行当的艺术表现空间，完善舞台表演体系，精致化舞台表演艺术。明清传奇多以生旦戏为主，而其他行当往往处于从属地位，这也是传奇动力型情节多分落在生旦角色之上的原因。在明清传奇里广泛存在着的助力型情节多是由次要角色承担的，也就是生旦之外的角色，如丑角、老生、老旦、贴旦、武旦、净角等。这些角色本就是整部传奇里不可缺少的润滑剂，以这些不同角色为主的情节串联起动力性情节，能使得整个戏更加流畅地敷演出来。在众多的传奇里，分出自成一体，突出行当家门，在舞台搬演传奇戏曲过程中，常以折子戏的形式演出，有时候会出现原本是助力型情节类型的戏反而可以成为精彩的折子戏长期在舞台上演出，大受欢迎。如《琵琶记》"张公遇使"，角色是末扮张广才与丑扮李旺。内容是牛丞相派家人李旺到陈留接蔡伯喈父母等来京，遇到受赵五娘之托代为看护公婆坟茔的张广才。张广才痛责蔡伯喈"三不孝"，李旺则辩解蔡伯喈之"三无奈"，后来二人相互理解对方。从情节结构线上看，所演内容离开生旦剧情甚远，属可有可无。但事实上这出戏在舞台上得到了非常多的搬演。若从情节上来分析，传奇通过二人之口重新叙述蔡伯喈与赵五娘各自情节线上的主要情节，为后面蔡伯喈"一门旌奖"的大团圆结局做了埋伏。从舞台演出角度来看，这也是一种动力型情节发展到最后高潮前的主动停顿，也是为一生二旦的出场做一调剂，便于休息和换装。这出戏在舞台上常演也是因为老生和小丑的对手戏表演十分风趣，能够讨得观众的欢心。《钗钏记》之《相约》《相骂》二出戏的主要角色是贴旦和老旦，从明清时期起便是舞台上的常演剧目。这两出戏并不是紧挨着的，但都是小花旦扮演富家丫鬟芸香和老旦扮演贫家老母李氏，所以舞台演出常常放在一起。"相约"讲芸香到穷书生皇甫吟家替小姐转告幽会之事，皇甫吟不在，丫鬟把此事说与老太太知道，老太太挺感动，俩人互相客气。后一出剧情正好相反，史碧桃久等皇甫家前来娶亲不得，便遣芸香去找皇甫吟问个究竟。李氏以家贫无法娶亲为借口，十分冷落，二人产生了误会，便又互相开骂。这出戏充分表演出花旦的天真活泼，剧情前后对照而看对比非常强烈，属于舞台上十分热闹的戏，自然会长时间占据舞台演出的一席之地。其他如《牡丹亭》《学堂》则是春香与陈最良的对手戏;《绣襦记》的《教歌》也是二位丑角的重头戏,同时也成就了一出穷生的重头戏。《红梨记》的《醉皂》则完全是由本来剧中极为简单的一句话生发出来的折子,全折就一位醉酒之后仍被长官差遣去请赵汝州的皂隶陆凤萱,尽管是独角戏,但由于表演生动,也完全在舞台上立住了脚,成为观众最喜爱的丑角戏之一。《长生殿》的《酒楼》《弹词》分别为郭子仪和李龟年的戏,作为次要的情节线索侧面叙述李杨故事的发展,最终也成了舞台上常演不衰的经典折子戏,为观众所接受。

综上所述,明清传奇叙事情节的使用多以类型化的方式进行,从叙事功能上来说,一般分成动力型情节与助力型情节两种,动力型情节在叙事上构成传奇故事的主要节点,由此构建生成、推动促进、发展强化、成就结局整个故事的主干剧情,既能保证传奇故事的完整性、一致性,也有利于剧情曲折性的实现。而助力型情节则以保证动力型情节构成的叙事过程充分流畅,并以灵活转换叙事节奏、拓展故事所展现的社会历史空间等为主要功能,并且能保证了传奇剧本中各种行当的完整性、丰富性,尤其是有利于生旦行当之外次要行当的表演都能得以形成自己相应的规范,极大地丰富了传奇的排场艺术。

第四章　明清传奇的叙事模式

从明清传奇创作的一般程序来看，作者先对叙事主题的作出甄选，之后会选择适宜表现主题内涵的故事情节，同时，他们还会把目光投向具体叙事模式的选择。由于明清传奇作家在"言志""法贵天真"等中国传统创作理论原则的影响下，形成了浪漫的艺术真实观，他们奉行"情理真实"超越于"人事真实"的原则，认为"情理真实"才是艺术的最大原则，人事的真实退让到第二位，明清两代许多作家对此大力提倡，特别是汤显祖。汤显祖认为："情不知所起，一往而深。生者可以死，死可以生。生而不可与死，死而不可复生者，皆非情之至也。"①这种论断给明清两代许多作家以巨大的影响，传奇创作中只要奉行了"情真"原则，则任何故事情节都可以发生。而反过来，他们也相信，越是情真，就越是可以达到"情至"的境界，就越具有艺术的真实性。谢肇淛说："凡为小说及杂剧戏文，须是虚实相半，方为游戏三昧之笔，亦要情景造极而止，不必问其有无也。"②他以历代著名小说戏剧的创作实际为例，从理论上肯定了艺术必须虚构的原则。沈际飞在评论《牡丹亭》时也说："数百载以下笔墨，摹数百载以上之人之事，不必有，而有则必然之景之情而能令信疑，疑信，生死，死生，环解锥画。"③他准确地评价了汤显祖所写的"不必有"的"数百载以上之人之事"的优点，因为浸染着真挚的情感，能够传达出"必然之景之情"，能够让观读者为之感动也是一种必然。袁于令在《焚香记序》中写道："盖世界即一剧场，世界只一情人。以剧场假而情真，不知当场有情人也，顾曲者尤属有

---

① 汤显祖：《牡丹亭·题词》，《汤显祖全集》，徐朔方校注，北京古籍出版社2001年版。
② 谢肇淛：《五杂俎》卷十五，俞为民、孙蓉蓉编：《历代曲话汇编》，黄山书社2009年版，第409页。
③ 沈际飞：《牡丹亭题词》，俞为民、孙蓉蓉编：《中国古代戏曲理论史通论》，中华书局2016年版，第603页。

情人也。"① 他认为只要作品所写的"情"是真的，就会具有感人的力量，就应该具有强烈的审美价值。冯梦龙则更加斩钉截铁："谁将情咏传情人，情到真时事亦真。"② 他同样认为只要情真，所描写的事情也就必然是真实的。在这样的创作思路指引下，明清传奇作者们为了达到人情所必至般的真实，自然而然地开始了他们逐奇尚幻的写作实践，虚构也自然地成了他们浪逞才情的最佳叙事手段。

不同叙事方式的选用可以直接表明作家们对于如何向读者和观众进行艺术传达的思考与认识。作者的主观抒情寄托在人物形象的刻画之上，接受者通过传奇人物的刻画而感受到作家的心灵与意志，完成一个传播流程。作为一种主要使用诗词曲韵文来创作、旨在搬演于场上的文学艺术形式，明清传奇通过曲与白刻画人物形象自然，使得整个作品充满了抒情的意味，因此，明清传奇戏曲往往被称为"剧诗"。也因为如此，在讨论明清传奇的艺术特征时，我们往往会发现传奇作者们比较看重"曲"所传达出的强烈抒情性的营造，而对于传奇构置故事情节的方式方法往往有些退而求其次。虽然明清传奇因数量众多而被称为"词山曲海"，但故事情节上的类型化也导致了叙事方式的模式化倾向。当然，无须苛责，因为传奇作家们在重视填词、强调抒情的同时，在完成故事讲述的叙事方式上也做了相当大的努力。在明清传奇整个的发展历史中，由于传奇作者自身的文人性，他们不约而同地选用了为数不多的几种常见模式进行情节构建以及故事叙述。通过梳理不难发现，有三种叙事模式是传奇作家们经常使用的，它们分别是魂梦叙事模式、巧合误会模式、道具叙事模式。明清传奇或分别用这些叙事方式中的一种，或兼用几种模式进行故事叙述，为我们留下了许多脍炙人口的佳作。

第一节　魂梦叙事模式

中国文学作品中历来有描写梦境的传统，也常用"日有所思，夜有所梦"之说对梦境如何而来进行解释。孔子曾说："久矣，吾不复梦见周公。"庄子也在《齐物论》中描述到他的梦："昔者庄周梦为蝴蝶，栩栩

---

① 袁于令：《焚香记序》，秦学人、侯作卿编：《中国古典编剧理论资料汇辑》，中国戏剧出版社 1984 年版，第 183 页。

② 《墨憨斋新定洒雪堂传奇》卷末收场诗，《冯梦龙全集》，凤凰出版社 2007 年版。

然蝴蝶也。自喻适志也，不知周也……不知道周之梦为蝴蝶耶，蝴蝶之梦为周耶？"李白《梦游天姥吟留别》则以梦境描写山水，多有佳句。岑参的"枕上片时春梦中，行尽江南数千里"竟让梦中的时空在瞬间流转千里。李后主则在梦中忘记自己的身份，仍然"一晌贪欢"。从元杂剧开始，许多作品就已经开始利用"魂梦"形式来构建情节、展开故事的叙述，如《关张双赴西蜀梦》《汉宫秋》《扬州梦》等。到了明清传奇这里，作家们似乎已经没有任何理由拒绝这样一种绝妙的构置情节的叙事方式了。"魂梦"叙事模式为传奇开辟了更加广阔的叙事空间，传奇作品的确增加了不少亮色，大幅提升了传奇的艺术水准与审美内涵。作家们写鬼写神写梦写魂，其实是为更方便地写人世间的人事；鬼神魂梦中的世界，更是掺杂了他们对现实人间社会的更多体悟。鬼魂与梦境作为艺术构件进入传奇创作，应该说是植根于中国深厚的文化根底和文学传统的。它们的介入，除了极大地拓展了戏曲的表现领域之外，更由于它本质上适应着中华民族的普遍心理和审美理想，充分展示了独具民族特色的理想主义美学风格，因此，明清传奇众多魂梦戏曲显示出非凡的艺术成就和长久的生命力。

一 魂梦叙事模式的基本类型与运用

（一）数量众多的"魂梦叙事模式"构建的明清传奇

明清传奇中有很多以"魂""梦"为主要叙事模式的作品，以"魂""梦"直接命名的传奇作品就相当多，如陈与郊的《樱桃梦》、汤显祖的《还魂记》、苏元俊的《梦境记》、季世儒的《奇梦记》、冯梦龙的《梦磊记》《风流梦》《邯郸梦》、谢国的《蝴蝶梦》、王铉的《双蝶梦》、嵇永仁的《扬州梦》、龙燮的《江花梦》、岳端的《扬州梦》、张坚的《梦中缘》、黄图珌的《梦钗缘》、蒋士铨的《临川梦》、汪柱的《梦里缘》、王士鈖的《梦云楼》、张新梅的《百花梦》、尤泉山人的《梦中因》等，其他还有《梅花梦》、《指南梦》、《游仙梦》、《异梦记》、《空山梦》、《回春梦》、《红楼梦》、《孤山梦》、《繁华梦》、《非熊梦》、《双熊梦》和《春坡梦》等，不胜枚举。至于题目中并未提及，但在剧本中提到写到梦境并有相当篇幅的传奇更是举不胜举。王玉峰的《焚香记》中敫桂英在魂梦中哭诉王魁负恩；周朝俊《红梅记》传奇写李慧娘魂遇裴朝俊，与之幽会相契半载有余；周稚廉《双忠庙》传奇写王保避难双忠庙，梦见自己流下乳汁；《烂柯山》中崔氏听到被自己赶走的丈夫做官消息后悠然入梦，痴梦一回；洪昇《长生殿》中杨贵妃梦中闻曲。诸如此类的剧本还有很多，可以说明清传奇是无梦不成书，无梦不成传奇，叙事中对"魂梦"叙事模式的广泛采用成了传奇构建情节与故事的最重要的方式之一。

但我们也应该看到，"魂梦"叙事模式是否可以在传奇中成为独立的审美因素，是否具有完全的戏剧功能，还要进行具体的甄别。如果整篇传奇中魂梦戏的安排只是对于气氛的一种强化，这样的梦境则是一种基本的审美加强而已，还不能算为独立的叙事方式。只有那些独立充当着剧情结构的核心元素、可以形成独具审美效应的魂梦描写，并能对情节发展和冲突解决产生一定的影响或者产生重要作用的魂梦手段，才可以被认为本身已经具备了相当的戏剧功能，被当成一种真正的叙事手段。因此我们的研究重点应该确立在这些名副其实的"魂梦"叙事模式上。

（二）"魂梦"叙事模式的组构技巧

明清传奇对于"魂梦"叙事模式的使用目的主要在于呈现超现实的情与事。"魂梦"叙事模式的构建方式比较多样，传奇中有以"魂梦"为叙事情节的关键转折的，有通篇都以梦境为主体的，但基本是将主要人物的情感关系发生转折的"戏眼"安排在魂梦环境当中。在整个明清传奇发展历史中，作家们之所以热衷于魂梦叙事模式的运用，也正是看中了魂梦所能构成的虚拟时空，在其中他们可以完全摆脱现实时空的限制，能更加自由地施展自己的想象，既可以获得写作的最大自由，同时又能寄寓自己深刻的思想情感。借"魂梦"反映人情世态、寄托愿望，或因梦而感悟人生之虚幻，无论是悲喜惊惧等情感的抒写，还是真假奇幻的情节，作家们都可洋洋洒洒地写来，他们只要尊奉"情真"的创作原则，而不用关心客观真实世界中是否有发生这样的情感或者事情的可能。通过"魂梦"的叙事方式，我们从明清传奇中看到了作家超越时空、跨越时空，甚至泯灭生与死的界限的充满浪漫主义色彩的写作，看到了"幻梦"的描写，感受到了"痴梦"的描写，体验着"惊梦"的描写，回味着"情梦"的描写。

1. 以魂梦为依托而实现人与人的相恋、人与鬼魂的相恋，是明清传奇中最为常见的一种魂梦叙事的方式。传奇创作中能否真实地体现主人公情感的主体性，其梦境是否符合日常有关梦的经验，是否与读者或观众的审美感受产生共鸣，这是作者在运用魂梦叙事模式叙事必须要考虑的问题。我们知道，虽是"魂梦"，展示出来的却基本是主人公对现实处境的正确认识。加入作者的情感活动以后，人物的梦境呈现出更多的色彩，缠绵、婉约（杜丽娘），甚至有悲壮（敫桂英），魂梦世界也因此变成了一种情感化了的并且充满了理想化色彩的、对现实世界的模拟。这里没有太多的世俗束缚，没有太多人际的阴险与狡诈，这里充满了良知与美德，这里有更多的对于人生和幸福的正确的认识，因为这个魂梦世界就是作者的理想天国。并且，在梦境里出现的人物形象，大多是生动的、活泼的，多姿多彩，实际上是具备了文人理想中所有高尚的品质，所赋予他们身上的是美丽的灵魂。

明清传奇的入梦方式多种多样，有自己入梦的；有神鬼托梦的；有二人同时入梦的；有一人入梦，另一人被鬼神拘魂的，种类繁多。主人公自己入梦的情节方式最为常见，一般都以主人公游玩疲倦为缘由，其中以《牡丹亭》的影响最为巨大。汤显祖通过把现实幻化为梦境、把理想幻化为自由天国的叙事技巧，不仅为自己带来了鹊起的名声，树立了他在明清传奇中第一大家的地位，同时也给明清传奇创作的所有后来者一个昭示和启发。

《牡丹亭》中杜丽娘与春香在后花园游玩，见过了许多春光灿烂，却不知道自己的衷怀何处排遣，抑郁中她觉得身子乏了，于是她自然地入梦了：

> （杜丽娘）身子困乏了，且自隐几而眠。〔睡介，梦生介，生持柳枝上〕莺逢日暖歌声滑，人遇风情笑口开。一径落花随水入，今朝阮肇到天台。小生顺路而来，跟着杜小姐回来，怎生不见。〔回看介〕呀。小姐，小姐。〔旦作惊起相见介生〕小生那一处不寻访小姐来，却在这里。〔旦作斜视不语介生〕恰好花园内，折取垂柳半枝。姐姐，你既淹通书史，可作诗以赏此柳枝乎？〔旦作惊喜欲言又止介背云〕这生素昧平生，何因到此。〔生笑介〕小姐，咱爱煞你哩。
> 【山桃红】则为你如花美眷，似水流年，是答儿闲寻遍，在幽闺自怜。小姐，和你那答儿讲话去。〔旦作含羞不行生作牵衣介旦低问介〕那边去？〔生〕转过这芍药栏前，紧靠着湖山石边。〔旦低问〕秀才，去怎的。〔生低答〕和你把领扣松，衣带宽，袖稍儿揾着牙儿苦也。则待你忍耐温存一晌眠。〔旦作羞生前抱旦推介合〕是那处曾相见，相看俨然。早难道这好处相逢无一言。①

《牡丹亭》中的梦境虽然只占了一出，如此短的篇幅却是整个传奇最为关键的情节。在关于杜丽娘与柳梦梅爱情故事的叙述中，这个梦是最初

---

① 汤显祖：《牡丹亭》，《古本戏曲丛刊初集》，商务印书馆1954年版。

的序幕，在梦中二人无拘无束，在广袤天地里尽情地相拥相爱，虚幻中情爱毫无羁绊地得到了抒发。在情节叙述的背后，汤显祖也不再因为现实图景的拘束而磕磕绊绊地描写着他理想中的"至情"了，他的才情获得了充分的自由，情感得到最大的放纵。于是，真挚而热烈的情感随着杜丽娘这个幽情四溢却又灿烂无比的梦迸发出来了。"人生而有情。思欢怒愁，感于幽微，流乎啸歌，形诸动摇。"① 如何把人的七情六欲形象生动地表现出来？"世总为情，情生诗歌，而行于神。"② 由于从梦境中更能掘发出人生与人情的真实，所以，汤显祖以"梦"作为故事情节构造的发端，它既是剧中角色内心的情感与理想追求，也蕴含着汤显祖的创作动因与意向，在塑造的人物和角色里不自觉地融入了他个人的情感审美和价值取向，作为"至情"最合适的审美载体"梦"当然地承载起了汤显祖的审美理想。杜丽娘知书识礼，温柔贤淑，年已及笄，尚未婚配。但她长了十六年却从来不知道也没有去过自家的后花园！封建伦理道德和严厉家训严格地限制了她的行动。杜丽娘作为一个女子生而有情，一首《关雎》拨动了她的心弦，撩动了压抑许久的情感，最终因为到后花园游春而陷入伤春、伤情而不能自拔以至于为情而死。汤显祖用了《惊梦》一折具体地描写了杜丽娘对青春韶华和美妙动人的爱情的追求，尽管是梦中的经历，但却是杜丽娘内心情感的真实外化，完全是作为整个故事叙述的开端，由此而引发出杜丽娘梦醒后的"寻梦"，她苦苦找寻梦中欢会的那一幕幕场景，其实就是在叙述着一个女性群体的寻找。而杜丽娘死后又继续让她化成鬼魂去找寻柳梦梅，经由"梦"与"魂"的顶针般的叙述，营造出的是一场惊人心魄的"至情"篇章。杜丽娘因情而重生，与柳梦梅一起共同争取婚姻自主，让我们见识到了青年男女的忠贞、坚定、正直在梦中也是那么的真挚与自然。《牡丹亭》中"梦"的描写无疑是最基础的情节，有了这个"梦"的铺垫，整部剧作的反叛精神显得非常强烈，也更加显示出杜丽娘追梦的价值。一场虚构的"魂梦"戏成就了杜丽娘和柳梦梅最终幸福的结合，同时也昭示了作者对于封建礼教的反叛。

王玉峰《焚香记》中敫桂英误信了王魁在京停妻再娶，于是到海神庙告状，希望海神爷能把王魁拘回对证。但她告了一日，海神爷却没有理睬她。正欲回家，却神思困倦，寸步难行。于是，她就在海神庙里暂睡片

---

① 汤显祖：《宜黄县戏神清源师庙记》，徐朔方笺校：《汤显祖全集》，北京古籍出版社 1999 年版，第 1188 页。

② 汤显祖：《耳伯麻姑游诗序》，徐朔方笺校：《汤显祖全集》，北京古籍出版社 1999 年版，第 1110 页。

时，打算起来再告。当她"一觉放开心未稳，梦魂先已到阳台"时，海神爷托梦给她，说她由于阴阳间隔，与王魁的纠葛难以处分。待她阳寿终时，方可给她个明白。这一个梦让敫桂英从"梦境"中直接进入了"离魂"。与牡丹亭一样，由梦境到离魂的转变都是一气呵成地写来，敫桂英为着自己的幸福不惜自缢而到海神爷面前与王魁澄清事实，了断恩怨，可见其勇气之大与决心之坚。海神爷终于记起王魁与敫桂英曾在他神像前发誓，于是拘来王魁对质。在《焚香记》中，入梦与离魂两次成功地对于事件进行叙述，王魁与敫桂英之间的误会得以消除，二人的情感也进一步加深了。

在叙事中借助虚幻梦境与身处现实间的反差而形成的强烈对比，令梦境可以产生更为强烈的艺术效果，如杜丽娘在现实中所受到的束缚与在梦中的无拘无束所形成的对比。很多传奇中并不详细描写梦境或鬼魂所经历的事件，只是简单提及梦中所发生的事件。因此，从叙事的角度来看，当魂梦叙事模式并不促进故事情节发展或者为冲突解决提供帮助时，它所起的作用也就被限于在叙事中为后文做个铺垫，留下一个悬念而已，或明或暗地预示人物未来的命运。同时，由于传奇通常会在梦中安排神仙或异人出现，这种做法直接强化了戏剧的神秘气氛，当然也增强了戏剧的演出效果。而在公案剧中，梦的设置表现出具有超自然的神力干预的特点，作用是推动断案，解开戏剧冲突。

2. 梦境描写的另一种方式是托梦。明清传奇中通常会通过神人托梦或者是阴魂托梦来推动故事的叙述进行。孟称舜的《二胥记》第二十出《投庵》里，尼姑做梦，神女娘娘托梦，说有两位女贵人落难到庵中，也是起到一个活跃气氛之作用，权作文章情节之交代，并不具备太多的叙事功能。冯梦龙重订《梦磊记》中第二出《梦磊授计》中也在传奇开始部分就写到了梦境，文景昭与郑彬谈论吴中花园之美，郑彬因故离开，文景昭自觉困倦，于是枕卷高卧，进入梦乡。梦见唐朝道士白玉蟾奉九华洞主之命，授予"磊"字画轴，谓"富贵姻缘，皆由于此"。《远山堂曲品》中有评论："文景昭富贵姻缘，俱得之于石，故梦中白玉蟾以'磊'字授之。其中结构，一何多奇也。"[1] 另有《洒雪堂》传奇，中有魏鹏之祈梦，得到神报之谶。第九出《伍祠祈梦》中，魏鹏因与贾云华有婚姻之约，投杭访之，却不料贾母不提前盟，让女儿以兄事之。魏鹏不知贾母与小姐

---

[1]　祁彪佳：《远山堂曲品》，《中国古典戏曲论著集成》第六册，中国戏剧出版社 1959 年版，第 45 页。

的想法，于是去钱塘江上伍相国祠祈梦。在对神像诉说一番之后，魏鹏入梦，伍员托梦，送了"两句朦胧话，一幅三生婉转图"。① 伍员提醒魏鹏记住"洒雪堂中人在世，月中方得见嫦娥"两句话，当然这两句话和其他传奇中出现的类似谶语或者哑谜一样，最终都被证明是剧情的预先暗示。朱佐朝《九莲灯》传奇中火判官托梦富奴，嘱其借九莲灯往救闵觉；龙燮《江花梦》传奇写花神托梦江霖，言其姻缘在于一笺一剑；周稚廉《珊瑚玦》传奇写判官托梦卜青告其不久就将妻离子散，但终将子贵荣封等；谢国的《蝴蝶梦》第一出《蝶梦》写庄周与妻子到山中采药，树下休息时入梦。他对韩氏说：

> 娘子，俺方才合眼，梦此身化为蝴蝶，上下翩翩，甚是快活，不知庄周梦为蝴蝶，还是蝴蝶梦为庄周。【猫儿坠】栩栩一梦，化蝶趁青郊，为蝶为周浑未晓。休将幻象认坚牢。肖翘，莫大吾身而小伊曹。②

3. 传奇运用魂梦叙事模式叙事对人物参与事件的描述多有不同。常见的是人物单方面入梦或离魂，这种方式更注重梦中神谕或是谶语的展示，以期为后文情节发展留下悬念；有些则是将人物从入梦、离魂到还魂的故事完整地叙述出来。如杜丽娘游园惊梦，因情而亡，离魂飘摇，追逐柳梦梅，与其成就一段人鬼之情，最终又还魂复活。有些传奇则出神入化，描写出二人同时入梦的情景，将入梦这一叙事方式发展到一个奇幻的程度。

薛旦的《鸳鸯梦》第十六出《合梦》出批评论道："此折可谓劈破天荒，真绝世奇观。"③ 诚如此评论所言，该部传奇在叙写梦境的时候，翻空出奇，让秦璧和崔娇莲同时入梦，相会于梦中，把一场灵异怪诞的梦详详细细地写来。有意思的是，作者在写二人入梦时，并不如其他传奇写入梦那样来得直接，反而一改那种一帆风顺的写法，作者先把二人在相思中的痛苦煎熬做了详尽的描写。秦璧由于提亲被拒，在书房内辗转反侧，难以入睡，虽然曾获异人（梦神）之神符，但七日之期已至，他急切地盼望能早入梦中，与心爱的人相会，但就是无法入睡：

---

① 冯梦龙：《洒雪堂传奇》，《冯梦龙全集》（11 册），凤凰出版社 2007 年版。
② 谢国：《蝴蝶梦》，《古本戏曲丛刊三集》，上海文学古籍刊行社 1957 年版。
③ 薛旦：《鸳鸯梦》，《古本戏曲丛刊三集》，上海文学古籍刊行社 1957 年版。

　　小姐，小姐，我在此睡又不安，坐又不稳。如此想你，不知你那里可想我否？咳，只管思想，怎生得梦来？梦神，梦神，你须快快摄我的魂灵儿到小姐香闺中那里去。

同时，在尼庵的崔娇莲也是神魂难宁：

　　【锦上花】我梦寐香魂，愿为亲贴。清醒无聊，如何过也。几度的朦胧又警觉些，调不下思量难为睡也。神魂怎得宁？神魂怎得宁？相聚甚时月，割不断万缕萦牵，胆碎心裂；斩不开离恨重关，影瘦形怯。俺则怕鬼门关早把招魂榜挂也。

　　二人经过了漫长的等待，终于同时入梦。二人在梦中倾诉衷肠，吐思恋之情：

　　【前腔】（生）别后无容见，相思整自嗟。今朝何幸得相逢者。（旦）无端为你姻缘结，权向空门守志节。无限离情谁可说？你图那秋香早折，方盼得个团圆岁月。①

　　二人一同做梦，在梦中相聚，实在是作者的劈空而来的奇思妙想，这也是明清传奇发展中"奇幻"倾向的一个表现。传奇中还有另外一种描写同梦的例子，剧中主要人物有着内容相同、相似的梦境。王元寿的《玉茗堂批评异梦记》传奇写王奇俊途经渭塘，游顾仲瑛之园，邂逅顾女云容，二人眉目传情，心生爱慕。第八出《梦圆》中王奇俊在梦中得遇云容，二人互以物品馈赠。一段【川拨棹】写来情深意切：

　　【川拨棹】情深深眷满青衫珠泪染，愿如环婉转相连，似鱼比目双游水边，怕折散并蒂莲，怕分开比翼鸳。②

　　二人万般缠绵缱绻，而梦醒后身边竟然都有对方的信物！这恐怕在传奇创作中算是逐奇尚怪的巅峰。明清传奇当中采用同梦进行叙事的传奇还有不少，如王铖所撰《双蝶梦》传奇中少女董琼蝶之母怀琼蝶时梦见双

---

　① 薛旦：《鸳鸯梦》，《古本戏曲丛刊三集》，上海文学古籍刊行社 1957 年版。
　② 王元寿：《异梦记》，《古本戏曲丛刊二集》，上海商务印书馆 1955 年版。

蝶，而琼蝶后来也梦见了双蝶；《烂柯山》传奇写被迫出妻的朱买臣在出妻之前梦见窦娟，窦娟也梦见夫婿是朱买臣，朱买臣在发迹之后果被窦夫人招为婿等。

4. 明清传奇中关于鬼魂的描写也有许多，多为写鬼魂、离魂，当然也有将还魂的过程全部写出的，不过鬼魂的叙事功能一如梦境，它的运用在传奇的故事发展、情节构置等方面既可充当推动故事发展的动力，也可以简单地被当成传奇气氛的调味品。除了鬼魂以外，画中人也可被划入魂游情节模式当中。如吴炳《画中人》传奇写书生庚启自画意中美人，并以"琼枝"呼之，美人离画而下，与之欢会；范文若《梦花酣》传奇写书生萧斗南图梦中女子形容，命仆携图寻访，少女谢桃见图绘己形，竟相思病笃。后来萧生失画，谢桃因此而病逝。镜中人也是构成离魂故事的重要方式，如《秣陵春》中徐适对镜唤美人，黄展娘的灵魂闻声而去，与之结合。

写鬼魂最为出色的仍数汤显祖的《牡丹亭》。杜丽娘魂游三载，直到柳梦梅来到梅花观中，她才入室与书生幽会，她的离魂到还魂的过程，正是情节发展的全过程，是传奇故事发展必不可少的情节；《西园记》传奇则写赵玉英幽魂与张生密会；王玉峰《焚香记》写王魁的魂魄被海神爷派人勾至海神庙，与敫桂英当面对质；周朝俊的《红梅记》则写李慧娘变鬼后，与书生裴禹同度半载有余；洪昇《长生殿》传奇则写唐明皇魂游月宫，与仙境中的杨贵妃相会；最为奇幻的当属吴伟业《秣陵春》传奇，写徐适拥有黄展娘的宝镜，镜中出现黄展娘的美容，而黄展娘则拥有徐适的玉杯，杯中显示徐适的容颜。徐适对镜唤美人，黄展娘灵魂闻声离开身躯，与徐适结合，后来黄展娘还魂到人间与徐适正式婚配。灵魂呼之即来，挥之即去，着实让读者大为惊奇。

鬼魂有情，明清传奇的创作似乎已经把这个当成一个真命题，以鬼魂与阳世间人的相恋作为故事情节，早已经被传奇作者们采纳为一种常见的叙事策略。在鬼魂的世界里，不仅是本来相恋的男女可以鬼魂形态追随对方，即便是不相干的鬼魂，相互之间也可以被吸引。孟称舜的《娇红记》中就写到了一个被申纯吸引的女鬼：

> （魂旦上）非云非雾亦非烟，上通碧落下黄泉。一片幽情千古在，为谁憔悴为谁怜。奴乃翠竹亭前鬼魂是也。年少夭亡，殡居此地。每夜魂游月下，见亭西轩内，有一书生，常倚床对竹而坐，吁嗟长叹。其意乃为想念室内小姐，以至于此。色心所感，使奴不能忘情。
> 【月上五更】花落残红罢，孤魂自潇洒，地老天荒际，一点情

难化。趁着这闪闪尸尸昏黄月色下，轻轻的转过蔷薇架。见半炬残灯，泪花流蜡，伴着个俊脸儿书生幽悽煞。惹的俺心魂不住，不住把他牵挂。①

等鬼魂靠近窗户时，她听到申纯正在为无计可见娇红而苦恼，掩卷独坐，烦闷不已。于是她就变作了娇红模样与申纯相会：

> 【醉罗歌】夜凉月色低低下，草虫唧唧傍窗纱，寂寞幽魂自嗟呀，又把那人牵挂。奴与那小姐，此心原则相同也。他那里朝思暮想也只为他，我这里魂劳意攘也只为他。虽然是依花附草形儿假，人和鬼两女娃，真情一点不争差。②

传奇在这里安排了两出篇幅来专写鬼魂对于申纯的情爱，使得整个传奇故事的奇幻性有所加强，增色不少。并且，这个小插曲对于主人公的性格也起到了一个强化并完善的作用，因此说，从叙事角度来讲，鬼魂情节也具备了基本的叙事功能。

关于鬼魂或还魂的传奇还有许多，像梅孝巳《洒雪堂》传奇写贾云华的借尸还魂，与魏鹏重续前情；张彝宣《钓鱼船》传奇写吕全之妻陶氏借唐太宗之妹琼英之躯还魂；吕履恒《洛神庙》传奇写巫有娘魂归，夫妻团圆；朱素臣《龙凤钱》传奇中的还魂故事则更加奇特，周氏的鬼魂附于吕氏之体，而吕氏之魂则附于周氏之体，实现了鬼魂的交叉，最终二人在易魂之后分别得以生还。如此种种，不一而足。

二　魂梦叙事模式的叙事功用

由于"魂梦"叙事模式所独有的虚幻神秘色彩，超越时间和空间的限制以及满足作家来往于现实与理想境界的特点，明清传奇作家们纷纷运用这种特殊的、重要的却又十分实用的叙事技巧，通过对"魂梦"所形成的情境的描写，为传奇增添了强烈的艺术魅力。

（一）传奇通常借"魂梦"情节进行预叙，以增强戏曲的紧张气氛，造成强烈的悬念感

《红拂记》中李靖在西岳大王庙里求卦，拜了两卦之后，不觉疲倦。

---

① 孟称舜：《娇红记》，《古本戏曲丛刊初集》，商务印书馆 1954 年版。
② 孟称舜：《娇红记》，《古本戏曲丛刊初集》，商务印书馆 1954 年版。

于是传奇这样写道：

> 拜祷已毕。不觉神思困倦。且就廊下略睡片时，多少是好。〔睡介神起说介〕李将军，你抬起头来听我道。〔西江月〕南国休嗟流落，西方自得奇逢。红丝系足有人同，月府一时跨凤。去处须寻金卯，奔时莫易长弓。一盘棋局识真龙，好把尧天日捧。李将军，天色渐明，可起身罢。
>
> 【前腔】〔生〕朦胧一梦里。恍听神人语。分明是说一个去向端的。大王。多承你指点我呵。不须买卜君平宅。免使杨朱泣路岐。时不遇。向谁行控诉。谢神灵应声如响指长途。方才朦胧睡着。分明是大王叮嘱我一番。言语中间。虽有难解处。且待将来。必有应验。①

由于在传奇开篇之始，许多言辞根本无法解释，而随着剧情的发展，最后一切谶语都如梦中所说应验无异。不过这个具体结果的揭示过程却被不断地延宕着，持续地强化着受众的心理期待，这样最后的结局才可以让观读者获得更为强烈的审美愉悦。

（二）通过魂梦境的描写而展示人物形象

通过魂梦境来塑造人物形象，刻画人物行动，进入人物的内心世界，并据此营造出强烈的戏剧氛围。在魂梦所营造出的环境中，人物基本能自然地展现他们的内心世界。人物心理的直观展示有助于表现性格中的复杂性与多样性，更能塑造出立体的人物。

如许自昌《水浒记》的《冥感》一出，就活画出一个无比钟情的阎婆息形象。被宋江杀死后，阎婆息的鬼魂不忘旧情，仍在苦苦思念着张三郎，于是她的鬼魂赶到了张三郎家，将他捉到阴间，以求团圆。

> 奴家阎婆息，自遭狂且毒手，已从鬼箓潜身。只是柳性未寒，云情尚在。哎，张三郎！张三郎！你此后只就画图，识春风之面。我今日且携环佩，归月下之魂。不免乘黄昏人静，到他那里走一遭则个。②

待到了张三郎门口唤他时，张三郎却不能听出她的声音。得知是阎婆

---

① 张凤翼：《红拂记》，《古本戏曲丛刊初集》，商务印书馆 1954 年版。
② 许自昌：《水浒记》，《古本戏曲丛刊初集》，商务印书馆 1954 年版。

惜时，张三郎惊慌躲避，并且十分奇怪，冤有头，债有主，阎婆息应该寻杀人者宋江，却怎么寻到自己？阎婆息说出了自己的意图，她原不是为讨命而来。她回忆起了生前的行径，记得张三郎曾经发誓："若得神女绕巫山，香梦圆，便做韩重赴黄泉，鸳冢安。"因此她自己做了鬼以后，也不能忘怀张三郎，于是她交出自己的底牌，她说：

> 我既舍不得你，你又活不得我。不如我与你结一个鸳鸯冢，完了两人的凤愿罢。〔净惊介〕这个怎么使得。〔小旦〕我也顾不得。只是扯了你同去便是。〔小旦扯净，净挣不脱介〕【尾声】〔小旦〕何须鹏鸟来相窘，效于飞双双入冥。我才得九地含胪鸳冢安然寝。①

作者利用鬼魂活捉张三郎的情节，对阎婆息的不幸给予了一定的同情，肯定了她作为女性追求自己的情感寄托的行为。同时，作者也对张三郎的丑恶行径做了强烈的批判。这段戏想象十分奇特，情节诡异，并且能够在故事的交代上起到煞尾的作用，实在是戏曲舞台上不可多得的鬼戏。

（三）"魂梦"叙事模式在结构方面的艺术功用

自由的"魂梦"召之即来，挥之即去，为传奇提供了极大的创作自由。于是我们可以看到很多穿插于结构中"起承转合"各个点上的"魂梦"，起着它们各自的生发、推进与结局故事的结构功能。上文提到了传奇开篇所写到的梦境通常具有预叙功能，为传奇情节的发展张目，也基本规定着故事的发展方向。而被设置在传奇故事之中的"魂梦"情节，则对于故事的发展有强烈的推动作用。如在《牡丹亭》的《冥判》一出中杜丽娘魂游地府，其对于"情"的追求感动了判官，因此放她还魂，以与柳梦梅相会。传奇又以《幽媾》一出详细地写了杜丽娘的人鬼相恋，最终至回生。从结构上说，这段魂游情节的描写是对最终二人在人世间终成眷属的一种铺垫。《十五贯》中况钟在赴任前梦见有二野人各口衔一鼠，跪于自己面前，并脱下他的帽子翻转以后又为他戴上，使得况钟联想到该是有冤情要在他身上翻冤，为故事的继续发展提供了动力。孟称舜的《贞文记》第二十四出《梦游》中，张玉娘接到了沈佺病中所写之诗一首，格外担心沈佺的病情，心中十分担忧。侍女紫娥、霜娥又不在身边，她身子困倦，神情恍惚，倚床少睡半时。于是在梦中她被夜叉婆接回龙宫，龙王夫妇将张玉娘之所以到人间的事情一五一十讲了出来，对情节进

---

①　许自昌：《水浒记》，《古本戏曲丛刊初集》，商务印书馆1954年版。

行交代，也使观众能对故事的最终结局得以知晓。

利用魂梦叙事模式进行故事的叙述，剧中的人物得以更自由地往来于现实世界与虚幻世界之间，人物或灵魂可以在虚拟与现实双重空间中与另一个人物或者灵魂相遇，并进而完成一段浪漫的故事。当然，因为传奇所表现的梦境或者离魂在日常生活中有一定的现实基础，总是表现着人们之间的相恋、相爱、相亲、相聚等具体的活动，是人间活动的折射或者是完全的描摹，故而即使表现出了更多的奇幻色彩，也仍然能给读者或观众以真切的感受。而那些接近真实的情节描写，也更容易成为作品意境、氛围与内涵的构成因素。更为可贵的是，由于梦境、神仙或鬼神等形象出现于舞台之上，给舞台表演增添了许多娱乐性和趣味性，从而更能吸引观众，满足观众的好奇心，所以这种叙事模式被传奇更多地采用并被创造性发挥，当是变为平常之事了。

第二节　巧合误会模式

明清传奇发展历史中多有自由驰骋的艺术想象，特别是巧妙的情节构思，别出心裁、翻空出奇地设置故事情境，叙事方式也有了极大的丰富，而这一切都是为了达到"奇"的审美目的。巧合、误会、错认等是一组相互关联的概念，它是构成传奇戏剧性的基础。传奇特别重视对纷繁复杂的生活素材进行加工、提炼、剪辑、升华，使得故事情节的发展奇幻而不谬常理，精巧而颇中常情，跌宕多姿，有声有色，而在总体的叙事上也逐渐形成了自然顺畅、一气呵成、照应缜密的美学风格。

一　巧合误会模式类型

明清传奇初期作家们关注的重点是通过曲词与曲意的表达而对主题进行阐释，并不特别注重结构等叙事技巧，情节表现得较为散漫烦琐。而在"尚奇"之风影响下，更多的审美趣味与戏剧化的要求渐相适应。根据传奇体裁本身的特性，对处于松散、零碎的原始状态下的现实生活进行艺术化处理，利用"巧合"与"误会"等偶然性因素，创造出更为生动的戏剧情境。

沈璟的《红蕖记》是借用"无端巧合"叙事手法的代表。传奇一开场这样写：

拾得妻房是郑德璘，借得情诗是韦楚云，没影相思是曾丽玉，立地姻缘是崔伯仁，水底升天是韦父母，梦回救弟是古遗民，枉堕烟花是曾家姬，干调风月是魏子真，口传表记是渔舟子，德报恩私是水府君，这是十无端巧合红蕖记，两下里完成翠帷因。

仅四十出篇幅的传奇中，沈璟罗列出了十种巧合之事。韦楚云与曾丽玉偶然在舟中相见，遂相伴玩耍，唱采莲歌，二人在荷花瓣上写了"七月七日采"，然后投入水中。却被才子崔希周拾得，作诗赋之，隔日，在江畔高吟，复被二女闻听，丽玉将诗书于楚云红笺之上。郑德璘与韦楚云之船同行于江上，晚宿洞庭，郑以红绡写诗传情，韦楚云则以红笺回赠。次日，韦家出行遇风翻船，唯韦楚云得水神帮助，被郑德璘救起，二人遂成亲。而曾丽玉自归巴陵后，父死，其母逼其为娼。她不肯接客，以崔生所赋诗前二句为约，而最终能遇到崔希周，二人定亲。郑德璘入京调选后任巴陵县令，适逢劣生魏才与曾母串通状告崔希周。与崔希周交谈中郑德璘终于得知红笺之诗即为崔希周所作。于是，为崔、曾二人主婚。最终崔希周登进士第，郑德璘也被擢升为翰林，两家团圆相庆，共谢红蕖。评论家们显然也注意到了错认、误会、巧合等叙事手段在结构情节中的效用。吕天成《曲品》评论说："着意著词，曲白工美。郑德璘事固奇，无端巧合，结撰更宜。"[1] 而祁彪佳的《远山堂曲品》也做出评价："记中有十巧合，而情致淋漓，不啻百转。"[2] 应该说，沈璟在传奇叙事上做出的贡献与他在音律上的贡献相比毫不逊色。其他作家的作品也有不少受到当时的评论家的关注。如对史槃《檀扇记》的评价中，祁彪佳说道："叔考诸作，多是从两人错认处搏捝一番。一转再转，每于想穷意尽之后见奇"。[3] 评论者多从情节之"奇"的角度出发评价作品，应该说是抓住了明清传奇在叙事特征的关键，进而又对传奇的创作提供了理论指导。

许多传奇作品能够与旧传奇迥然相异，就是因为特别强调"巧合误会"的叙事技巧在作品中的运用，给传奇带来了更多的突转、波澜。吴

① 吕天成：《曲品》，《中国古典戏剧论著集成》第六册，中国戏剧出版社1959年版，第229页。

② 祁彪佳：《远山堂曲品》，《中国古典戏曲论著集成》第六册，中国戏剧出版社1959年版，第18页。

③ 祁彪佳：《远山堂曲品》，《中国古典戏曲论著集成》第六册，中国戏剧出版社1959年版，第43页。

炳的《西园记》一开篇作者就明确地说明了作品的构建基础乃是错认和误会，他说："错认的赵玉英改名缔好，误撒的王玉真异姓联姻。"襄阳才子张继华游学杭州暂居灵隐寺，偶游西园，倦卧于红楼下花茵之上。赵玉英邀王玉真到红楼，王玉真先到，在楼上攀折梅花，却不小心掉落到张继华的头上。此为巧合之一。张拾花奉还，并赋诗一首，王玉真将梅花回赠张继华后离开，但张继华并没有见到王玉真本人。而此时赵玉英也来红楼，却被张继华看见，误以为她就是赠花之人。此为误会之一。张继华回到寓所后述其事，好友夏玉揣测或为赵玉英，张信之。此为误会之二。第二天张继华再至西园，被赵礼留馆家中，与惟权和伯宁一同攻书。巧合之二。玉英病情越发沉重，张继华赴灵隐寺为其求签，却被夏玉遇见，强留几日，而玉英就在此期间病逝，张并不知情。巧合之三也。张继华好不容易脱身回转，却在门口遇见王玉真欲进园看望二位老人，张继华以为小姐身体痊愈，高兴万分，拦住王玉真欲吐相思。怕被人撞见，王玉真转回而去。巧合与误会同时运用。张继华进入后庭，却闻小姐已死，惊愕不已，以为刚才所见者乃为鬼魂！此为误会之四。惊惧之下张继华急急离开了，后与夏玉、惟权一同进京赶考。三人幸得同时高中，惟权仍邀张继华到其家续馆。张心中害怕鬼魂，不想居于原来住的地方，于是被安排到了原来王玉真住的屋子。巧合之五，张继华对小姐之死十分心痛，回到西园后日夜思念小姐，于是半夜里呼唤玉英之名，却不料唤来了玉英的鬼魂。赵玉英假称王玉真之名与张继华相会，张继华继续错认。此为误会与巧合同用。当夏玉为王玉真说亲时，张继华坚辞不受，后因赵玉英之魂劝说方才应允。这里仍旧用了误会，直到最后二人成亲时一切方才明白。真如作者最后所说：

> 【北煞尾】世人讳把差讹说，似这般颠颠倒倒偏有姻缘结。这都是造化弄人真巧绝。①

传奇作者充分利用了巧合和误会的模式进行叙事，并且运用中几乎不露痕迹，因而故事情节发展过程中的所出现的戏剧性也纷至沓来。如张继华对他第一次所见到的王玉真的误认被持续到作品最后一出，悬念的提出与解决之间的距离拉开到如此之大，形成了一个明显的张力场。作者紧紧抓住了梅花枝误打张继华的情节，不断地补充进新的误会，既有客观环

① 吴炳：《西园记》第三十三出，《古本戏曲丛刊三集》，上海文学古籍刊行社1957年版。

境造成的误会，又有主人公自己主观造成的误会，情节比较符合生活实际。于是，误会不断地产生，悬念也不断地被强化，主要人物的性格也得到了充分的刻画，故事情节也发展得生动、有趣、曲折，但最终给读者印象最强烈的还是那种柳暗花明的感觉。

吴炳对于误会与巧合的设计十分讲究，绝对没有牵强别扭之感，他特别注重这些巧合的自然之趣，也因此使得行文更加流畅，情节合乎情理。吴炳的《情邮记》传奇写刘乾初错认王慧娘与贾紫箫二人，以误会生成波澜，刻意求奇，另出机杼，颇为引人瞩目。无疾子《情邮记小引》归纳出此记的五奇："香阁中有两能诗女子，一奇也；先后居停，一诗两和，二奇也；邮亭何地，婚姻何事，咏于斯，梦于斯，证果于斯，三奇也；情深联和，一而二，三而四，竞秀争妍，各极其至，四奇也；甚而枢府之金屋，不克藏娃，运使之铁肠，不堪留意，婉转作合，双缔良姻，五奇也。"[1]

二　巧合误会模式对传奇结构的影响

基于对"奇"的审美追求，传奇作家们运用"巧合误会"模式比较频繁，由于这种叙事方式的运用更利于作家安排故事情节，传奇的结构为之一变，更加严谨、紧凑。

"巧合误会"模式对于传奇结构的影响着重于情节的安排调度上，恰当的巧合误会设计可以起到统摄全局的作用。如《牡丹亭》中的"巧合"安排就对整个剧情结构的关系十分重大。陈最良当杜丽娘的私塾先生，教授《诗经》时触动引发杜丽娘对于春天的向往，并没有太特别。后来柳梦梅赶考中途落水，救起他来的偏偏是陈最良，而且将他带回到梅花观中休养将息，柳梦梅才得以发现杜丽娘的写真画轴，从而引出一段爱情佳话。这种巧合安排的前后距离较远，非常具有隐蔽性，《牡丹亭》情节的曲折变化、生动细致正是来自作者种种精致的巧合之运用。

沈嵊的《绾春园》写女子崔倩云与其兄回扬州途中侨寓杭州阮园，偶然与书生杨珏相遇，二人一见倾心，崔倩云故意把其题诗之绫帕遗落在地，杨珏得之。杨生误以为丢帕女子为阮蒨筠，遂和诗题帕，然后以帕托人带与蒨筠小姐，蒨筠见帕诗惊异却又惊喜，于是另以罗帕题诗答之，偏偏仓促中忘署姓名。杨珏得之甚喜，二人因误会而互生敬慕之情。后因阮

---

① 吴炳：《情邮记》传奇卷首，《古本戏曲丛刊三集》，上海文学古籍刊行社 1957 年版。

翀被奸人陷害流放，阮蒨筠被迫逃至扬州，居于崔府园后五空庵。崔倩云偶至庵中，发现坠帕，密携而去。后杨珏会试及第，擢为翰林，韩梦兰与之作伐，杨珏与阮蒨筠成亲。合卺之日，二人述及坠帕之事，方知为倩云之误。后来阮翀与杨珏和崔倩云遣媒，二人终得成婚。但在这部作品中，由于作者直接把两位女子的名字设置为同音，误会来得更加直截了当，情节也相对单纯了许多。这出传奇中运用误会巧合的基本作用也没有超出引发故事的矛盾、增加故事的曲折性之外，本来奇巧的故事情节被作者同音的刻意安排而抵消。

通过巧合与误会的精心策划与构思，建构出一个相当自足的完善的戏剧结构体，巧合与误会可以成为催化情节、促成突转不可缺少的方式。与《绾春园》直接利用同名的巧合不同，朱素臣的《十五贯》在第三出《鼠窃》中设计了一个"移房"的巧合关目，这是一个重要的情节结构因素，冯玉吾误认媳妇与隔壁的熊友蕙有染，将其房间移入内室，殊不料熊友蕙也遵其兄长友兰之嘱咐移入内房。交给童养媳侯三姑保管的金环在半夜里被老鼠拖到了熊友蕙书架上，而熊友蕙认为是天赐之物。由于担心老鼠咬坏书本，熊友蕙买了鼠药放入炊饼打算药死老鼠，却药死了冯家儿子。这个巧合与误会的运用就具有了统摄全篇的功能，扑朔迷离的故事情节就此展开。此后作者又利用误会与巧合营造出另外一出冤案，双线结构串起全剧的情节发展，叙事却十分简洁。

以巧合、误会模式化的叙事引发故事情节的突转，并据此营造出更具有跌宕多姿的艺术色彩的传奇作品。明清两代还有不少作品利用这种模式，对人物形象的生动刻画提供巨大帮助。与以往的传奇作家们单纯地使用巧合误会叙事手法不同，阮大铖等后来的传奇作家开始设置更多的、更为复杂的误会。较为复杂的误会通常不止一次的错认，其功能也更加多样，不仅可以引发出更多更强烈的故事情节冲突，增加故事的曲折性，作家的独特的主旨往往也会隐含在作品中。最充分地采用错认之法以构设误会情节，并隐含作者主旨的作品是阮大铖的《春灯谜》传奇。该剧又名《十错认》，全剧以一环接一环的错认构建情节，叙述了宇文羲、宇文彦与韦初中之女影娘、惜惜的颠倒姻缘。传奇写了十种错认之事，男入女舟，女入男舟，一错也；兄娶次女，弟娶长女，二错也；以媳为女，三错也；以父为岳，四错也；以韦女为尹生，五错也；以春樱为宇文生，六错也；以宇文羲改名为李文义，七错也；以宇文彦改名为卢更生，八错也；兄豁弟之罪案，九错也；师以仇为门生而为媒己女，十错也。黄文旸在《曲海总目提要》卷十一中评论道："事事皆错，凡有十件，以见当时错误之事甚多。"① 作者也自述创作意图："满盘错事如天样，今来兼古往，功名傀儡场，影弄婴儿像，饶他算清来，到底是个糊涂账。"② 的确，作者在一部短短的传奇中就罗列出这么多的错认情节，并能"镟镟能新，不落窠臼"，③ 可见他是如何的精于艺术结构，难怪会有"文笋斗缝，巧轴转关，石破天来，峰穷境出"④ 的评价。错认之法始终是阮大铖表现剧作主题极其重要的艺术手段，从剧作者对于每一个出目、关目的命名也可得知其对于这一手法的偏爱，如《春灯谜》中的《沉误》、《胪误》与《误瘥》，《双金榜》中的《误捕》，《燕子笺》中的《误画》《误认》等，作者都是直接用了"误"字作为出目的名称的。作者的另一传奇剧《双金榜》写盗贼莫饮飞窃得秀才皇甫敦的衣巾，混入蓝府，盗得蓝廷璋珠宝黄金，并将黄金一封置于皇甫敦书房，以示感谢。皇甫敦醉而归卧，并不知道所发生的事情，次日竟因此黄金获罪，惨遭流放。《牟尼合》传奇中萧思远之子佛珠丢失，为盐商令狐所捡，后令狐聘萧思远为塾师，教佛珠读书，使萧思远得以父子团聚，父子巧合源于父亲的偶然被聘。《燕子笺》传奇叙写唐代士子霍都梁与名妓华行云、尚书之女郦飞云之间因误会而产生爱情并结成姻缘的故事。霍都梁的画在装裱时与郦飞云的画被误换，先为一巧。而后飞云题诗却被燕子衔去，又正好被霍都梁捡到，阴差阳错的巧合，使得素昧平生的青年男女坠入相思之中。误会与巧合等叙事手法的加入，使得情节发展既在意料之外，又在情理之中。王思任则把这种误会错认之法进行了理论的归纳："天下无可认真，而唯情可认真；天下无有当错，而唯文章不可不错。情可认真，此相如、孟光之所以一打而中也。文章不可不错，则山樵花笔之所以参伍而综也。"⑤

误会、巧合的运用最易于构成扑朔迷离的情节，而且这是一种易于被广泛接受的方法，它们也就成了后来作家们效仿的对象，衍生的速度与广度都有提高，传奇创作中对于误会这一叙事手法也就渐渐地从比较单纯的误会情节，发展到为巧设误会而安排的错认情节，或者为形成错认而特意安排的冒名情节，为明清之际戏曲叙事技法中的一个独特模式。

---

① 黄文旸：《曲海总目提要》卷十一，俞为民、孙蓉蓉编：《历代曲话汇编》，黄山书社 2009 年版，第 438 页。

② 阮大铖：《春灯谜》，《古本戏曲丛刊二集》，上海商务印书馆 1955 年版。

③ 张岱：《陶庵梦忆·西湖梦寻》卷八，中华书局 2007 年版。

④ 王思任：《〈春灯谜记〉序》，吴毓华编：《中国古典戏曲序跋集》，中国戏剧出版社 1990 年版，第 169 页。

⑤ 王思任：《〈春灯谜记〉序》，吴毓华编：《中国古典戏曲序跋集》，中国戏剧出版社 1990 年版，第 169 页。

三　巧合误会模式与戏剧氛围

巧合误会模式除了可以帮助构置生动的情节之外，还可以对戏剧氛围的营造起到意想不到的效果。

戏剧性的巧合往往会使读者忍俊不禁。《霞笺记》中李彦直等人正在会课饮酒作乐，却听得园外妓院笙歌阵阵，李占诗一首，写于霞笺之上，却不料老师突然回来，李彦直怕所作之诗被老师发现不妥，于是"将来掷过墙去"，匆匆地将所作之诗抛出墙外。传奇接着写道：

> 【尾】潜踪隐迹人难料，一幅霞笺隔院抛，把你做红叶传情出御桥。[1]

作者借用李彦直之口，对情节做了简单的提示：这厢无心抛霞笺，那厢定会被别人拾取。果然，张丽容与侍女在园中游玩，恰好拾得了诗笺：

> 我仔细看来，词新调逸，句秀才华。作此词者，非登金马苑，必步凤凰池，宁与寻常俗子伍哉。且住，久闻学中有个李生，小字玉郎，年方弱冠，胸怀星斗，气吐云烟。今此霞笺，或出伊手，亦未可知。[2]

虽说抛诗笺是巧合，但由于李彦直素有才名，张丽容理所当然地猜想这是李彦直所为。于是她和韵写就一首情诗，从原处又扔回了墙外。此诗又被李彦直拾到，虽然太过巧合，但无巧不成书，作者让主人公再次拾回锦笺，生与旦的情节线索开始顺利交叉，使故事得以继续朝前发展。

《红梨记》中也颇有谐趣之事误会，令人捧腹。传奇叙述赵汝州与谢素秋早已经互相爱慕，但一直无法相会。等二人在钱继之处相遇时，赵汝州误认谢素秋为王太守之女，二人互咏红梨花（《咏梨》），引出了不少笑料。钱继之劝赵汝州赴考，但赵迷恋女色，不肯赴考。于是花婆就扮作了卖花女，故意对赵汝州说红梨花是鬼花。赵汝州把王小姐错认为鬼魂，一错再错，引出了更多的误会（《再错》），传奇的戏剧性也越来越强。就这样一环套一环，误会越来越深，但问题最终是一定要解决的，于是作者

---

① 无名氏：《霞笺记》，毛晋编：《六十种曲》，中华书局 1958 年版。
② 无名氏：《霞笺记》，毛晋编：《六十种曲》，中华书局 1958 年版。

又安排了一出《三错》来让一切错误在剧情的发展中被纠正澄清过来。故事叙述层层推进，却始终把误会所造成的戏剧效果保留着，直到最后才让其解决，应该说，徐复祚的创作手法是相当高明的。

误会叙事模式在冯梦龙的传奇改编中也多有出现。冯梦龙重视戏曲结构的营造，尤重叙事线索的设置，多采用双线平行叙事的手法进行传奇创作。他在《墨憨斋定本传奇》中多有基于误会叙事模式的"线索""埋伏""照应""转折"等叙事名词的讨论，如冯梦龙更订佘翘的《量江记》传奇，樊若水母亲和妻子误信樊若水金陵献策不果而死，于是双双含悲投江，幸被渔翁救起；樊若水在北宋亦误听讹信，以为母妻已死。冯梦龙的评语是"情节绝妙，既见樊生念母之勤，又引出讹传死信，两路错认，绝似《荆钗记》"。① 在这里误会叙事模式在樊若水、樊若水母亲妻子两处构成了绝妙的平行情节。冯梦龙更订史槃的《梦磊记》，以文景昭和刘亭亭、蔡蕤与秋红的离合误会为重要关目，而史槃本就擅长使用双线离合结构，"多是从两人错认处，揣摸一番，一转再转，每于想穷意尽之后见奇"。冯梦龙称赞其是"情节交错、离合变幻为骨，几成一例"，② 当是对史槃"两路错认"的叙事模式的一种肯定。

吴炳《绿牡丹》传奇中不学无术的柳希潜欲骗娶才女车静芳，车静芳为防止错认意中人，遂以诗面试。柳希潜请谢英作诗以面试，却不料谢英作了一首暗骂柳生的诗，而柳生却不知，从而使剧情产生强烈的讽刺性效果；范文若《花筵赚》传奇写温峤貌丑，谢鲲貌美，女子刘碧玉误以谢鲲为温峤，温峤借谢鲲之名，为己聘娶碧玉，碧玉厌其丑貌，不肯同衾，令婢女芳姿代己；温峤以冒名之法赚碧玉，而碧玉同样用冒名之法赚温峤，生旦互赚，使得全剧充满了浓厚的喜剧气氛；李玉《眉山秀》传奇中秦观被贬郴州，经长沙时与妓女文娟盟誓而别，秦观之妻苏小妹女扮男装，前往郴州寻夫，遇文娟，自称秦观，文娟遂以苏小妹为真秦观，而疑前所遇者为假，喜剧效果也由冒名豁然而生。

明清传奇中的叙事手法运用通常不会以单一叙事模式进行，比较具有综合性技法的传奇作品当属李渔的《风筝误》，这部传奇是误会、冒名与巧合叙事技法运用的集大成者。《风筝误》讲了一个因风筝题诗而引发人物之间重重误会的故事。传奇所设计的关目以一连串的误会为基础，并对误会消除的过程进行延宕，造成误会的叠加与连环递进，从而引导剧情朝

① 《量江记》十六折眉批，《墨憨斋定本传奇》，《冯梦龙全集》，凤凰出版社2007年版。
② 祁彪佳：《远山堂曲品》，《中国古典戏曲论著集成》第六册，中国戏曲出版社1959年版。

向高潮和终结方向发展。剧中主人公分别是四个年轻人，性格大有不同，外貌妍媸不一。韩世勋有才华却假道学，戚友先好色且无赖，詹爱娟貌丑德行差，詹淑娟才貌双全。由于戚友先放有韩世勋题诗的风筝，误落詹淑娟家，而张氏让淑娟和诗其上。韩世勋见到了题诗的风筝后认定此必为詹家二小姐所作，并觉得詹淑娟对自己有意，就糊了个风筝打算去放到詹淑娟家，却不料被詹爱娟拾到。爱娟拾到风筝后以为诗是戚友先所作，就主动约会。而韩生又认为是貌美才高的淑娟相约，于是深夜赴约，却见到了丑女。韩生误以爱娟为淑娟，爱娟误以韩生为戚生，重重的错认造成了重重的误会，使剧情产生了波澜起伏的喜剧效果。误会的产生是由于韩生冒名戚生，詹爱娟冒名詹淑娟，冒名产生的误会使情节不但曲折，而且风趣活泼：韩世勋爱慕二小姐的诗才，赴约时见到的却是奇丑无比的詹爱娟，只得落荒而逃；詹爱娟见了眉清目秀的韩世勋之后，满心满意地喜欢，却不料洞房花烛夜错把当初风筝事泄露，被戚友先当成把柄；戚友先以为与美女二小姐成亲，揭开盖头却发现娶到的是丑女詹爱娟；韩世勋难抗父命，不得已与詹家二小姐成婚，却误以为所娶之人为丑女詹爱娟，新婚之夜万般冷落新人，詹淑娟是莫名其妙。由于误会不断产生，剧情的发展也就一波三折，更加引人入胜。正如朴斋主人所评论的那样："结构离奇，熔铸工炼，扫除一切窠臼，向从来作者搜寻不到之处，另辟一境，可谓奇之极，新之至矣。然其所谓奇者，皆理之极平；新者，皆事之常有。"① 作者自己也十分清楚地解释了创作时采用"误会"手法对于传奇结构及营造戏剧氛围的好处：

> 【蝶恋花】好事从来由错误。刘、阮非差，怎上天台路？若要认真才下步，反因稳极成颠仆。②

众多的相对独立的误会不再是误会的简单叠加，彼此之间其实有了很大的相关，内在逻辑性的关联使得误会被成功地包容在完整的结构中，并且使得剧情更加严谨、连贯。以李渔为代表的明清传奇作家们通过精心设置的一系列的误会、巧合来增强故事的传奇性，特别是把入情入理的误会、小人作乱与机缘倒错相杂糅一起写来，读者的心弦自然会与故事主人

---

① 朴斋主人：《风筝误·总评》，吴毓华编：《中国古典戏曲序跋集》，中国戏剧出版社 1990 年版，第 378 页。

② 李渔：《风筝误》，《李渔全集》，浙江古籍出版社 2010 年版。

翁的命运一起沉浮，从而极大地强化了读者的审美感受，也有利于其达到相应的审美效果。

明清传奇的情节发展过程中由于巧合、误会的叙事方式的使用，通常会给作家安排意外事件带来巨大方便，特别是在引起情节的转折这点上，作家们有了更多的选择机会。由于巧合、误会的精心设计，情节发展会突然给人出乎意料的感觉，利于形成新奇之感。同时，由于误会的介入，又造成了新的悬念；巧合的运用更让观众将注意力集中在主要人物的活动之上，同样具有强烈的审美张力，自然是一种更新、更强势的吸引力所在；误会与巧合的运用构成了剧情发展中的一个个向上的旋梯，戏剧冲突纷呈于其上，构成曲折起伏的情节，因此我们可以说，明清传奇的叙事手法中，巧合与误会是剧作家们安排组织情节、构建全篇的重要方式之一。

第三节　道具叙事模式

中国古代叙事文学的想象性叙事先天发育不足，在情节的处理上相对薄弱，但明清传奇以众多的叙事方式，特别是曲尽其妙的情节设计修补着以往文学的缺陷，其叙事学意义是非同小可的。明清传奇利用模式化的叙事手法，如上文提到的魂梦叙事模式、巧合误会模式等，强化了传奇的艺术结构设置，增强了剧作情节深刻的戏剧性以及矛盾冲突的尖锐性的艺术特征。明清传奇的作家们还特别注重于剧情结构的合理性与逻辑性的思考，他们采用了一种既经济又实用的做法，就是充分利用道具进行模式化叙事。

在中国传统文化中，意象是一种独特的审美载体，是一种情意、表象有机结合的艺术符号，它广泛地存在于中国古典诗文甚至小说当中，明清传奇中也当然不乏它们的存在。明清传奇的抒情性特征以及文人创作传奇中对于曲词的关注，使得我们可以看到意象的运用十分常见。道具，其实就是意象的某种变体，当传奇作家们有意翻空出奇，极力在情节的奇与巧上下功夫时，道具的大范围运用为传奇情节结构的丰富多彩、曲折有趣帮上了大忙。尽管明清传奇的创作整体上趋同化色彩比较浓，道具的运用方式也有雷同化的迹象，但又不尽相同，甚至有"犯中求避"。因此从对明清传奇中意象的考察入手，进而研究明清传奇的模式化叙事也不失为一条有效途径。

一　明清传奇的道具分类

考察明清传奇时我们发现，许多作品不同程度上借用了道具而加强了故事的叙述。如此众多的道具一般可以分为两类，一是在婚姻爱情传奇中出现的象征男女之间爱情的信物，一是充当全剧中心事件联系纽带的道具。

在爱情剧目中多见作为婚姻或爱情信物而出现的道具，因此许多传奇直接就用此道具作为传奇的篇名。如邵璨的《香囊记》中的香囊是张九成与崔氏夫妻团聚的象征，沈鲸的《鲛绡记》中的鲛绡是魏必简与沈琼英爱情的见证，陆采的《明珠记》则用一对明珠维系了王仙客与刘无双的爱情，佚名的《高文举珍珠记》的半颗珍珠让高文举与王小姐的别离之苦顷刻间化为相聚之甜。作品借用信物或者道具的名称作为传奇的名称，使得作品立即具有了明确的宣示功能，因为一般来说，以信物为名的传奇几乎都描写着一段离奇的爱情故事。借助于信物这一意象来暗寓人物悲欢离合的命运，或者通过信物所呈现的象征意义来创设出一种诗化情境，信物或道具往往能够凝聚作品的精神，强化作品的审美趣味。更不可忽视的是，意象构设使得作品具有了明确的凝聚精神的"文眼"功能，更能够以形传神，疏通文脉，增强审美趣味。当然，从叙事的角度来说，由于信物——道具在传奇中的大量使用，自然形成了一种模式化的叙事方式。

明清传奇中所出现的道具其实也不外乎以下两类：一是女性用品，如钗、簪、环、佩、手帕、纱、鲛绡等；二是男性所作的图形画影、诗文歌赋等。这两类通常出现在男女爱情或者与父子亲情有关的传奇中，由于这些物品一般说来都是玉质的或者是金质的，或者是女性用品，它们本身就具有一种永久性的象征，用来象征爱情的坚贞十分妥帖，所以从这个角度来说，明清传奇作者在选用道具时是有明确的象征意义上的考虑的。

明清传奇的题材十分广泛，同时也由于明清传奇越来越注意舞台演出效果的趋势，实际传奇创作中对于叙事技巧掌握的也愈加增强，故而除去爱情题材的传奇经常使用信物之外，其他题材剧也开始明确地使用一些具有结构情节作用的道具。与婚姻爱情剧不同的是，这些道具显然不具备信物所具有的象征意义，而成为纯粹的道具，这也表明了明清传奇叙事性特征的加强。如李玉《一捧雪》中的一捧雪玉杯，成为该剧矛盾发生的诱因、矛盾解决的目标；《太平钱》中十万贯太平钱也是剧情发生发展的一个重要契机；《十五贯》中的十五贯铜钱也同样成了引起矛盾冲突的缘起，而最终的案情解决也是由于搞清楚了十五贯铜钱真实的来龙去脉。与那些具有象征意义的信物一样，这些道具同样能在传奇结构全篇上起到相当大的作用，一样为传奇的叙事增光添彩。

明清传奇中所选取的道具千姿百态，很多作家力求新颖、不落俗套，苦思冥想地设置出独特的物品来充当信物或道具并结构全篇。因此我们看到的信物或者道具出现的情况各种各样，有单个信物或道具，有采用了成对的信物，也有以一系列的信物或者道具乃至景物等构成意象群的。明清传奇在这点上体现出了丰富多彩的特点，并且在赠送信物的方式、方向上都可以反映当时的社会风气以及文人的风貌。

二　道具使用的方式

从某种意义上讲，道具只是一种代号，它们的选取与运用有着极大的随意性，不一定与主题密切相关，也不一定要贯穿始终，正如某些传奇作品中使用的道具是一首题写在墙壁上的定情诗，可以是一件衣物等其他某种物品，甚至容貌等。但是，当道具本身在传奇中不仅成为叙事的对象，而且成为主题表达的重要因素贯穿于整个传奇中连接、推动剧情的发展时，这些物品就不仅仅起到道具的作用了，在人物性格刻画和深化主题方面也会发挥重大的作用。道具在传奇中的表现方式多种多样，从出现的方式与频率上看，通常会出现以下这样几种情况。

（一）单个出现于全剧中，或者贯穿全剧多次出现，或者是出现一次就完成任务

明清传奇中出现信物的作品比较多地集中在有关情爱的作品中，这些作品所表现的重点是男女之情。男女主人公由于巧合、误会或者是由于预先就知道对方的才气或美貌等有缘相识，传奇为男女设计的最初的表情达意乃至私订终身的最为直接的方式是赠送信物。信物在传奇中出现的频率不一样，有些信物是一次性出现，基本出现于男女初次相识、一见倾心后定盟，其使命随之结束，不复出现了。

《西园记》中王玉真失手打中了张继华头的那枝梅花，虽然被张继华当成信物保存，但它的出现基本上也就是引出了二人之间的误会，后文也不再出现了。李渔的《风筝误》中的风筝虽然出现过两次，但功能也只能归算为引出误会为止。风筝第一次出现源于戚友先，风筝线断而落到了詹淑娟院中，因上有韩世勋的题诗，詹淑娟题诗以和。韩世勋见诗后再放风筝，却不料掉到了詹爱娟的院中。于是误会就这样由于风筝的引发在两对男女之间产生了。风筝就此不再出场，完成了自己作为道具的使命。同

样的还有其他传奇中的一些，如王錂的《春芜记》中的手帕其实也是一次性出现的，在完成了引导宋玉与季清吴二人见面的任务之后，便无须再出现了。

一次性出现的信物或道具在传奇中运用由于功能相对比较简单，传奇的表现简洁明快，但明清传奇中采用得更多的则是让信物或道具贯穿故事始终的写法。传奇中也出现了更多的篇目，或者写男女主人公因信物而走到一起，也因信物而历经磨难，最后又因信物的帮助而重新聚首，或者是写某件物品关联着剧情的线索等，一再在剧中出现。

重复出现的道具或信物在全篇结构的联系上有相当大的作用。如李开先《宝剑记》中的宝剑作为道具就起到了贯穿全剧的重要作用。宝剑在传奇中出现了几次，每次都是在最为关键的时刻。宝剑是林冲的祖传之宝，方腊作乱时林冲仗剑投军，建立功勋，是林冲慷慨悲歌、抒发衷怀的凭借之物，是表现林冲的凛然正义的象征。而当林冲看到高俅等人为非作歹，老百姓流离失所时，正义的林冲上书弹劾，也遭到了高俅与童贯的谋害。他们以看林冲的宝剑为由，将林冲赚入白虎堂，屈打成招，问成死罪。在狱中及野猪林、草料场上欲杀林冲，均未能成，林冲最终反上梁山。林冲妻张氏与王媪逃奔梁山，高俅之子高衙内遣王进持宝剑追杀，王进纵放二人，还将宝剑归还。张氏与王媪被兵冲散，入白云庵为尼，后林冲报仇回京，路过白云庵，识得所佩宝剑，得见张氏，夫妻团圆。

汤显祖的《紫钗记》传奇写元宵观灯时霍小玉的佩戴之物紫玉钗无意间失落，偶为公子李益所捡，见小玉寻钗，乃托故不还，欲以此求婚霍家，霍家允婚，将小玉嫁与李益。后李益高中状元，因未参谒卢太尉而被外放至边关。三年方归，却又被卢太尉强迫留馆。小玉自李益去后，生活窘迫，无奈之下卖掉紫玉钗，适被卢府买回，卢太尉知为小玉旧物，遂将此钗交与李益，谎称小玉已经改嫁，故售此钗。后在友人及黄衫客的帮助下，李益与小玉终得团聚。李益拿出紫玉钗说明经过，双方恩爱如初。作为二人爱情见证的信物紫玉钗不仅仅被作为定情之物使用，而且由于它的失落与流转一直伴随着剧中人物的情感历程，成为结构剧情的重要线索，在剧情的发展上起到重要的关联与推进作用。

梅鼎祚所作的《玉合记》《长命缕》两部传奇也都使用了信物来结构剧情。《玉合记》写韩翃流寓长安，与李王孙结交时偶逢其歌伎柳氏。韩翃以玉合赠之求婚，柳氏应允。后因渔阳兵变，韩翃投军，而柳氏入法灵寺为尼避难，却不料被吐蕃将沙吒利强留为妾。柳氏不从，被幽禁于府中。韩翃回长安久寻柳氏不见，却在郊外偶遇。韩翃以昔日柳氏所赠题诗之红绡掷其车中，柳氏也以帕包玉合投翙，以示绝情，二人涕泣而别。后有朋友许俊帮助救出柳，二人最终团圆。因为玉合是韩翊与柳氏的命运所系，因此，玉合在剧中出现了数次，起到了勾连剧情的作用。无独有偶，《长命缕》传奇也是运用了道具信物进行故事的敷演。传奇写单飞英（符郎）幼时曾以五色长命缕私赠表妹邢春娘，戏言约为夫妇。两家闻知，遂约下婚姻。待二人成人时，适逢金兵南侵，单飞英与邢春娘分别逃难，并皆更名换姓，单飞英改名为英符，春娘改名为杨玉。春娘被卖至全州城东曲妓家。二人后来偶然相遇，杨玉因认出长命缕，两下对证相认，互诉别情，终于成亲。长命缕作为二人爱情的信物使得他们战乱后能够相以为凭据而重逢，如果没有它，恐怕剧中人物便没有重新相识、结合的可能了。由此我们可以看出信物道具在传奇中的结构作用，也反映出明清传奇的作家们对于道具运用的高度自觉意识。

　　沈璟的《桃符记》利用了春联为道具，写了一个扑朔迷离的断案故事。洛阳人刘天仪游学汴京，寄寓黄公店中，卖春帖子谋生。店家以"长命富贵，宜入新年"桃符贴于门首。洛阳女子裴青鸾至汴京投亲不遇，父死无依，枢密傅忠买其为妾，却为傅忠妻不容，命王庆杀之。王庆令贾顺放走裴青鸾，却又诘问贾顺私纵之罪，欲图顺之妻，顺不从被杀，投尸于枯井。裴青鸾仓促逃至黄公店中，夜半店小二欲行强奸，青鸾不从被杀，小二以刘天仪所书半片桃符插于青鸾鬓上以镇压之，埋尸于后园。刘天仪第二天回寓店，青鸾魂现，与之唱和，却被其母亲听见，求女不得，遂控天仪于开封府。适逢傅忠也押送王庆至府门。于是包拯审问二人。最终刘天仪从青鸾魂处得证物桃花，却变成桃符一片，遂查出店小二之杀人事实。王庆杀人之案也最终水落石出。因为桃符，刘天仪得以在黄公店中安身，店小二将桃符当成镇邪之物，青鸾之魂也将桃符化为桃花赠予刘天仪，最终桃符成了断案的证物。这个桃符先后出现于传奇的开始中间和最后，勾连起几起案件，实在是一个巧妙的道具。

　　（二）成对出现和对信物道具的发展使用

　　中国古典戏曲中通常以"砌末"来指称供舞台表演所使用的器物，现代一般都称为道具。明清传奇作家们对于信物道具的设计与使用是其艺术匠心的一种独特表现：一件极为平常而普通的小物件的翻奇出新，就能使得剧情出神入化、妙幻无穷。由于单个信物或者道具在作品中往往显得有些单薄，对所应当承担的串联故事的功能有些牵强，再加上许多传奇出现了信物道具使用雷同的情况，于是很多明清传奇的作品对所使用的信物进行改进，除了数量上增加或者是出现的频率提高以外，他们还创设出更具有象征意义的成对的信物或者道具，以期能贯穿传奇始终，并使得故事的叙述更为自然，结构更为紧凑，传奇对于道具的成对或者成系列的使用常常带来审美色彩的变化。下面来看信物道具使用的另外一种情况。

王元寿《异梦记》传奇中信物道具的使用具有独有的特征。该剧写书生王奇俊与女子顾云容在梦中离魂，互赠信物，云容以紫金碧甸指环赠奇俊，奇俊以水晶双鱼佩送云容。然而，信物给他们带来了灾难，诸生张曳白拾得紫金碧甸指环，冒名奇俊，去骗云容，但云容发现不是梦中人，投水自尽。后来历经坎坷，二人又凭借信物得以团圆。剧中紫金碧甸指环这一信物成为结构情节的极其重要的道具：利用它，使男女主人公相爱；利用它，又使女主人公遇害；利用它，再使男女主人公重逢团圆。

信物或道具成对使用还有一种方式，一般是诗与某件物品，沈璟的《红蕖记》是比较典型的做法。传奇分别用了几种不同的物品充当道具：先是韦楚云、曾丽玉写了"七月七日采"的红蕖，由于被崔西周拾到，崔吟诗赋之，这里的道具是红蕖与诗；崔的吟诗被曾丽玉写在红笺之上，这里出现了第二件道具；而后郑德璘与韦楚云暮宿洞庭湖畔，郑以红绡题诗，投与楚云，这是第三次出现的道具。正是这些道具的出现以及配合使用，郑德璘、崔西周、韦楚云、曾丽玉这两对才子佳人最终实现大团圆。其他作品中也有不少是以不同的物品作为道具配合使用的，并且其中必定有题诗存在。如江楫的《芙蓉记》以芙蓉画与题诗配合使用，王骥德的《题红记》以红叶与题诗配合运用，范文若的《花筵赚》以纨扇与题诗配合运用，吴炳的《西园记》中以梅花与题诗配合使用，等等。这样的配合运用道具不仅使得剧情发展充满了逻辑感，并且使得整部传奇也洋溢着诗意与文人色彩。

王骥德曾以建造宫室来比喻传奇创作的过程，而在传奇创作中，信物道具其实就是架屋的梁木，或者说是一根串珠的红线，它承上启下、穿针引线，连缀所有的人物与事件，成为剧情发展的杠杆，在叙事结构中发挥必不可缺的、其他手段所无法替代的贯穿性功能。由于这种连缀物可以是一个或多个，更可以某种方式对某一件物品进行变化升级。因此，信物道具的变化使用也给传奇的创作带来了不同的审美表现。

孔尚任的《桃花扇》就是创造性地对作为信物道具的那把扇子进行了升级改造，从而加强了作品的悲剧意义。《桃花扇》故事发生在南明王朝即将覆灭的历史时期，身处南明王朝覆灭的历史性悲剧之大背景下的"复社文人"侯方域与秦淮名妓李香君产生了缠绵悱恻的爱情。那把象征着侯、李爱情的扇子，完完全全充当了组构全剧的纽带：作为整出戏的贯串性道具，它前后七次亮相，每次均在剧情发展的关眼处和转折点，伴随着侯、李悲欢离合的全过程，勾连起诸多人物间的矛盾纠葛。它既联系着纷繁复杂的南朝人事，又把大江南北的政治风云收拢起来，因此使侯、李二人的爱情披染上了较浓厚的政治色彩，上升到与整个国家民族的命运紧密相连，从而能达到作者的所谓"借离合之情，写兴亡之感"的目的。剧中从扇坠抛楼、题诗定情、血溅诗扇、以扇代书到裂扇掷地，这把扇子始终经纬其间，如珠引龙游，串构起了整个剧情，并且不断推动矛盾冲突曲折起伏地向前发展。折扇出现之初只是白色的普通扇子，虽然表明侯、李爱情的产生，但还不具有超越以往传奇中所用到的那些信物或道具。然而在当马士英、阮大铖差遣恶仆登门强娶之际，李香君将诗扇作防身武器前后乱打，并不惜自毁容颜"碎首淋漓""溅血满扇"。斑斑鲜血被杨龙友点染而成了折枝桃花，至此这把折扇作为道具被创造性地提升了价值，更充分地象征侯、李二人爱情的忠贞。然而传奇末尾桃花扇又被扯碎于斋坛之下，道具再一次被加以改造，说明他们的爱情以悲剧告终。剧作家对小小道具精巧运思、反复妙用的精湛艺术功力，不得不令人叹服。扇子作为贯穿性道具在横向上用作二人爱情的象征，把"起""承""转""合"四个点都交接起来，从纵向上看，扇子对全剧的贯穿性质尤为明显，紧紧围绕一把扇子的"来、去、失、得"谋篇布局、编织情节。因此，我们看到了以侯方域、李香君的离合之情由兴亡所致，兴亡之感由离合所生，环环相扣，十分巧妙。正如作者所说的那样："桃花扇譬则珠也，作《桃花扇》之笔譬则龙也。穿云入雾，或正或侧，而龙睛龙爪，总不离乎珠，观者当用巨眼。"[1]

（三）道具与意象群

无论是单个还是成对或者配合使用的道具，明清传奇中都有许多代表性的作品，具有较高的艺术水准，特别是用多个道具形成有意义的系列意象，则比那些单个或者是成对的道具对观众视觉和心理所形成的冲击要强烈得多，这样的作品当数汤显祖的《牡丹亭》。汤显祖在《牡丹亭》中成功地创作了一系列颇有内涵的意象群，承载了丰富的审美内涵与意蕴。他的道具以杜府后花园的"牡丹亭"为主体，衍生出包括杜丽娘梦中之牡丹亭畔、芍药栏前、湖山石边等地点，还将柳枝、梅枝、梅树，以及杜丽娘的写真描容、柳梦梅拾画玩真的妙笔丹青都概括进来。"牡丹亭意象群

---

[1]　孔尚任：《桃花扇凡例》，《中国古典编剧理论资料汇辑》，中国戏剧出版社1984年版，第312页。

组"是杜丽娘惊梦、激发爱情并与柳梦梅幽会的环境，自然与浪漫相关，在明媚的春光中用姹紫嫣红、诗情画意烘托出两人爱情的热烈，也赞美了妙龄少女们的青春美艳、丰盈、富有生命力。特别是牡丹意象，它国色天香、雍容华贵，加上娉婷袅娜、风姿绰约的芍药，名花双绝，清香流溢，艳压群芳，更是歌颂了春情初醒的少女们风姿绰约以及追求生命自我的必然。而湖山石边，一湾流水，更显风流。与此美景相称，岂无象征二人甜蜜爱情的信物？于是在牡丹亭、芍药栏的背景之下，出现了柳枝、梅树，是杜丽娘、柳梦梅爱情的信物，也是杜丽娘、柳梦梅爱情的寄托。柳枝、梅树，同牡丹、芍药一样，自古就浸润了丰富的诗意与象征性，是历来诗人们吟咏之物，古诗中的"人约黄昏后，月上柳梢头"，"杨柳岸晓风残月"，"疏影横斜"与"暗香浮动"，"红绽雨肥梅"，"郎骑竹马来，绕床弄青梅"，"妾弄青梅凭短墙，君骑白马傍垂杨"等诗句，为我们呈现出许多精美而又意义丰富的意象。而这一切都被汤显祖采纳进传奇里，以如蒙太奇的方式把这些局部的细节进行叠加，看似随意，却无一不与剧情最大限度地相融相合，并且极具清新雅致。柳梦梅与杜丽娘梦中幽会于"牡丹亭畔""芍药栏前""湖山石边"，书生手执垂柳半枝，相邀作诗以赏柳，少女羞答答却充满快乐地与书生共享着幸福，又给那些牡丹、芍药、湖山石、柳枝、梅树意象群增添了无限的诗意。

在《牡丹亭》中，作为主要的角色，杜丽娘与柳梦梅能够在这组曼妙无比的"牡丹亭意象"中相遇，这些意象又被擢升为故事情节得以发展的依托。这组意象浓烈地赋予了作者托物寓情的凭借，更是为剧情生发做了细针密线的前后勾连，使杜丽娘的内心动作波澜起伏、绵延不绝，呈现出一个意象丰满、诗情浓郁、多姿多彩的戏剧世界。杜丽娘首次惊梦于牡丹亭，再次寻梦于后花园时，那些梦中意象都翩然而至，一处处寻觅梦中境、情中物，一阵阵欢喜激动。她忽然心动于一株依依可人的梅树：她愿死后"守的个梅根相见"。她自描春容，手中"垫青梅闲斯调"，题诗"不在柳边在梅边"。她伤春而死，哭嘱"葬我于梅树之下"，将春容画卷藏在湖山石边。直至柳梦梅拾画于石边，她回生于梅根之下。哪怕杜、柳人鬼幽媾，两人的饮酒果也是青梅数粒，以见"酸子情多"。层层叠叠的意象共同构成了这个意蕴丰富、审美独特的"牡丹亭意象"。而牡丹亭意象最早起于梦中，因梦生情，因情而成为现实，由虚生实，由实再生情，也正是应证了汤显祖在《牡丹亭题词》中所说的"情不知所起，一往而深。生者可以死，死可以生"。毫不夸张地说，"牡丹亭意象群"是汤显祖"至情"理念的戏曲与美学的呈现，这是汤显祖对意象的创造性的发展。如果把目光投向其他传奇，汤显祖之前的像《虎符记》的虎符、《浣纱记》的浣纱、《高文举珍珠记》中的珍珠等各自所处的传奇以一物（道具）作为道具勾连全剧，乃至汤显祖之后的《玉簪记》《桃花扇》《长生殿》以一簪一扇一殿创造戏曲意象、串连剧情、寄托寓意的传奇，似乎在意象的创设上都没有能够与《牡丹亭》媲美的，都没有能够选取那样多的一系列道具、物品、自然景物等来生发剧情，深化寓意，歌颂自然生发的男女之情，这恐怕也是汤显祖之所以成为中国古典传奇代表的不二人选最有力的证明吧。"《牡丹亭梦》一出，家传户诵，几令《西厢》减色"，① 时至今日，《牡丹亭》几乎已成为昆曲的代指与象征，也足以说明汤显祖的成就之高，得到认同之深，更无愧于堪与莎士比亚媲美的"东方戏剧家"称号。

三 道具的叙事功能

信物或道具的使用千变万化，但当把这种方式纳入叙事的视野时，我们就可以发现他们的叙事作用其实是十分明显的。

（一）黏合线索，结构剧情

明清传奇往往会设置两条或者更多的结构线，有主有副，而勾连起主副线索的往往都是信物或者道具。道具就是传奇的"文眼"，对于它们的巧妙运用，可以轻易地实现剧情的主副线清晰、主角特出的效果，特别是在情节结构的方面能帮助误会、巧合等叙事形式的实现。其实，在传奇中最为关键的就是借助信物道具来塑造人物敷演故事，既简单明了，又十分实用，对于按照故事原始自然时序而递进发展的传奇应该是一种明显的超越。

例如，李开先的传奇《宝剑记》。传奇中的宝剑对于林冲来说，既是他疾恶如仇性格的鲜明象征，也是他与高俅等人对立冲突得以产生的一个媒介。而传奇末尾宝剑的失而复得，又是夫妻团聚的象征。宝剑这一道具的使用在整个剧情发展中起到了不可或缺的结构作用。林冲显然是传奇的主线，戏剧冲突的线索也循着忠义劾奸、逼上梁山、招安复仇的自然程序演进，而作为辅助线索填充在传奇内的真娘一线却一直与主线没有太多的相交。作为副线，真娘的活动只能算是传奇整个结构的补充而已，但出于大团圆结局的考虑，作者还是利用了宝剑这一道具，最终让林冲在白云庵

---

① 沈德符：《顾曲杂言》，《中国古典戏曲论著集成》第四册，中国戏剧出版社 1959 年版，第 206 页。

与真娘团圆。如果没有宝剑，张氏这一线的情节就更游离于主要情节之外，无法与其相交。故此，剧情递进之中由于宝剑的存在而黏合了主副线索，让剧情结构的布局更为紧凑严谨，也显得有一些艺术技巧性。不过，由于追求人物性格的完整以及教化功能的实现，作者并没有注意到不同线索间的内在联系，道具的使用还是有些牵强。

徐复祚的《红梨记》中的一束红梨花被巧妙地运用成为一个缀合情节前后发展的道具，但它却不是一开篇就出现的。赵汝州与谢素秋久被民间传为才子佳人的绝配，二人两情相悦，却一直难以会面。二人以书传情，谢素秋内府承应已完，到王丞相府却被囚禁，不得回家。幸得花婆私纵，逃往雍丘，被钱济之收留在府中西花园。赵汝州找寻谢素秋不着，误信其已被送往金营，于是前往雍丘访钱济之，也留在西花园中。夜见偶遇谢素秋吟诗，心生爱恋，谢素秋称己为王太守之女。二人相约翌夜见面。谢素秋赴约时持红梨花一枝，与赵汝州各咏诗一首。传奇写到这里才第一次出现了红梨花，这是被当成二人情爱的象征而使用的道具。康王即位，重开科选，而赵汝州迷恋谢素秋不肯赴试。花婆设计，称红梨花为鬼花，系王太守女儿化为鬼魂作祟。于是赵汝州惊惧不堪，径赴金陵，应试中状元。红梨花第二次出现，成了激发赵汝州上京赶考的缘由，同时也为后文情节的发展提供了动力。赵汝州赴任途中访钱济之，钱济之摆酒宴请赵，却于酒席之上插置红梨花，并让谢素秋侑酒。赵汝州大骇，俟花婆出面解释一切，谢素秋的仆人平头也帮为佐证，赵汝州方才释疑，于是二人成亲。传奇用红梨花为道具，分别在第二十一出《咏梨》、第二十三出《再错》以及第二十九出《三错》中设计了三次"错认"，前两次红梨花的出现使得剧情发展一波三折，二人互相爱慕，历经磨难后在园中相遇，本来就可以让二人成亲，但作者还是以功名为重，暂时让二人又分开，颇有点抑扬顿挫的感觉。红梨花的最后一次出现是对于前文情节所作的一个明显的收煞，有情人终成眷属。因此说，红梨花作为道具在文中对于情节结构的连缀起到了十分重要的作用。

孔尚任的《桃花扇》传奇中道具的使用技巧则比《宝剑记》要圆熟得多，特别是在使用道具黏合不同情节线索方面给出了一个完美的答案。扇子溅血，把侯、李二人的爱情线与忠奸斗争的线索巧妙地结合起来了，而且对于人物的性格描写也有所强化。

（二）衬托人物性格，推动剧情发展

传奇创作在巧妙设计故事情节、推动剧情发展和刻画人物性格等叙事的具体方面对于信物或道具的使用是比较广泛的，信物或道具的运用几乎成为大部分传奇不可或缺的一种叙事方式。如爱情传奇中异性赠物表情达意，虽然所赠的信物各自不同，但往往都具有比较强烈的和合与坚贞色彩，比如簪、钗等物，是女性常用的物件，以此赠送，无非表达了以身相许的意思。信物或道具本身具有的物理意义恰好与象征意义重叠，就有了更多的叙事学的意义。因此，在研究信物或道具所具备的叙事学意义时，对于人物性格的刻画这一点上，我们也应该更多地加以关注。

以信物或道具帮助形成一定的意象并且暗寓人物性格命运是运用信物或道具最明显的功能。以《桃花扇》为研究对象，剧中的中心人物无疑是秦淮名妓李香君，李香君虽为歌妓，却有明确的生活思想和是非观念。她秀外慧中，刚毅坚强；她辨贤愚、识忠奸、分邪正，把坚贞的爱情与反对邪恶势力的正义立场统一起来，不为利诱，不畏权奸，十分感人。她与复社名士侯方域成亲之日，侯方域赠其折扇作为定情之物。孔尚任抓住扇子这一道具，通过一系列事件完成了对李香君这一人物形象的塑造。折扇一旦被剧作家赋予了生命，就变成了活的道具，伴随情节的发展、人物情感的改变，扇子亦随之发生着变化：最初的扇面是白色质地，后有侯方域题诗于其上既显示侯李二人感情的纯洁真挚，也为着映衬李香君高洁无瑕的人品。《却奁》一出，集中地刻画了李香君的形象，将她的思想、眼光、气节、性格都写得十分突出，光彩照人。权奸阮大铖为了摆脱政治上的困境，拉拢复社文人，通过杨龙友给侯李二人送来妆奁。虽然杨龙友并未讲明是阮大铖所送，而李香君却警惕性很高，从一开始就敏锐地感觉到其中有鬼。在知道了阮大铖送妆奁的目的之后，侯方域表现得软弱动摇，李香君却愤怒地斥责侯公子"徇私废公"，并拔簪脱衣，唱道："脱裙衫，穷不妨；布荆人，名自香。"这是多么坚贞的性格。侯方域也禁不住赞美道："俺看香君天姿国色，摘了几朵珠翠，脱去一套绮罗，十分容貌，又添十分，更觉可爱。"《却奁》中李香君所表现出来的政治上的清白与情操上的高尚，正好与白色折扇的冰清玉洁相称。当田仰欲以三百重金相娶，她坚决予以回绝。她那"可知定情诗红丝拴紧，抵过他万两雪花银"的肺腑之言，坦露出其富贵不能淫、对爱情始终如一的坚贞之情。当权贵马士英、阮大铖差遣恶仆登门强娶之际，诗扇被她当成了防身武器，前后乱打，最终不惜"碎首淋漓""溅血满扇"。殷红的鲜血浸染了诗扇，也塑造出李香君刚烈不屈的性格。杨龙友借血痕画桃花朵朵，白色折扇最终成为名副其实的"桃花扇"，而这时扇子与人物最终达到了和谐的统一：扇子实际上已成为李香君最贴切的象征物。扇子这一道具的使用，不仅细致地刻画出李香君性格多方面的内涵，从不同侧面将其形象立体式地展示出来，同时，李香君性格的发展有力地推动了剧情的发展。李香君始终保持着对爱情的执着，对权奸毫不妥协的抗争精神，更显出她的主动独立，也更加全面地反映了她性格的完整与统一。以扇子衬托李香君的性格，扇子与人物性格交相辉映，使得该形象格外光彩照人，也使得她的形象更具有悲剧意义。同时，剧中的爱情描写也突破了传统的郎才女貌、温情脉脉的俗套，表现出强烈的政治内容，其进步意义是不能低估的。

《绣襦记》中所运用的道具除了有绣襦以外，还有一个极不一般的意象，这就是李亚仙的美貌。美貌显然不好进行归类，但这种设计应该是传奇借用外物进行叙事的一个特例。《绣襦记》中也正是李亚仙的美貌才导致整个故事情节的发生与发展，并最终给人以强烈震撼的。传奇写郑元和奉父命赴京赶考，遇名妓李亚仙，一见钟情。但床头金尽后，被老鸨赶出院门。适逢其父任满到京，恨其败坏家门，以家法杖至昏厥，弃于荒郊。幸为乞丐所救，唱莲花落行乞度日。后来郑元和又巧遇李亚仙，亚仙怜其遭遇，感其情深，于是洗尽铅华，伴元和读书，求取功名。但元和不知珍惜，未能全心向学。亚仙恨铁不成钢，以钗刺瞎双眼，元和心生警惕，于是全心向学，终于状元及第。李亚仙的美貌与善良并存，美貌导致了郑元和的种种不幸遭遇，但最终李亚仙的善良还是不足以让郑元和安心攻读，李亚仙最终以"剔目"的方式，达到了自己最为强烈的劝说，郑元和这才受到震撼，读书上进最后终于高中。这样的写法虽然有些残酷，但毕竟是明清传奇中运用信物道具进行叙事的一种比较独特的方式。

其他如吴炳的《绿牡丹》一剧中充当中心道具的是"绿牡丹诗"，采用了误会的手法，以两次赋诗绿牡丹，以及三试辨真伪的道具巧妙运用，推动着剧情的发展。李玉的《一捧雪》紧紧围绕一只玉杯，结构出了一场诡谲变化的复杂故事。玉杯是全剧的中心道具，鲜明而集中。从汤勤见杯、献杯、辨杯、搜杯、寻杯等活动上，我们完全可以看出玉杯是一个贯穿始终、推动剧情发展的中心道具。还有《十五贯》等许多其他作品也是通过某一件道具的使用，不断形成戏剧冲突点来推进情节发展的。所以说，信物或者是道具的使用对于情节的设置有很大的帮助，它不仅可以提供作者更多的叙事角度，同样也可以推动情节的发展，给作品带来意想不到的审美风致。

明清传奇以类型化的方式进行叙事的创作模式固然给传奇带来了不同的色彩，我们却也不能忽视这种创作手法上的趋同化给明清传奇带来的不良影响。其实古代戏曲研究者早就发现了这点，明末祁彪佳《远山堂剧品》对吴中情奴《相思谱》魂入梦境的写法已经表示不满："我辈有情，自能穷天罄地，出有入无，乃借相思鬼氤氲使作合，反觉着迹耳。"清初的李渔在为朱素臣《秦楼月》所作眉批中称该剧"非似时剧新本之作女扮男装、神头鬼脸通套者"，也指出明清之际戏曲创作中存在着类型化的问题，但出于上述原因，李渔自己也未能完全避免。利用一系列的巧合误会或者错认等模式化叙事的作品也在很大程度上抛弃了对于故事的自然叙述，影响了作品的真实性。同时，在信物和道具的运用上，也使得传奇作者产生了巨大的惰性，模式化的对于信物或道具的运用方式提供的艺术构思往往会显得十分幼稚和生硬。但不管怎么说，明清传奇的模式化叙事在那个时代给文学和戏剧舞台所带来的贡献还是相当大的，模式化的叙事方式给戏剧创作提供了更多可供模仿、可供直接操作的范例，从而进一步促进了明清传奇的创作繁荣。另外，由于传奇作家们对于叙事艺术的自觉认识，他们也在模式化的叙事方式中进行局部的或者细微的改进或改革，尽量能够做到"同中求异"，一些范式的变换使用而产生出新的情趣，让看似相同的作品产生出更多更大的"陌生化"效果，同样也传达出了艺术作品的想象力与创造力，以及其独特的审美享受。一句话，对于明清传奇创作中模式化的叙事方式，无须苛责。

第四节　明清传奇的曲牌音乐叙事模式

学界对明清传奇的叙事艺术研究一般主要关注以情节为中心的叙事各方面，譬如故事情节线的设置、情节呈现模式的选择、故事时空关系的安排、人物角色行当的选用等，但对曲牌的音乐叙事功能没有太多的关注。曲牌与宾白、科介一起被称为"词山曲海"的明清传奇剧本三要素，它是明清传奇最基本也是最重要的构成单位。按曲牌在一部传奇中的应用分为五个层次，即句、段、曲、套、折，创作时需要按一定的音律规范，实施联句成段、联段成曲、联曲成套、联套成折等几个步骤，再加上一定的对白和科介动作说明，一部传奇剧本就完成了，曲牌所蕴含的音乐功能在创作中起到不小的作用。但明清传奇作者、曲家或评点家们对于曲牌的探讨与研究主要关注曲律，目的是格正文辞的音律，创作出"依腔合律"的曲牌，并不太关心剧作法。因此，曲牌在宫调、曲牌联套、单只曲牌等方面的音乐叙事功能一直被遮蔽。

一　宫调的音乐叙事功能

吴梅在《顾曲麈谈》中说：南北曲名，多至千余，旧谱分隶各宫，亦有出入。[①] 明清传奇所用到的曲牌非常多，但并不是杂乱无章的，古人采用宫调对曲牌分门别类，大致归纳出宫调所对应的"声情"，元代燕南芝庵的《唱论》中明确表述了不同宫调所具有的各各不同的情感类型，后世多有引用，大抵也不超出这种说法：

> 大凡声音各应于律吕。分做作六吕十一调，共计十七宫调。如下：仙吕宫唱：清新绵邈；南吕宫唱：感叹伤悲；中吕宫唱：高下闪赚；黄钟宫唱：富贵缠绵；正宫唱：惆怅雄壮；道宫唱：飘逸清幽；大石唱：风流蕴藉；小石唱：绮丽妩媚；高平唱：条畅晃漾；般射唱：拾缀坑堑；歇指唱：急并虚歇；商角唱：悲伤宛转；双调唱：健捷激袅；商调唱：凄怆怨慕；角调唱：呜咽悠扬；宫调唱：典雅沉重；越调唱：陶写冷笑。[②]

宫调具有声情的说法，主要指宫调中的"曲"的文辞与音乐有一定的共生关系。溯源可知其说产生日久，如《礼记·乐记》说音乐生于人心感物而生情：

> 乐者，音之所由生也，其本在人心之感于物也。……六者非性也，感于物而后动。[③]

诗乐关系如下：

> 诗者，志之所之者。在心为志，发言为诗。情动于中而形于言，言之不足，故嗟叹之；嗟叹之不足，故永歌；永歌之不足，不知手之足之舞之蹈之也。[④]

---

① 吴梅：《顾曲麈谈》，岳麓书社 1998 年版，第 196 页。
② 燕南芝庵：《唱论》，《中国古典戏曲论著集成》，中国戏剧出版社 1959 年版，第 160—161 页。
③ 蔡仲德：《乐记》，《中国音乐美学史资料注译》，人民音乐出版社 2007 年版，第 270 页。
④ 蔡仲德：《毛诗序》，《中国音乐美学史资料注译》，人民音乐出版社 2007 年版，第 342 页。

诗乐一体，韵文既是文学又是音乐，明清传奇的曲牌是按照韵文要求写成的，曲牌也因此继承了韵文的文乐一体特征，具有表达情感的功能，即是宫调有了情感。如明代王骥德《曲律》明言，不同情节，不同情感，所采用的宫调是有很大讲究的：

> 又用宫调，须称事之悲欢苦乐，如游赏则用仙吕、双调等类；哀怨则用商调、越调等类，以调合情，容易感动得人。①

查继佐《九宫谱定总论》言：

> 凡声情既以宫分，而一宫又有悲欢、文武、缓急等，各异其致。如燕饮陈诉、道路车马、酸凄调笑，往往有专曲，约略分记第一过曲之下，然通彻曲义，勿以为拘也。②

到了近代曲家吴梅在《顾曲麈谈》中也言：

> 宫调之性，又有悲欢喜怒之不同，则曲牌之声，亦分苦乐哀悦之致。作者须就剧中离合忧乐而定诸一宫，然后再就一宫中曲牌联为一套，是入手之始。③

他认为创作时须根据剧中情感选择宫调而后再行创作。

由此可见，明清以降，曲家们大多认为宫调声情对于传奇创作中情节安排有指导意义，实际上也就是承认了宫调具有一定的音乐叙事功能。确定了宫调的大致声情色彩，选择曲牌就有了一个参考标准，为情节铺叙提供了方便。这种方法既能满足"词律兼善"的美学要求，又能够充分利用音乐增强故事叙述的有效拓展。因此，在研究明清传奇叙事艺术时就不能置宫调于不顾。

例如，商调的声情凄怆怨慕，多用在表达哀伤凄凉、哀怨、思慕等场景，如《牡丹亭》在第十八出《诊祟》采用商调曲牌【金络索】两只、

① 王骥德：《曲律》，《中国古典戏曲论著集成》第四册，中国戏剧出版社1959年版，第137页。
② 查继佐：《九宫谱定总论》，秦学人、侯作卿编：《中国古典编剧理论资料汇辑》，中国戏剧出版社1984年版，第217页。
③ 吴梅：《顾曲麈谈》，岳麓书社1998年版，第192页。

【金络挂梧桐】两只，交代了杜丽娘的怨慕之情：自春游一梦，卧病如今，不痒不疼，如痴如醉，知他怎生？【金络索】贪他半晌痴，赚了多情泥，待不思量，怎不思量得？而到了第二十出《闹殇》，八月十五夜，病境沉沉，杜丽娘让春香为她开轩一望月色如何，又用商调：【集贤宾】海天悠，问冰蟾何处涌。玉杵秋空，凭谁窃药把嫦娥奉？甚西风吹梦无踪。人去难逢，须不是神挑鬼弄。在眉峰，心坎里别是一般疼痛。杜丽娘伤春而病到中秋，病势终不可挽回。奴命不中孤月照，残生今夜雨中休。杜丽娘这一番因情而亡诀别前的凄凉悲伤，也只有商调曲牌能给出痛摄人心的效果。整部戏的叙事与宫调声情相匹配，故事行进节奏被极大放缓。《牡丹亭》从第一出到第二十出，只有这两处用了商调，可以看出，汤显祖在情节叙事上是考虑到了宫调的声情特点的。

　　洪昇《长生殿》第七出《悻恩》中也用到商调，杨玉环虽蒙圣召侍宴，却因人言可畏，拒绝随君入大内。她唱道：奈朝来背地，有人在那里，人在那里，装模作样，言言语语，讥讥讽讽。咱这里羞羞涩涩，惊惊恐恐，直恁被他团弄。杨玉环知道自己忤旨，正是心神不宁、哀怨无诉之时，传来圣上大怒、将她送归丞相府的消息。这正是利用了商调怨慕之声情的特点，音乐参与叙事几无痕迹。第十出《疑谶》，写郭子仪因杨国忠、安禄山一个窃弄威权、一个滥膺宠眷，把朝纲弄得乌烟瘴气，自己报效朝廷无门而怨气冲天，这里用商调也是十分贴切的。

　　再如大石调的声情为"风流蕴藉"，李玉《一捧雪》第四出《征遇》戚继光出场便用了大石调。作为军事将领，戚继光自是"风流蕴藉"：【碧玉令】关南塞北声明早，寄长城紫泥天表。玉帐貔貅，指顾阵云高，展豹略，看幕南王庭齐扫。[1] 一显猛将的威武之气。从唱词看，大石调除了表达风流蕴藉之外，多写表述高阔远渺的边关苍茫之感。如李玉的《占花魁》中则在第十三出秦良出场时用了大石调。秦良原是奉檄勤王的大将，朝廷信任奸佞，致使他主帅解兵，无人救援，孤军倾陷，被金人拘留冷山，后侥幸逃出，此时唱大石调过曲【赛观音】两只、【人月圆】两只，加尾声。想来秦良终归是将军，剧作者还是用了大石调还了将军的风流，还是在宫调声情表达范围之内。洪昇的《长生殿》第二出《定情》唐明皇的出场便用了大石调：【东风第一枝】端冕中天，垂衣南面，山河一统皇唐。层霄雨露回春，深宫草木齐芳。升平早奏，韶华好，行乐何

---

① 李玉：《一捧雪》，陈古虞、陈多、马圣贵点校：《李玉戏曲集》，上海古籍出版社 2004 年版，第 13 页。

妨。愿此生终老温柔，白云不羡仙乡。皇帝出场，所备之皇家仪仗，阵势非凡，非是大石调不能驾驭。

其他各宫调声情特点在明清传奇中的运用也有各自的基本套路，不一一例举。宫调是曲牌所属之宫，体现出不同的感情色彩，但明清传奇所用曲牌太多，有时难免有逸出宫调声情的情况，甚至会有同一宫调的曲牌在不同传奇里所表达的情感不尽相同，不可盲目泥古。

二　曲牌联套的音乐叙事功能

按照一部传奇的编剧手法，谋篇布局时须从宫调安排入手，首先确定各折所用宫调，再从选定某一宫调的所有曲牌中进行曲牌联套的套式选择。曲牌联套有自己的规范，一般是慢曲在前，快曲在后，唱腔也因此呈现出从舒缓到紧张、从容到急迫的情绪和节奏变化。明清传奇通常能根据情节发展与人物情感的变化来安排曲牌先后顺序，逐渐形成相对固定的搭配。曲牌联套的构成与排列规定，自然就体现着曲牌的音乐叙事特征。

明清传奇根据剧情及音乐要求选择宫调后，再选择同一宫调内的曲牌，构成曲牌联套。李渔《闲情偶寄》中说：

> 词曲之旨，首严宫调，次及声音，次及字格。九官十三调，南曲之门户也。小出可以不拘，其成套大曲，则分门别户，各有依归，非但彼此不可通融，次第亦难紊乱。①

"不可通融""次第不乱"的曲牌安排要求，一直体现在明清传奇创作过程中。在同一曲牌联套中通常只用同一宫调的曲牌，或虽不限于一个宫调，有时可用二至三个，但也总是具有相近关系的宫调。宫调不仅起到统一全曲的作用，而且是一种戏剧性的艺术表现手段，各宫各调不同的调性色彩可以表现不同情感色彩的变化对比。

以明代"苏州派"剧作家李玉的《千忠戮》中《惨睹》一出为例。燕王朱棣篡夺其侄子建文帝的皇位打进南京城后，建文帝扮僧人与翰林程济仓皇出逃。君臣二人一路上看到被诛杀的群臣首级枭示四方，被牵连的在乡臣子和宦门妇女被押解进京，种种惨状，不忍目睹，让建文帝悲愤万

---

① 李渔：《闲情偶寄》，俞为民、孙蓉蓉编：《历代曲话汇编》（清代编一），黄山书社2009年版，第259页。

分。《惨睹》用南正宫八只曲构成联套，建文帝虽是帝王，却已落难，僧人装扮，故有"惆怅"之情，又因首句为"收拾起大地山河一担装"，"雄壮"之情亦存，故选此宫调叙事。细析《惨睹》曲牌构成，建文帝唱其中五只：【倾杯玉芙蓉】、【锦芙蓉】、【小桃映芙蓉】、【朱奴插芙蓉】和【尾声】。另外三只曲子【刷子带芙蓉】、【雁芙蓉】和【普天芙蓉】则作为穿插，分别由旗牌官、犯妇、犯官演唱。此一联套均【玉芙蓉】与他牌犯调而成，曲牌之间的声情都有相似，由慢到快，建文帝情绪越来越激动，保证了剧情发展的妥帖，让建文帝了解他出逃后的时局变化，他的情感发生不同变化也有了依托。同时也让官生得以暂歇，究其要，实在是这五只曲若满宫满调唱完，对于演员来讲是一件难度极高的事。【倾杯玉芙蓉】描述建文帝在逃难路途中遇到的艰险和他内心的愁怨，一个去声字"带"字起音为小工调的"高音3"，豁头上到了"高音5"，唱来响遏行云，人物心中的悲愤自见。后面的曲牌由其他角色演唱进行穿插，建文帝一次又一次受到强烈冲击，悲悯、恐惧、懊悔等心境油然纸上。【锦芙蓉】和【朱奴插芙蓉】所表现出的感情已经由对自己不幸遭遇的倾诉转到了对臣民遭受灾难的强烈同情上，既有极度的恐惧，又有无比的愤恨，他内心的悲怆与痛苦就在这几只曲中完整地表现出来。【尾声】的"错听了野寺钟鸣误景阳"，则又唱出万般的惆怅与无奈，让人听到其中的失落与隐逸之感，耐人深思。《惨睹》的曲牌联套选择让音乐充分地参与进叙事的层面，当属传奇中最精彩的套数之一。

除了使用同一宫调中曲牌进行联套之外，有一种联套方式被称为"孤牌自套"，即用一只曲牌重复若干次而形成一个套数，第一只曲写明曲牌，其后重复的曲牌南曲中称为【前腔】，北曲里称为【幺篇】。明清传奇中以孤牌自套的折子有不少，如《玉簪记》第十六出《寄弄》。全剧写书生潘必正与官宦之女陈娇莲的爱情故事。这一出写潘必正偶听陈妙常月下弹琴，钦慕其文采风姿，便故意以琴曲倾吐心声，试探妙常心意。本出实际上是用了复套的形式，一出之中采用了两个宫调，前段用南吕宫的【懒画眉】曲牌连用四只，后段则连用仙吕入双调【朝元歌】四只。舞台演出时通常以二人以古琴曲互为试探为隔断而自然分为两个部分。南吕宫的演唱声情为"感叹伤悲"，潘必正上场唱第一支【懒画眉】："月明云淡露华浓"，曲词非常清雅、宁淡，所以适宜用比较慢的曲速来表达，而在叙事结构上来看，潘必正赴考前夸海口，最终落第，羞于回家。曲牌旋律里能听得出"孤独"二字，与潘必正下第羞归，无法提起的羞愧之情、无聊之情、伤心之情非常契合。第一只曲牌以潘必正视角进行叙述，第二只曲牌转到陈妙常的视角。一句"粉墙花影自重重"，便交代了陈妙常的孤寂内心所思，声情便也离"感叹伤悲"相去不远了。她月下抚琴，原是寄托幽情。在这佛门净地，满怀的心事又如何向人诉说？前两只曲里二人各自的压抑实际是无法排遣的，故而用清幽的旋律来表现。而第三只曲表现的是潘必正听到花下有人抚琴，细听之中发现琴声中有许多的"凄凄楚楚"，不禁有了同病相怜的感觉，曲牌的演唱速度就如同心脏的跳动被加速了。第四支曲又回到了陈妙常的角度，曲速变为稍慢，但仍然是有变化的。陈妙常弹琴自叹，却不料潘必正已经站到身后。潘必正一听妙常慨叹孤独，便喜不自禁赞道"弹得好"而现身，这让妙常吓了一跳。陈妙常被人听到真情之言辞，不禁惶恐，赶快收敛心神，礼貌称对方是"仙郎"。二人装腔作势，却早已是心怀相印。情节发展到此，观众早已明白，二人相互表白也只是早晚的事。而其后的曲牌换宫调换联套，用到"仙吕入双调"的【朝元歌】，也是四只联唱，一来与【懒画眉】四支相对应，从声情的角度看，双调唱有"健捷激袅"之说，也因潘必正言说出家人自有孤独难以消遣，陈妙常铿锵激昂反驳过去。声情也就自然健捷激动，高声低声，颇有对潘必正的教训口吻。【朝元歌】曲牌四只连用将潘必正、陈妙常二人心中的秘密通过试探、藏掖、偷窥、表白几个过程一抒而尽，趣味盎然。

曲牌联套中最为精妙的当属南北合套，多以南北曲牌交替演唱，或在一套北曲中重复插入一只南曲，也有在一套北曲中插入数只南曲的方式，不过这些基本都用于有两种不同性格角色出场的时候。南北合套为曲牌联套的音乐风格多样化提供了新的发展路子，同时也是剧作家描写人物时突出性格、强化冲突的非常有效的手段。

其中黄钟宫南北合套，明清传奇中至少有二十个剧目用到。它的顺序是：北【醉花阴】、南【画眉序】、北【喜迁莺】、南【画眉序】、北【出对子】、南【滴溜子】、北【刮地风】、南【滴滴金】、北【四门子】、南【鲍老催】、北【水仙子】、南【双声子】、北【尾】，《长生殿》第十九出《絮阁》即是采用的这样的合套。唐明皇对杨贵妃三千宠爱在其一身，杨贵妃恃宠而娇，生角唱南曲，温情可见，而旦角唱北曲，与杨贵妃骄横不讲理的行径贴切。《桃花扇》第四十出《入道》，也是用的这个合套，作为全剧的终结，把"离合之情，兴亡之感"融归到一处，看似散，其实整；看似幻，其实实；看似曲，其实直。整个故事在南曲的幽怨婉转和北曲的劲切雄浑中落幕，这是明清传奇音乐元素参与叙事的另一种代表形式。

三　单只曲牌的音乐叙事功能

单只曲牌音乐承担的叙事功能考察的角度较多，大致如下：

（一）曲牌南北差别巨大，演唱范式也多有不同

王骥德《曲律·论剧戏第三十》中说：

> 剧之与戏，南北故自异体。北剧仅一人唱，南戏则各唱。一人唱
> 则意可舒展，而有才者得尽其春容之致；各人唱则格有所拘，律有所
> 限，即有才者，不能恣肆于三尺之外也。①

北剧中一人主唱，一唱到底，音乐风格上相对统一，而南戏是众角色
皆可唱，曲牌表现出来的音乐就风格迥异，在旋律、节奏、色彩、力度等
方面都不一样。明代王世贞《曲藻》说：

> 凡曲：北字多而调促，促处见筋；南字少而调缓，缓处见眼。北
> 则辞情多而声情少，南则辞情少而声情多。北力在弦，南力在板。北
> 宜和歌，南宜独奏。北气易粗，南气易弱。②

从音乐构成上看，北曲用七声音阶，上尺工凡六五乙，易产生慷慨雄
劲的效果，硬；南曲用五声音阶，上尺工六五，唱来多风流柔曼，软。作
者创作时往往运用这种区别来塑造不同人物的性格，更细腻地展示人物内心
情感与心理活动。李开先《宝剑记》的第三十七出《夜奔》，是运用北曲塑造
人物性格的代表作之一，至今仍在舞台上常演不辍，为南北曲家所接受。

> 【新水令】按龙泉血泪洒征袍，恨天涯一身流落。专心投水浒，
> 回首望天朝。急走忙逃，顾不得忠和孝。
> 【驻马听】良夜迢迢，良夜迢迢，投宿休将他门户敲。远瞻残
> 月，暗度重关，奔走荒郊。俺的身轻不惮路迢遥。心忙又恐怕人惊
> 觉。啊！吓得俺魄散魂销，魄散魂销。红尘中误了俺五陵年少。③

---

① 王骥德：《曲律》，《中国古典戏曲论著集成》第四册，中国戏剧出版社 1959 年版，第
137 页。
② 王世贞：《曲藻》，《中国古典戏曲论著集成》第四册，中国戏剧出版社 1959 年版，第
27 页。
③ 李开先：《宝剑记》，《古本戏曲丛刊初集》，商务印书馆 1954 年版。

这里用的是北双调套曲，两只曲均为散板，写林冲夜上梁山的迫不得已。唱词里用良夜残月、风声鹤唳等词语渲染出林冲愤恨、惊恐、苍凉、悲愤的氛围，北曲七声音阶恰好能形成这样的峭拔之势，营造出更加紧张的感觉，衬托出末路英雄的苍凉、惊恐，听来十分悲壮，极易让人产生共鸣。《长生殿》中《哭像》出，唐明皇迎接杨贵妃雕像进宫，曲牌选用了北正宫【端正好套】，凡（4）与乙（7）两个不稳定音符在音乐中频繁出现，细腻地描写出唐明皇对杨贵妃的情悔。

按徐渭的说法，南曲的演唱效果是"纡徐绵渺，流利婉转，使人飘飘然丧气所守而不自觉，信南方之柔媚也"①。不会让人像听北曲时"神气鹰扬，毛发洒淅"。② 如【山坡羊】一曲，《琵琶记》《牡丹亭》《玉簪记》《渔家乐》《雷峰塔》《攀海记》等许多出目都使用它，皆作慢曲，一唱三叹。这些出目中用【山坡羊】皆是表达唱者怨恨凄楚的心情，也有属于悲愤之情的描摹。【懒画眉】和【绵搭絮】则是淡雅悠闲，委婉迂徐，无论生角还是旦角，均可以唱出文静缠绵之感。而【江儿水】曲牌在《荆钗记》中《见娘》一出以及《牡丹亭》中《寻梦》出的使用，则是表现角色伤心欲绝之情感，更是南曲幽深伤感的代表。

（二）曲牌选用与角色场景情境多有关联

曲牌音乐参与叙事还表现在某些角色、叙事场景可以用固定的曲牌来表现。如表现将帅出场多用【点绛唇】【番卜算】【破齐阵】【折桂令】等，表现赶路行军时多用【驻马听】【八声甘州】等，表现惊讶错愕用【太师引】，次要角色多唱【双劝酒】【三段子】【四边静】【水红花】【滴滴金】【滴溜子】等，曲牌的场景程式化趋向非常明显。南曲以抒情见长，柔美缠绵的音乐叙事能够将角色清幽、怨愁、情思等细腻地表现出来。如在《牡丹亭》的《游园》一出中的曲牌联套【步步娇】、【醉扶归】、【皂罗袍】和【好姐姐】四只曲牌组成了一个短套，已经成为一个描写少女本性的载歌载舞的经典联套，为后来许多传奇所模仿。从叙事角度来看，【步步娇】中首句"袅晴丝吹来闲庭院"的一个"闲"字，道出杜丽娘心境中的一种虚空，一种孤独，一种禁锢，深院中的闺阁少女竟然不知道自家有个大花园。而她一旦踏进园子，便"摇漾春如线"了，与首句的"袅"字呼应，"摇漾"二字一下子将孤独感、压抑感顿时消除

---

① 徐渭：《南词叙录》，《中国古典戏曲论著集成》第三册，中国戏剧出版社 1959 年版，第245 页。

② 徐渭：《南词叙录》，《中国古典戏曲论著集成》第三册，中国戏剧出版社 1959 年版，第245 页。

得全无踪迹。在前文《闺塾》中还是不得不小心翼翼、矜持端庄的大家闺秀，瞬间变得与人间的普通妙龄女子一般无二，发现了自己的沉鱼落雁之容、羞花闭月之貌。汤显祖在叙事上采取了"欲扬先抑"法，直到这里本应天然存在的青春活力才借着随风舞动、映着晴光的蛛丝回归到杜丽娘身上。从音乐上分析，首句中八字有六字是平声字，这在曲律上来说是非常不符合规则的，但打谱者恰到好处地利用了平声字的唱腔高平的特点，"平声平道"绝不低昂，在高位上行进的旋律唱到"吹来"之后，"闲庭院"作为杜丽娘心头的不快便落下了。她是这样唱的：

【步步娇】袅晴丝吹来闲庭院，摇漾春如线。停半晌整花钿，没揣菱花偷人半面，迤逗的彩云偏。我步香闺怎便把全身现。

【醉扶归】你道翠生生出落的裙衫儿茜，艳晶晶花簪八宝钿。可知我一生儿爱好是天然？恰三春好处无人见，不提防沉鱼落雁鸟惊喧，则怕的羞花闭月花愁颤。①

不过，这种突然找到的被隔绝的自然春情带来的快乐转瞬即逝，随后【皂罗袍】与【好姐姐】马上又将情绪拉回到了压抑之中。从音乐配腔上来看，【步步娇】起音虽是上声字，但用了小工调的5（六），开口便有明亮的感觉。而【皂罗袍】起音是阳平字，配音却是低音5（合），低回的旋律顿时让人心头一紧，感受到了一种惋惜之情。所以，昆曲配合唱词意义的行进而进行旋律的配置，实在是精妙至极。

再如，在《长生殿》的《小宴》一出中第二只南中吕宫【泣颜回】"花繁浓艳想容颜"一曲。"花繁"曲檃栝了李白《清平调》词三首，唯词场圣手方能做到如此不露痕迹。而从音乐角度来分析，此曲牌也是头等佳作，传唱最广。曲牌为中曲，抽去赠板而成一板三眼，唱来自是欢愉畅达，却又婉转优悠。从人物性格刻画上，曲词妙处颇多。如去声"艳"字后接上声"想"，从挺拔瞬间到曤落，高下两宜，将杨贵妃对自己美貌的信心巧妙展示；"谁似"二字叠顿撇豁接连有序，演唱的时候自然不可轻轻放过，在叙事上来说，仿佛让我们看到了贵妃的娇媚风姿；"得"字为入声，可谓精妙之致，出口即断，一点空白停顿，让众人体验"三千宠爱在一身"的贵妃的傲娇心理，惟妙惟肖，轻俏找绝，娇态万千；"君"字演唱稍顿而后连叠，自当是向唐明皇抛了一个媚眼儿的细节的精彩捕捉。

---

① 汤显祖：《牡丹亭》，《古本戏曲丛刊初集》，商务印书馆 1954 年版。

就这一只曲，足以让人记住贵妃的美与明皇对她的专宠，同时也用"小宴"的最后之爱情欢愉为即将发生的"马嵬之变"的痛苦悲剧做了铺垫。

（三）吹打曲牌的叙事功能

明清传奇剧本应为登场之设，而舞台搬演时的音乐设置比较特殊，与其他地方戏大有不同，演唱曲牌时本不设置过门。但因为敷演故事的过程中经常会出现许多特别的场面，需要用到一些氛围营造手段，于是许多具有特定使用条件的纯伴奏音乐便进入演出的进程中。这些音乐段落一般有自己的名称，传统上将其统称为吹打曲牌，如【春和景明】【汉东山】【风入松】【水龙吟】等。这些吹打曲牌最大的作用是交代故事环境，渲染气氛。但这些曲牌在使用上比较严格，各个曲牌基本有各自使用的场景，因此分类较细。根据内容分类，昆曲的吹打曲牌大致可以分为喜乐、宴乐、神乐、舞乐、军乐、哀乐等；以演奏形式分类，可以分为粗吹打和细吹打两种，粗吹打以唢呐为主，细吹打以曲笛为主。例如，在神乐分类中，【小开门】曲牌比较多用于烘托喜庆、拜贺、洞房热闹喜庆场面，而【朝天子】曲牌则多用来表现与宫廷帝王相关的场面。【春日景和】曲牌则属于喜乐范畴，常使用在宴饮场合；【汉东山】【万年欢】曲牌则在拜贺、洞房或饮宴场景使用；【哭皇天】曲牌属于哀乐，祭扫坟墓或灵堂奠祭等场景，常用此曲来为角色动作伴奏，烘托出悲伤的气氛。舞乐用于配合戏剧中的舞蹈动作，如【满庭芳】等曲牌的使用。军乐则多用【大开门】曲牌，凡是开坛点将、发兵、辕门升帐等有关武戏都可以用。还有【将军令】这只曲牌，专门刻画与军队将军一类人物，是用于表现将军的威武雄壮、渲染军威的旋律，在舞台上的具体运用自然也会在牵涉两军对垒、沙场点兵这些情节中来。观众一听到这些吹打音乐，便能知晓戏演到了哪一个关节，将有什么样的情节上演。吹打曲牌这种相对应于某一个或多个叙事场景的特征，给了传奇演出很大的帮助，对这些曲牌的综合创造性使用，不仅可以补充曲牌联套中的曲牌与曲牌之间形成的叙事空白，更能主动地参与到戏剧叙事中来，以音乐语言来描摹不同的情景、情感，从而起到推动剧情发展的作用。这些程式化的吹打曲牌在传奇舞台演出起到了非常重要，甚至是不可或缺的作用，因此，在研究明清传奇曲牌的音乐叙事功能时，一定不能忽视这些吹打曲牌的存在。

综上所述，可知明清传奇的曲牌音乐叙事功能是实实在在存在于传奇剧本和舞台搬演之中的，分宫别调，能够保证同一宫调下曲牌的音乐风格统一；曲牌联套中曲牌的节奏变化与情节发展保持同步，叙事进程不致出现过多旁逸；曲分南北、曲牌各有特点，又保证了参与叙事的每一个角色能充分展现个体的性格，保证情节的丰富性和生动性。因此，正确认识明清传奇曲牌的音乐叙事功能，对明清传奇的叙事艺术研究不啻为一项有益的拓展。

第五章 明清传奇的时空叙事艺术

既是以程式化的叙事讲述故事，明清传奇必然遵循叙事文体的一般创作规律，在一定的时间内展开和完成故事情节。同时，作为一种"专为场上"的文体形式，明清传奇又特别重视故事情节所发生空间的调配。因此，研究明清传奇的叙事艺术，就不可避免地要对传奇时间和空间的安排艺术做一番考察。杨义在《中国叙事学》中曾描述："时间意识一头连着宇宙意识，另一头连着生命意识。时间由此成为一种具有排山倒海之势的，极为动人心弦的东西，成为叙事作品不可回避的，反而津津乐道的东西。"① 叙事时空是叙事作品的重要因素，叙事时间联系着故事的前后情节，规范着情节的因果关系，叙事空间则可以为人物的活动营造出具体的环境，具有虚拟性和无限性。时间和空间的运用可以互相配合，对它们的不同安排和处理会形成传奇作品不同的叙事风格。

第一节 明清传奇的时距叙事策略

一般来说，叙事作品中通常包含有故事时间和情节时间。故事时间是故事本身所经历的时间，它是一种自然的时间状态，需要读者在阅读过程中按照正常时间线性的顺序来再次安排，具有重构性要求，借助于阅读者的接受重构而形成。作品体现出来的情节时间则是叙事过程中所展示的时间，它是经由作者对故事的加工而实现的，它是一种被改造了的时间，并且是凝固在作品中并通过文本才可以表现的时间形式。两种时间在作品中的体现通常会出现不一致，因此，事件发生的先后顺序、快慢、频率等时间因素必然会受到影响。明清传奇创作的最终目的是实现舞台搬演，即以"出"或"折"的形式表演出故事中一个个具有一定时间长度的生活事

---

① 杨义：《中国叙事学》，人民出版社1997年版，第141页。

件，必要考虑到故事时间和情节时间的区分。因为舞台搬演所呈现的时间与故事在实际生活中发生的时间长度是无法等同的，两种时间在舞台上的呈现就会产生不一致，这样就给传奇作者、导演者提供了利用时距和时序的不同来安排情节的可能。应该说，明清传奇作者已经具有这样的"时间叙事意识"，对于时距、时序、频率等影响叙事节奏的一些因素也有了比较充分的认识，他们充分利用"时间不一致"来重组原生态的故事时间，使传奇无论是剧本还是舞台搬演都能够达到跌宕多姿、扣人心弦的效果。这些不同的时间处理方式在创作中的大量运用，构成了明清传奇叙事中的一个独特的风景。

一　时距叙事策略之省略

明清传奇关于时间处理的总体特征是整体上加以极大的压缩，而在局部段落中又往往加以渲染，以得到最大限度的延宕，而这种压缩和延宕是基于故事时间和情节时间来完成的。明清传奇基本按照自然时间的顺序，讲究故事发生的"头、腹、尾"的安排，逐一交代线性时间上发生的有关事件的起因、过程和结果，这一过程持续的时间往往是几个月、几年甚至是几十年。如《琵琶记》中蔡伯喈赴京赶考，离家前是春天，而得中后被迫入赘牛府已是中秋时节；赵五娘在家乡自分别后"三载相看甘与苦"，而到整部戏结束，我们发现整个故事持续时间大约是十年。《浣纱记》中从范蠡与西施溪头相遇、缔定终身开始，到吴国打败越国，范蠡跟随勾践去吴国，在那里一待就是三年；从西施入吴迷惑吴王到最后勾践灭了吴国，其间又是三年有余，整个故事持续了六年多的时间。《鸣凤记》中双忠八义前赴后继与奸相严嵩斗争过了十几年的时间。一部传奇所叙述的故事持续时间如此之长，实际创作中必然不可能按照实际时空反映在剧本中或舞台上，为了完成故事的叙述，剧本必然要对故事时间也就是情节时间做出选择并做巧妙安排。由于故事时间和情节时间不可能在舞台上作准确的对等，许多时候还需要对情节发生的时间、情节持续的长度进行调整，充分利用时间省略、延长、概述等处理方式，提供观读者更多进入剧情、与剧情同步的可能。

省略是明清传奇首选的一种时距处理策略。传奇体现出来的对于时间的取舍情况，并不是按照现实生活的时间长度来衡量，或者按比例缩短，能够对故事的叙述提供帮助，对情节能够加以集中的那些时间才会被作家选入传奇中进行描述，而那些非情节时间或者虽是情节时间，但与整个故事进程却关联不大的也就被省略了。兹举几种常见的省略方式。

（一）利用分出与分场对时间进行省略

现实生活的时间量度与传奇中的时间量度不一致，上下两出之间的时间间隔往往就是故事时间中被省去的一段空白。按理说，这种省略必然造成对剧情的隔断，但由于戏剧动作的执行者并没有脱离开整个故事情节发展的一线，再加上省略的这段时间中所发生的事情跟主要情节并没有太大的关系，因此也就不会出现明显的戏剧动作或故事情节的中断或跳跃，造成观众理解剧情困难。反而，这样做能够使故事发展更为紧凑。这种方法是明清传奇中最为常见的。

王玉峰的《焚香记》，从开篇到第五出，交代了王魁下第羞于回家，在莱阳城内求访敫桂英并与之成亲，时间按顺序性自然发展，然而在第六出中暂时中断了王魁和敫桂英的交代，而把金垒意欲图谋敫桂英的事情进行叙述，给剧情发展"栽根"。而第七出《赴试》中王魁再上场，时间已经过了三年："卑人自从寄迹莱阳，倏经三载。争奈异乡萍梗，囊底萧然。"虽然王、敫二人的故事被中断过，但由于在第七出里恢复到主人公上场，继续他们的故事，因此故事的情节不感觉顿挫。

徐霖的《绣襦记》传奇第二出《正学求君》中写郑元和之父命他去长安赴试，第三出则写请儒生乐道德陪同郑元和一起赴试，第五出、第六出写二人结伴出发，第七出时二人已经到达长安租房而住。每两出之间的停顿都省略了故事的一段时间，由于这段时间中发生的事情并没有超出郑元和去长安赴试的行动，省略起到了紧凑故事发展节奏的功能。这里被省略的时间比较短暂，出现的事情基本不会影响故事情节的发展，因此人物下场以后再上场，基本不会对中间发生的事情做交代。这么一大段的时间被省略了，剧情却没有因此而发生遗漏或者是突兀，但如果在这段此间内发生了某些影响情节发展的事情的话，一般说来还是需要在下一场安排人物进行补充叙述的。传奇通常会巧妙地利用剧中人物的台词叙述来明示或者是暗示被省略的时间中的故事情节的发展。

同样在《绣襦记》中，第三十一出《襦护郎寒》与第三十三出《剔目劝学》中间仅插入了郑母追祭郑元和的情节，情节线索仍旧是郑元和与李亚仙一线，并没有偏离太远，但时间却过去了三年，传奇通过李亚仙对过去的那段时间所发生的事情做了简单的交代：

【金珑璁】〔旦上〕卖钗收古典，劝郎希圣希贤，穷理义坐青毡。倒橐收回万卷书，明窗净几惜居诸，寒灰余烬借吹嘘。三寸舌为安国剑，五言诗作上天梯，愿郎他日锦衣归。奴家自与郑郎沐浴更衣，税一书院另居。且喜数月之间，肌肤稍腴，卒岁平愈加初。奴家劝他斥去百虑，以志于学。俾夜作昼，今已三载。业虽大就，再令精熟，以俟百战，多少是好。①

省略时间的处理对于传奇控制剧情体制长短是比较有效的，同时也能使剧情发展和延续了无痕迹，不会显出时间安排上的任何勉强。上下出中间所间隔的时间是相当明显的，但因为这段时间内发生的故事可能是无关紧要的，或者，这段时间本身就是没有故事的时间，省略了它丝毫不影响故事的贯通，并使故事简洁明晰，因此，也不会影响观众对剧情的理解，还给观众留下了想象的余地。于是，这种时间就在各出之间度过了。如果上下出之间的时间内发生了重要的、非交代不可的事件，那就只能采取"以述代演"了。

（二）通过暗示的方式交代省略的时间

除了通过人物上下场来表示时间的省略以及通过直接提示流逝的时间长度之外，传奇中还经常通过暗示的方式来交代出来。明清传奇中对于时间的明确标识不少，但也有许多时候并不准确标明具体的时间，而只是通过剧中人物的曲唱或者道白来暗示。

《玉簪记》第二出《命试》中潘必正的父亲潘凤说："今闻上国征贤，不免叫孩儿去赴试，有何不可？"这里所指的时间并不十分明确。随后老旦扮潘夫人上场则把具体的时令交代清楚："三月莺花啭绮林，隔墙红杏得先春。"正是三月春光烂漫，春试在即，这里交代了具体的时间背景，正是为潘必正赶紧登程应试而开始故事的叙述所作的时间安排。当然，即便不交代，传奇在描写赶考的惯例大多是秋闱，所以举子通常是春日离家。传奇在其后插入陈娇莲一线的情节，第三出《南侵》与第四出《遇难》。陈娇莲出场时是"春去闲阶，风乍软、花飞无力"的初夏时节。这里用三出戏直接点明了故事发生的大的社会背景和小的时令背景，也十分简略地把生和旦的家世等来龙去脉交代清楚了。明清传奇的叙述基本是按事件发生进行的自然时间顺序进行的，因此，在传奇下文出现的各个事件依然具有正常的时序，我们可以看到更多明显的时间的提示。第六出《假宿》中，张府王安上场吟诗"雨歇云点头，蝉多枝上声。江关逢溽暑，无地避炎蒸"，则点明了故事时间从春天到了夏天，正是荷花开成云锦之时。到第十二出《下第》潘必正蒙羞下第，难以回家，只好寄迹尼

① 徐霖：《绣襦记》，《古本戏曲丛刊初集》，商务印书馆 1954 年版。

庵，这是对传奇第二出的时间的接续，一来传奇的分出时间自然有了推进，这段时间中潘必正经历的事情则被省略。实际上这些出的内容中，传奇对于时间的叙述是分成了两条线进行，一条从潘必正赴试到下第暂居庵中，读者自然体会到时间的自然流逝；另一条线从陈娇莲逃难而到白云庵所经历的时间过程。时间分作两线流逝，到这个时候，生、旦的叙事线索就自然地在白云庵这里相交，于是，戏剧冲突略见端倪。对于时间进行暗示的语句还有不少。从第十三出开始，叙事的节奏被放慢了，时间流逝的痕迹只是在生旦抒发胸臆的时候不经意地点出："月明云淡露华浓，欹枕愁听四壁蛩。伤秋宋玉赋秋风。落叶惊残梦。"（第十六《寄弄》）"西风别院，黄菊都开遍。"（第十九出《词媾》）潘必正和陈妙常在这八出中从相识到相爱，爱情故事发展得十分富有激情，但因为是按照时间顺序进行的叙述，整个故事发展到这里所体现出来的节奏是舒缓的，剧情却仍见波澜。这几出戏用曲折、突转和波澜把潘必正和陈妙常的内心冲突和爱情的纠葛刻画得委婉有致，让人随着时间的慢慢流逝去经历与体会才子与佳人爱情故事的发展。二人私订终身后被姑母发现，于是潘必正被逼前去赴试，又经过数月，潘必正得中返回尼庵与妙常重聚，同回老家拜见父母并与失散多时的妙常母亲重逢，阖家欢庆。时间的省略与空间的转换结合在一起，而剧情却并不显得脱节，潘必正与妙常的爱情故事叙述起来有紧有松，有急有缓，形成了张弛有度的艺术感染力。

（三）通过演员表演来实现时间的省略

仅用季节、时间上的前后照应有时候过于细节化，容易在阅读过程中被读者忽视，而且由于仅是物理概念上的时间变迁，往往起不到比较明显的时间提示效果，同时在舞台上通过背景的变换也不太现实，因此，通过演员的表演特别是演唱来实现对于时间的省略就成为一种可能。明清传奇处理作品中的时间与空间的出发点是以剧中主人公的动作，并且由于表演本身的虚拟性与假定性，文本的空白给舞台表演留下了相当大的空间。当舞台时空附着在演员的身上，通过演员的"表演"而表示出来时，并且有夸张、有变形，伸缩自如，巧妙地解决了生活无限性与舞台有限性的矛盾，而且使传奇在舞台表现方面能够轻松便捷，随心所欲。特别是在剧情并不重要也就是无戏时，一笔带过，仅作点到为止，也给传奇带来了开阖自如、繁简得当的完美外在形式。同时，观众对这种提示性的时空自由转换也能心领神会。明清传奇的时间省略通过演员的圆场表演出来是另一种时间省略的巧妙策略。在同一出或者在分场的两出中间插入一段边唱边舞的行路场面，既省略了许多不必要的时间，同时又能让整个演出变得生动和活泼。古人常有"千里行程才五步，万般乐事仅一时"的说法，就是说这种虚拟写意的动作对于时间省略性的表示，并且给观众以明确的时间变化的提示。在剧本以及舞台演出中，我们常常可以看到这样的内容，说某个人物决定到什么地方去一游，往往会简单地用一句"道犹未了，不觉已是某某地方"来对时间进行省略，而这种省略几乎都是通过圆场来实现的。

《浣纱记》第二十六出《寄子》中，伍员因吴王听信伯嚭谗言，放归勾践，并且不听劝阻意欲伐齐国，被派遣齐国请战期。伍员深知此时吴国的处境，于是他借出使齐国之机会，把儿子带到齐国，交与齐国大夫鲍牧照看。父子二人上场：

> 【意难忘】〔外小末扮伍员父子上外〕岁月驱驰，笑终身未了，志转颠颓。丹心空报主，白首坐抛儿。〔小末〕爹爹，前路去竟投谁？〔外〕孩儿，咫尺到东齐。〔小末〕望故乡云山万叠，目断慈帏。〔小末〕云接平岗，山围旷野，路回渐入齐城。〔外〕衰柳啼鸦，惊风驱雁，动人一片秋声。〔小末〕倦途休驾，淡烟里微茫见星。〔外〕家乡何处，死别生离，说甚恩情。孩儿，我和你自离家乡，将及一月，不觉又到齐国了。
>
> 【胜如花】清秋路，黄叶飞，为甚登山涉水。只因他义属君臣，反教人分开父子，又未知何日欢会。〔合〕料团圆今生已稀，要重逢他生怎期。浪打东西，似浮萍无蒂。禁不住数行珠泪，羡双双旅雁南归。①

父子二人在舞台上两个圆场，伴之以两只曲子演唱，便从吴国到了齐国，时间也过去了一个月有余，但由于其行路过程中的情节并不需要作特别说明，因此，也只利用了三只曲子对沿途的景色进行了简单地描述，便将这段时间进行了省略。

（四）通过奇幻的剧情来省略时间

通过奇幻的剧情描述来省略时间也是明清传奇中比较常见的一种叙事时间处理策略。许多作品当中都用到了梦境或者是仙界，当主人公进入梦境或者是仙界以后，具体的叙述时间会因此而发生一些变化，有些还充当了故事情节继续发展的关键。这里比较典型的当属李玉的《太平钱》。韦固梦中遇仙人，问及自己的婚事，仙者说："问娇娃算今日年犹少，叹伶

---

① 梁辰鱼：《浣纱记》，《古本戏曲丛刊初集》，商务印书馆1954年版。

仃兀自尚怀中抱，受饥寒何处把娘亲叫。"韦固信了此言，却要去集义县介休村去找寻那个婴儿。当他发现那个盲妪所抱的婴儿后，便拔剑刺杀而逃。归家后韦固因找寻姐姐与张老的下落而进入王屋山中，一去方三月，人间却过了二十年。等到他再次回到家乡时，发现一切都变得不认识了。而后，他高中状元，被招为韩宰相的女婿。而韩女正是二十年前他刺伤的婴儿。奇幻情节对时间进行人为的省略，使得韦固与当初被他刺伤的女子结为夫妻，也使传奇于奇幻中有必然，给读者和观众一个比较合理的解释。

在每一部明清传奇中，我们都能看到叙事对于时间的省略，从中我们能够感受到传奇作者们对于叙事时间自如把控的发展轨迹。在传奇中展示出来的时间省略，可以大大地集中剧情，增加情节时间的使用效率，同时时间的省略更能对故事情节叙述的节奏发生影响，用以营造出作者希望表达出来的氛围。如在《牡丹亭》中第十出《惊梦》中表现的时间是春天，杜丽娘游玩于后花园，与书生梦中欢会；到第二十出《闹殇》时，时序转到了中秋，这一夜，杜丽娘病逝。从春酣游园到中秋闹殇，杜丽娘因情而亡，这一段时间跨度的表达用了十一出的篇幅，让人感觉到故事的叙述速度相对是比较缓慢的，节奏是舒缓的，细致地描写出了杜丽娘的青春梦醒时享受到的欢会，对她爱情美梦破灭的痛苦情绪进行了浓墨重彩的渲染，这是一种最为强烈的对比，分明写出了礼教对于人性的残酷压制。而传奇写到第二十五出《忆女》时，春香交代"小姐去世，将次三年"，这里关于时间的叙事策略发生变化，三年的时间仅用了五出的篇幅就叙述完了，其间发生的众多事情被省略了，叙述的节奏突然加快了许多，更衬托出一种悲凉的气氛，给人以更多的伤感体验。因此说，明清传奇的时间省略的叙事策略对于传奇的成功是有着不可忽视的作用的。

二　时距叙事策略之场景

古典戏曲体制庞大，人物复杂，古典戏曲里的故事时间中那些不重要的部分被省略正是使情节更加集中的最好做法，这样做使得故事的叙述能够更流畅，也更易于集中笔墨构建情节冲突。但这种做法虽然能更好地连接具体的人物、事件，给人物的出场与结构的详略安排提供部分帮助，但具体情节安排与冲突的设置绝对不是仅仅依靠省略就能够完成的，这就需要对时间进行其他方式的处理，将每一时间长度内的情节进行几乎等距的场景化就是其中的一种。

场景处理方式，也就是让故事时间与情节时间的持续长度基本一致，与实际相仿。通常情况下，情节时间等于故事时间，当戏剧冲突进入高潮之时，传奇作家往往让情节的发展速度减慢成与实际时间长度几乎等同。一般说来，每一部明清传奇中都有几出戏是以场景的方式来处理时间的，多用在单独以生或旦或其他角色的场次中，并且用角色大段的演唱或动作表演来抒发人物内心感受。

以单一角色出场并完成表演的戏在传奇中比较常见，这里的时间场景化处理如《牡丹亭》中《拾画》一出，整出戏只有柳梦梅一个角色，写柳梦梅到梅花观里游玩，用了【好事近】、【锦缠道】和【千秋岁】以及尾声等四只曲子把游览和拾画的过程清楚明白地交代出来。等柳梦梅唱完这四只曲子，整出戏也就结束了。这是因为这段游园活动持续的时间大体和传奇（舞台）故事发生的实际时间基本相仿，由于为这段故事的敷演安排了足够的时间，因此，柳梦梅的每个行动都能得到比较仔细的描写，情感抒发自然就可以更加细腻，这样就给舞台演出留下了再创造和充分发挥的余地。

《玉簪记》中的第十六出《寄弄》中对于陈妙常与潘必正在白云楼下的一段故事情节时间的处理也基本体现了明清传奇对于场景时间处理的一般方式。潘必正背井离乡十分愁闷，心中又思念着陈妙常而到白云楼下散步，陈妙常也因俗事烦冗而弹琴于月下。潘必正表达对妙常的爱慕之情，而妙常却再三掩饰自己的心迹，反而怪潘必正出言太狂，意欲告其姑母，最后潘必正不得不离开，此时陈妙常却暗自伤情，以一曲【朝元歌】诉尽心中事：

> 你是个天生后生，曾占风流性。无情有情，只看你笑脸儿来相问。我也心里聪明，脸儿假狠，口儿里装做硬。待要应承，这差惭怎应他那一声。我见了他假惺惺，别了他常挂心。我看这些花阴月影，凄凄冷冷，照他孤另，照奴孤另。①

整出的情节虽然简单，但通过对妙常心理的细致入微的刻画而淋漓尽致地表现出她矛盾复杂的心情。一腔神情，满腹相思，霎时间迸发而出。这一出对于时间的处理就是采用了情节时间几乎等同于故事时间的方式，让观众从舞台上时间的缓慢流逝中感受到二人情绪的变化，同时也享受了唱词中传达出的艺术氛围，因此，《琴挑》一直在昆曲舞台上常演不衰，

---

① 高濂：《玉簪记》，《古本戏曲丛刊初集》，商务印书馆 1954 年版。

深受观众喜爱。

　　时间的场景化处理，使得传奇的主人公可以按照自己的需要来表现情节时间中发生的一切，使这段时间真正地"活"起来，成为主人公情感的一部分，对于人物性格的刻画起到了比较积极的作用，也能够进一步渲染剧情。

　　利用人物大段的唱工来表现抒情性场面，依赖观众的联想而形成一种时间概念，构成表演的场景，这是明清传奇普遍采用的手法，而也正是这种场景的运用，使得明清传奇为我们留下了众多的精彩好戏。演唱和道白均是用以构成场面的，情节时间与实际故事发生的时间几乎也一致。如戏曲舞台上常演不衰的《刺汤》就是来自李玉的《一捧雪》第二十出《诛奸》。故事发生在"审头"之后，雪艳料到，汤勤必然要为掠夺家产和霸占自己住处而纠缠，早作预备。汤勤以为凭自己一番轻翻唇舌、颠倒是非的工夫，已把雪艳抢到手，因而亟不可待地安排鼓乐傧相，赶到客舍与雪艳成亲。《诛奸》就是表现雪艳在这样一个洞房花烛夜，为丈夫，为莫家报仇雪恨，刺杀奸险小人汤勤的一幕。传奇用了【黄钟引子玉女步瑞云】、【传言玉女】、【瑞云浓】和【黄钟过曲绛都春序】等曲子以及宾白，把雪艳准备刺杀汤勤的心理活动一一剖白给读者：

　　　　恨远愁赊，心事向谁倾泻？羞杀我偷生客舍。三生凤夐，为鸥鹭范张，翻成吴越。形影孤单。痛地北天南鱼雁绝。深冤早结下沉沉劫，错认我移枝换叶。寸心金石，向穹苍几回无语悲咽。①

　　雪艳悲愤万分，对于他们一家主仆遭受的苦难，欲哭无泪，欲报无门，雪艳此时此地的唱词与独白流露了真情。作为一个坚贞不屈的女子，她已经下决心与汤勤拼个你死我活。后来，汤勤上场催促拜堂，雪艳当面斥骂其丑恶嘴脸，最后不顾一切地诛杀了汤勤，为莫怀古和戚继光报仇，她为了不连累众人自刎而死。这段故事情节持续的时间应该是与传奇文本描写的长度差不多的，场景式的时间处理对于人物形象的塑造、剧情的渲染深化是极富意义的，也让读者或观众对雪艳的刚烈、侠义产生深深的同情。

　　明清传奇对于叙事中的时间表达处理不仅有用单一场面，更有叠加的场面，具体表现为在同一出戏中接连用到两个场景，或者是循序地推出剧

---

① 李玉：《一捧雪》，《古本戏曲丛刊三集》，上海文学古籍刊行社1957年版。

情的高潮，或者是在高潮之时突然再给出一个突转。但无论是哪一种，对于传奇叙述性的增强都起到了决定性的作用。场景的叠加可以使得传奇的叙事性特征更加明确地表现出来，比如《牡丹亭》的《惊梦》一出，写杜丽娘和春香到后花园中游玩以及杜丽娘梦中与书生柳梦梅幽会的情节。这里有两个场面性的时间处理：游园与惊梦。杜丽娘与春香二人从进园后看到煦暖的阳光下春风吹动柳枝，许多美丽的鲜花都开放了，而姹紫嫣红的春天美景却都"付与断井颓垣"了，能不引起妙龄少女的愁思吗？

> 【步步娇】〔旦〕袅晴丝吹来闲庭院，摇漾春如线。停半晌，整花钿，没揣菱花，偷人半面，迤逗的彩云偏。〔行介〕步香闺怎便把全身现。〔贴〕今日穿插的好。【醉扶归】〔旦〕你道翠生生出落的裙衫儿茜，艳晶晶花簪八宝钿。可知我常一生儿爱好是天然，恰三春好处无人见。不提防沈鱼落雁鸟惊喧。则怕的羞花闭月花愁颤。①

故事时间在杜丽娘与春香的对唱中缓慢地流动着，不露声色，人物心理的细致刻画通过春色曼妙与悲情伤春对比表现了出来，主人公的心境也随着时间悄无声息的流逝一起展现给观众。而在杜丽娘游园之后，作者立即让其在梦中与柳梦梅相会，用美丽的梦让青春年少、情窦初开的少女能够得偿鸳鸯梦。作者用了两只【山桃红】和【鲍老催】曲就成就了另一个高潮，而正是这个高潮，"如花美眷，似水流年"的杜丽娘才真正体会到了青春的美丽与活力，而也正是这个高潮，杜丽娘最终因情而亡，这样两个场景的叠加使用为传奇更增加了一分感染力。

《桃花扇》中对于时间的场景化处理体现得也比较明显。《桃花扇》的出目后都标注有明确的时间，如在试一出《先声》中，时间标注的是"康熙甲子八月"，第一出《听稗》，标注的时间为"崇祯癸未二月"，从第三出到第七出都是标注的"癸未三月"，用了整整五出的篇幅来刻画一个月中发生的事情，"哄丁"与"侦戏"两个场景仔细地交代了众文人与阮大铖的矛盾愈加激化的状况，杨龙友为阮大铖出谋划策，引导出下文侯方域与李香君的相识相知以及李香君得知妆奁原为阮大铖所送，愤而却奁，更引起侯方域的敬佩。整个《桃花扇》传奇中，这几出戏应该是比较重要的场次，特别是《却奁》这一出，杨龙友为帮阮大铖结交侯方域送来妆奁，于是处处提及李香君的美貌，侯方域与李贞丽也不明就里，频

---

① 汤显祖：《牡丹亭》，《古本戏曲丛刊初集》，商务印书馆1954年版。

频赞颂李香君。"香君上头之后，更觉艳丽了"（杨龙友）。"香君天姿国色，今日插了几朵珠翠，穿了一套绮罗，十分花貌，又添二分，果然可爱。"（侯方域）【江儿水】"送到缠头锦，百宝箱，珠围翠绕流苏帐，银烛笼纱通宵亮。"（李贞丽）侯方域在杨龙友的劝说下，意欲原谅阮大铖，为他与众复社文人分解，却不想李香君大怒，斥责侯方域。作者用了"大怒介""拔簪脱衣介""且恼介"，将香君的情绪变化逐步刻画出来，也同时将她刚烈与正义的性格表露无遗，一如场景的细致刻画，使得故事情节的发生宛如眼前，人物形象更是栩栩如生。

三　时距叙事策略之延长

所谓时间的延长，其实也就是情节时间的实际表达远远超过故事时间持续的长度。对于时间的延长处理，经常会利用景物描写、心理描写或者是舞台表演中演员的"打背躬"的形式来实现。明清传奇处理时间的方式基本是依照情节发展的进程而安排的，但中国戏曲所独有的诗性特征注定了观众并不特别关注情节冲突最激烈的部分，反而对于抒情的场面用心最多。这样，明清传奇自然就会迎合观众的需求，当然同时也是满足作者自己抒发胸臆的主观愿望，传奇中的主人公以独唱方式直抒胸臆时常出现，往往本来很短的情节占用很长的时间，内心独白超越于生活的自然形态之上，人物有了更多的时间去披露内心。这样做的方式直接结果就是表现为人物内心的刻画变得十分细致、细腻，另外，也让传奇体现出重点戏与过场戏的详略搭配更为协调，更容易让重点场次成为整部传奇中吸引力最强的段落，而整个传奇也因此变得张弛有度。

孟称舜的《二胥记》第九出《闺忆》写申包胥为奸臣谗言所害而被逮往京城，他妻子在家思念丈夫路上是否安康，到京以后如何发落。传奇用了十一只曲子，把她思念丈夫的心理活动一一道来，既为丈夫"定国安邦显至诚"而感到骄傲，同时又为丈夫的命运担心。申包胥妻子回忆起夫妻二人的"享不的举案齐眉那快活境"，而如今是"猛教人两下里成悲哽"，从写她的心理活动转到写她到庭院中看花的活动，再写到她听见大雁的叫声而更感到伤心，连下雨都成了惹动她思夫愁思的凭借："这雨呵，点点不离杨柳外，声声落在芭蕉里。好助人愁绪也！"这一段描写既有视觉所见到的内容，又有听觉所听到的内容，另外还有感觉的描写，这一切都是对申包胥妻子思念丈夫的过程的记录。从故事时间的角度来说，实际生活中这一情节持续的时间可能不会太长，但传奇在这里通过对时间的延宕，强化了作为妻子对丈夫的思念与牵挂，细腻地刻画出人物的内心活动。

汤显祖的"临川四梦"是最为典型的对时间进行延长处理的代表性传奇。"临川四梦"无一例外地都写了一个梦，《邯郸记》比较具有代表性。主人公卢生于赵州桥边野店之中邂逅吕洞宾，枕着瓷枕做了一场好梦，在梦中他依靠行贿中了状元，从此沉浮宦海数十年，立军功受封赏，遭诬陷被流放，冤情得白以后官拜国公，满门富贵，年过八十，一病不起。然而他一梦醒来，店小二煮的一锅黄粱米饭"还饶一把火儿"。煮熟一锅米饭的时间要不了几十分钟，而传奇却把这段时间敷演成三十出的大部传奇，在这短短的一段时间中演述了一个人一生的坎坷经历。同样，《南柯记》也是在较短故事时间之内描述较长的一段人生经历。传奇文本所叙述的时间只是一段梦境而已，即卢生从入梦到醒来，而一锅饭还没有煮熟，这也是明清传奇叙事技巧中对于时间作超常规延长的例子。

明清传奇有不少作品中的经典片段已经成为后世舞台上常演的"折子戏"，其中有许多在剧中原本并不负载情节发展的推动功能，其主要原因之一恐怕也不外乎由于其暂停了叙事而脱离了具体的时间流转，而仅凭其曲词音乐、歌舞等唱念做打的表演而抒发人物的情、志。如吴炳的《疗妒羹》主要敷演的情节是娶妾与疗妒，第九出《题曲》写乔小青读罢《牡丹亭》，思索若能自寻佳偶，即使是梦中或死后，都"不惜薄命"。"题曲"这一行动发生的时间大概持续了一夜，从起更到五更结束，地点在小青居室内，人物只有小青一人，行动为夜读《牡丹亭》并题诗抒怀。开场小青念诗："雨深花事想应捐，小阁孤灯人未眠，不怕读书书易尽，可知度夜夜如年"，为整出戏定下了寂寞凄冷的气氛。雨滴空阶，愁心欲碎，小青"勉就枕函，终难合眼"，索性重读《牡丹亭》。于是用六只【桂枝香】，配合风雨及更鼓之声、夹白、独白，重述了《牡丹亭》剧情大要，且述且评。读完剧本之后，再无兴致去看别书，接唱【长拍】【短拍】，小青想象着自己就是杜丽娘，格外摹想柳杜相会的情景。可是风凉到骨，只能叹息她自己怎么不做这样一个梦，于是题诗"冷雨敲窗不可听挑灯闲看《牡丹亭》，人间亦有痴于我，不独伤心是小青"，自吟数遍，结束全出。这一出中，传奇的叙事时间的流逝等于人物行动的时间，但十分明显的是把抒情当作了行文的重点，以剧中人内心的思考而表达作者对于生活的认识与期待。

再如《长生殿》的《哭像》一出，写唐明皇迎杨贵妃像回庙中并祭拜的事情。按常规整个过程恐怕也就是短短的几分钟，而传奇却分了三个层次来写，迎像，送像，祭像，一连用了十九只曲子，十分详细地写出了唐明皇对杨贵妃的死的自责、恼恨和羞悔的心理。李隆基在庙中等待杨玉环的塑像时，他回忆起自己身为堂堂天子，却保护不了最心爱的人，"眼睁睁只逼拶的俺失势官家气不长，落可便手脚慌张"，"生逼个身儿命儿，一霎时惊惊惶惶的丧"，贵妃神像送到时，他竟然以为是贵妃又来到了身边，这样一来把唐明皇后悔与自责的心情衬托得更加鲜明。接下来在"送像"与"哭像"的场面描写中仍然突出了唐明皇的那种神情恍惚，让唐明皇在美好的幻觉和现实的伤情交替中不断自责，而观众看到的也已经不只是一个皇帝，而是一个至情至性的人，同情之感油然而生，且看下面这段：

　　【快活三】俺只见宫娥每簇拥将，把团扇护新妆。犹错认定情初夜入兰房。〔悲科〕可怎生冷清清，独坐在这彩画生绡帐！
　　【朝天子】蓺腾腾宝香，映荧荧烛光，猛逗着往事来心上。记当日长生殿里御炉傍，对牛女把深盟讲。又谁知信誓荒唐，存殁参商！空忆前盟不暂忘。今日呵，我在这厢，你在那厢，把着这断头香在手添凄怆。①

　　总而言之，明清传奇总体上十分注意在叙述中对于时距的控制，而这种既有省略又有场景又有延长的具有鲜明特点的时间处理策略，在着力于时间的形态的同时却并不拘泥于现实生活的时间长度，通过省略、停顿、延长等对时间的量度进行不同方式的处理，时间的表现既以贯穿的运动态势向前发展，维系了剧情的前行，又在整个时间链上体现出局部的活跃性与扩张性，形成故事叙述的一个个高潮点，凸显出具体情节的发生过程，呈现作者的才情，也为演员在舞台搬演中的精彩演出提供了可能。

第二节　明清传奇的叙事时序

　　明清传奇在叙事上多追求故事时间与情节时间的大体一致，总是从故事的最初发生讲起，一直要讲到故事大团圆结束。这种按照时间发展而进行的线性叙事模式虽然比较容易讲清楚一个故事，但往往会出现情节缓慢、拖沓等弊端，导致整个戏冗长沉闷。也有一些剧作者注意到了这一

---

　　①　洪昇：《长生殿》，《古本戏曲丛刊五集》，上海古籍出版社 1986 年版。

点，他们根据情节的重要性程度巧妙地安排叙事时间，局部、部分地打破故事发展的进程，运用造成叙事时间与故事时间的"错位"来对故事进行"预叙"与"回叙"。

一　叙事时序之预叙

所谓"预叙"，也就是在传奇中提前对故事情节或人物命运作交代的一种叙事方法。明清传奇由于体制，篇幅较长，人物众多，特别是双线或多线的情节构造更让情节的安排容易出现紊乱的可能，因此，传奇需要在故事的发展中次序地对部分情节进行预叙，对剧中人或事件进行简单的描述，一来让观众提前预知部分情节或最终命运，能让观众在对所提及的最终命运产生审美期待，二来也能让传奇故事情节的脉络基本可循。

（一）明清传奇的"家门大意"与下场诗的预叙

剧本一开始就把整个故事情节以及结局作一简单交代，让读者和观众能对整部戏有个大体的简单了解。明清传奇的剧本体制使得几乎所有的作品都有预叙存在，也就是传奇的第一出总是起着预叙的功能。明清传奇的第一出通常名之为"颠末""家门""统略""开场""家门大意"等，一般用【蝶恋花】、【满庭芳】或【汉宫春】等曲牌单用或并用来交代整个故事的情节。

初期的传奇首出一般有两只曲子，一只曲是抒发剧本立意或作者的胸襟，表明作者的艺术主张，而第二只曲子则是用来介绍全剧的故事梗概的，后来的传奇虽有简化的，但也基本按照这个格式来写作。

如张凤翼的《红拂记》的第一出《传奇大意》写道：

> 【凤凰台上忆吹箫】李靖人豪，张姬女侠，相逢似水如鱼。喜私奔出境，灵右停车，偶与虬髯相遇。谈笑处意惬情舒。觇真主，扶王定霸，各自踟蹰。须臾。西京兵起，把佳人惊走。野外驰驱，遇乐昌夫妇，合镜安居。付红拂徐郎上道。到海上坐展雄图。功成日同归完聚，列土分符。[①]

再如徐复祚的《红梨记》：

> 【瑶轮第六曲】谢女佳人，赵郎才子，天然分付成双。奈王黼勒

---

① 张凤翼：《红拂记》，《古本戏曲丛刊初集》，商务印书馆 1954 年版。

取，拆散两鸳鸯。正遇胡人围汴，征歌妓送入金邦。赖有花婆女侠，设谋窜取，潜地往他乡。才子彷徨。佳人沦落。此际实堪伤。幸钱君作宰。留寓在衙旁。却虑功名未就。改名姓潜结鸾凰。又赖花婆劝驾。登龙归娶。花烛影摇光。①

　　后来有部分传奇则省略了第一只曲子，直接进行全剧的介绍，而在介绍后又用下场诗来对整个剧情作大致的勾勒，当然也属于预叙的范畴。

　　与一般传奇只有一个副末开场不同，高濂的《节孝记》上部《赋归记》有一个副末开场，下部《陈情记》也有一个开场；郑之珍《目连救母劝善戏文》分成三卷，在每一卷都安排了一个副末开场；孔尚任的《桃花扇》则在上本用了试一出《先声》，下本加一出《孤吟》；蒋士铨的《香祖楼》上卷用了楔子《情纲》，下卷用了楔子《情纪》。凡此种种，只是形式上的创新罢了，功能上其实都是对于剧情的一种概括性介绍。

　　明清传奇利用剧中人物的上下场诗来完成情节的预叙也十分常见。从明清传奇最初阶段，作者们就充分利用这种充满才情的语句来对情节作出暗示。汤显祖《紫钗记》第九出下场诗"月姊钗头玉，冰人线脚针。传来乌鹊喜，占得凤凰音。"预示李益、霍小玉夫妻好合的喜剧情节，是第十三出《花朝合卺》的先声。《南柯记》第八出《情着》通过老禅师和淳于棼的问答，说出一首七言绝句："秋槐落尽空宫里，止因栖隐恋乔柯。惟有梦魂南去日，故乡山水路依稀。"《牡丹亭》第三十二出《冥誓》中用了一首集唐诗："拟托良媒亦自伤（秦韬玉），月寒山色两苍茫（薛涛）。不知谁唱春归曲（曹唐），又向人间魅阮郎（刘言史）。"因为在第三十出《欢挠》中，杜丽娘的鬼魂与柳梦梅幽会之事差点被石道姑撞破，杜丽娘为形势所逼，到了不得不以实情相告的地步。可是怎样把这个"梦其人即病，病即弥连，至手画形容，传于后世而死。死三年矣，复能溟莫中求得其所梦者而生"② 的事告诉柳梦梅呢？告诉他之后他会相信吗？他会有什么样的反应？这份感情将会怎样发展？这些担忧都使杜丽娘有口难开。作者借用了一首集唐诗言简意赅、恰到好处地把杜丽娘的心事表达出来，同时也对后文的故事情节发展做了暗示。由此可见此处这首集唐诗起到了刻画人物心理并将全剧氛围导向至紧张的作用，更预示了情节

① 徐复祚：《红梨记》，《古本戏曲丛刊初集》，商务印书馆 1954 年版。
② 汤显祖：《〈牡丹亭〉题词》，吴毓华编：《中国古典戏曲序跋集》，中国戏剧出版社 1990 年版，第 88 页。

的发展。所以吴山三妇评本赞之为："无限幽情，从何说起，借集唐诗，略为逗漏。"① 孟称舜的《娇红记》中第二十八出《诟红》，飞红见申纯的床上有小姐的绣鞋，于是就拿走还给小姐，申纯怪其为贼，飞红反说要去向夫人告发，申纯求饶，二人遂在花园内追扑蝴蝶，却被王娇娘撞见，王娇娘训斥了飞红，于是有了这几句："怪他心事忒多端，欲寄音书把雁瞒。青鸟衔来云外语，管教平地起波澜。"后文果然有飞红构祸于父母之前，完全吻合了戏剧情节。明清传奇中的这种以下场诗为预言叙事具有高度的概括性、暗示性、含蓄性，使得诗词预言具有了情节性，融合了写意、象征、抒情的韵味，给人造成一切皆已命中注定的梦幻色彩。

（二）利用"怪力乱神"等剧情进行预叙

除了在体制上的开场预叙之外，许多明清传奇作品中还经常使用情节性的预叙，基本以鬼神或巫觋占卜形式出场。明清传奇中运用梦境进行时序叙述调整的作品俯拾即是，"梦"的使用其实是对剧情发展和冲突解决具有决定意义的，梦境的本身就具有强大的叙事能力，梦境所构成的虚幻可以让故事朝着任何方向发展，利用梦境构建故事等来提示剧情，预叙出人物命运，使得明清传奇作家都十分热衷于"梦"的使用。有的通过鬼神之口，再如利用神、鬼、仙来预示人物的命运和结局。鬼神出场，以因果报应之说预示人物将来的命运。而这其中以汤显祖的"临川四梦"最为有名。他通过对禅师、花神、判官及八仙等虚幻人物的描写，突出了他们既知过去又晓未来的特点，由这些人物将天命、神灵、先知的预言进行文学化和艺术化，既给作品的叙述降低了难度，同时也给作品涂上了一层神秘的传奇色彩。对梦境和仙境的运用把时间进行错综化，实际上是传奇作者们一种自觉的时间操作意识。

在传奇的故事开端就采用预叙，可以让观众迅速进入剧情，如王玉峰的《焚香记》中一开篇就写到王魁由于下第羞归故里，暂时旅居莱阳，温习功课，但又担心自己的前程，因此请了胡相士为其相命。且看相士与王魁的对话：

【前腔】问何年是你的时来运旋，你如今到这部位就好了。目下渐开颜，喜红鸾宣朗，将调锦瑟朱弦，即今该有姻亲之喜。〔生〕小生客居于此，那得姻亲。〔净〕我只在气色上见得。如萍水效鸾凤，数当偶然。你功名事下第必然高中，试看步云霄。鹗荐鹏骞。只是你

---

① 徐扶明：《牡丹亭研究资料考释》，上海古籍出版社 1987 年版，第 104 页。

中间应有分离之厄，夫妻上，半途艰。恶星临，死生离间。虽然如此，你到底姻缘重合，分离镜复圆。你后边功名赫赫，贵不可言。为将相，奇勋独建。〔生〕先生莫非过誉。〔净〕焉敢说谎。不多时了，你到三旬之际呵，那时方始信吾言。①

胡相士的预测是传奇作者给了读者和观众有关王魁命运的一个事先交代，事实上构成了一次预叙，作者借胡相士之口，只是数句话，观众、读者对于王魁与敫桂英多舛的爱情遭遇有了一种审美的期待，自然会激发起他们的观看兴趣。

《紫钗记》取材于唐传奇《霍小玉传》，汤显祖改变了故事中的李益负心情节，转而将故事刻画成为有情人终成眷属的爱情赞歌。传奇第四十九出《晓窗圆梦》写霍小玉所做的一个梦。而在此之前，情节发展几乎已经到达高潮。李益被卢太尉软禁，音信不通；霍小玉为打听消息，家产几乎当尽，只得把定情之物紫玉钗拿去典卖。紫玉钗被卖到卢府，卢太尉借机诈言小玉已再嫁，骗李益与其女成婚。霍小玉从玉工之口得知玉钗将要成为卢太尉之女嫁与李益的聘礼，忧愤成疾。此时，霍李之间的爱情似乎已不可避免地要被吞噬，传奇弥漫着一股紧张的气氛。第四十八出《醉侠闲评》中侠士黄衫客得知霍李二人之事，他当即表示要拔刀相助。究竟黄衫客会不会帮助霍李？他的帮助能不能起作用？就在这时，霍小玉做了一个奇怪的梦：

> 【旦】咱思量梦伊，他精神傍谁？四娘，咱梦来，见一人似剑侠非常遇，着黄衣。分明递与，一辆小鞋儿。

鲍四娘心中十分明白，她说："鞋者，谐也。李郎必重谐连理。"最后，现实中的事态发展果然如梦中预示的那样。很明显，《紫钗记》这里对"梦"的描述在叙述中无疑起到了预叙作用。

《牡丹亭》第二十三出《冥判》中判官得知杜丽娘暮色而亡的缘由后，与杜丽娘的一段对话十分有趣：

> （旦）就烦恩官替女犯查查，怎生有此伤感之事？（净）这事情注在断肠簿上。（旦）劳再查女犯的丈夫，还是姓柳还是姓梅？（净）

---

① 王玉峰：《焚香记》，《古本戏曲丛刊初集》，商务印书馆 1954 年版。

娶婚姻簿查来。(作背查介)是。有个柳梦梅,乃新科状元也。妻
杜丽娘,前系幽欢,后成明配。相会在红梅观中。不可泄露。(回
介)有此人和你姻缘之分。我今放你出了枉死城,随风游戏,跟寻
此人。①

　　判官查阅了姻缘簿之后的交代,完完全全就是一种对于情节的预叙,
我们在其他作品当中可以看到很多。周朝俊《红梅记》第十一出《私推》
中算命先生把卢总兵之女卢昭容与斐禹之间的姻缘以及斐禹的功名大局基
本卜算定了,整个作品的故事情节也由此发动并向前发展。姚茂良《张
巡许远双忠记》第十四出《仙讽》有仙人吕洞宾、何仙姑出现,"点化"
安禄山早回头、却兵权,随他们去山中学道。安禄山不从,二仙便留一口
号:"祸起萧墙夜半天,肉山一倒血如泉。"这就预示了第二十七出《刺
逆》的情节。安禄山从前的侍从李猪儿见安禄山反,诈称重新跟从他,
便借机杀了他。明无名氏所作传奇《高文举珍珠记》第十四出《显示》
亦然。西方太白金星称:"今有桃花巷王氏金真,前世无故吹灭了佛前
灯,更磨难了良善婢女,那婢女今世投胎在温阁为小姐,王金真有百日之
灾。"② 这便预示了王金真主仆三人后来遇虎而散,王金真一人独自赴京,
后受温小姐折磨的一段艰难生涯。
　　公案戏曲中梦境与占卜等的运用比其他题材传奇要更为普遍,如《未
央天》《党人碑》等许多作品中都有这样的情节运用,为作品提供了更为
扑朔迷离的剧情氛围,无疑可以提高受众对传奇的期待指数。朱素臣的
《十五贯》第十三出《梦警》写况钟初到苏州,祭庙回衙少憩片时,却得
一梦,遇见奇事:

　　　　(二野人跳上,舞一回介,作衔二鼠跪哭介,又除外冠翻转,又
　　　与戴上介。跳下)(外)呀!奇怪!朦胧之际,仿佛见两个野人,各
　　　衔一鼠,案前长跪,似有哀泣之状,最后又把我官帽除下,翻转一
　　　回。这是主何报应?端的好费人猜疑也。③

　　况钟立即明白过来,野人哀诉,必有冤情。这里梦境的描述就是预

---

① 汤显祖:《牡丹亭》,《古本戏曲丛刊初集》,商务印书馆 1954 年版。
② 无名氏:《高文举珍珠记》,《古本戏曲丛刊初集》,商务印书馆 1954 年版。
③ 朱素臣:《十五贯》,《古本戏曲丛刊三集》,上海文学古籍刊行社 1957 年版。

叙。后文随着情节发展,真相大白,熊友兰、熊友蕙二人冤情果然被况钟勘察清楚,避免了错杀,纠正了两桩错案,真凶娄阿鼠也被绳之以法。

李玉的《太平钱》第六出《梦簿》中写韦固在梦中来到了月老那里,想问明自己有没有可能与张家小姐成婚,却被说到要与介休县集义村那个瞽目老妪怀抱的周岁婴儿缔结姻亲:

> 【寄生草】遥隔银河棹,空思水月捞。问娇娃算今日年犹少,叹伶仃兀自尚怀中抱,受饥寒何处把娘亲叫。①

当韦固去到介休县却发现真的有这么个女孩,这显然要对他自己的"三不娶"大愿产生不良后果,于是,韦固就动剑刺杀那个女孩,但他不知道女孩最终被韩休收养。预叙在这里停止,作者在这里留下了一个悬疑,为下文情节的发展埋下了一个伏笔。

二 叙事时序之回叙

明清传奇的叙事时间安排,比较多见的是在剧情发展到一定阶段后,剧作者会安排某个角色对整个剧情或者刚刚发生的事情作一个或简单或详尽的回叙,内容也许是在剧作前几出出现过但还不为其他剧中人所知的,这种叙述时间的适当安排可以作为剧情的关键来推动情节发展,同时又可以避免因为篇幅比较长,观众看到后面的各出戏时对前面的剧情的淡忘,当然也可以更好地激起观众的观赏兴趣。新上场人物的叙述交代上文已经发生的情况,详略不等,但都已经构成一种典型的叙述方式,我们称之为回叙。

汤显祖的《牡丹亭》对叙事时间的巧妙运用是比较突出的。剧作者在《惊梦》和《寻梦》中,几乎是不留喘息时间一口气地写了杜丽娘惊梦、寻梦的情节,节奏之快令人咋舌。《惊梦》里,剧作者描写杜丽娘与婢女春香游览花园,百花争艳的美丽春色使她慨叹自己青春虚度,内心中的情感无以倾诉。感动情思而入梦,梦中遇到秀才柳梦梅,一见倾心,互诉爱慕之情。然而正当两情绵绵难舍难分之际,美妙梦境却被打断。于是杜丽娘才"雨香云片,才到梦儿边。无奈高堂,唤醒纱窗睡不便。……不争多费尽神情,坐起谁忔?则待去眠。……困春心游赏倦,也不索香熏绣被眠。天呵,有心情那梦儿还去不远"。梦中杜丽娘摆脱了一切束缚和

---

① 李玉:《太平钱》,《古本戏曲丛刊三集》,上海文学古籍刊行社 1957 年版。

拘束，体味着"忍耐温存一晌眠"，与意中人儿"紧相偎，慢斯连，恨不得肉儿般团成片，逗得个日下胭脂雨上鲜"。这样的自由自在，热情奔放。一俟杜丽娘做出这个美丽的"梦"，剧作者便紧紧抓住不放，紧接着在十二出就让杜丽娘"寻梦"到后花园。杜丽娘看到昨日的牡丹亭芍药栏再不是原来的断井颓垣，而是她美丽春梦的承载物。她把昨日梦中所做的一切丝毫不差地复又叙述出来，从湖山石到牡丹亭，从垂杨线到榆荚钱，一切都已经打上了快乐美妙的印记。然而当她寻梦无果，刚刚所见的一切又成了凄凉之景，她伤心自怜，"牡丹亭，芍药栏，怎生这般凄凉冷落，杳无人迹？好不伤心也"！最后又发出了"偶然间心似缱，梅树边。这般花花草草由人恋，生生死死随人愿，便酸酸楚楚无人怨。待打并香魂一片，阴雨梅天，守的个梅根相见"的呼喊。剧作者用梦境的变幻流动牵引着观众的情绪，从浪漫浓烈到凄清，把杜丽娘这个少女的情怀刻画得入木三分。这里的回叙紧接着刚刚完成的叙述，正常的叙述顺序被打断，读者或观众对这里所出现的重复叙述丝毫不会产生厌倦之情，反而会和剧中人产生强烈的共鸣。

洪昇《长生殿》的《弹词》一出中回叙的运用更加突出。这里写因为安禄山乱起，人民流离失所，宫廷供奉李龟年也流落江南，卖唱为生。在鹫峰寺大会上，擅吹铁笛的李暮与众人一起聆听李龟年弹唱。李龟年连用【南吕一枝花】、【梁州第七】、【转调货郎儿】、【二转】、【三转】、【四转】、【五转】、【六转】、【七转】、【八转】、【九转】及【煞尾】等曲调从金钗钿盒定情弹唱到銮舆西巡，慨叹国家兴衰，把唐明皇宠爱贵妃、失政致乱的经过唱得声泪俱下。这一出案头本的内容和场上演出基本一致。回叙是以李龟年一个人"说唱"方式来进行的，在弹唱过程中，剧作者又分别安排了小生、净、副净、丑、外等发出他们的感慨，提出问题，然后引起下一段弹唱。还偶尔插入众人插科打诨、离座解钱的情节以避免场面过于单调。通过回叙，一段唐代衰亡的历史在观众眼前再一次呈现出来，而且有了进一步的浓缩和提炼概括，更彰显剧作者的批判矛头指向。

部分明清传奇的回叙并不仅以重复叙述故事情节为最终目的，它的重点在于构建一个表演的高潮。当明清传奇从文本走向舞台时，我们可以看到许多这样的内容。《寻亲记》的《茶访》一出中回叙的运用就是这样的例子。叙述者写范仲淹暗访到茶坊，借张敏、恶奴张千与茶博士和范仲淹的简短对话把恶人的罪行劣迹一一数落出来，巧妙地推动了剧情的发展。故事以茶博士的视角进行叙述，但对周羽一家所遭受的冤屈不是简单地采用平面的叙述，而是通过茶博士轮流模仿与周羽案有关的各色人等来进行的。与案头本相比，场上演出增加了茶博士的许多表演戏份，让茶博士在对范仲淹讲述周羽家的冤屈时一会儿模仿周娘子拦马告状，一会儿模仿新老爷断案。整个回叙的过程由于采用了全知型视角，通过茶博士将张敏作恶乡里的罪行全部叙述出来，这一过程中不存在造成悬念的因素，观众无须推测也不用主动作判断，只需要接受来自茶博士所传达的信息，便足以使他们感受到恶人即将受到惩罚、冤狱即将得以平反的结果。尽管茶博士所描述的案件情况受众都已经知晓，但不需要担心他们的接受，因为剧作者对茶博士的演出做了精心的安排。茶博士胆小怕事，贪小便宜，圆滑诙谐，却又能义字当头。比如，在他下决心把张敏的恶行一诉为快之时，仍然是"收子个招牌，关子个店门，又性塞没子狗洞"；他在讲述张敏的罪状时还在担心范仲淹打碎自己的茶盅，就这样，一个谨小慎微、有点贪财却又不失正义感的小人物形象被刻画得惟妙惟肖。这样观众就觉得整个表演妙趣横生，丝毫不会觉得这一出的情节是对前面所发生的事情的重复。

在《千忠戮》第二十二出《索命》中，作者通过梦中明太祖与燕王的对话、方孝孺与燕王的对话，重新把燕王发动战乱夺取王位、残杀无辜大臣百姓的整个过程做了一次回顾，这一整出，既是对情节的简单复述，又是对剧情的有机发展。作者无法用现实的处理方式来抒发对燕王的不满，于是这一出中通过太祖对燕王的责难以及一众冤死的大臣们的控诉，最终达到燕王被鬼勾魂而死的结果，可以说，既让观众得到了心理上的安慰，也让整个传奇故事叙述有了一个完整的交代。

《太平钱》中写韦固进山寻妹，让人间的时序过了二十余年。当韦固从王屋山出来之后发现自己突然到了扬州城内，但一切已经变化得他都不认识了，自家的房屋也变成了庙宇。韦固不了解其中原因，只得询问他人。这里作者就运用了回叙的手法，借用在当地说书的僧人把韦固去王屋山之后发生的故事重新作了交代，既重新叙述了整个故事经过，又因为换了视角，以说书的方式讲出故事，故事中韦固与读者一起处于接受者的地位，因此，整个故事的叙述就避免了平铺直叙，不显得单调。

另外，由于明清传奇的故事情节动作具有明显的共时性，往往是几个动作线索同时进行，在主要动作顺序进行的时候，其他动作线必然要出现不同程度的重复，因此，叙述在同一时间内发生的事情，只能分而述之，有时就会出现倒叙的情况，但这些都不太常见。

明清传奇中对于叙述节奏快慢的掌控从松散达到自如经历了一个过程，通过时距和时序的不同处理，对叙事的节奏加以控制，有张有弛，有紧有松，构成情节发展中的突转与波澜，形成戏剧场面的冷热相济，某种意义上来说这些做法也体现了作家们对于舞台表演技巧的自如掌握。我们能看到由于对时间的处理策略的不同，相比起平铺直叙的按事件发生顺序来安排事件而言，明显地可以产生曲折张弛的气势，更好地产生叙述上的"奇"和"巧"，给受众以更多样的审美感受。明清传奇中对于时间的表达多样化，是典型的故事情节的诗意表达，对事件的发生先后顺序的简单调整，产生时间错综的做法，看似只是对于时间不经意的安排，其实，它是作者对世界进行感知的一种外化形式，隐含着作者表达对于世界的某种内在隐秘的情感。

第三节　明清传奇的叙事时空交错

明清传奇是一种时间的艺术，通过描述持续一定时间的行动来表现作者的主旨，但一切客观行动的时间表现都需要有一定的空间做背景，只有在一个时空交错所构成的结合体中，中心动作的需要才是时空安排最重要的标准。作家在创作构思剧本时，已经通过对情节结构的设定以及人物命运的走向，基本限定了剧本时空的具体形态，时空对于故事情节的容纳应该是传奇作者首要考虑的内容。考虑到时间和空间两个因素在传奇中所起的不同作用，我们发现明清传奇中已经开始考虑到时间性因素的主导性特征与空间性因素的依附性特征了。同时，传奇创作中对时间性与空间性两个因素的对立与统一关系也有着认真的思考。

一　空间表现的自由化

明清传奇对于空间因素的处理，首先就是让空间的表现具有更多自由。总体来看，明清传奇对于空间的处理是不讲究经济性的，甚至许多作品都似乎是随心所欲，动辄天南地北，海阔天空，上下场之间人物的空间地点可能会有几千里的距离变化。但我们发现，明清传奇空间表现的自由化特征，其实是有它的内在准则的。那也就是，传奇基本是按照人物活动或者情境的制造需要来构建和布置空间。由于明清传奇的时间表现上的灵活性，情节占用的时间长短不一，人物的活动所占有的时间也大有不同，在舞台上表现出来，就会以演员的表演和时间的流逝来决定空间所在。因此，明清传奇总是先从人物的行踪以及人物相互关系的组合来进行谋篇布局，从不主动也没有必要将人物的活动限制在某一个特定的场合。所以，我们会看到如在《牡丹亭》中人间、仙界、冥界的描写以及三者之间的交错，看到《长生殿》中对于月宫的描写，看到《蜃中楼》中对于东海龙宫的描写。东南西北、天上人间，地域位置的变化无时无刻不寓在作者夸张浪漫的想象中。因此，对于地域的这种表现方式一来可以看作作者思想意趣的一种寄托，更为主要的是，我们能从中看到明清传奇作者对于戏曲空间因素的认识已经达到相当的高度。

明清传奇空间美学思考的表现之一就是对虚幻的展现，传奇动辄就会将仙界、冥界、梦境等超越时空的描述作为人物活动或者冲突解决的具体场所。无论是宋元南戏、传奇的初期还是传奇的勃兴、繁荣期，在创作中几乎都贯彻了这样的自由空间描写，我们在《牡丹亭》、《邯郸记》、《南柯记》、《清忠谱》、《意中人》、《蜃中楼》和《长生殿》等作品中都看到有这样的描写。这样写的原因一来是作家们本身对梦境等虚幻无法作出科学的解释，另外，他们血液中流淌着浪漫的文人的气息，促使他们生发出对人类终极生活环境的思考与向往。当然我们也可以这样理解，这样类型的描写可以使表演时呈现叙事空间的方式变得更为自由、生动。

《牡丹亭》中杜丽娘在花园游玩，小憩时入梦，她遇见了青年男子柳梦梅，并且与其云雨恩爱，共享了男女欢会。但空间位置在梦里梦外没有变化，花园还是花园，但在这个梦境中青年男女呼吸到的是自由的空气，是没有任何束缚存在的空间，这里对于"情"没有任何的限制，所以，杜丽娘对于情爱的向往一发不可收拾。她所代表的是整个时代的女性，在没有礼教的自由天地里，女性才能真正自己做主，体验真正的爱情与幸福。这个倏忽即逝的少女春梦，却是中国女性几千年来不曾做过的梦，汤显祖第一次把自由化的空间交给了备受压制与束缚的女性，足见作者的勇气和思想上对于人性启蒙责任的认识。而杜丽娘慕色而亡，在冥界更是得到了判官的同情（第二十三出《冥判》），被判官放出枉死城，让她的灵魂"随风游戏，跟寻此人"。正因为有了这样的处理，杜丽娘的游魂就无须自己到处寻找，她的活动空间自然而然就被直接接续到柳梦梅的活动空间里。第二十七出《魂游》中杜丽娘回到了南安府的家中，却见三年后书斋后园则成了梅花观，牡丹亭、芍药栏都荒废尽了，好不伤感。正在想爹娘何处、春香何处时，却听得有人在沉吟叫唤着"俺的姐姐呵！俺的美人呵"！到了第二十八出《幽媾》中，杜丽娘与柳梦梅二人的活动空间正式重合。

描写自由的时空也并不是信马由缰，更多的时候明清传奇的空间展现是根据剧情的发展来决定的。王玉峰的《焚香记》描写敫桂英在海神庙与王魁折证，本来分开两地的夫妻在冥界却能无所阻挡地相见，可以看出作者在情节需要时对于空间的自由表达。在海神庙里敫桂英用罗帕缠死自己，把生前死后之事对海神爷细诉一番。这里所表示的空间是在莱阳，王魁与敫桂英焚香发誓的地方，而此时王魁却在徐州任所，思念家中妻子心切，却不料被鬼魂勾来海神庙与敫桂英对证。经过海神爷的核查，才知道原来这一切都是金垒搞的鬼，设计套换书信，以致他们夫妻离间。于是，"又看得王魁桂英阳寿俱未该尽。况王魁守义，贵不易妻；桂英坚志，死不改节。懿德可嘉，爵禄宜永。与他再世，夫妻完聚，差鬼兵各自送归阳世"。① 这一个"各自"，便又将二人送回各自的活动空间。故事再次分开两条线索向前发展，但始终有一个连接因素在王魁与敫桂英之间，二人的活动空间虽然分开两地，却没有产生太多隔断的感觉。敫桂英仍在莱阳，王魁在徐州与西夏国的张元打仗。这时，作者又用了被金垒收买的一个军士，回到莱阳谎说王魁战死，欲使得敫桂英相信丈夫已死，而不得不改嫁给金垒。尽管金垒这一次的诡计仍然没能得逞，但我们看到，这种空间变换的主导其实是情节，情节的安排决定着传奇叙事空间的构建。由于王魁与敫桂英所处的空间不同，自然无法得知对方的一切情况，空间在这里被运用到叙事的手法中，金垒的诡计给整个故事的发展留下了一个误会，剧情发展出现突转或者是出现高潮变得更有可能，客观上也给剧情增加了一些起伏跌宕的效果。两位主人公活动的空间各自独立，作者通过某种方式对两个空间进行串联，绝对是一种增强戏剧性叙事效果的方式。其实，《焚香记》在第三十五出《雪恨》中再生波澜，张元在徐州被王魁打败之后逃跑，心中愤恨，访得王魁家小在莱阳，于是就星夜领兵杀奔而去，意欲报仇。这一个波澜对于剧情来说又是一个突转，给剧情带来了更多的紧张感，加大了情节的张力，对观众来说也更具有吸引力。尽管许多评论家对这种做法表达过许多不满，但不得不承认，由于空间元素在传奇中的巧妙运用，传奇作家们情节构置的手法更加丰富，技巧也更加纯熟，以王玉峰的《焚香记》为代表的这些传奇确实是有其独到之处的。

二　空间因素表现的依附性

由于叙事文学作品中的所有情节无一例外的是由人物行动构成的，人物的活动总是始终占据着作品的绝大部分空间，所以，我们在研究明清传奇的空间艺术时，就会首先注意到空间因素对于人物活动的依附性。也就

① 王玉峰：《焚香记》，《古本戏曲丛刊初集》，商务印书馆 1954 年版。

是说，明清传奇中对于空间的表现往往是依据人物的语言与行动，人物说什么就是什么，曲词的叙述与宾白科介的提示都可以直接确定空间的位置。

（一）空间的形成对于人物活动的依赖

明清传奇对于剧本的角色配置一般比较齐全，有主角与配角之分，主角有生角（有老生、小生、武生等）和旦角（有闺门旦、老旦、正旦、武旦等），配角有丑角（小花脸）和净角（大花脸、二花脸）以及末角、外角等。通常情况下大部分的唱词和对白是由主要角色来完成，他们总是要占据掉舞台的绝大部分时空，他们自身的活动也就对时间和空间做出了基本限定。整个传奇的主要空间背景必然是以这些人物的行动地点来确定的。而传奇的次要人物多是出现在剧情需要的时候，跑龙套、走过场，他们对主要人物的活动空间或起强化作用，或者是弱化作用，目的是让传奇中主要人物与次要人物共同构成的时空背景更加完整，更加可信。因此，传奇空间表现的自由性再加上空间性对于人物群体的依赖，让传奇从案头到场上的搬演有了更多的自由，操作的方式也更为简便。因此我们看到舞台表演中有很多说法，比如"三五步行遍天下，七八人百万雄师"等，正是说的空间因素对于人物群体的依赖。

《牡丹亭》第二十三出《冥判》中的判官出场时并不见其有多威风，并且在传奇本子里只有一个小鬼跟着上场。尽管上场人物只有两人，但人物的身份已经对空间进行了严格的限制，在传达空间概念时不会造成任何的误读。因此，在实际舞台演出时，考虑到舞台演出效果，则加入了其他龙套人物，以及其他表演。如扮演判官的演员也用自己的表演（如喷火等）使得这本来设定的阴森气氛的场面变得更加可信，并且活泼。考察《牡丹亭》舞台演出，这一出的表演龙套演员一共用了十个小鬼，四个花神，一起完成了群戏的表演。[1] 但无论人物多少，对于冥界的空间环境设定还是没有改变。

明清传奇的空间环境多由剧中人物身份决定，也就是通常说的景随人生。另外，明清传奇空白的舞台所呈现的景别完全由演员的上下场以及说唱念白、歌舞做的表演内容形成舞台的写意程式化空间，因此传奇作者特别注意用唱词与宾白来交代具体的环境地点。这里观众的参与其实也不可缺少，传奇戏曲的舞台假定性必须结合观众的想象与演员的表演共同来完成空间的转换。一部传奇中的地点可以频繁变化，但还是以主要人物的活

---

[1]　苏州昆剧院青春版《牡丹亭》演出录像《冥判》一出。

动为主，出场人物会在自己的念白或者演唱中表明环境地点所在。下面以《玉簪记》为例，对明清传奇空间环境的基本格局作一简单分析。

开端：第二出，和州，潘必正家，潘父命潘必正（京城）赴试。当日，潘必正与进安出发。第三出，北方，兀术发兵进攻南朝。第四出，潭州，陈娇莲家，母女因兵乱失散。第五出，荒野中，陈娇莲遇见张二娘，投女贞观出家。第六出，女贞观，张于湖假宿，遇见陈妙常。第七出，潘家，陈母投靠亲家。第八出，女贞观，陈妙常弹琴，引起张于湖爱恋。第九出，京城（杭州），潘必正与试子同游西湖。第十出，女贞观，接前一天，张于湖与陈妙常下棋，知道与其无缘。第十一出，女贞观，道会风情。

发展：第十二出，女贞观，潘必正下第，投靠姑母。第十三出，女贞观，王公子求婚。第十四出，女贞观，陈妙常与潘必正详谈，潘必正对陈妙常产生了爱意。第十五出，建康，张于湖打败兀术。第十六出，女贞观，潘必正与陈妙常互吐爱慕之情。第十七出，女贞观，潘必正生病，陈妙常探望。第十八出，女贞观，道姑为王公子说和，遭拒绝。第十九出，女贞观，潘必正与陈妙常定终身。

转折：第二十出，女贞观，道姑诡计。第二十一出，女贞观，姑母大乱二人约会。第二十二出，女贞观，姑母觉察二人关系，逼潘必正赶考。第二十三出，江上，陈妙常追赶潘必正送行，赠玉簪为信物。第二十四出，和州，潘必正家，陈母忆女。第二十五出，京城，潘必正对策。第二十六出，女贞观，陈妙常思念潘必正。第二十七出，京城，潘必正中进士，修书报父母与陈妙常知道。

收煞：第二十八出，建康，王公子设计求亲，被陈妙常坚拒。第二十九出，建康，官衙，王公子告官，张于湖审案。第三十出，女贞观，陈妙常得知潘必正中进士。第三十一出，女贞观，潘必正回女贞观接陈妙常。第三十二出，张二娘家，潘必正与陈妙常成亲。第三十三出，和州，潘必正家，两家人团聚。

在《玉簪记》中，空间环境被严格地限定在四个地点：潘必正家，陈妙常家，女贞观，京城，并且以女贞观为中心来组织情节。开端阶段，潘必正与陈娇莲各居一方，潘必正赴京赶考，陈娇莲也因兵乱而离开家乡，两条行动线索就此分开发展。陈娇莲和母亲失散，由张二娘引导，暂时在女贞观中投寄，改名妙常。而潘必正赴试不中，羞归故里，只好暂时借居女贞观。因为人物的相互关系，潘必正与陈妙常二人的活动必须在同一个场所会合，而女贞观主又是潘必正的姑母，因此，女贞观就自然成了故事情节发生的地点。依据人物，《玉簪记》还虚构了一些人物，比如张于湖、王公子等。显而易见，他们活动的地点都是围绕着陈妙常展开的，因此可以看到，明清传奇空间环境的安排对于人物的依附性，传奇可以借此增加波澜，也从侧面对人物形象的刻画加以深化。

（二）人物心理空间的营造

在研究明清传奇的叙事情节所构建的戏剧冲突时，我们可以看到传奇的冲突当然也不外乎两种，即外在冲突（人物与他人或某种势力）和内在冲突（人物内心），且外在冲突常常占据着剧作的绝大部分时间和空间。不过，明清传奇在情节的安排上常有外在冲突不足的情况，对于内在冲突的描写也从一个侧面弥补了剧作冲突单一的缺陷，使剧中人物性格更丰富，人物形象以及主题也更能具有深远的意义。因此，内心冲突的描写对于传奇具有举足轻重的作用。明清传奇中通过对人物心理空间的描写，与实际空间相辅相成，勾勒出传奇故事更为广阔的社会背景，以及局部的心理环境，人物心理空间的描写绝对是明清传奇作者在写作中所要考虑的重要的一环。

传奇作品对于人物内心世界的展示，也是戏剧艺术空间的一个组成部分。明清传奇特别注重人物的内心世界刻画，通过主人公大段的唱腔、做工来明确展示出人物的心理历程。相对而言，明清传奇并不是很注重对于人物性格的刻画，许多传奇中出现的主人公的身份性格都具有相似之处，叙事中对于人物的处理多有类型化的倾向。但在传奇中作者还是善于通过戏剧动作以及心理描写来塑造独特的人物形象。换句话说，传奇作者善于通过对人物内心世界这个空间的描写来完成刻画人物形象。

李开先的《宝剑记》中的《夜奔》一出：

　　【新水令】按龙泉血泪洒征袍，恨天涯一身流落。专心投水浒，回首望天朝。急走忙逃，顾不的忠和孝。【驻马听】良夜迢迢，投宿休将门户敲。遥瞻残月，暗度重关，急步荒郊。身轻不惮路迢迢，心忙只恐人惊觉。魄散魂消，魄散魂消，红尘误了武陵年少。【水仙子】一朝谏诤触权豪，百战勋名做草茅。半生勤苦无功效，名不将青史标，为家国总是徒劳。再不得倒金樽杯盘欢笑，再不得歌《金缕》筝琶络索，再不得谒金门环佩逍遥。

　　【折桂令】封侯万里班超，生逼做叛国的红巾，背主的黄巢。恰便似脱扣苍鹰，离笼狡兔，摘网腾蛟。救急难谁诛正卯？掌刑罚难得皋陶。鬓发萧骚，行李萧条。这一去，博得个斗转天回，须教他海沸山摇。

【雁儿落】望家乡去路遥，想妻母将谁靠？我这里吉凶未可知，他那里生死应难料。

【得胜令】呀，吓的我汗津津身上似汤浇，急煎煎心内类油调。幼妻室今何在？老尊堂恐丧了！劬劳，父母恩难报；悲嚎，英雄气怎消？

这一出中林冲的数段内心独白绝对是明清传奇人物心理描写的典范。作者描写了林冲在得知高俅奸党追杀他的消息后，从柴进庄园逃往梁山、投奔水浒路上的复杂心态和波澜感情，抒发了他"丈夫有泪不轻弹，只因未到伤心处"的悲愤情怀。"夜奔"没有什么戏剧情节，只有林冲一个人在舞台上载歌载舞，整出戏其实就是林冲一个人的内心独白，但写来是慷慨悲壮，真切动人，催人泪下。作者对林冲的心理空间与现实世界空间进行了强烈的对比，林冲是个忠臣孝子，因而他的内心充满了矛盾。冷酷的现实逼得他"专心投水浒"，可是对皇帝的忠心又未免要忍不住"回首望天朝"。如今却万不得已，"顾不的忠和孝"！在上梁山的路上，他想起自己"一朝谏诤触权豪，百战勋名做草茅。半生勤苦无功效，名不将青史标，为家国总是徒劳"，感到极度的悲愤！

对于心理空间的描写基本不会占用现实的舞台背景，除了能够给演员表演带来更大的方便之外，心理空间重点在于表现人物的内在感受，笔触是深入人物的内心世界的，挖掘人物的内在意识，写梦境、幻想、理想，这种写作方法有利于丰富人物性格塑造，从而能够把具有复杂性格、有血有肉的人物形象刻画得栩栩如生。这样的人物性格是真实的，而传奇也通过这种方式为整个故事提供了比较真实的现实空间。

《牡丹亭》的《惊梦》一出是典型的营造心理空间的作品。这里没有人与人之间的矛盾冲突，也缺乏激烈的人物外部行动，若以是否具有情节性来确定刻画中心的话，这出戏就不太有意思，因此，心理空间的营造为整出戏争取到了相当重要的地位，而且，我们看到作者紧紧抓住了杜丽娘内心世界的真实，把这出戏写成了整部传奇中最为惊艳的，也是最为关键的戏眼。由杜丽娘在梦中实现与情人幽会的自由自在，反衬出现实束缚人性、摧残真情的冷酷与无情，给人的印象十分深刻，触动也比较强烈。

心理空间的营造对于传奇自然现实空间的描写刻画是一种有机的补充，这种时空结构的方式在许多传奇中可以读到，如《长生殿》的《哭像》一出中唐明皇的唱段，也正是典型的以心理空间描写与刻画来补充现实空间描写不足的例子。按故事情节结构，安史之乱平定，唐明皇返回了长安。肃宗继位，明皇退位居西宫养老。人物与人物之间的矛盾冲突此时已经解决，戏也可以到此结束，然而洪昇却以更酣畅的笔墨描写唐明皇失去杨贵妃以后的思念之情，作者的审美感受重点放在李、杨情缘的圆满性与理想性上，所以他不惜笔墨写唐明皇观看到杨贵妃真容，触景生情，回忆起他与杨贵妃的快乐与惨痛分离的历程，掀起了全剧的情感高潮。虽然没有写到真正的现实空间，心理空间的构建却更比现实空间带给人更多的感动。我们看其中的描写：

> 【脱布衫】羞煞咱掩面悲伤，救不得月貌花庞。是寡人全无主张，不合呵将他轻放。【小梁州】我当时若肯将身去抵搪，未必他直犯君王；纵然犯了又何妨；泉台上，倒博得永成双。【幺篇】如今独自虽无恙，问余生有甚风光！只落得泪万行愁千状！（哭科）我那妃子呵，人间天上，此恨怎能偿！

唐明皇传位太子后，来到成都，由于怀念在马嵬赐死的杨贵妃，遂命人在成都为之建庙。他先将杨贵妃的木雕像迎入宫中，再亲送入庙，焚香奠酒，哭祭一番。其实并不只是《哭像》这一出写唐明皇之“情悔”，作者之前就用了《闻铃》《见月》《改葬》《雨梦》等唱词来铺垫唐明皇对杨贵妃的自责、哀悔、思忆、眷恋。到这一出更是把“情悔”情绪渲染到最高潮。每一句唱词都在渲染着唐明皇的悔恨心情，营造出一种自悔与伤情的凄凉氛围，为后文转向描写唐明皇与杨贵妃二人“情之所钟，在帝王家罕有”的纯真圣洁的男女之爱做了铺垫。

从心理空间描写入手，更多地在人物心理空间上投射出广阔的社会背景，无疑是传奇能够以简练的笔法获得繁复的空间表达的一种叙事手段。事实上，除了以上所举例子外，还有许多以心理空间作为剧作背景空间重要组成部分的传奇。某一出中剧作主人公通过内心独白以及由此形成的幻象来构成戏剧背景，外在的景象与内心的紧张忧虑和恐惧的频繁对比，全方位地对人物心理进行刻画，将各种潜在动机和意识活动直接在主人公的表白与表演中展现出来，既表现出主人公内心世界的不同层次，又能以景象叠现的方式充分地表现出外在冲突的各个侧面，这无疑是传奇创作中比较巧妙的“虚”与“实”的结合的典范。

三　叙事的时间与空间因素之辩证统一

明清传奇叙事对于时间与空间的艺术处理上的写意性，使得传奇自由、跃动的戏剧结构得以形成。从文学剧本到舞台实际搬演过程中，传奇不但通过人物行动的叙事推进情节的发展，更通过时空的自由表达使得情节与时空自然联系到了一起，构成了一个多维的戏剧时空，这个空间又用明显的节律反过来规范着剧情的传达。当然，在明清传奇的舞台搬演中，空间因素的作用也并不是绝对地处在被限制的地位，它在对时间的自由表现与重点强调上也显现出其自身的灵活性与开放性。

（一）巧妙结构时空因素，格局疏密相间有序

"传奇之设，专为登场"，虽然很多作者创作传奇的最初目的是将其搬演到场上，即使最终无法上演，只能沦为案头之作，但不等于作者没有对舞台表演做出过思考，许多传奇的结构上体现出了作者的舞台搬演设想，结构上看主要是体现在对于时空的处理之上。明清传奇的表演都是采用分场形式，一般以演员的上下场为标志，既能对时间进行分割，也可以对空间进行分割。分割的方式比较多样化，既可对时间或空间进行分别切割，也可以同时兼有。明清传奇故事情节的完整呈现基于演员对人物行动进行具体表演，表演的同时虚拟出环境，并在虚拟的环境中进入角色而表现生活。为了创造情景，必然要求能够自由地改变舞台的空间位置关系以及时间的先后关系。简单来说，传奇写作过程中必然要求创造出一种超出舞台时空但符合剧情需要的虚拟时空。因此，明清传奇的人物、事件与时间、地点的设计就常常具有比较独特的特征，十分耐人寻味。

明清传奇中许多剧目是以生旦体制进行搬演的，以悲欢离合格局结构主要剧情，生旦所代表的是各自不同的时空。当情节发展到一定阶段时，生旦会以团圆的方式将两条线索交织到一起，这时，二人所代表的不同时空就发生重合，但二人各自所代表的环境仍旧可以有所区别，照样还可以展现出不同。以《玉簪记》为例，传奇的生旦格局是"分—合—分—合"。剧情开始时潘必正与陈妙常是分处两个空间中的，在二人相聚之前各自的空间中，情节的发展是简约的，所呈现的戏剧节奏是较快的。而由于潘必正赴考不中与陈娇娘遭遇战乱，二人活动的空间被戏剧化地集中到白云庵里时，在二人共处的新的地点里，情节展开的节奏相对就较慢了。因生旦各自的线索需要分别进行叙述，因此，传奇采用了分而述之的方式来组织情节，生旦的出场明显地被作者加以调控，两条线上的情节相互组接变得更为方便了。于是就有了第十四出陈妙常与潘必正详谈，潘必正对陈妙常产生了爱意，第十六出中潘必正与陈妙常互吐爱慕之情，第十七出中潘必正生病，陈妙常探望，以及第二十三出《秋江》一出，陈妙常追

赶潘必正为其送行等精彩情节的呈现。通过对主要人物所处时间和空间的不同进行调整，戏剧性情节的出现产生疏密相间的效果，这是明清传奇在时空处理方面一个比较通行的成熟做法。

袁于令的《西楼记》中生旦各自的情节线索与《玉簪记》又大有不同。于鹃与穆素徽各自的戏剧时空是从合到分的，剧情开始时二人就处在同一个空间中，并且得以在西楼相会，互定终身。然而由于赵不将的谗言，于鹃被禁邸内，穆素徽也不得安身，被迫迁往杭州。由此，生旦二人的故事就在各自的空间中分头进行。直到传奇结束，二人才又重新会合。分开两个空间对故事进行叙述，最大程度上为故事提供了更多的戏剧性。传奇因此设计出来许多的误会与巧合，如老妓刘楚楚至杭州误传了于鹃因相思而亡的口信，导致穆素徽意欲自缢殉情，刘楚楚未知结果就又慌忙奔逃而归，恰又误传穆素徽死讯给于鹃好友李节，李节又将此消息告知于鹃。由于二人所处空间不同，情节发展过程中的许多戏剧性场面得以被成功地组织进来。而传奇惯用的生旦各自次序出场的演出方法更是加强了传奇的生动性与戏剧性色彩。《西楼记》成功地运用了间离的方式，把生旦二人的戏份隔开，最终又巧妙地利用了侠士胥表这一次要人物及时出场，为生和旦不同的空间进行连缀，最终生旦二人终于团圆。应该说，这部传奇恰当地运用了时空处理的手法，实现了比较理想的戏剧效果。

孔尚任的《桃花扇》从第十二出《辞院》开始，叙事线索也在两个空间进行：李香君在南京城内的情景，侯方域在南京城外的情景，总的看来也是交相发展，舞台空间的转换很有规律。就《桃花扇》而言，李香君一线，叙述了南明王朝的建立以及宫廷内的种种情形。从李香君被逼嫁、强逼入宫、侍宴等情节，反映了南明王朝的建立和君臣的醉生梦死。侯方域一线，则把叙事时空引向南京城外的广大地区，表现出南明王朝武将内讧、军队无力抗清的事实。这里的双线叙事线索拓展了戏曲叙事时空，并形成一种潜在的叙事，即在对比中突出表现了作者"南明王朝无一非私，焉得不亡"的创作意图，正如此剧第二十一出批语所言，"争斗则朝宗分其忧，宴游则香君罹其苦。一生一旦，为全本纲领，而南朝之治乱系焉"。

由此看出，传奇对时间和空间因素的自由化处理，基本可以形成情节疏密相间、整饬有序的格局。反映到传奇情节的结构线索安排上，就形成传奇以生或旦各领一线而发展的基本模式，更有作品为了情节的对称发展，还会加入另外一些人物而构成另一条情节发展线索。于是，各个人物都分别引领着各自的时间与空间向前发展，当然这些情节一般不会太多影响到主要人物的活动空间，传奇也会自觉地以不同笔墨的描写来形成其各自不同空间，并区别对待。

（二）时空虚拟，意境缤纷

明清传奇的最终目的是场上表演，因此写作时势必要考虑到构建出适当的舞台意境，做到情景交融，言中有像，言外有味，把文字的描述形成生动的画面，以使有限的舞台空间能传达出不可尽言的情感，达到意在言外、情在言外的特殊意境之美。因此，对空间与时间的虚拟性处理就成了明清传奇另外一种比较写意的处理方式。

明清传奇奏之于场上时，剧本所描绘出的时间与空间被写意化处理了，它不用写实布景，而是通过演员的演唱和表演进行虚拟性的勾勒，既为故事发展建立起合乎要求的基本自然的时空，同时也能让观众感觉到生活环境的存在。通过这种表示或暗示方法形成的时空设定于舞台之上以后，它所表达的时间关系，就不同于生活的时间关系与空间关系了。它要求尽量满足虚拟表演动作的需求，用有限的、局部的夸张或象征的景物去表现寓含无限的思想感情。传奇舞台上的时空并不是以模拟等量的生活时空来表现戏剧情节与时空的。戏曲舞台的时空随着故事情节的发展而随行就体，故事讲到哪里，时空就发展到哪里，体现出一种线性的流动特征。因而，我们看到的戏曲表演舞台上的布景很少，尤其是写实性的布景、道具更是少之又少。这样讲究的目的主要是使表演能有更大空间虚拟的方式而独立进行，并通过演员的演唱与对白而使得舞台的时空呈现出更多的情感色彩。传奇采用了演员带景上场的办法，景随人移，因而也形成了比较浓厚的写意性特征。如《琵琶记》中的第七出《才俊登程》。这一出描写了蔡伯喈离开陈留去洛阳的行程。途中蔡伯喈遇到几个同样进京赶考的举子，一同赶路，于是他们分别唱了七只曲子，从【满庭芳】中"回首高堂渐远"，离开家乡开始，中间经历了"闻道洛阳近也，还又隔着几个城阙"，而到"遥望雾霭纷，想洛阳宫阙，行行将近"，按曲中的说法，陈留离洛阳千里之远，本应极慢的行程，传奇中却简单地用这样的几只曲子交代了。一会走到这儿，一会走到那儿，他说是什么地方、什么景致，就是什么地方、什么景致，说山是山，说水是水，说村庄是村庄，完全脱离了生活的自然形态，是高度假定性的。像这些存在于观众想象中的景，与实景相比，它无实体再现，很适合与表现性、虚拟性结合。传奇里将旅途经历的景色一一描绘出来，渲染出一番行路匆匆的气氛：飞絮沾衣，残花随马，萋萋芳草，憔悴邮亭，解鞍沽酒，水宿风餐，古树昏鸦，残角断桥，等等，传奇以极强烈的抒情意识描绘出一派虚拟景观，把蔡伯喈留恋故土、思恋妻子的情怀作了详尽的宣示，在简洁叙述的同时又实现了故事情节发生的空间与时间的转换。这种比较直观地体现自由转换时空的做法背后蕴含着人物浓烈的情感，传达出一种诗的意境。正如王国维所说："一切景语皆情语。"（《人间词话》）中国戏曲舞台上通过这种方式描绘出的环境绝对不是单纯的客观环境，而是情景交融的。明清传奇正是以这样的方式来完成意境化的舞台的呈现。表面写环境，实际却在抒情，在渲染某种独特气氛。再如《琵琶记》第十六出中的描写：

> 【北点绛唇】夜色将阑，晨光欲散。把珠帘卷，移步丹墀，摆列着金龙案。

单用了一只清新雅致的曲就营造出皇家风光来，紧接着又通过小黄门的数十句骈俪之句，铺陈出皇权浩大与威严，舞台上空无一物，却让人感受到了神秘与威慑的气氛。而此时蔡伯喈上场，在威严面前更显出他的无助与单薄。于是，我们能预感到蔡伯喈的辞婚与辞官必定以被拒绝而告终。再如二十八出《中秋赏月》，蔡伯喈与牛小姐中秋赏月，二人各怀心思，牛小姐是真心赏月：

> 【念奴娇引】楚天过雨，波澄木落，秋容光净。谁驾玉轮来海底，碾破琉璃千顷。环佩风清，笙箫露冷，人在清虚境。

蔡伯喈却无法排解其内心的苦闷：

> 【生查子】逢人曾寄书。书去神亦去。今夜好清光。可惜人千万里。

月亮在不同人眼里具有了不同的色彩。这色彩正是心情的外化，或者说是人物心情的一种象征。牛小姐看的月亮是明净可爱：

> 【念奴娇序】长空万里，见婵娟可爱，全无一点纤凝。十二栏杆光满处，凉浸珠箔银屏。偏称，身在瑶台。笑斟玉斝，人生几见此佳景？惟愿取年年此夜。人月双清。

牛小姐在月色里心旷神怡，而蔡伯喈却感受到了更多的凄凉：

【前腔】愁听，吹笛关山，敲砧门巷，月中都是断肠声。①

同样的月亮在二人心中竟然激起了如此不同的感受，正如李渔所说：
"同一月也，牛氏有牛氏之月，伯喈有伯喈之月。所言者月，所寓者心。
出于牛氏之口者，言言欢悦；出于伯喈之口者，字字凄凉。一座两情，两
情一事。"②传奇利用二人同赏月亮时所引发的不同感想，构建出了两个
差别明显的心理空间，由此我们也能看出虚拟性的空间对人物情绪表达的
贡献。

再如《宝剑记》第三十七出《夜奔》，林冲为了逃脱追捕，无可奈
何、慌不择路，趁夜逃往梁山。冷酷的现实逼迫他"专心投水浒"，但内
心矛盾却让他仍旧要"回首望天朝"。这时传奇通过对四周景物描写来衬
托出林冲的矛盾心情：【点绛唇】数尽更筹，听残银漏。点明了时间，正
是夜半无人时分；【驻马听】良夜迢迢，投宿休将门户敲。遥瞻残月，暗
度重关，急步荒郊，【沽美酒】……忽然间昏惨惨云迷雾罩，疏喇喇风吹
叶落，振山林声声虎啸，绕溪涧哀哀猿叫，吓的我魂飘胆消，百忙里走不
出山前古庙。【收江南】呀！又只见乌鸦阵阵起松梢，数声残角断渔樵。③
林冲深夜潜行于荒山古道，听虎啸猿啼，任风吹雨打，却又思念母妻，痛
恨权奸的那种忧郁、愤慨、惊恐、哀怨等极其复杂的情感变化在这样的环
境勾画中表达得层次分明、淋漓尽致，使剧中人物栩栩如生，应该说虚拟
空间的构建确实让林冲个人身世的孤寂凄凉与国家命运暗淡无光、前途渺
茫相融为一了。景的悲剧色彩与人物的悲剧情调相交融，成为富有感染力
的意境，自然能引起观众的共鸣。因此《夜奔》这出戏长期以来一直在
舞台上盛演不衰。

明清传奇通过详细的描述来实现虚拟时空的情感化以后，虚拟空间既
可表情达意，又十分方便操控。写意性时空的出现，更加突出人物的动
作，活画了规定的情境。特别是利用虚拟的假定性空间，明清传奇在搬演
至舞台上时更能够做到在同一时间内处理多个不同地点的事件，即一个舞
台同时出现多个表演区，但彼此又假定互不见、互不闻，非常灵活方便，

---

①　高明：《琵琶记》，《古本戏曲丛刊初集》，商务印书馆 1954 年版。
②　李渔：《闲情偶寄·结构第一》，《中国古典戏曲论著集成》第七册，中国戏剧出版社 1959
　　年版，第 27 页。
③　李开先：《宝剑记》，《古本戏曲丛刊初集》，商务印书馆 1954 年版。

而且十分实用。传奇作家们从虚拟表演的需要出发，通过语言表演等方式构建成写意的时空，为演员表演腾出了更大的物理与心理空间。舞台物理空间的充分留白也反过来使得传奇表演对时间与空间的处理可以不再完全受生活时间与实际空间约束。这样，无论是观众还是演员，他们都会相信、承认并接受这种可以传达出艺术真实的时空构建方法。

第六章　明清传奇的人物塑造

由于中国古代文学中叙事理论的晚熟，对于人物形象塑造的理论关注也出现得比较晚，在有关戏曲的许多理论批评著作中鲜有对人物塑造理论具体详尽的阐述。作为一种叙述故事的文学样式，明清传奇的根本任务当然也应该不外乎于人物形象的塑造，通过对人物形象的塑造刻画而达到艺术性的提升。但在梳理明清传奇作品时却发现，很多作品注重的只是传奇的故事性，而剧中人物的艺术性往往不被重视，他们关心的是人物最终的命运，是否可以用"大团圆"的方式达到最终结局，而人物性格的细致刻画以及人物内在性格发展的逻辑性基本不成为作者关注的焦点。因此，明清传奇的人物塑造表现出来类型化的特征比较明显。比如，在 A 传奇中某个才子的形象与 B 传奇中的某个生角基本相像，二者没有什么太大的区别，B 剧中的小姐温文尔雅、聪颖贤惠的性格特征在 C 剧女孩身上同样可见，即使是三姑六婆仆人奸狡之徒甚至出场时的自报家门的内容都十分相似，世人对于明清传奇人物形象的塑造自然就有了微词。不过，仔细研究明清传奇，我们发现明清传奇除了在人物刻画的类型化取向的不足之外，很多作家在突出人物性格、强化人物的独特性方面还是比较有自觉追求的，我们同样可以从传奇中读到一个个栩栩如生的形象。特别值得指出的是，明清传奇在剧中人物设置上还呈现出比较现代的"角色"叙事的特征，在塑造和刻画人物时充分运用了"主角和对象"、"支使者与承受者"和"助手和对头"三对关系的理论，对叙事过程中的人物形象的塑造尤其是性格的揭示有着十分独到的作用，也使传奇产生了强烈的戏剧效果。以此，本章拟对明清传奇人物形象塑造的情况进行一番梳理。

第一节　人物塑造的类型化

西方理论家雷·韦勒克、奥·沃伦都说过，"类型体现了所有的美学技巧，对作家来说随手可用，而对于读者来说也是已经明白易懂的。优秀的作家在一定程度上遵守已有的类型，而在一定程度上又扩张它"。① 明清时期由于程朱理学的思想影响，符合伦理教化的人物类型在传奇中得到了广泛的刻画，有忠臣、清官、孝子、义妇，以及作为这些形象对立面的奸臣、贪官、不孝子、荡妇等。另外由于明代开始的伸张人性的思想解放运动兴起，人们开始有了在世俗生活和感性欲望中发现和肯定个体价值与意义的追求，于是明清传奇在教化人物群像之外又刻画出一批充满世俗人情意味的人物群像，展示出"人"的观念。

从叙事角度来说，作品构建出一定的叙事情境后，首先关注的必然是人物刻画，明清传奇的剧本体例也正是这样做的。通常在第一、二出，传奇基本上会把主要人物角色介绍给观众，随后各种角色一一登场并自报家门，既介绍故事中的人物角色，也介绍故事的部分情节。在不同的传奇本子中出现的人物几乎或多或少地具有相同、相似的特征，所以尽管明清传奇刻画出了如此众多的人物形象，我们却依然可以将他们进行简单的归类。

一　类型化的表现

明清传奇人物的类型化是一个非常普遍的现象，不同传奇中的人物在身份、性格、境遇、命运等方面也许会十分类似。

（一）生活情境的类型化

明清传奇中描写爱情内容的传奇比例较大，因此我们最为常见的类型化人物就是才子与佳人。"才子"与"佳人"都是封建文化浸润出来的产物，是作家审美理想最直接的载体，他们的生活情境与命运都十分接近。

汤显祖《牡丹亭》中的柳梦梅：

> 河东旧族，柳氏名门最……原系唐朝柳州司马柳宗元之后……父亲朝散之职，母亲县君之封……二十过头，志慧聪明，三场得手，未遭时势，不免饥寒……②

徐复祚《红梨记》中的赵汝州：

① 　[美]雷·韦勒克、奥·沃伦:《文学理论》，刘象愚等译，生活·读书·新知三联书店1984年版，第268—269页。

② 　汤显祖:《牡丹亭》，《古本戏曲丛刊初集》，商务印书馆1954年版。

先人赵几，拜刑部尚书……幼有慧质，长多侠思，胸中学问足三冬，口内辞锋倾五岳，但恨花星未耀，鸾运尚悭。①

周朝俊《红梅记》中的裴舜卿：

前代裴行俭之后，虽游黉序，未上公车；将及弱冠之年，尚迟毕姻之约。寄食钱塘，借寓西湖昭庆寺。②

袁于令《西楼记》中的于鹃：

御史雪宾公之子。南畿解元，虽成弱冠，未遂姻盟。③

吴炳《绿牡丹》中的谢英：

先世从高宗皇帝南渡，虽然赋值千金，只是田无二顷。④

其他还有许多才子形象，如《玉簪记》中的潘必正、《锦笺记》中的梅玉、《燕子笺》中的霍都梁、《慎鸾交》中的华秀等，不胜枚举。但这些才子像从同一个模子中浇铸出来的，生活境遇的趋同性特别明显，都是些才高八斗、极擅吟诗作赋却手无缚鸡之力的白面书生，和前代剧中的男性形象大相径庭。

同样，明清传奇中女性人物群体数量也十分庞大，但对她们的外貌描写也比较趋同于类型化。

梁辰鱼的《浣纱记》中对西施的刻画：

奴家姓施，名夷光，祖居苎萝西村，因此唤做西施。居既荒僻，家又寒微。貌虽美而莫知，年及笄而未嫁。照而盆为镜，谁怜雅澹梳妆；盘头水作油，只是寻常包裹。甘心荆布，雅志贞坚。⑤

①　徐复祚：《红梨记》，《古本戏曲丛刊初集》，商务印书馆1954年版。
②　徐复祚：《红梨记》，《古本戏曲丛刊初集》，商务印书馆1954年版。
③　袁于令：《西楼记》，《古本戏曲丛刊二集》，上海商务印书馆1955年版。
④　吴炳：《绿牡丹》，《古本戏曲丛刊三集》，上海文学古籍刊行社1957年版。
⑤　梁辰鱼：《浣纱记》，《古本戏曲丛刊初集》，商务印书馆1954年版。

范蠡一见到西施便十分惊讶，且看他的反应：

> （生）世间有这等女子，岂非天姿国色乎！……莫非采药之仙姝，必是避世之毛女。……〔生〕你是上界神仙，偶谪人世。如此艳质，岂配凡夫。①

陆采的《明珠记》写王仙客眼中刘无双的貌美如花：

> 只见两两红妆相对，看他玉肌香，云鬓薄，春纤嫩。笑拈针指，低低偷眼，隐隐蛾眉。②

孙梅锡的《琴心记》中借侍女之口说出卓文君的相貌：

> 你脸如芙蓉，眉如远山，肌肤柔滑如脂。③

徐复祚的《红梨记》中的谢素秋虽然是青楼女子，却早已有了名声，与赵汝州一起并称为双绝：

> 是教坊妓女，说道果然天姿国色，绝代无双。④

然而当赵汝州见到了谢素秋时，对她的美貌有了更夸张的描写：

> 【江儿水犯】一见消魂魄。光芒射眼睛。羊脂玉碾蜡蛴颈。但风流占尽无余剩。添分毫便不相厮称。⑤

除了对男女主角的形象描写之外，明清传奇还着力刻画了许多其他角色，比如侍女、纨绔子弟、帮闲、媒婆、侠士等，但在许多传奇中，这些次要角色的形象几乎同样具有相同的外貌特征，传奇所用的描述语言具有高度相似性。

---

①　梁辰鱼：《浣纱记》，《古本戏曲丛刊初集》，商务印书馆 1954 年版。
②　陆采：《明珠记》，《古本戏曲丛刊初集》，商务印书馆 1954 年版。
③　孙梅锡：《琴心记》，《古本戏曲丛刊二集》，上海商务印书馆 1955 年版。
④　徐复祚：《红梨记》，《古本戏曲丛刊初集》，商务印书馆 1954 年版。
⑤　徐复祚：《红梨记》，《古本戏曲丛刊初集》，商务印书馆 1954 年版。

（二）人物性格与命运之类型化

传奇除了着力表现人物生活情境的相似之外，还在人物的性格上做足了文章，因此，明清传奇在人物形象的刻画上也具有鲜明的类型化倾向。从元杂剧开始起，像关羽、张飞、李逵、包公等颇有男子汉风范的人物形象在作品中多次出现，然而到了明清传奇时代，男性形象的阳刚之气明显被弱化了，蜕变成了清一色的才色俱全却弱不禁风的书生模样，甚至具有十分突出的女性化倾向。这是明清传奇男主角的第一个重要特征。如《绿牡丹》里的才子谢英是"何必容加粉，真如玉作姿"；《投桃记》中的潘岳是"姿貌人成，不数依庭玉树"；《彩舟记》中的江情是"姿容白皙，气宇轩昂""潇洒出尘"；《琴心记》中的司马相如"清标应物，如春月之灌柳，英气逼人，似野鹤之出群"；《霞笺记》中的李彦直也有"冠玉之姿"；等等，不管用词是如何的不同，爱情传奇中的男子形象总是年轻英俊，貌似潘安，性格中必多温柔成分，以至于女子见了以后就会一见钟情，这样的描写在才子佳人剧中屡见不鲜。第二，他们才华横溢，与儒家的"文质彬彬，而后君子"的准则十分契合，几乎都是少年就得才名盛誉，而且最终经科举成名乃至状元及第。第三，他们几乎都会通过某种机缘巧合如赋诗或弹琴或游园而偶遇佳人，一见倾心之后私订终身。第四，他们对自己意中人的情感十分真挚，无论与对方的地位是如何的悬殊，无论婚姻遭受什么样的阻挠，哪怕对方是乞丐，是鬼魂，他们的决心也不会动摇。而且，他们最终也几乎都可以通过科举等其他途径和有情人终成眷属。

传奇中也刻画了众多女性的形象，有符合教化准则的贤妻良母，有侠骨柔肠侠女，也有才女，她们的性格也有着太多的相似。众多的女性形象群中，无论其身份是闺阁千金还是青楼妓女，明清传奇赋予她们的一些特征基本是貌美如花、才情卓著、心地善良、疾恶如仇等，并且她们对爱情的追求热烈而执着，有着强烈追求自我、张扬个性的勇气。而通过对"情爱"直言不讳的抒写，明清传奇也在情与礼的斗争中谱写出许多才子佳人的情恋颂歌，让我们看到了一股激荡在那个时代的强大的人性觉醒势力。

传奇中的侍女形象给人留下很深的印象。她们大多是聪明活泼，口齿伶俐，并颇能善解人意；虽然地位低下，但往往在男女主人公的恋爱婚姻中担当着重要角色。《牡丹亭》中的春香是众多侍女群像中的代表，她是杜丽娘的贴身丫头，聪明活泼，牙尖嘴利，又颇能知晓小姐的心思，知情识趣。《学堂》一出中春香作为最主要的人物出现，既活跃了行文表演的气氛，同时还通过她对于"关关雎鸠"的回答，巧妙地把杜丽娘对爱情与青春的向往作了一个比较直接的表达，为后文杜丽娘游园惊梦作了铺垫。由于类型化的创作手法，侍女的形象出现在其他传奇中的时候，我们多可以看到与春香性格相似的侍女：张凤翼《灌园记》中的朝英、王元寿《景园记》中的巫云、周朝俊《红梅记》中的朝霞、王錂《春芜记》中的秋英、孙柚《琴心记》中的孤红等。她们与小姐们朝夕相处，同声同气、同情同感，互相也比较了解，并且多能帮助小姐们与心仪的男子结成姻缘。

媒婆形象也是比较具有类型化特征的另一个群体。《跃鲤记》、《钗钏记》、《西园记》、《望湖亭》、《占花魁》和《太平钱》等作品中都对媒婆进行了生动的描写。她们承担了传奇中婚嫁中介的责任。如张媒婆说："媒婆终日奔波，只为身衣没奈何。男婚也是我，女嫁也是我。舌剑唇枪脚似火。"（《伍伦全备记》第五出《遣媒》）为了谋生，媒婆很多时候用骗术，一来出于职业的无奈，二来也是因为传奇角色设计的限制，她们只能以插科打诨的身份出现。媒婆们不管男女是否相配，只管说媒，不过也有心肠好坏之分。比如《伍伦全备记》中张媒婆，她说成了伍家几门亲事，属于比较热心善良的媒婆。《跃鲤记》中的秋娘，在媒婆中属于心性不好的。她到庞三娘家蹭肉要布，被拒绝。庞三娘还说她不习女红。秋娘恨而在庞三娘婆婆面前进谗，使得姜家婆媳关系不合，并导致庞三娘被休。

明清传奇中的纨绔子弟形象也比较具有类型化的特征，如才子佳人题材作品里的不学无术、附庸风雅的假文人，传奇对他们的刻画也不吝笔墨。

如吴炳《绿牡丹》中的柳希潜、车本高等人：

> 牙谶空万轴，生小未相亲，劣友苦无趣，邀人诵读频。……终日与我那好友车尚公走街穿巷，饮酒赌钱，那有功夫看什么书。今年约谢瑶草同窗，不过了个故事，这痴子却认起真来。
> 女字行中无凤分，风流队里有时名。①

如李渔《风筝误》中的戚友先：

> 【吴小四】跨金鞍，佩玉环，豪华第一班。掷色斗牌赢不惯，每

---

① 吴炳：《绿牡丹》，《古本戏曲丛刊三集》，上海文学古籍刊行社 1958 年版。

日输钱论万，当家后一总还。小子名唤戚施，家君原任藩司。做官不清不浊，挣个本等家私。只养区区一个，并无同气连枝。……甚来由养个赵氏孤儿，与我同眠同坐，称他半友半师，谁知是个四方鸭蛋，老大些不合时宜。有趣的事不见他做；没兴的事偏强人为。良民犯何罪孽？动不动要捉我会文做诗，清客有何受用？是不是便教人烧香着棋。好衣袖被炉擦破，破事物当古董收回……更有一般可笑，命中该受孤说起女色，也自垂涎咽唾；见了妇人，偏要做势装威。学生连日去嫖姊妹，把他做个俊友相随……①

沈自晋《望湖亭》中的颜俊：

小子生来不俗，从幼有些蛮福。春来湖畔梅花白雪香，桃花历尽菜花黄，秋到鲈鱼正美蟹又熟，黄雀堆金野凫绿。如此受用更风流，不见两袖吴绫飘大幅？新兴摺帽薄边沿，寸半靴头双缠足。虽然打扮能在行，怎奈庞儿忒龌龊。千圈万圈总一麻，不黄不白难收捉。……我的娘啊，宁可一世孤眠，教我把书儿怎读？②

同为吴炳所作的《西园记》中王伯宁的出场是在湖上游船，顺风而下的船碰坏了张继华与夏玉的游船，他却指使家丁打骂起来，并讹了几钱银子才罢：

你不知我是杭州城里惯使撒泼的王公子么？③

《霞笺记》中的洒银公子：

小子生来豪俊。自幼天资难并。只因怕读千文。连忙就改百姓。家父执掌朝纲。母亲累有封赠。博弈自我本行。妓者是我性命。自家洒银公子便是。④

明清传奇创作中有一个通用的人物类型化的处理方式，一个人物形象

① 李渔：《风筝误》，《李玉全集》第四卷，浙江古籍出版社 2010 年版。
② 沈自晋：《望湖亭》，《古本戏曲丛刊二集》，上海商务印书馆 1955 年版。
③ 吴炳：《西园记》，《古本戏曲丛刊三集》，上海文学古籍刊行社 1958 年版。
④ 无名氏：《霞笺记》，毛晋编：《六十种曲》，中华书局 1958 年版。

往往是众多具有类似外貌与性格的人物的代表，窥一斑而知全豹，观众可以借对某一个人物的了解进而达到对这一类人的知晓，可以说这是传奇人物类型化特征所具有的优点，也是中国传统戏曲的一个比较典型的特征。以类型化的方式描写出来的众多人物，使得传奇在流播过程中更易于被大众接受。而且，我们还能从这些看似单调的人物形象中读出多重内容、品味出独特滋味来。

二　人物类型化的成因

明清传奇在人物的刻画上遵循着"归类"的原则，使得每一类人物几乎都形成一个相对稳定的模式，形成这种现象原因是多种多样的，既包含了历史文化传统的影响，也有时代审美意识的渗透，同时也与作者的创作心理、观众的审美趣味密不可分。

首先，人物形象的塑造过程与作家们创作心理的多样性特征是相对应的，创作不可能不受社会思潮与风气的影响，同时也受戏曲本身特点的制约。

李渔曾经这样形容作家的创作心态：

> 文字之最豪宕，最风雅，作之最健人脾胃者，莫过填词一种。若无此种，几于闷杀才人，困死豪杰。予生忧患之中，处落魄之境，自幼至长，自长至老，总无一刻舒眉，惟于制曲填词之顷，非但郁藉以舒，愠为之解，且尝僭作两间最乐之人，觉富贵荣华，其受用不过如此，未有真境之为所欲为，能出幻境纵横之上者。我欲做官，则顷刻之间便臻荣贵；我欲致仕，则转盼之际又入山林；我欲作人间才子，即为杜甫、李白之后身；我欲娶绝代佳人，即作王嫱、西施之元配；我欲成仙作佛，则西天蓬岛即在砚池笔架之前；我欲尽孝输忠，则君治亲年，可跻尧、舜、彭聃之上。[1]

对于作家来说，传奇创作确实是一种自由自在的超级享受，他可以随性创造出各种各样的人物。但在每一部传奇作品和每一个人物形象身上，会不同程度地体现出作家对于生活的思考痕迹。如明清传奇中的才子佳人剧作数量特别多，并且这些剧中的才子佳人形象也有着许多相似的特点，

---

[1]　李渔：《闲情偶寄·词曲部》，《中国古典戏曲论著集成》第七册，中国戏剧出版社 1959 年版。

这就跟传奇作者本身的生活经历有很大的关系。这些作家们多为才子，许多人都是通过科举成功而进入仕途。然而他们的科举之路并非一帆风顺，或许经历了许多次的失败，难免让他们产生强烈的悲愤。然而即便考中功名以后，宦海沉浮，许多人还是不能在其间一帆风顺，有些最终被弹劾、罢官，有些干脆自己辞官归隐。科举失败或官场失意，使部分传奇作家开始找寻其他的精神寄托。当他们厌弃世俗社会中争名夺利、以人为敌、以邻为壑的倾轧行为，渴望与世无争的纯净世界时，他们便把自己的理想和希望通过传奇间接地表现出来。明清两代所经历的内忧外患，也深刻地影响了明清传奇的创作，不少作家就把自己亲身经历国破家亡之痛以戏曲的方式表达出来，用以总结兴亡教训，因而他们笔下又会出现一类能够担当挽救民族危亡重任、关心民众疾苦的人物形象群。不过，我们也看到，无论作者们是达还是困，是仕还是隐，封建社会的传统使得作家们基本以宣扬传统意义上的忠孝节义作为写作的基本出发点，现实社会给传奇作家们带来的思考以及他们淳朴的社会理想，自然会在其笔下的人物形象身上得到聚合，这更加促成了人物类型化特征的形成。

而从创作的整个流程来说，从构思到人物形象再到语言的运用，作家都会受到许多因素的制约与影响。创作者若希望达成以简洁的方式来刻画人物形象的目的，达到对人物形象的生动塑造，并且能在形象身上寓以作者强烈的主观情绪和自我审美意向，从而使形象具有较为浓郁的象征意味，则必须运用类型化的概括写作手法。

其次，人物类型化倾向与传奇的场上特征密不可分。传奇绝不仅仅是供案头阅读的，它更需要能奏之于场上，进行演出。作为供演出的剧本，在创作时必然要考虑到舞台表演的时间与空间的限制，要能够在有限的空间与时间内完成一个有头有尾的故事的生动再现，尽量复制出生活的原貌来，那么在创作之时就必须对生活素材进行严格的选择，对于故事情节与故事背景尽量地压缩，以期选择出最能体现人物个性的故事情节以及故事发生的最为适当的环境。同时，舞台演出要求人物参与的事件必须高度集中，必然要求出场的人物能够尽量减少，这样才能为主要人物腾出更多表现空间，最大限度地使人物处于剧烈的矛盾冲突中，才能让情节发展增加更多的"突转"与"波澜"，使人物个性在矛盾冲突中得到全方位、多层次的塑造，这样一来，人物形象就必须要具有强烈的代表性。

再次，戏曲是要满足普通大众的消遣娱乐需要的，创作时当然也必须考虑观众的审美要求与审美趣味。明清传奇中的人物类型化与故事模式化相加之后使得剧情呈现出明显"定式",观众只需要在惯常的叙事情境里去欣赏演出。于是观众的欣赏和创作者的创作都带有了一种惯性。创作者通过概括并加以抽象而塑造出具有众多人物的共性特征的人物形象呈现在舞台上,观众能直观、直接了解人物、理解人物,比较准确地感知这一个人物所代表的群体特征,人物一上场便知其性格特征及身份地位,人物在想什么、将要做什么以及以后的行动线索,大都在预料之中,加深对场上表演的具体人物性格的感知,引导观众直接进入戏剧情境。人物的类型化趋向,使得整个传奇创作的语言、情节以及风格也自然地蹈袭陈规,但又正因为形成了惯例,最终那些为观众熟知的情节虽被反复搬演,却依然为观众津津乐道。

最后,明清传奇舞台表演时的人物"行当化"是对传奇中的人物按性别、性格等各种条件进行的角色分类,一般分为生、旦、净、末、丑等行当。由于每个行当都有一套相应的表演程式,并且确定了行当内人物的基本性格,这就要求创作时基本要循着这一基本标准去塑造和刻画人物形象。在这样一个囿定的范围内,角色形象的描写自然就会发生比较多的雷同,角色的性格之间也颇多类似。这种行当的分类在某种意义上几乎就是明清传奇人物形象类型化特征的最直接的要求。当明传奇具有了程式化的样式规范,作家们在塑造人物形象时就倾向于以这种类型化的方式来刻画和描摹人物,而这一近乎标准化的创作方式被更多的作家以及观众接受,因而形成了人物形象塑造的最为广泛的"类型化"方式。

三　人物类型化理论的发展

中国戏曲的曲唱传统使得传奇创作初期作家与评论家们都较少探讨人物形象塑造的问题,即使偶有涉及,也是浅论辄止。明初的朱有燉在评价自己创作的《贞姬身后团圆梦传奇》时曾提及"中间关目详细,词语整齐,且能曲尽贞姬态度",① 这个应该算是较早的有关人物形象塑造的评价。对于传奇人物形象塑造刻画的真正理论指导来得比较晚,大约从明朝中叶开始,部分传奇作家和评论家逐渐对人物塑造投以更多的关注,并有一些简单阐发,但还不能成为系统的理论构架,且有关人物塑造的理论很多还只是从人物语言的角度出发的,主要着眼点放在语言是否与人物自身的身份性格相符上面。

---

① 朱有燉:《贞姬身后团圆梦传奇》,转引自朱琴、李志远《明清戏曲序跋的发展阶段及其批评特点研究》,《社会科学论坛》2010 年第 22 期。

由于对传奇类型化的人物形象不重视人物性格、身份等差异性因素的描写，更多地集中优美品质或恶德于某人一身，片面强调人物性格的共同性和普遍性，抹杀了人物性格的个别性、特殊性和复杂性，形成"千人一面"的现象，这招致了部分传奇作家及评论家的诟病。从许多对类型化人物刻画手法的批评中我们可以看到时人对这种片面倾向并不接受。如徐渭对《西厢记》的评价，应该说这是一个为明清传奇人物创作所提供的比较明确的标准。《田水月山房北西厢藏本》中对第一折《佛殿奇逢》【赏花时】的批语这样说：

> 崔家富贵，文王以天子之贵敌之而不可得，但此际亦似寥落矣。况曰："子母孤孀途路穷"，而中间有"软玉屏"、"珠帘"、"玉钩"等句，亦当避忌者。①

他希望作家们在写作时应该尽量使人物语言能够符合自身的身份。王骥德的《曲律》也是从这个角度对一些作品提出了自己的看法：

> 《浣纱》如范蠡而曰"尊王定霸，不在桓、文下"，施之越王则可，越夫人而曰"金井辘轳鸣，上苑笙歌度，帘外忽闻宣召声，忙蹙金莲步"，是一宫人语耳。②

"尊王定霸，不在桓、文下"是《浣纱记》第二出《游春》中越国大夫范蠡上场时念的引子，王骥德认为这句话从范蠡口中说出实在不符合范蠡的身份，因为这句话是王者期望成就霸业的雄心表示，而如果换成越王说出则不存在任何问题。而对于"金井"与"辘轳鸣"等词出于越夫人口中，也颇不像王妃的口气，颇似宫女说话的口气，这当然是传奇在人物刻画上的败笔。

再看王骥德对于《琵琶记》的评价：

> 蔡别后，赵氏寂寥可想矣，而曰："翠减祥鸾罗幌，香消宝鸭金炉，楚馆云闲，秦楼月冷"，而又曰："宝瑟尘埋，锦被羞盖，寂寞琼

---

① 徐渭：《田水月山房北西厢藏本》，《中国古典编剧理论资料汇辑》，中国戏剧出版社 1984 年版，第 40 页。

② 王骥德：《曲律·论引子》，《中国古典戏曲论著集成》第四册，中国戏剧出版社 1959 年版，第 138 页。

窗，萧条朱户"等语，皆过富贵，非赵所宜。①

如李贽对《琵琶记》第九出《临妆感叹》【破齐阵引】的批语说：

> 填词太富贵，不像穷秀才人家，且与后面没有关目也。②

而在后面第十九出《强就鸾凤》的眉批又评论说：

> 填词当贵，与相府相称。③

这些评论应该说已经明确地指出传奇创作中不注意人物的身份区别，而只是简单地传达作家自身情感与理性褒贬的不良倾向。王骥德提出了"设以身处其地，摹写其似"④ 的呼吁，他认为作者虽然是以自己的头脑思考，但却一定要以剧中人的口气来说话，必须设想人物所处的特定情境，写出能表现人物特殊身份、性格、心态的个性化语言来。然而在明清传奇的具体创作中这个原则并没有被贯彻进去，随着明清传奇的雅化趋势，更多的文人作者加入传奇创作队伍，使得类型化的人物形象刻画渐渐形成了一股强大的惯性。不仅是才子佳人那些原本有文化的人物形象风雅依旧，甚至连净、丑角所扮下层人物的说白也明显地雅化起来。凌濛初曾予以猛烈批评：

> 今之曲既斗靡，而白亦竞富。甚至寻常问答，亦不虚废闲语，必求排对工切。是必广记类书之山人，精熟策段之举子，然后可以观优戏，岂其然哉？又可笑者：花面丫头，长脚髯奴，无不命词博奥，子史淹通，何彼时比屋皆康成之婢、方回之奴也？总来小解"本色"二字之义，故流弊至此耳。⑤

---

① 王骥德：《曲律·杂论》，《中国古典戏曲论著集成》第四册，中国戏剧出版社 1959 年版，第 150 页。

② 秦学人、侯作卿编：《中国古典编剧理论资料汇辑》，中国戏剧出版社 1984 年版，第 52 页。

③ 秦学人、侯作卿编：《中国古典编剧理论资料汇辑》，中国戏剧出版社 1984 年版，第 53 页。

④ 王骥德：《曲律·论引子》，《中国古典戏曲论著集成》第四册，中国戏剧出版社 1959 年版，第 138 页。

⑤ 凌濛初：《谭曲杂札》，《中国古典戏曲论著集成》第四册，中国戏剧出版社 1959 年版，第 259 页。

"花面丫头，长脚髯奴"等下层人民也"命词博奥，子史淹通"，满口文绉绉的语词，把本应该由那些精通诗书的人说出来的话放到了这些基本没有文化的人口中，确实是明清传奇创作中对于人物形象塑造的一种忽视，从这里也可以见到明清传奇在刻画人物形象上深受类型化总体趋势的影响。

李渔在《闲情偶寄》中谈到了对于类型化的看法：

> 传奇无实，大半皆寓言耳。欲劝人为孝，则举一孝子出名，但有一行可纪，则不必尽有其事。凡属孝亲所应有者，悉取而加之，亦犹纣之不善，不如是之甚也，一居下流，天下之恶皆归焉。其余表忠表节，与种种劝人为善之剧，率同于此。①

李渔认为，传奇人物的塑造应该出于故事教化目的而加以虚构和性格集中，不必非得有其事，相反倒是可以把凡是这一人物所应该具有的特征尽可能地加到剧本中的人物身上。这样就不可避免地对人物的某种性格加以强化，人物自身的忠奸善恶、孝悌友信便可自然地在作品中突出地体现出来。因此，我们看到明清传奇中的具有"至孝""至忠""至情""至奸"等类型化特点的人物形象充斥其中，通过这样的艺术形式所反映出来的必然是作者对于人物形象内在情志的表现。人物类型化之后更可以通过对戏剧人物自身所凝聚的来自作家的感性与理性的价值取向引导，观众或读者的接受更为自觉和自然。然而，李渔也注意到了类型化人物形象对于传奇创作的影响。他对人物与语言的关系提出了比较深刻的见解，他要求创作中能够做到"说何人，肖何人"，让剧中人的语言既切合身份，又要符合角色：

> 极粗俗之语，未尝不入填词，但宜从脚色起见。……以生、旦有生、旦之体，净、丑有净、丑之腔故也。②

李渔认为要从角色出发设计人物语言，其实也就是要从人物性格出发的意思。李渔对人物刻画理论思想的深化，也让我们看到了明清传奇中人

---

① 李渔：《闲情偶寄》，《中国古典戏曲论著集成》第七册，中国戏剧出版社1959年版，第20页。

② 李渔：《闲情偶寄》，《中国古典戏曲论著集成》第七册，中国戏剧出版社1959年版，第26页。

物类型化的倾向是多么严重。但话说回来，明清传奇人物刻画的类型化倾向，虽然造成了比较明显的简单化、雷同化的弊端，但是在场上演出时，具有脸谱化特征的生旦净丑等人物却能使各种层次的观众依据各种类型提供的帮助迅速进入剧情中去，通过这样的方式，传奇也达到了流播的目的。然而，毕竟类型化人物无法对人物性格各方面进行深入描写，观众最终会感觉到人物性格的单薄，缺乏性格上的丰富性，更多剧本中的千篇一律的角色其实不能通过自身的性格完整与丰富而获得艺术生命，这个应该说是明清传奇一个比较大的缺憾。

第二节　人物塑造的个性化

明清传奇尽管在人物塑造上具有比较明显的类型化特征，但由于传奇作家创作过程中对"事真""境真""情真"的追求，所塑造和刻画的人物形象在比较明显的类型化之外，还是有着塑造人物独特性格的追求的。许多作品能够借助于对"事、境、情"的真实性追求而注意到人物的语言、身份、地位乃至人情物理的各个细节方面的区分，从而尽量避免了人物失真的感觉。传奇产生初期在人物形象塑造上其实就有了比较自觉的意识，随着传奇创作手法的丰富与创作理论的逐渐成熟，客观上也促进了人物塑造方式的改变。与此同时，正是人物塑造的类型化特征，使得作家在刻画人物时能在人物的共性基础上更多地关注人物所特有的个性特征，这样人物形象便自然会立于读者的面前，因此传奇中也不乏许多个性特征十分鲜明的人物形象。

一　人物性格品质的单向强化

前文曾提到明清传奇十分重视传奇的教化功能，对教化主题的机械图解直接导致了人物刻画中较多地强调与伦理教化相关的道德特征，许多作品都从人物的"孝""贤""仁""忠"等性格特征入手而进行人物形象的塑造。但强调教化并不等于不能刻画具有独特性格的人物形象，高明的《琵琶记》就最大限度地突出了赵五娘的"孝"与"贤"以及张大公的"仁"，并将其发挥至极，从而使人物的个性化特征得到最为明显的体现。

赵五娘善良朴素、刻苦耐劳，在饥荒年岁，典尽衣衫，自食糟糠，独力奉养公婆，后又营葬筑坟，忍受了常人无法承受的磨难。赵五娘的初愿是"偕老夫妻，长侍奉暮年姑舅"，甘守清贫的生活。她曾埋怨蔡公逼试，要拉伯喈去向蔡公劝说，但欲行又止，生怕被责"不贤"，被说要将丈夫"迷恋"。伯喈被迫赴试后，照看公婆的责任全部落在她的身上，使她落到了不得不做孝贤媳妇的境地："也不索气苦，也不索气苦，既受托了蘋蘩，有甚推辞？索性做个孝妇贤妻，也得名书青史，省了些闲凄楚！"礼教的熏陶，家庭的责任，使她不得不咬紧牙关，只能干脆以做个"孝妇"自解。然而，她的尽心尽力、自食糟糠的行为，如果公婆能够理解，犹可忍受，最不堪的是还要受到婆母的猜忌。蔡婆说："亲的到底只是亲，亲生孩儿不留在家，今日着这媳妇供养你呵，前番骨自有些鲑菜，这几番只得些淡饭，教我怎的挨？更过几日，和惚也没有。"并对赵五娘诸多责备，甚至怀疑她独自在背地里偷吃过好食。面对内外交困的悲剧命运，赵五娘心力交瘁，苦不堪言。徐文长评云："吃糟吃糠不难，吃婆怨气更难。"（引自《三先生合评本琵琶记》）因为礼法规定媳妇不得与婆母顶嘴，赵五娘纵然心中不平，"便埋冤杀了，也不敢分说"。她怨肠百结，只能对糟糠倾诉：

　　【孝顺歌】呕得我肚肠痛，珠泪垂，喉咙尚兀自牢嘎住。糠，遭砻被舂杵，筛你簸扬你，吃尽探持。悄似奴家身狼狈，千辛万苦皆经历。苦人吃着苦味，两苦相逢，可知道欲吞不出。（吃吐介）

　　【前腔】糠和米，本是两倚依，谁人簸扬你作两处飞？一贵与一贱，好似奴家共夫婿，终无见期。丈夫，你便是米么，米在他方没寻处。奴便是糠么，怎的把糠救得人饥馁？好似儿夫出去，怎的教奴，供给得公婆甘旨？①

　　再看《琵琶记》第二十三出《代尝汤药》中的一段戏。蔡婆去世后，蔡公也病倒，赵五娘自己吃糠"省钱赎药"为蔡公治病，亲伺床前：

　　【香遍满】〔旦〕论来汤药，须索是子先尝，方进与父母。公公，莫不是为无子先尝，恰便寻思苦。〔外吃药吐介旦〕公公，且耐烦吃些。〔外〕媳妇，这药我吃不得了，我宁可早死了罢，免得累你。〔旦〕公公，你须索闻？怎舍得一命殂。〔外〕媳妇你吃糠，省钱赎药与我吃，我怎的吃得下。〔旦〕苦，元来不吃药也只为着糟糠妇。②

---

①　高明：《琵琶记》，《古本戏曲丛刊初集》，商务印书馆 1954 年版。
②　高明：《琵琶记》，《古本戏曲丛刊初集》，商务印书馆 1954 年版。

蔡公知道赵五娘为他所做的一切，深为孝心所感，蔡公唱道：

> 【青歌儿】媳妇。我三年谢得你相奉事。只恨我当初把你相担误。天那。我待欲报你的深恩。待来生我做你的媳妇。怨只怨蔡伯喈不孝子。苦只苦赵五娘辛勤妇。①

为了报答赵五娘，蔡公竟然愿意来生做赵五娘的媳妇。越是描写蔡公既怨又悔的心情就越可以看出赵五娘的善良心地。《琵琶记》从赵五娘自己的心理感受以及蔡公、蔡婆对赵五娘态度的转变，极力刻画出五娘"孝"和"贤"。通过这样的描写，人物的形象自然会变得生动起来，富有感染力。

《琵琶记》对于另一个人物张广才的描写则是抓住了他的"义"大做文章。他和蔡伯喈是"相邻并相依倚，往常间有事，来相报知"，他提议蔡伯喈上京赴试，劝蔡伯喈作为男儿汉应当有凌云志气，不可辜负了十载青灯而枉挨过半世黄齑。更不可因为贪鸳侣，守着凤帏，而误了鹏程鹗荐消息。当蔡伯喈担心年迈父母无人照看，张太公安慰蔡伯喈，千钱买邻，八百买舍，他既是邻居，假若是宅上有些小欠缺，他自当应承。张太公真的这样做了，在作者的笔下，他体现出了"义"字当头的性格，受人之托，必当终人之事，一言既出，驷马难追。第十七出《义仓赈济》中赵五娘好不容易求得赈灾粮食回转，却不料中途被抢。正当蔡公和五娘一筹莫展时，张太公把自己刚得的官粮分送给蔡公。他见不得蔡公蔡婆遭受饥窘，无法独享安和。蔡婆去世，张太公相帮备棺木葬埋。而蔡公去世，张太公在街上看到五娘为送终之用祝发卖钞时，他十分自责内疚。赵五娘上京寻夫，又是张太公代为照看坟茔。李旺传信，又是张太公告知家中发生的一切。整个故事中除了在第三十八出《张公遇使》中有他的专场戏之外，张太公并没有许多的出场，但正是上文提到的那些所作所为，一如《琵琶记》开篇所写的那样，一个义薄云天的"施仁施义张广才"老者形象清晰地展现在读者面前。

毛声山对《琵琶记》的评论看出，他是认可了此剧对于人物刻画的典型表现：

> 今观《琵琶》一书，所以绘天性之亲者，抑何其无不逼真，无

①　高明：《琵琶记》，《古本戏曲丛刊初集》，商务印书馆 1954 年版。

不曲至乎！于父母之爱子，则一写其逼试，一写其嗟儿。于舅姑之爱媳，则一写其见糠而悲，一写其遗笔而逝；于子之念父母，则写其婚，写其辞官，写其思乡，写其寄书，写其临风而悼于"新篁池阁"之时，写其对月而嗟于"万里长空"之夜。子媳之奉舅姑，则写其请粮，写其进药，写其剪发，写其筑坟，写其画真容于纸上，何啻僾忾闻见之诚，写其抱琵琶与道中，不减行哭过市之惨。其描画慈父慈母，孝子孝媳，可谓曲折淋漓，极情尽致矣。①

他认为《琵琶记》人物形象的鲜明逼真之所以能曲折淋漓地表现出来，完全是抓住了人物性格中动人之至的"亲""孝"的主要特征进行描写，这样给读者和观众更大的震撼力，才能达到作者以理教人的目的。

在明清传奇中有不少抓住人物性格中的教化特征进行强化，塑造出具有典型性格特征的人物的例子。如张凤翼的《祝发记》就叙述了一个易妻养母的故事，主动作出牺牲的臧氏给人留下了很深的印象，她的形象远远要生动于他丈夫徐孝克。在第十七出中，臧氏已经被送到孔景行府中，尽管"绣户卷珠帘，翠府调珍馐"，但她却仍旧牵挂着婆婆，想"婆婆只道我在舅母家里，谁知到在这里。只不知儿夫在家怎生支吾我那婆婆，好生放心不下。好似和针吞却线，系人肠肚刺人心"。面对佳肴，她想到的仍然是婆婆"淡薄饔飧难过遣"，只能吃点"莼羹蔬饭"，寥寥数语，就把臧氏的"孝"刻画得清晰可见。

孟称舜的《二胥记》则同时刻画了申包胥的忠和伍子胥的孝。在《标目》里作者这样写道："孝伍员报怨起吴兵，忠包胥仗义哭秦廷。"由于楚平王年迈昏庸，嬖人费无忌专权擅政，诬谗太傅伍奢，想一举杀掉伍奢父子三人。申包胥上疏谏阻未果，反被贬谪回乡。伍家除伍子胥一人外都被诛杀，伍子胥潜逃。中途遇见申包胥，言及亡楚复仇之事：

【北折桂令】满朝中，狗党狐群。倚依君王，喝的那海立山奔。一句句把热血相喷，逼得俺一家大小，冷骨难存。早难道天公眼瞎，弄的来日暗云昏。甚时呵，得脱离恶网，跳出丧门，早些儿报雪冤雠，向九泉上慰答先魂。……父母之仇，不与戴天履地；兄弟之仇，

① 毛声山：《第七才子书琵琶记》，《中国古典编剧理论资料汇辑》，中国戏剧出版社1984年版，第289页。

不与同域接壤；朋友之仇，不与同乡共里。俺若不覆楚国，以雪父兄之仇，非为人也！①

　　而申包胥则认为伍子胥一家的冤情都是因为奸臣所害，和楚王并没有关系，更不能因此而生出灭国的想法，应该是"忘家为国全忠信"。但伍子胥却不听劝告，申包胥只好留下话来："子能亡之，我能存之，子能危之，我能安之。两下里各自要报答君亲。"最终伍子胥借吴国的力量打败了楚国，直入郢都，擒费无忌后将其剜心沥血祭奠其父兄，并且掘平王尸体而鞭之三百。楚昭王逃奔云梦。申包胥见国破家亡，劝伍子胥收兵回吴不果，于是独赴秦邦，径闯秦庭，叩首痛哭，七天七夜，恳求秦王发兵。最终获得秦王同情，秦国发兵救楚，吴兵败撤，申包胥迎归楚昭王，后并相二国。《二胥记》强化了伍子胥和申包胥作为人子和人臣的孝和忠的性格特征。伍子胥为报父兄之仇，须发皆白，最终远走他国，最终得以斩杀仇人以慰父兄。在这一点上作者持十分鲜明的赞赏的态度，伍子胥这一人物形象也因对尽孝的执着而散发出夺目光彩。然而，当孝和忠放在一起进行权衡时，作者的天平其实已经倾向于忠的一边。传奇开篇对于伍子胥和申包胥的经历以双线结构而展开，但从第十五出《鞭尸》之后，传奇就基本上以申包胥为刻画中心了，笔墨集中以后我们才得以看到那出著名的《哭庭》。

　　明清传奇对于才子佳人一类人物的刻画形成类型化的模式经历了一个比较长时间的发展过程，早期是单薄的、脸谱化的、说教的，而后才逐渐形成从人物性格特征的角度去增强人物立体感的人物刻画方式，这就又使得人物形象从类型化中凸显出来较强的个性化，这种变化我们可以从那些针对明清传奇人物形象的评点和概括中可以看出来。明清传奇人物形象个性化特征的总结和阐述在王思任、沈际飞、臧懋循、茅映、陈继儒、冯梦龙等人的评论中比较多见，他们的评价和总结也十分独到和深入。如在《批点玉茗堂牡丹亭词叙》一文中，王思任对《牡丹亭》中人物性格作了精彩的概括：

　　　　若士自谓一生"四梦"，得意处惟在《牡丹》。……其款置数人，笑者真笑，笑即有声；啼者真啼，啼即有泪；叹者真叹，叹即有气。杜丽娘之妖也，柳梦梅之痴也，老夫人之软也，杜安抚之古执也，

---

① 　孟称舜：《二胥记》，《古本戏曲丛刊三集》，上海文学古籍刊行社 1957 年版。

陈最良之雾也，春香之贼牢也，无不从筋节窍髓，以探其七情生动
之微也。①

王思任精辟地以"妖、痴、软、古执、雾、贼牢"分别指称杜丽娘、
柳梦梅、老夫人、杜宝、陈最良和春香的性格特征，并看出汤显祖是从人
物形象的"筋节窍髓"入手，而"探其七情生动之微"。这准确地揭示了
汤显祖在人物形象塑造中的创作追求，同时，汤显祖在人物形象塑造上的
成就也影响了晚明乃至整个清代的传奇作家的创作指向。仔细研究会发现
"探其七情生动之微"的人物刻画方法着重把注意力放在人物性格的某一
个层面之上，几乎是不及其余，并不关心人物与其他人的相同特征。王思
任随后又对自己揭示《牡丹亭》的人物形象写作特征进一步地阐释：

> 杜丽娘隽过言鸟，触似羚羊，月可沉，天可瘦，泉台可暝，獠牙
> 判发可狎而处；而"梅"、"柳"二字一灵咬住，必不肯使劫灰烧失。
> 柳生见鬼见神，痛叫顽纸；满心满意，只要插花。老夫人智是血
> 描，肠邻断草，拾得珠还，蔗不陪檗。杜安抚摇头山屹，强笑河
> 清，一味做官，半言难入。陈教授满口塾书，一身襁气；小要便
> 益，大经险怪。春香眨眼即知，锥心必尽；亦文亦史，亦败亦成。②

王思任对《牡丹亭》人物的品评和人物形象特征的揭示在沈际飞的
《牡丹亭题词》中也有表达。很明显，他们的看法是一致的。"柳生呆绝，
杜女妖艳，陈老迂绝，甄母愁绝，春香韵绝，石姑之妥，老驼之勘，小癞
之密，使君之识，牝贼之机，非临川飞神吹气为之，而其人遁矣。"③抓住
人物的某一性格特征而进行强调单向性的绝对延伸刻画，这实际上也是中
国古典戏剧在人物形象塑造中的一个鲜明的普遍性特征。

明清传奇注重唯美的人物形象与性格的刻画同时，我们还能读到许多
的非主角形象，如《牡丹亭》中的陈最良、《燕子笺》中的鲜于佶、《望
湖亭》中的颜俊、《人兽关》中的桂薪、《一捧雪》中的汤勤、朱素臣《翡

---

① 王思任：《批点玉茗堂牡丹亭词叙》，《中国古典编剧理论资料汇辑》，中国戏剧出版社 1984
  年版。
② 王思任：《批点玉茗堂牡丹亭词叙》，《中国古典编剧理论资料汇辑》，中国戏剧出版社 1984 年
  版，第 138 页。
③ 沈际飞：《牡丹亭题词》，《中国古典编剧理论资料汇辑》，中国戏剧出版社 1984 年版，
  第 89 页。

翠园》中的王馒头等。这些人物没有被作者模式化的定型套路束缚住，基本能够按照人物自身的性格发展逻辑走向而进行刻画，因此，这些人物形象比起那些才子佳人们要真实可信得多。可以看到许多传奇作家在这点上做出了很大的努力，人物性格不再千篇一律，开始呈现出多样化的色彩来。

李玉传奇中的人物形象以小人物居多，他习惯于借用多种方式对人物进行描写，注重强化人物的独特性格。以《一捧雪》中对汤勤的刻画为例。传奇中的汤勤是一个趋炎附势、忘恩负义、阴险毒辣的小人。第一出《乐圃》中出场时自报家门：

> ［破衣帽、持纸画上］区区姓汤名勤，号北溪，苏州人氏。从幼学得一手好裱褙，……微名颇有，生意甚多，只因好嫖好赌，又要沉没人的东西，弄得鬼也没得上门了。更遭两个荒年，妻死家破，苏州难以栖身，只得逃到杭州，寄身寺院，勉强裱幅画儿，卖来度日。①

就是这样一个穷困潦倒的裱褙匠，莫怀古见其可怜收留了他，并举荐给严世蕃，严世蕃授之以官。但汤勤对于旧主人不思报恩，为了攀附权贵，反而以怨报德，卖主求荣。作者抓住了汤勤的动作进行刻画，活画出汤勤的谄媚嘴脸，看他去见严世蕃的科介描写：

> （末）禀爷，汤先生到了。（副净作跪门、膝行、叩头介）门下犬马汤勤叩见。

莫怀古有一只家传玉杯，名为一捧雪。汤勤告于严世蕃，严向莫怀古索杯。莫怀古以复制的赝品代替，却不小心醉酒后在汤勤面前走漏风声。汤勤便向严世蕃告密，再次暴露出他的丑恶嘴脸。后来严世蕃命令处死莫怀古，义仆莫成以身代主而死，但汤勤又辨出假头，再次让莫怀古以及帮助过莫怀古的戚继光陷入危难境地。后来汤勤因为垂涎莫怀古侍妾雪艳的美色而放弃了对假头的追审，在成亲之夜被雪艳刺杀。汤勤极端利己，奸诈狠毒，一切以自己为中心，在他的眼中世间根本无所谓道德，也无所谓是非，人与人之间的关系完全是弱肉强食、互相残杀的关系。他的信条就是"先下手为强""恨小非君子，无毒不丈夫"，他以陷害、倾轧他人为

① 李玉：《一捧雪》，《古本戏曲丛刊三集》，上海文学古籍刊行社1957年版。

能事，将自己的精明能干充分利用去迫害莫怀古。传奇通过《告杯》《搜邸》《遣骑》《勘首》等多场戏，充分地把汤勤的奸诈与狠毒展现于广大观众面前。尽管这个人物形象给我们的审美感受是恶的，但我们可以从这一形象身上看到明清传奇中刻画个性化人物的努力。

其他作家在人物形象的刻画方面也做了不少努力，对整个传奇创作中人物形象的个性化塑造叙事方式有很大贡献。李渔的作品除了有复杂曲折的情节之外，人物塑造手法上也一反前人单调、扁平人物性格化的做法，抓住人物行动的独特性来刻画性格。在《比目鱼》中李渔为我们呈现了性格独特的谭楚玉的形象。他为了追求刘藐姑，竟然不惜"才子屈作倡优"，入戏班为戏子。作出这个决定，他是有一番心理斗争的：

> 小生自遇刘藐姑，不觉神魂飞越。此等尤物，不但近来罕有，只怕从古及今，也不曾生得几个。谭楚玉是个情种，怎肯交臂而失之？……我也曾千方百计，要想个进身之阶，再没有一条门路，止得一计可以进身，又嫌他是条下策，非士君子所为。他们上贴着纸条，要招一名净角。若肯投入班中，与他一同学戏，那姻缘之事就可以拿定九分。只是这桩营业，岂是我辈做得的？
>
> 【锦缠道】猛思量，做情痴，顾不得名伤义伤。才要赴优场，又不合转痴肠，被先贤古圣留将。正待要却情魔改从义方，耪心田灭却愁秧。当不得意马信偏缰，离正辔把头儿别向。好叫我难分圣与狂，一霎时心儿几样，还只怕魔盛佛难降！①

作为士人，谭楚玉内心中当然有恪守礼教的那份规矩在，但对于女性的向往却让"情"和"礼"有了巨大的冲突。在以往的传奇中，处理才子们面对这样的矛盾冲突时一般不会过多地对他们的心理进行刻画，而这里李渔却仔细地写出了谭楚玉的犹豫与矛盾心理。传奇中千篇一律的才子轻狂风流被现在的深思熟虑替代了，类型化的人物刻画法自然也就被慢慢地扭转了。在《风筝误》中我们可以看到对风流却又道学的士子韩世勋的刻画，也读到了《奈何天》中对于丑人阙素封的刻画等，这些人物无一不是在性格或心理上多有侧重，以至于我们能看到不同于以往传奇中的人物形象。

---

① 李渔：《比目鱼》，《笠翁传奇十种》，《李渔全集》第五卷，浙江古籍出版社1991年版，第124页。

其他传奇作家对于人物刻画的努力我们也不可以忽视。邱园的《党人碑》中谢廷玉虽为书生，却正直善良，疾恶如仇，见到蔡京所立起的诬蔑司马光等人的党人碑，怒而打碑，让人看到不同于传统性格类型的书生。朱素臣的传奇《十五贯》中刻画了一个清官况钟的形象，而朱佐朝的传奇《渔家乐》中渔姑邬飞霞更是与以往传奇中的女性形象有了很大不同。从这些人物形象身上可以看到明清传奇在人物塑造的叙事技法上出现了更多的个性化特征。

洪昇《长生殿》刻画的中心人物是唐明皇，本身帝王与妃子的形象在传奇中出现得就比较少，再加上洪昇能选取帝王生活中与平民百姓相关的那部分生活与情感来敷演人物的悲欢离合，给人们留下的印象自然也就深刻得多。尤侗在为《长生殿》所作的序中说："若以本事言之，古来宫闱恩爱，无有过于玉奴者。华清赐浴，广寒教舞，一骑荔枝香，固为风流佳话。至七月七夕，感牛女事，私誓生生世世愿为夫妇，则君王臣妾得未曾有也。"[1] 把君王还原为普通百姓而传其普通之事，确实给读者和观众提供了一个新颖的视角，而这种叙事角度变化，也是明清传奇人物刻画的"个性化"特征的一个形象说明。

朱素臣的《翡翠园》中的王馒头也是很有个性化色彩的一个人物形象。传奇中王馒头是一个丑角，他在走投无路时被逼卖妻抵债，恰好书馆先生舒德溥过年回家路遇，慷慨解囊相助。王馒头虽然是个小人物，但他知恩图报，在麻府强占舒家房屋不成而陷害舒家父子之时，正是他仗义放走了二人；后来又是他冒充公差将舒德溥从狱中提解出来，偷偷放走。作者借助一系列情节刻画他善良正直的性格。王馒头淳厚真诚、机智大胆，同时也有自卑自贱、傻乎乎的缺点。他受到了舒德溥的帮助，心存感恩，正义感与善良的天性使得他在得知舒德溥遭受迫害时，便决心要帮助舒家父子。最终舒德溥能够活命最终申冤，是和他的帮助分不开的。传奇对于这个人物形象的刻画是有着充分逻辑依据的，由人物自己的性格决定着他的行动，由行动再反映出人物的性格，而不再由着作家的主观意志来决定。而当明清传奇中这一类人物形象更多地出现的时候，就意味着传奇人物塑造的类型化趋势在一定程度上得到了扭转。

二　传神与肖似

明清传奇人物刻画的类型化是确立个性化人物形象的一个必要基础，

---

①　吴毓华编：《中国古代戏曲序跋集》，中国戏剧出版社 1990 年版，第 345 页。

这点可以从传奇表演上以"行当"来对演员角色进行区分的做法上清楚看出。传奇经过长期的艺术实践积累,依据人物的典型性格特征来划分为若干不同的类型,并为每种类型发展提炼出各自细腻的表演规范:小生风流,老生持重,净角粗豪,五旦端雅,六旦活泼,作旦敏捷,小丑幽默等,各具风采。但这样的类型化特征并不是对人物刻画与塑造的束缚,也不是一个行当只有一种角色表演规范,只能反映一种性格。相反,通过类型化对人物性格进行"预处理"之后,人物性格的丰富性才能更加直接有效的体现。

初期传奇虽在人物性格刻画上作出过探索,但由于教化观念盛行,个性化的人物形象湮没于图解式的刻画之中,发展的脚步始终较慢。只有到了明朝中叶,中国古典戏曲理论中对于人物塑造的理论才随着对情节的重视而全面展开。

最被重视的人物刻画理论是"传神",其核心是要求通过摹写人物以表现鲜明生动的个性。王骥德指出,传奇的妙处并不在声调之中,而是在字句之外,能够"摹欢则令人神荡,写怨则令人断肠,不在快人,而在动人。此所谓'风神',所谓'标韵',所谓'动吾天机'"。[1] 有了对于人物的"欢"与"怨"的生动展现,才能真正地达到描绘鲜明的人物形象的目的,产生"令人神荡"与"令人断肠"的艺术效果。

写欢乐或者写怨恨,其实都是写人物的感情,明中叶以后的传奇更多地把视线集中在感情之上,特别热衷于以写情而刻画人物性格。写情可以通过写人物的外在动作和内心活动而实现,人物性格浓郁的内涵正是由外在动作与内心情感构建而成,写情就可以传神。因此,汤显祖说:

> 作者精神命脉,全在桂英冥诉几折,摹写得九死一生光景,婉转激烈。其填词皆尚真色,所以入人最深,遂令后世之听者泪,读者颦,无情者心动,有情者肠裂。何物情种,具此传神手![2]

这里说的"《冥诉》几折"是指《焚香记》传奇中的二十六出《陈情》(阳告)、二十七出《明怨》(阴告)、第二十八出《折证》以及第三十出《回生》等出,在这几出中,作者倾心尽力,对敫桂英情感的变化

---

① 王骥德:《曲律·论套数》,《中国古典戏曲论著集成》第四册,中国戏剧出版社 1959 年版,第 132 页。
② 汤显祖:《玉茗堂批评焚香记·总评》,吴毓华:《中国古代戏曲序跋集》,中国戏剧出版社 1990 年版,第 96 页。

做了详细的描写。从敫桂英自缢前的委曲求全、孤独无助，到婉转激烈、悲愤交加，情感真挚，深切丰富，怎不令人动容？通过这样的人物情感与内心的描绘，敫桂英坚贞刚烈的性格跃然纸上，真正达到了"传神"的艺术境界。

"传神"与"写情"是人物形象刻画中不可或缺的相互联系的两个要素。人物的"传神"通过"写情"获得，把握人物情感，深入人物内心，才能真正地写出人物在情感驱使下的行动，这样创作出来的人物才能独具个性。李玉的《千忠戮》第十出《惨睹》中对建文帝的描写正是把握了人物内心而写出他真实情感的：

【倾杯玉芙蓉】收拾起大地山河一担装，四大皆空相。历尽了渺渺程途，漠漠平林，垒垒高山，滚滚长江。但见那寒云惨和雾织，受不尽苦雨凄风带怨长。雄城壮，看江山无恙，谁识我一瓢一笠到襄阳。①

建文帝与程济好不容易摆脱了追兵，逃到襄阳地界，心绪初定。亡命天涯中能有片刻悠闲，建文帝唱出了他作为皇帝的气概，却免不了更多惆怅，一路上的寒云惨雾，凄风苦雨，谁知道此时看江山的却是逃难的皇帝？然而随后看到人马押运着人头到四方示众、朝官被杀，其妻女被充军以及那些弃了职反被抓回的官员的三拨队伍，建文帝终于明白了这场灾难是如何的巨大。他痛心疾首，伤痛欲狂，却又无法改变这种现状。一个落魄无助、伤心欲绝的逃难皇帝形象跃然纸上，完全是借用了内心情感的真实描写而实现的。因此我们可以看出，写心写情，最终当然能够写出独特的具有丰富内涵的人物形象来。

通过人物的行动而写出人物的性格也是明清传奇常用的写作手法。陈继儒曾说："《西厢》、《琵琶》俱是传神文字，然读《西厢》令人解颐，读《琵琶》令人鼻酸。"② 正是由于在人物形象的塑造上达到了"传神"的高度，《西厢记》与《琵琶记》才有各自动人的地方。《琵琶记》中结合动作对人物内心进行传神的写照，表达了一定情境之中人物真实的情感而使得人物形象更为真实、生动、传神。如第二十出写赵五娘吃糠、第二

① 李玉：《千忠戮》，《古本戏曲丛刊三集》，上海文学古籍刊行社1957年版。
② 陈继儒：《陈眉公先生批评琵琶记·总批》，吴毓华：《中国古代戏曲序跋集》，中国戏剧出版社1990年版，第160页。

十四出写五娘剪发卖发、第二十七出伯喈牛小姐赏月、第二十八出五娘描容与上路寻夫等情节，都是以动作的描写结合心理的详细刻画而形成人物形象的栩栩如生。毛声山也注意到了这点，他说："才子作文，有只就本题一二字播弄，更不必别处请客者。如《琵琶记》,《吃糠》、《剪发》两篇，只就一糠字、一发字，便层层折折，播弄出无限妙意。"① 诚然，《琵琶记》确实是在紧紧抓住人物的心理与行动上最为动人的一个而加以刻画的。如《描容》一出：

> 【三仙桥】一从他每死后，要相逢不能够，除非梦里，暂时略聚首。若要描，描不就，暗想像，教我未写先泪流。写，写不出他苦心头。描，描不出他饥症侯。画，画不出他望孩儿的睁睁两眸。只画得他发飕飕，和那衣衫散垢。休，休，若画做好容颜，须不是赵五娘的姑舅。
>
> 【前腔】我待画你个庞儿带厚，你可又饥荒消瘦；我待要画你个庞儿展舒，你自来常怎皱，若写出来，真是丑，那更我心忧，更做不出欢容笑口。②

其实，作者并没有真实地描写赵五娘描容时的具体动作，因为那是需要由科介提示完成的。作者把描写的笔触指向赵五娘描容时的内心世界，以最为震撼人心的抒情方式倾诉出赵五娘的悲惨境遇，并且概括了蔡公和蔡婆的贫苦一生。同时，借用人物内心世界的刻画而推动全剧故事情节的继续发展，将赵五娘善良淳朴、舍己为人的典型性格展现得更加完美。

明清传奇对于人物个性化塑造方法的自觉意识促使创作者运用多种方法来立体展示人物形象。传奇多用美丑、忠奸、善恶、优劣等两两相对的命题进行比较，从而在对比中获得典型人物形象的独特性。通过对复杂的人物性格萃取、强化某个居于主要地位的性格之后，人物形象的性格才得以更加鲜明。

人物塑造的个性化特征形成除了有"传情"理论的贡献之外，还与明清剧论中的"肖似"论题有密切联系。王骥德说过"以自己之肾肠，代他人之口吻"，并且要求创作时"设身处地，摹写其似"，孟称舜也要

---

① 毛声山：《第七才子书琵琶记》,《中国古典编剧理论资料汇辑》,中国戏剧出版社 1984 年版，第 286 页。
② 高明：《琵琶记》,《古本戏曲丛刊初集》,商务印书馆 1954 年版。

求作者"化身为曲中之人"① 而进行创作，李渔则将"设身处地"发展为"立心"的审美创作原则，并要求在刻画人物时"说何人，肖何人，议某事，切某事"，不仅对人物使用的语言要特别讲究个性，甚至在事件的设计上都必须符合逻辑。在真实的环境与真实的语言之中以真实的心去刻画人物，才能达到"肖似"的艺术标准。这些理论的探索对明清传奇创作也起到了一定的指导和规范作用。

综前所述，传奇在人物形象的个性化塑造上经历了从类型化到个性化的变化发展过程，在类型化的基础上，作家们利用了强化刻画人物内在情感，表达人物内心的手法，按"传神"与"肖似"的美学标准规范着创作，使得他们笔下的人物形象越来越具有个性特征，基本上完成了对类型化所形成的人物形象单调、扁平的改造。

第三节　以"行当""角色"建构叙事

西方叙事学理论着眼于人物的行为，通过人物在关键时刻所作的选择来发现叙事逻辑，他们认为故事的进一步发展是由人物在关键时刻的选择确定的，因此格雷玛斯提出了"角色模式"这一概念，并把"角色"和"人物"加以区分。所谓的"角色"，即"行动者"，是作为故事行动的一个因素来考虑，任何事件都离不开行动者。角色与人物的区别在于，有的人物在故事结构中没有功能作用，因为他们并不引发或经历功能性事件，这种人物便不能称为角色。根据作品中主要事件的不同功能关系，格雷玛斯区分出叙事作品中的六种角色，主角与对象，支使者与承受者，助手与对头。② 对照中国戏曲的行当角色区分，实际上和叙事学理论中的"角色"理论有异曲同工之妙的。生旦净末丑在明清传奇中很明确地充当了"角色"，每一部不同的作品中这几个行当也许有不同的地位，但他们却在各个时段与作品中的功能性事件有关联，在主次不同的事件中产生不同的功能关系。因此，明清传奇中的对角色的设置也可以用格雷玛斯所提出的叙事作品的三对（六种）角色理论来研究，从中也可以发现很有规律的一些东西。另外，在明清传奇中，许多人物与故事情节并没

---

① 孟称舜：《〈古今名剧选〉序》，吴毓华：《中国古代戏曲序跋集》，中国戏剧出版社1990年版，第198页。

② 参见罗钢《叙事学导论》，云南人民出版社1994年版，第101—106页。

有太多直接的联系，或者说，根本没有直接参与情节的发展，但他们在剧中却充当着这样那样的功能性作用，对于整个传奇的排场与体制都有着特别的影响，他们可以组成一种特别的环境，或者是更有利于主人公的活动，或者是对主人公的活动造成影响，因此，我们在研究明清传奇的人物形象时，对于这一方面与后起的西方叙事学角色理论重合的地方也不应该放过。

一　"主角—对象"与"生旦对位"

格雷玛斯认为在故事中，最重要的功能关系便是追求某种目的的角色与他所追求的目的之间的关系，他将二者称为主角与对象，二者可以这样区分：如果一个角色 X 希望达到目的 Y，那么 X 就是主角，Y 就是对象。叙事学认为，主角和对象之间的不同关系背后有着同样的基本结构。无论对象指称的是外在于主角的某人或某事，还是主角自身的某种状态或者属性，都可以成为主角的对象。而以此理论观照明清传奇，发现在生旦为主的传奇中恰好就成立了这样的对位关系。一般说来，生就是主角，旦就是对象，这里生的对象是外在于他自己的，因此这里的关系是客观的。当生旦被安排为共同主角追求他们的爱情以及最终结合，这里的爱情与最终结合是主角将来的某种状态，因此对象与主角的关系是主观的。由此可见，叙事学意义中的对象不一定是一个人物，它可以是主角期望达到的某种状态（财富、荣誉、智慧、爱情、幸福，或正义、理想的社会等）。明清传奇中"才子佳人"生旦戏的情节结构往往是千部共出一套，"传奇十部九相思"，[①] 在叙事模式上往往呈现出许多共同的特点：情节设置、传奇结局、生旦命运安排、情节分布等十分类似，尤其是才子佳人邂逅相逢，经过磨砺与挫折，最后才子高中封官，佳人如愿嫁得蟾宫客，传奇结尾总在大团圆的氛围中结束。从这个角度上讲，传奇的情节并不复杂，并且人物角色也不多。但孔尚任说："传奇者，传其事之奇焉者，事不奇则不传。"[②] 李渔也说："古人呼剧本为'传奇'者，因其事甚奇特，未经人见而传之，是以得名，可见非奇不传。"[③] 因为对"奇"的追求，传奇作家们便本着"传

---

① 李渔：《怜香伴》第三十六出《欢聚》，《李渔全集》第四卷，浙江古籍出版社 1991 年版，第 110 页。

② 孔尚任：《〈桃花扇〉传奇小识》，《中国古典戏曲序跋汇编》（三），齐鲁书社 1989 年版，第 1602 页。

③ 李渔：《闲情偶寄》，《中国古典戏曲论著集成》第七册，中国戏剧出版社 1959 年版，第 15 页。

奇，纪异之书也。无奇不传，无传不奇"① 的宗旨在传奇作品情节人物与情节设置上做了许多文章，尤其是通过对角色关系的种种设计，或对立或互补，或肯定或否定等艺术表现方式的新奇，情节与故事不断得到了曲折生动复杂的表现，进而达到了"传奇事"的目的。

　　明清传奇中对主角和对象的设置体现得最为明显的是那些才子佳人情爱剧。汤显祖的《牡丹亭》对于主角与对象的关系设计可以看作这类传奇的一个典型代表。杜丽娘游园，梦中得遇书生柳梦梅，二人同向牡丹亭畔芍药栏前，同偕云雨之欢，这里杜丽娘和柳梦梅都是主角，他们追求着的爱情是他们生命中的组成部分。当柳梦梅拾画叫画时，柳梦梅又充当了主角；杜丽娘的游魂回到柳梦梅身边以至最终回生如杭，杜丽娘再次成了主角。生旦互为主角与对象已经使得情节跌宕起伏，作者同时又安排了杜宝、陈最良等人渐次登场，充当角色。当杜宝阻止柳梦梅和杜丽娘的结合时，他便成了主角，而柳梦梅杜丽娘二人的结合则成了对象，这个时候主角和对象的关系又成了客观的。就在主角与对象的不断互相转换中，剧情得以充分发展，观众也不由得要为生旦二人的爱情能否完美实现而不断担心。

　　在孟称舜的《娇红记》中，生旦关系虽也同样互为主角与对象，但相比《牡丹亭》生旦二人的关系有所不同。《牡丹亭》中柳梦梅与杜丽娘从梦中相会到最后二人结合，二人之间并没有生出误会。因此，追求爱情与婚姻过程中只有外来的阻碍，并无主观的误会，关系始终是和谐的。《娇红记》中生旦之间的主角与对象的关系不再是简单无风波的。申纯作为主角不断在追求着王娇娘，王娇娘就是他的对象。而王娇娘却担心申纯与其他风流书生无异，一再考验申纯，这样二人的主角与对象的关系既有对立又有互补，增加了情节的复杂性。但一旦与申纯订立终身，王娇娘与申纯的互为主角与对象的关系设置便舍弃了对立而转向单纯的互补关系，作者便得以按照生与旦的叙事模式不断烘托和加强二人坚贞爱情故事情节的敷演，王父和帅府逼亲的那些情节进而得以进入文本，加深了情节的可信性、连续性以及故事的可读性，同时也使得人物形象的刻画更加真实，主要人物的性格发展更加合乎情理。

　　明清传奇中对于主角与对象关系的设置除了上述的和谐、对立然后和谐两种之外，我们还可以看到主角与对象的关系始终是对立的，这样的戏

① 倪倬：《二奇缘·小引》，《中国古典戏曲序跋汇编》（二），齐鲁书社 1989 年版，第1383 页。

剧冲突会更加直接与明显，也显得特别紧张。在《十五贯》中况钟是主角，他所追求的"谁是凶手"就是对象；娄阿鼠作为主角，他的对象就是逃脱况钟的侦察。无论是况钟还是娄阿鼠作为主角，他们的关系都是对立的，从一开始便处在尖锐的对立冲突之中，故事是否能够引人入胜，全在于这个对立关系的解决过程。况钟通过"访鼠""测字"，几次和娄阿鼠交锋的过程就是传奇最为精妙的故事主体，这样一来，况钟和娄阿鼠二人的性格被刻画得十分鲜明。同样，在《千忠戮》中建文帝是主角，他与来自朱棣的追捕官兵之间的关系也是对立的，所以建文帝的出逃能否成功才那样牵动观众的心。《宝剑记》中的林冲和高俅，《紫钗记》中卢太尉和李益，《焚香记》中敫桂英和富户金垒，明清传奇中利用了主角与对象关系的不同来建立与调节跌宕多姿的动人故事的例子还可以举出不少，鉴于篇幅并不一一列举。

二　支使者与承受者

主角既然要追求某种目标，那么可能存在着某种引发他行动或为他提供目标和对象的力量，这种力量被格雷玛斯称作"支使者"，而获得对象的则称为"承受者"。支使者在很多情况下是以某个人来承担的，但抽象的力量如社会、命运、意识、时代、智慧等也可以作为一种象征而成为支使者。正因为支使者的这样一种特征，我们可以从中看出作者的思想精神指向，可以看出作者的创作理念，甚至可以从中看到整个时代创作的基本脉络和走向。明清传奇中主要角色的设置明显地有一个从道德定位向人性定位转换的过程，明初期传奇中以丘濬的《伍伦全备记》为代表的一些作品，主角的追求是以符合伦理道德规范的理想人格为主，而到传奇勃兴的万历之后，以汤显祖《牡丹亭》为代表的才子佳人传奇则扛起了追求人性自由的大旗，洪昇的《长生殿》"借离合之情，写兴亡之感"，孔尚任也用《桃花扇》告诉世人最为深沉的亡国忧思，李玉和李渔则更多地关心起平民的生活，对现实的社会人生的批判或惩戒以及对理想的社会人生的向往和追求更加真切地表现在他们的作品中。不同阶段人物的定位不同，但从对"支使者"的不同选定中我们可以看到明清传奇从汤显祖的"似这般花花草草由人恋，生生死死随人愿，便酸酸楚楚无人怨"，[①] 到蒋士铨的"万物性含于中，情见于外。男女之事，乃情天中一件勾当。大凡五伦百行，皆起于情，有情者为忠臣、孝子、仁人、义士，无情者为乱

---

① 　汤显祖：《牡丹亭》第十二出【寻梦】，《古本戏曲丛刊初集》，商务印书馆 1954 年版。

臣、贼子、鄙夫、忍人"，① 同样都是写情，但情的定义已经发生了巨大的变化：汤显祖写的是对生命和完全自由真实的人生追求，而蒋士铨则撇开了个性之情转向了人伦之情，他的理想人格也不再是享受青春、珍惜年华，而是一种空洞的幽幽含情，喁喁诉感的道德说教的伦理典型，再无生命活力而言。

明清传奇作品中扮演主角与对象、支使者与承受者这两对关系中四种角色的人物数量变化不等，一个传奇故事中也许只有一个人物，他和自己的种种欲望来搏斗，这里就是一个人兼扮数种角色，有时众多的人物却只扮演一个角色，有时对象可能就是支使者，主角就是承受者：在承受者意义上，主角变为消极的；在支使者意义上，对象变为积极的，甚至可能成为引发行动的最初因素。在明清传奇的发展中，角色之间呈现出种种不同的关系，从而使传奇作品中情节的设置与冲突的呈现更加多彩多姿，也显示出明清传奇的人物设置与刻画的独特的一面。

在王玉峰的《焚香记》中，起主角功能作用的是敫桂英和王魁，他们以爱情的忠贞为追求对象。为了爱情，敫桂英和王魁到海神庙盟誓，死生患难，誓不改节。后来敫桂英因为富户金垒的奸计误信王魁休妻再娶，而到海神庙告状并欲自尽，引发这一行动的力量来自她对于王魁爱情的忠贞，因此敫桂英既是主角又是对象，既是承受者，又是支使者。作为支使者，她因为对爱情的忠贞自尽而死到阴间与王魁折证，作为承受者，她必须自己承受对于爱情忠贞的表白的最终结果。角色之间的复杂关系决定了这部传奇情节的复杂曲折，引人入胜。

在朱素臣的《翡翠园》中，舒德溥的房子正好挡着麻长史预备建造的园子一角，麻府谋夺不成，遂构祸于舒德溥，诬其盗掘王陵，因此舒德溥遭罪入狱。这样一来，传奇的主角和对象的关系便十分明了。舒德溥对于强权的反抗来自他本身的正直、刚正，引发反抗的支使者其实是他自己。而同时舒德溥又是一个承受者，麻长史对他房产的谋夺正好激发了他的反抗。因此可以说他既是主角，又是对象，既是承受者，又是支使者。

在汤显祖的《邯郸记》和《枕中记》中，虽然以卢生和淳于梦为中心写了许多其他人物，但主角和对象分别是同一个人物，即卢生和淳于梦，他们因自己对富贵荣华的追求欲望分别进入梦境，在梦中的一切都是他们自己在亲力亲为，故而可以说支使者和承受者又巧妙地被作者安排到了同一个人身上，他们都在和自己的欲望作斗争，因此一个人物同时扮演

---

① 蒋士铨：《香祖楼》第十出【录功】，《蒋士铨戏曲集》，周妙中点校，中华书局1993年版。

四种角色时极其显现作者的匠心独运。

在有关公案的传奇作品中，主角是断案的官员，他们断案的主要支使者是主观轻率或者是正义良知。如《十五贯》中，过于执是第一个出场的官员，在初判熊友蕙、侯三姑及熊友兰、苏戌娟的案件时，他自以为是，并没有认真研究案情，草率定案，认定是通奸杀人，遂判处四人死刑。促使他错断案情的支使者是主观轻率，并且认为不用酷刑罪犯就不会招供，最终屈打成招。若不是随后出场的况钟冒着丢官的风险，夜见周忱要求重审，并勘查现场发现案件的许多破绽，再通过访鼠测字将真凶娄阿鼠绳之以法，冤案何以得辨？况钟同样作为一个断案的官员，他一切行动的支使者就是"为民请命"的精神，在传奇中得到了作者的大力褒扬。而通过两个官员的断案作风的比较，故事情节不断给观众以吸引，戏剧冲突也逐渐加强。

明清传奇中所表现出来的支使者和承受者的关系随着时代的推移变得越来越复杂，特点也越来越鲜明，一般说来支使者越来越以普遍的、无形的、抽象的社会力量或意识的方式出现，而且这种力量往往也会以清晰的表达出现在传奇中，并且会给承受者以更多方面的影响，使其处于不断的矛盾之中，这样，明清传奇体现在作品当中的审美追求就更多地呈现于我们的面前。

三　助手与对头的关系

主角在追求对象的过程中可能受到来自敌对势力的种种阻挠，也可能得到来自朋友的种种帮助，这便分别是对头和助手两个角色。这两个角色主要作用于主角与对象的关系，在主角追求对象的过程中起促进或阻碍的作用。助手与支使者的主要区别在于：一、支使者的作用一般贯穿于整个叙事文本，而且常常是抽象的；而助手的作用常常是局部与暂时的，但一般比较具体。二、支使者一般置身背景，而助手通常活跃在前台。三、支使者通常只有一个，而助手却可能有若干个。消极的支使者，即企图阻挠主角获得对象的支使者与对头的区别大致也如上述。① 按这种理论分析，明清传奇作品与之对应颇多。正是由于助手与对头两个角色的参与，明清传奇戏曲的情节变得更加曲折复杂起来，很多情况下会变得跌宕多姿。

明清传奇多刻画平常男女的情感故事，男女欲结为夫妇，最终才子佳人两下相思如愿得偿，作为对头的"坏人"或"小人"的形象则是必不

---

① 参见罗钢《叙事学导论》，云南人民出版社 1994 年版，第 104—105 页。

可少的。在叙述过程中，坏人平地生出风波来，而主人公则可以在波澜中不断表现出其情的坚贞和对爱的执着，情节便可以用曲折的方式向前发展。而在一些传奇里，这种功能性人物的身份却不一定是坏人，而且其身份会随着剧情的发展不断出现变化。

在《牡丹亭》中，汤显祖用细腻的笔触刻画了儒生陈最良，全剧五十五出中有十六出都安排了陈最良出场，而其中的《腐叹》《诇药》《骇变》三出则以陈最良为主。对于陈最良形象的塑造，汤显祖并没有像今人分析的那样把他塑造成"一个陈腐得发臭的老学究"，而是用大量的笔墨将他刻画成一个为生计而忙碌的普通人形象，有些迂腐，但也有狡黠，十分世故。《腐叹》自报家门交代了他的身世，多次科场的失败，已使他对仕途充满绝望，但他又"医、卜、地理，所事皆知"，还经营着"祖父药店"，谋生自不在话下。听到杜太守要为小姐请先生，他"好些奔竞的钻去"。而通过《延师》、《闺塾》到《诇药》等出的刻画，陈最良的形象逐渐饱满起来。但仔细研读起来，陈最良在汤显祖笔下显然不只是一个普通的人物，在整出传奇的构架中陈最良所承担的叙事功能明显要强于其他人物。也就是说，在陈最良出现的这许多出中，他是一个重要的叙事角色并承担了勾连各种情节和人物的功能，不断推动着戏曲情节的发展。

传奇一开场杜宝延师，陈最良做了杜丽娘的老师。在第七出《闺塾》中，正是他第一课就开讲《诗经·关雎》而惹动了杜丽娘的情思，实际上他在这里不自觉地充当了杜丽娘的"助手"。他教授毛诗："兴者起也。起那下头窈窕淑女，是幽娴女子，有那等君子好好的来求他"，引起了《肃苑》出杜丽娘"关了的雎鸠，尚然有洲渚之兴，何以人而不如鸟乎！……如今吩咐，明后日游后花园"的感慨和决定。当春香向他说出丽娘对"关关雎鸠"的理解后，他却说："你师父靠天也六十来岁，从来不晓得伤个春，从不曾游个花园。"接着又说："小姐既不上书，我且告归几日。"虽说是放纵学生，却直接导致了杜丽娘后来游园惊梦、寻梦伤春、生情等一系列事件发生，杜丽娘与柳梦梅"生可以死，死可以生"的至情故事其实就是起始于陈最良。在《诊祟》中春香怪罪和《圆驾》一出杜丽娘说道："陈师父你不叫俺后花园游去，怎看上这攀桂客来？"便是一个明证。

陈最良以助手的身份出现在传奇中还有其他佐证。在杜丽娘生病时也是他用药救治（《诊祟》），杜丽娘病亡后葬在梅树之下，梅花庵边是陈最良与石道姑照看神位；《旅寄》一出，又是他引柳梦梅入梅花观，"老夫颇谙医理，边近有梅花观，权将息度岁而行"，为下面的《拾画》《幽媾》

《回生》等出的情节发展创造了条件；他甚至在不知情的情况下为石道姑配制了给掘坟后返生的杜丽娘喝的还魂汤，可见他对杜柳二人帮助甚大。无论陈最良是主动还是无意，在第三十五出之前，他都直接充当了杜柳婚姻的助手。

叙事学认为"助手"可以在推动故事情节发展上起到其特有的功能，同时，助手的身份也可以不是一成不变的。加入身份变化能让剧情的发展变得更加生动曲折、跌宕多姿。《牡丹亭》中陈最良叙事身份也在发生着变化。从三十七出开始，陈最良的叙事身份不再是杜丽娘、柳梦梅的助手，取而代之的是"对头"的身份。在《骇变》中，出于对杜太守的感激，陈最良代为看管杜小姐的坟茔，却突然发现了杜丽娘的坟茔被盗，尸骨被窃，自己做了一番观察分析，认定是石道姑和柳梦梅干的，于是决定"先去禀南安府缉拿"，又"星夜往淮扬，报知杜老先生去"，毅然不辞千里去寻杜宝，告发柳梦梅劫坟。从这一出起陈最良又与杜丽娘、柳梦梅站到了对立面，成了他们的对头。作为对头，他的行为直接导致了杜丽娘回生后与柳梦梅之间的爱情遭受了许多磨难。《寇间》中他被李全擒住，在《寇间》、《折寇》和《围释》中，陈最良虽然起初被李全计策蒙骗，误信杜夫人和春香被杀，但之后他冒着生命危险往来于杜宝和李全之间，八方周旋，帮助杜宝退了李全，当了一回说客。这几出中陈最良帮助了杜宝，成为杜宝的帮手，表现出他的机智与圆滑。李全说要杀杜宝时，他为杜宝求情，"饶了吧，大王！"杜宝说要杀李全时，他又委婉地劝阻杜宝。通过陈最良在杜宝、李全夫妇之间的周旋，军事冲突这一矛盾圆满终结，陈最良也因此受到擢升，终于获得官职，当了一名黄门奏事官。而这也给后文杜宝阻碍柳梦梅和杜丽娘婚姻冲突的最终解决埋下了伏笔。陈最良知道了杜丽娘复活、柳梦梅高中之后，他的叙事身份立即发生了变化，从前几出的对头身份改转回到助手的身份。《硬拷》一出，当杜宝不愿相认复活的杜丽娘，也不接受状元女婿柳梦梅时，他出来劝解道："老相公！葫芦提认了吧。"《圆驾》一出中最后验明杜丽娘"委系人身"的也是他。接着又劝柳梦梅："状元，认了丈人翁罢"，向杜丽娘传达"少不得小姐劝状元认了平章，成其大事"。整个戏曲中，陈最良总能在杜丽娘和柳梦梅二人婚姻到关键之时起到关键作用，无论是作为二人的助手还是对头的身份，还是从助手到对头，又从对头到助手的转变，作者写来缜密不露痕迹，完全按着陈最良的身份和性格恰如其分地展开，同时由于陈最良身份的转变给整出传奇的叙事带来了意想不到的效果。陈最良其实一直与剧情的发展保持着相当紧密的联系，每当戏剧情节发生转折的关键，剧情即将走向平淡之时他的出现便又立即推起波澜，为戏曲情节继续向下发展提供契机，推动着剧情向前发展。综合分析，陈最良始终与剧中主要角色分阶段同一或对立着，出色地承担着间离剧情的叙事功能，把各种情节、各种人物勾连在一起，形成一个庞大而精巧的结构，使得戏剧节奏舒缓有致，戏剧冲突舒展从容，情节穿插缜密多变。

孟称舜的《娇红记》主要是写申纯与王娇娘的爱情故事，与其中描写到的次要人物飞红与求美的帅公子相比，申纯、王娇娘二人自然是作品的主要人物，作者运用了大部分的笔墨来渲染二人的故事情节主线，因此我们读到的是情节曲折无比的一个故事：申纯六次到其舅家，王娇娘七次与申纯会面，这么多次的描写却并不重复。而关于飞红与帅公子这两个人物设置的作用，我们也绝对不应该忽视。

飞红是王家的侍妾，长相不错，略有文采，而且性格外向。在申纯与王娇娘接触并互定终身之初，飞红并没有成为二人的助手或对头，她的出现还只是一个外在于故事情节的人物，并没有发挥角色功能。随着故事情节的发展，飞红的角色功能逐渐显露出来。飞红虽身为侍妾，但也十分喜欢申纯："俺看申家哥哥，果然性格聪明，仪容俊雅，休道小姐爱他，便我见了，也自留情。"（第七出《和诗》）而且飞红还经常对申纯做出亲昵的样子，再加上申纯偷了王娇娘的鞋子，飞红却把鞋子拿回，于是引起了王娇娘对申纯与飞红私通的猜疑。飞红遗失之词被申纯拾到，并以为是王娇娘所作而放置在书案上，王娇娘发现后更是加深了对二人的误会。这样一来，在剧情曲折复杂的发展中，飞红成为一个功能性的人物。在这一部分中，飞红成了申纯与王娇娘爱情的对头，而也因为有了飞红这一条线，让男女主人公情节线的发展制造出了比较明显的对照，张弛对比十分明显，飞红的出现明显地延迟了申纯与王娇娘爱情的发展，既延宕了剧情，也丰富了传奇的表现内容。

申纯与王娇娘的误会消除以后，申纯便不再理睬飞红，飞红嫉妒之心更甚，于是又设计让二人的恋情暴露，申生无颜而告归。飞红的对头身份进一步得到加强，同时也增强了故事的戏剧性冲突。经历挫折以后，王娇娘"屈己以事飞红"，飞红感念王娇娘的真情，转而帮助申、王二人了，这样飞红的角色形象又从对头变成了助手。此后，一系列情节在飞红的帮助下而展开：飞红力劝其主邀申纯来，二人得以再次见面，并且订婚。二人最后一次会面也是由飞红安排的，而且二人死后合葬也少不了飞红的提议。飞红的人物角色功能展现得比较鲜明：作为申、王的对头，飞红是障碍，为剧情发展设置出了更多波澜；作为助手，飞红又直接推动了申、王二人的爱情发展。因此说，明清传奇中角色关系中助手和对头的身份发生变化，是能很好地推动故事情节发展的。而且从结构线索上来说，飞红这条副线，其实也是主线情节发展必不可少的一条线索。

跟陈最良、飞红这一类型的角色模式有所改变不同，明清传奇中还有一部分功能性人物是以纯粹的对头功能出现的。从头至尾，对头的身份就是对头，不像陈最良可以在不自觉中徘徊于助手与对头之间。当然对于增强传奇的叙事性因素，对头同样也是有着不可替代的作用。

在汤显祖的《紫钗记》中所刻画的卢太尉这一角色，即是明显的作为对头的功能性人物。卢太尉这一人物从登场开始就一直作为李益和霍小玉的对头，他是造成李、霍爱情悲剧的主要力量，汤显祖把抨击的矛头直指依仗权势的封建统治者卢太尉，并通过卢太尉一成不变的对头身份，让弥漫在整个传奇里强大的社会黑暗力量不言自明，增强了《紫钗记》的思想深度。从叙事角色模式来说，作为传奇中不可缺少的角色，卢太尉具有自己的行为支使者。因为想替女儿挑女婿，便号令天下的中式士子，都去太尉府相见。考取状元的李益未去拜府，卢太尉便加以迫害，就奏点李益去玉门关节度刘公济任参军，永不还朝，并说"玉关西正干戈厮嚷"，命他"星夜前往，官儿催发不许他向家门傍"。生生拆散了李、霍这对新婚夫妇。（第二十二出《权嗔计贬》）尽管这样，卢太尉仍未善罢甘休，在第三十二出《计局收才》中一旦获悉李益有诗"感恩知有地，不上望京楼"，便又生出用"怨望朝廷"的罪名想把李益置于死地，当然他的目的仍旧是"招他为婿"，"如再不从，奏他怨望未晚"。明知李益已有妻室，还劝李益"古人贵易妻，参军如此人才，何不再结豪门，可为进身之路"（《紫钗记》第三十七出《移参孟门》），并施展一系列的阴谋：王哨儿、堂候等纷纷登场，作为卢太尉的助手参与到情节发展当中。支使者的动力越强，推进剧情的动力也就越足。卢太尉再次把李益软禁在招贤馆，不许其出入，并且召集李益的好友对其劝说，"说甚么小玉，便大玉要粉碎他不难"（《紫钗记》第四十一出《延媒劝赘》），"我卢太尉嫁女，岂无他士？只为李参军作挺，偏要降服其心"（《紫钗记》第四十六出《哭收钗燕》），剧情就这样环环相扣，使得戏剧冲突紧凑、集中。安排这样一个对头出场，使全剧有了真实而强烈的矛盾冲突，在传奇的结构作用方面同样不可忽视，正是由于这一人物的贯穿始终，全剧结构才随之变为紧凑。卢太尉拆散李、霍夫妇仅因为李益未去拜府，通过军中耳目要把李益置于死地；"招他为婿"，又是想网罗李益；利用手中职权，将李益改参孟门；怂恿李益"古人贵易妻"，当李益婉言拒绝时，便断绝李、霍书信来往；利用紫玉钗，造谣说霍小玉"招了个后生相伴"。剧情就这样在卢太尉这个从头至尾作为对头角色的人的"安排"下，环环相扣，集中而紧凑地敷演着向前发展。

《邯郸记》中的宰相宇文融，他的角色功能也有比较明显的特点。"性喜奸谗，材能进奉"，"一生专以迎合朝廷，取媚权贵"为能事。与卢太尉的角色功能仅仅充当对头不同，宇文融是决意要做卢生的对头，但在许多情况下反做了卢生的助手。卢生中了状元，宇文融便有意笼络。不料卢生题诗一首，拒绝了宇文融的拉拢。于是他便寻题目处置卢生，先派卢生开河，卢生倒奏了大功；再派卢生西番征战，卢生又奏了功，开边千里封定西侯，加太子太保，兼兵部尚书，同平章军国事，成了和自己平起平坐的对手；直到此时候，宇文融终于给卢生捏造了一个"通番卖国"的罪名，并胁迫了侍郎肖嵩在奏章上押花，把卢生问成死罪。宇文融性格翻转，转变成为卢生的头号对头。不过，尽管宇文融对于卢生一再陷害，"对头"作用愈加强烈，但事情发展的态势反而是不断朝向有利于卢生的方向，这就为传奇造成了许多滑稽的戏剧效果。

佚名的《高文举珍珠记》中的仆人张千，是被作为一个加以鞭挞的反面典型"坏人"出现在剧本中的。高文举被迫入赘相府后，他欲将其岳父母及妻子接到京城同享荣华富贵，再三叮嘱张千不可失了家书。但张千是相府的仆人，地位与身份使得他在被温小姐撞到后不得不交出了家书。于是温小姐将家书改成休书，导致张千在王家挨打。由于张千本指望到王家下书是对他的"一场抬举"，却不料遭了一顿好打，弄得个"遍体如刀刺"，于是他怀恨在心，决计回京后在温小姐前言语搬唆起来（第十二出《闻报》）。果不其然，他一回到相府，便在温小姐前挑拨起来，王夫人来时便受到了百般的凌辱（第十六出《被责》）。而王夫人到京城后前往相府，却不料被当成冒认丈夫的妇人而受尽折磨，"三步一打，日里汲水浇花，夜扫庭阶"，如果不是老佣相助，可怜的王夫人几乎就断送了性命。但最终高文举和王金真在众人的帮助下终于团聚，温丞相被削职为民，张千终究落得了被斩首的下场。张千作为一个功能性"坏人"的行动给高文举夫妇带来了许多的磨难，作者的着意安排其实就是为了让整部传奇能有更多的波澜，以达到传奇的戏剧效果。

袁于令《西楼记》中的赵不将构祸于鹃之事也与《高文举珍珠记》中的张千类似，他最终的命运和张千也基本一样。赵不将因为于鹃勾改了他的新乐府歌谱，加上穆素徽对他甚是冷落，便怀恨在心，着意在于父面前添油加醋一番恶言，于鹃被父亲强行限制行动，而赵不将又带了恶奴从西楼里逼迫穆素徽一家搬家去往钱塘。而当于鹃高中之后，赵不将竟然想与池同一起雇请杀手刺杀于鹃，幸亏所请杀手胥表与于鹃有交，构祸于人的小人反被当场杀死。

　　从上述分析来看，在采用了与西方叙事学理论中角色理论进行比照之后，我们可以更清晰地看出明清传奇中的角色理论不但有其系统性，更有其现代之处。明清传奇对角色进行分类设置后，可以更清楚地看出传奇中的主角与对象、助手与对头的身份归属，而明清传奇作者们充分利用这两对角色身份的坚持或转变，让作品可以更自如地叙写跌宕的故事，更广阔地展现社会环境，更细腻地描写更多的人物。同时，传奇也借助这些角色的设置起到不一般的叙事功能，把传奇次序发生的情节以及其他人物都勾连起来，既可使得剧情丰富多彩，也能在戏曲情节发展最关键的时候产生转折，营造出跌宕多姿的戏剧结构，保证传奇作品的艺术质量。

结语　明清传奇的叙事学观照

　　庄一拂《古典戏曲存目汇考》中统计，明清传奇作家有姓名和笔名的共有四百三十四人，他们共创作了一千八百九十五部传奇作品，无名氏作家的传奇作品，也在一千部之上。① 从作家作品的数量来看，明清传奇确实是"曲海词山"，② 诚非溢美之词；从呈现的具体作品上看，《琵琶记》《浣纱记》《玉簪记》《鸣凤记》《牡丹亭》《清忠谱》《长生殿》《桃花扇》以及其他不可胜数的优秀作品流传范围之广、影响范围之大，使明清传奇毋庸置疑地占据了中国古代文学艺术的高峰；从作家上看，高明、汤显祖、李渔、李玉、洪昇、孔尚任等人以及在传奇历史发展上所形成的创作流派，诸如临川派、吴江派、苏州派、越中派等，对后世文学艺术发展产生了相当大的影响；从戏剧理论上看，明清两代的作家和评论家们通过长期不懈的探索，开创了具有典型特色的中国戏曲理论系统，在曲学理论、舞台表演和叙事理论上都取得了卓越的成就，因此，我们完全可以认为明清传奇是"雄绝一代，堪传不朽"。③

　　在明清传奇长期的发展历史中，作家与剧论家努力寻找传奇最为恰当的表现方式，一直不断地在传奇的形式结构形态与艺术表现形态两方面进行探索，最终形成了比较有代表性的理论内涵。从王骥德开始的理论认为传奇戏曲艺术是"并曲与白而歌舞登场"，④ 他将戏曲艺术解剖为三个要素：曲、白、歌舞表演。最后经过李渔等其他众多的作家和评点家们的努力形成了一定的剧作观，最后王国维用"合歌舞白以演一事"⑤ 对传奇的

---

①　庄一拂：《古典戏曲存目汇考》，上海古籍出版社1982年版。

②　沈宠绥：《度曲须知》，《中国古典戏曲论著集成》第五册，中国戏剧出版社1959年版，第198页。

③　沈宠绥：《度曲须知》，《中国古典戏曲论著集成》第五册，中国戏剧出版社1959年版，第197页。

④　王骥德：《曲律》，《中国古典戏曲论著集成》第四册，中国戏剧出版社1959年版，第150页。

⑤　王国维：《宋元戏曲考》，《王国维戏曲论文集》，中国戏剧出版社1957年版。

叙事理论做了一个总结。然而明清传奇作家们的创作观念深受中国诗学传统的影响，明清传奇在300多年的发展过程中对"事"的观念并未加以特别重视与深入研究，他们大多数人是以"曲"为本位，以声律问题作为研究的主要关注点。① 幸运的是，明清传奇作者和理论家们还是在实践中逐渐发现了与"事"有关的那部分内容，并通过对传奇作品的评点以及用专著阐释的方式进行了论述。无论是灵光闪现的只言片语，还是结构紧密的鸿篇巨制，毕竟，中国古代戏曲中关于叙事的理论思考还是有迹可循的。也因此，本书所研究的六个与叙事有关的研究论题，分别是叙事主题、叙事结构、叙事情节、叙事模式、叙事时空以及人物塑造，才有了更为充分的依据，免去了成为无源之水、无本之木的尴尬。

第一，本书首先论述了明清传奇叙事主题选择的视角变化轨迹。明清传奇作品的叙事主题始终没有脱离"情"与"理"两个中心及其关系的讨论，与明清传奇发展的历史时期基本对应地形成了"理即情"、"情即理"以及"情理和融"的三个阶段。"理即情"阶段，传奇从秩序视角出发强调作品的教化功能，叙事中以教化标准来设计人物形象与事件，重在图解教化伦理准则，因此人物苍白，情节机械，严重破坏了戏剧艺术的美感。"情即理"阶段是"言情"传奇作品的天下，传奇从性情视角出发，将创作的出发点与原动力从外在的功利教化要求转为内在的情感要求，把"情"作为传奇创作情节结构布局的关键以及追求的目标，叙事中也体现出对于奇、幻、巧、怪等审美情致的追求。而"情理和融"阶段，传奇作家们则以"情怀"的视角对传奇的主题进行了新的选择。与前两个阶段一味宣扬"情"或"理"不同，他们更多地发现并探讨"情"和"理"共通的地方，"言情"与"教化"虽处于审美的不同层面之上，但相互之间并不排斥，也不互相隔膜，理念经过诗化处理而生情，情可生发于糅合理念的审美意象之中。于是，"情"与"理"相妥协，传奇创作的自由得到释放，传奇真正进入了更多地追求自身的艺术目标时期。由此我们可以得出结论，传奇的叙事主题的选择影响着创作中的叙事结构、人物刻画方式等方面。

第二，本书认为，明清传奇多采用平面式的双线式结构与立体式的双重性结构来表现故事。由于传奇多采用生、旦双线结构叙述故事，因此出

---

① 谭帆、陆炜有统计："南北曲的曲谱（包括宫谱）约35种，南北曲韵书月30种，在曲律著作中专论作词法的有7种，专论度曲法的约有9种，作曲度曲兼论的约5种。同时在大量的曲话、曲品、曲序和笔记中也有许多论作曲、度曲的重要内容。"参见《中国古典戏剧理论史》，华东师范大学出版社2005年版，第23页。

现了"传奇十部九相思"的局面，尽管情节奇巧，叙事方式也比较丰富，但由于缺乏更多的社会内容，审美趣味上比较单调，成就并不高。而采用双重结构进行叙事的传奇作品由于赋予了更多、更厚重的对于社会、历史的思考，艺术价值自然要高得多。另外，传奇作品往往还隐含着一个心理结构，体现了作家审美心理的外化，主导着作家追求叙事情节的"奇""幻"。物理结构与心理结构的相互关系强烈地影响着明清传奇的主题选择以及审美风貌的展现。

第三，明清传奇叙事中多用类型化的动力型情节，构成叙事结构线上的一个个关键节点，由这些不同类型的具有推动力的情节进行多种形式的组合，形成精彩纷呈的戏剧故事，反映广阔的社会风貌和历史事件。除动力型情节之外，明清传奇还充分运用助力型情节配合主要情节线的设置，并以多种方式对主要情节加以补充、润色，调剂剧情冷热，改换叙事节奏，形成更多样的叙事效果。更为重要的是助力型情节多为次要角色承担，在长期的舞台实践中，这些次要角色也充分发展了角色表演规范，为多种行当的舞台演绎留下了众多脍炙人口的折子戏，丰富了戏曲舞台表演艺术。类型化的情节更有利于戏曲故事以程式化的方式进行传播，使得戏曲的传播变得更为高效、迅捷。

第四，明清传奇多采用魂梦叙事模式、巧合误会模式、道具模式等程式化的方式进行故事叙述，对于实现情节的丰富性、浪漫性，结构的严谨性、逻辑性，时空的写意性与虚拟性等审美目标有着相当大的帮助。另外，明清传奇承继中国悠久的韵文传统，曲牌的运用上也明显具有充分的叙事功能，本书也略有涉及。当然，明清传奇所采用的叙事模式绝对不只是本研究提到的这几种，还有待于将来继续研究。

第五，由于传奇的故事时间与情节时间的不对等，叙事中作者必然会关注到二者之间的关系，通过对省略、延长等时序要素以及预叙、回叙等时距要素的合理安排和调度，明清传奇达到了时空表达的写意化与虚拟化，给舞台表演提供了非同一般的帮助。

第六，明清传奇在长达三百年的发展中所刻画的人物形象也具有明显的类型化特征，这虽利于创作的繁盛、戏曲角色行当的形成以及观众的广泛接受，却极易导致人物脸谱化、公式化、浮泛化。但传奇还是相当注重个性化的人物形象塑造，"传神"与"肖似"的人物塑造方法对类型化的人物形象进行了有效的反拨和补充。本书参照了西方叙事学理论中的"角色"和"人物"概念对明清传奇的人物形象塑造进行了研究，从中更多地探讨出传奇通过人物行动的描写实现叙事目标的艺术方法。

不过，本书所截取的议题只是明清传奇研究中与叙事学理论相关的很少一部分内容，虽定名为《明清传奇叙事艺术研究》，对照叙事学理论通常关注的内容，还应该补足更多方面的研究，尤其是关于意象和视角的问题。

中西文化存在许多可以互相沟通之处，但这绝对不可简单地用西方的叙事学理论而机械、教条地解释中国古典戏曲的做法的借口。完全应该把中国戏曲艺术中的意象作为基本命题之一而深入剖析，以展现其有别于西方戏剧的神采之所在。把明清传奇的意象作为研究对象而关注，最为关键的一点是中国戏曲中存在着许多意象形成的条件。中国戏曲艺术的时空写意性与虚拟性特征使得意象可以用任何方式超越时空的限制而出现；中国诗学的抒情传统所创造的意象完全可以对戏曲艺术乃至其他艺术形式施加影响以及渗透；中国文字的表意特质更方便于意象的累加，使得原本简单的事物得以形成更多的可感性而与自由广阔的时空发生重叠。无须去追寻意象在中国文学以及艺术中发生和发展的历史，几千年来意象早已经内化为中国文化的理所当然的审美载体，上升为无所不在的人文精神的抽象象征了。因此，研究探讨明清传奇的叙事学特征自然不能跳过意象这一命题。

明清传奇的意象来源多种多样，因此体现出的类型也丰富多彩。首先是自然意象。明清传奇撷取自然景物作为意象的初衷与天人合一的思维模式分不开，诗歌当中出现的意象以自然的景物为多，故而也影响了传奇戏曲的选择。以桃花、梅花、梨花、荷花、蝴蝶等为意象而赋予更多的象征意义是明清传奇中比较常见的选择，作品中或单个使用，或成对乃至成系列运用意象，方式自然多样。如汤显祖的《牡丹亭》选择大梅树、柳枝以及芍药花、牡丹亭、湖山石等一系列自然景物为意象，成就了柳梦梅与杜丽娘的"至情"；张四维的《章台柳》选择了柳作为意象，既切合着人物的姓氏，又将中国诗学传统中折柳送别、传达离情别恨的典故引入，为传奇增添了更多的诗意；此外，吴炳的《绿牡丹》、沈自晋的《望湖亭》、朱素臣的《翡翠园》等许多作品都选用了具有浓郁的诗学意义物体作为意象的象征。

日常用品意象也经常被加以升华而成为意象。选择何种物品作为原型生发意象取决于作家对于叙事主题的把握，同时也反映了作家对于意象与叙事结构的结合关系的思考。从意象在作品叙事中所起到的功能上看，许多传奇中的物品并没有发展成为真正的串系全篇的意象，只停留在具体的层面上，充当了渲染气氛的简单的道具，比如《浣纱记》中的浣纱、《紫钗记》中的紫钗、《十五贯》中的十五贯铜钱、《桃花扇》中的折扇等。

由于意象的取材范围很广，像社会风俗、节日、生活习惯很多时候可以被选取为传奇意象，包括那些具有神秘感与神圣感的仙界、冥界、梦幻时空，它们更是因为在时空上的来去无碍得以与意象相对接。因此，探讨意象在中国戏曲中的巨大的叙事功能有着深远的意义，在将来的研究中这必定会成为研究的重点。

明清传奇所具有的叙事因素还体现在其他许多方面，如"代言体"就与叙事学研究中的"叙事视角"问题有很多相似之处。王国维认为从元杂剧开始"叙述体"已经转化为"代言体"，但明清传奇中剧作家"代"人物立"言"很明确地是以表演者扮演人物的"现身说法"来"代"人物"言"的。明清传奇中"谁"代"谁"言说与叙事学理论中所强调的"叙事视角"出现了意想不到的重合。明清传奇中的"代言"方式很多，有用"行当"来"代"剧作家之"言"的、有用剧中人物"代"剧作家"言"的，也有剧作家通过科介之"内云""外问答云"等代观众"言"的，这些特殊的"代言"方式，都应该是将来研究中关注的重点问题。

明清传奇以及它的主要舞台表演形式——昆曲中所存在的叙事学因素十分丰富，值得花费时间和精力去研究。但治学须入乎其内，出乎其外，虽然本书对明清传奇的叙事学成分进行了一次初步的梳理，但还是很不充分、很不系统的，许多表达并没有能够完全说明对于明清传奇叙事艺术的正确感悟。因此，本书权且算是笔者对于明清传奇叙事艺术进行系统研究的一个开头。

参考文献

邓长风：《明清戏曲家考略三编》，上海古籍出版社 1999 年版。

蔡毅：《中国古典戏曲序跋汇编》，齐鲁书社 1989 年版。

蔡钟翔：《中国古典剧论概要》，中国人民大学出版社 1988 年版。

陈多注释：《李笠翁曲话》，湖南人民出版社 1981 年版。

陈芳：《乾隆时期北京剧坛研究》，台湾学海出版社 2000 年版。

陈凯莘：《从案头到氍毹：〈牡丹亭〉明清文人之诠释改编与舞台艺术之递进》，台湾大学出版中心 2014 年版。

董康辑：《曲海总目提要》，人民文学出版社 1959 年版。

董乃斌：《中国古典小说的文体独立》，中国社会科学出版社 1994 年版。

杜书瀛：《李渔美学思想研究》，中国社会科学出版社 1998 年版。

冯梦龙改定，魏同贤主编：《墨憨斋定本传奇》，上海古籍出版社 1993 年影印本。

傅谨：《中国戏剧艺术论》，山西教育出版社 2003 年版。

傅惜华：《明代传奇全目》，人民文学出版社 1959 年版。

皋于厚：《明清小说的文化审视》，学苑出版社 2004 年版。

高福民、周秦主编：《中国昆曲论坛 2003》，苏州大学出版社 2004 年版。

高福民、周秦主编：《中国昆曲论坛 2004》，苏州大学出版社 2005 年版。

高福民、周秦主编：《中国昆曲论坛 2005》，苏州大学出版社 2006 年版。

高福民、周秦主编：《中国昆曲论坛 2006》，古吴轩出版社 2007 年版。

高小康：《中国古代叙事观念与意识形态》，北京大学出版社 2005 年版。

高奕撰：《新传奇品》，《中国古典戏曲论著集成》，中国戏剧出版社 1959 年版。

龚鹏程：《晚明思潮》，商务印书馆 2005 年版。

《古本戏曲丛刊》编辑委员会编：《古本戏曲丛刊初集》，上海商务印书馆 1954 年影印本。

《古本戏曲丛刊》编辑委员会编：《古本戏曲丛刊二集》，上海商务印书馆

1955 年影印本。

《古本戏曲丛刊》编辑委员会编：《古本戏曲丛刊三集》，上海文学古籍刊
　　行社 1957 年影印本。

《古本戏曲丛刊》编辑委员会编：《古本戏曲丛刊五集》，上海古籍出版社
　　1986 年影印本。

《古本戏曲丛刊》编辑委员会编：《古本戏曲丛刊九集》，上海商务印书馆
　　1964 年影印本。

顾聆森：《李玉与昆曲苏州派》，广陵书社 2011 年版。

顾起元撰：《客座赘语》，中华书局 1987 年版。

顾希佳：《中国古代民间故事类型》，浙江大学出版社 2014 年版。

郭英德：《明清传奇史》，江苏古籍出版社 1999 年版。

郭英德：《明清传奇戏曲文体研究》，商务印书馆 2004 年版。

郭英德：《明清文人传奇研究》，北京师范大学出版社 1992 年版。

郭英德编著：《明清传奇综录》，河北教育出版社 1997 年版。

何良俊撰：《曲论》，《中国古典戏曲论著集成》，中国戏剧出版社 1959
　　年版。

何良俊撰：《四友斋丛说》，中华书局 1959 年版。

洪昇：《洪昇集》，刘辉校笺，浙江古籍出版社 1992 年版。

胡忌、刘致中：《昆剧发展史》，中国戏剧出版社 1989 年版。

胡世厚、邓绍基主编：《中国古代戏曲家评传》，中州古籍出版社 1992
　　年版。

［美］华莱士·马丁：《当代叙事学》，伍晓明译，北京大学出版社 1990
　　年版。

黄文旸撰：《曲海目》，《中国古典戏曲论著集成》，中国戏剧出版社 1959
　　年版。

黄卓越：《佛教与晚明文学思潮》，东方出版社 1997 年版。

江巨荣：《明清戏曲：剧目、文本与演出研究》，上海古籍出版社 2014
　　年版。

姜永泰：《戏曲艺术节奏论》，文化艺术出版社 1990 年版。

蒋士铨：《蒋士铨戏曲集》，周妙中点校，中华书局 1993 年版。

焦循撰：《花部农谭》，《中国古典戏曲论著集成》，中国戏剧出版社 1959
　　年版。

焦循撰：《剧说》，《中国古典戏曲论著集成》，中国戏剧出版社 1959 年版。

康保成：《苏州剧派研究》，花城出版社 1993 年版。

李昌集:《中国古代曲学史》,华东师范大学出版社 1997 年版。

李调元撰:《雨村曲话》,《中国古典戏曲论著集成》,中国戏剧出版社 1959 年版。

(清)李斗撰:《扬州画舫录》,江苏广陵古籍刻印社 1984 年版。

李俊勇主编:《中国古代曲乐研究》,河北人民出版社 2018 年版。

李开先:《李开先全集》,卜键笺校,文化艺术出版社 2004 年版。

李开先撰:《词谑》,《中国古典戏曲论著集成》,中国戏剧出版社 1959 年版。

李玫:《明清之际苏州作家群研究》,中国社会科学出版社 2000 年版。

李晓:《比较研究:古剧结构原理》,中国戏剧出版社 1989 年版。

李修生、赵义山主编:《中国分体文学史》,上海古籍出版社 2001 年版。

李渔:《李渔全集》,浙江古籍出版社 1992 年版。

李渔撰:《闲情偶寄》,《中国古典戏曲论著集成》,中国戏剧出版社 1959 年版。

李玉:《李玉戏曲集》,陈古虞、陈多、马圣贵点校,上海古籍出版社 2004 年版。

李真瑜:《明代宫廷戏剧史》,紫禁城出版社 2010 年版。

李志远:《明清戏曲序跋研究》,知识产权出版社 2011 年版。

梁辰鱼:《梁辰鱼集》,吴书荫编集校点,上海古籍出版社 1998 年版。

梁廷枏撰:《曲话》,《中国古典戏曲论著集成》,中国戏剧出版社 1959 年版。

廖奔、刘彦君:《中国戏曲发展史》四卷本,山西教育出版社 2000 年版。

林鹤宜:《规律与变异:明清戏曲学辨疑》,台湾里仁书局 2004 年版。

凌濛初撰:《谭曲杂札》,《中国古典戏曲论著集成》,中国戏剧出版社 1959 年版。

刘奇玉:《古代戏曲创作理论与批评》,中国社会科学出版社 2010 年版。

刘荫柏:《洪昇研究》,花山文艺出版社 1997 年版。

刘祯、谢雍君:《昆曲与文人文化》,春风文艺出版社 2005 年版。

卢前:《明清戏曲史》,商务印书馆 1935 年版。

陆萼庭:《昆剧演出史稿》,上海教育出版社 2006 年版。

陆容撰:《菽园杂记》,中华书局 1985 年版。

路工、傅惜华:《十五贯戏曲资料汇编》,作家出版社 1957 年版。

路应昆:《戏曲艺术论》,北京广播学院出版社 2002 年版。

吕天成撰:《曲品》,《中国古典戏曲论著集成》,中国戏剧出版社 1959 年版。

罗钢：《叙事学导论》，云南人民出版社 1995 年版。

毛晋：《六十种曲》，明崇祯间虞山毛氏汲古阁刻本，中华书局 1958 年版。

毛效同：《汤显祖研究资料汇编》，上海古籍出版社 1986 年版。

孟称舜：《孟称舜戏曲集》，王汉民、周晓兰校，巴蜀书社 2006 年版。

[荷] 米克·巴尔：《叙述学：叙事理论导论》，谭君强译，万千校，中国
　　社会科学出版社 1995 年版。

聂付生：《冯梦龙研究》，学林出版社 2002 年版。

[美] 浦安迪：《中国叙事学》，陈珏整理，北京大学出版社 1996 年版。

齐森华：《曲论探胜》，华东师范大学出版社 1985 年版。

祁彪佳撰：《远山堂剧品》，《中国古典戏曲论著集成》，中国戏剧出版社
　　1959 年版。

祁彪佳撰：《远山堂曲品》，《中国古典戏曲论著集成》，中国戏剧出版社
　　1959 年版。

钱德苍：《缀白裘》，汪协如点校，中华书局 2005 年版。

钱南扬：《戏文概论》，上海古籍出版社 1981 年版。

秦学人、侯作卿：《中国古典编剧理论资料汇辑》，中国戏剧出版社 1984
　　年版。

[日本] 青木正儿：《中国近世戏曲史》，王古鲁译，作家出版社 1958 年版。

邱江宁：《清初才子佳人小说叙事模式研究》，上海三联书店 2005 年版。

[法] 热奈特：《叙事话语　新叙事话语》，王文融译，中国社会科学出版
　　社 1990 年版。

容世诚：《戏曲人类学初探：仪式、剧场与社群》，广西师范大学出版社
　　2003 年版。

申丹：《叙述学与小说文体学研究》，北京大学出版社 2001 年版。

沈达人：《戏曲意象论》，文化艺术出版社 2014 年版。

沈德符撰：《顾曲杂言》，《中国古典戏曲论著集成》，中国戏剧出版社 1959
　　年版。

沈德符撰：《万历野获编》，中华书局 1959 年版。

沈自晋：《沈自晋集》，张树英点校，中华书局 2004 年版。

施德玉：《板腔体与曲牌体》（增订本），台北“国家”出版社 2017 年版。

苏永旭主编：《戏剧叙事学研究》，中国戏剧出版社 2004 年版。

汤显祖：《汤显祖全集》，徐朔方笺校，北京古籍出版社 1999 年版。

陶东风：《文体演变及其文化意味》，云南人民出版社 1994 年版。

陶宗仪撰：《南村辍耕录》，中华书局 1959 年版。

汪效倚：《潘之恒曲话》，中国戏剧出版社 1988 年版。

王安葵、何玉人：《昆曲创作与理论》，春风文艺出版社 2005 年版。

王安祈：《明代传奇之剧场及其艺术》，台湾学生书局 1986 年版。

王国维：《王国维戏曲论文集》，中国戏剧出版社 1957 年版。

王骥德撰：《曲律》，《中国古典戏曲论著集成》，中国戏剧出版社 1959
　　年版。

王利器辑录：《元明清三代禁毁小说戏曲史料》，上海古籍出版社 1981 年版。

王宁：《昆剧折子戏叙考》，黄山书社 2011 年版。

王宁：《昆曲折子戏研究》，黄山书社 2013 年版。

王平：《中国古代小说叙事研究》，河北人民出版社 2001 年版。

王秋桂：《善本戏曲丛刊》，台湾学生书局 1984 年版。

王世贞撰：《曲藻》，《中国古典戏曲论著集成》，中国戏剧出版社 1959
　　年版。

王永炳：《中国古典戏剧语言运用研究》，台湾学生书局 2000 年版。

王永健：《中国戏剧文学的瑰宝——明清传奇》，江苏教育出版社 1989
　　年版。

魏城璧：《冯梦龙戏曲改编理论研究》，南京大学出版社 2012 年版。

吴梅著，王卫民编：《吴梅戏曲论文集》，中国戏剧出版社 1983 年版。

吴梅撰：《顾曲麈谈》，商务印书馆 1916 年版。

吴书荫校：《曲品校注》，中华书局 1990 年版。

吴新雷：《中国戏曲史论》，江苏教育出版社 1996 年版。

吴毓华：《中国古典戏曲序跋集》，中国戏剧出版社 1990 年版。

熊姝、贾志刚：《昆曲表演艺术论》，春风文艺出版社 2005 年版。

徐大军：《中国古代小说与戏曲关系史》，人民文学出版社 2010 年版。

徐复柞撰：《曲论》，《中国古典戏曲论著集成》，中国戏剧出版社 1959
　　年版。

徐凌云：《昆剧表演一得》，苏州大学出版社 1993 年版。

徐朔方：《晚明曲家年谱》，浙江古籍出版社 1993 年版。

徐朔方撰：《徐朔方说戏曲》，上海古籍出版社 2000 年版。

徐渭：《徐渭集》，中华书局 1983 年版。

徐渭撰：《南词叙录》，《中国古典戏曲论著集成》，中国戏剧出版社 1959
　　年版。

徐振贵：《孔尚任评传》，山东大学出版社 1991 年版。

徐振贵主编：《孔尚任全集辑校注评》，齐鲁书社 2001 年版。

许建中：《明清传奇结构研究》，中州古籍出版社 1999 年版。

许金榜：《中国戏曲文学史》，中国文学出版社 1994 年版。

颜长珂、周传家：《李玉评传》，中国戏剧出版社 1985 年版。

杨恩寿撰：《词余丛话》，《中国古典戏曲论著集成》，中国戏剧出版社 1959 年版。

杨义：《中国古典小说史论》，人民出版社 1998 年版。

杨义：《中国叙事学》，人民出版社 1997 年版。

姚华撰：《菉猗室曲话》，《新曲苑》本，中华书局上海编辑所 1940 年版。

叶长海：《王骥德〈曲律〉研究》，中国戏剧出版社 1983 年版。

叶长海：《中国戏剧学史稿》，上海文艺出版社 1986 年版。

叶长海、张福海：《插图本中国戏剧史》，上海古籍出版社 2004 年版。

叶德均：《戏曲小说丛考》，中华书局 1979 年版。

余秋雨：《戏剧理论史稿》，上海文艺出版社 1983 年版。

余秋雨：《戏剧审美心理学》，上海三联书店 1989 年版。

余秋雨：《中国戏剧文化史述》，湖南人民出版社 1985 年版。

俞为民：《李渔评传》，南京大学出版社 1998 年版。

俞为民、孙蓉蓉：《历代曲话汇编》，黄山书社 2009 年版。

俞为民、孙蓉蓉：《中国古代戏曲理论史通论》，中华书局 2016 年版。

［美］詹姆斯·费伦：《作为修辞的叙事——技巧、读者、伦理、意识形态》，陈永国译，北京大学出版社 2002 年版。

张岱撰：《陶庵梦忆·西湖梦寻》，中华书局 2007 年版。

张发颖：《中国戏班史》（增订本），学苑出版社 2003 年版。

张庚、郭汉城主编：《中国戏曲通史》，中国戏剧出版社 1984 年版。

张瀚撰：《松窗梦语》，中华书局 1985 年版。

张敬：《明清传奇导论》，台北华正书局 1986 年版。

张琦撰：《衡曲麈谈》，《中国古典戏曲论著集成》，中国戏剧出版社 1959 年版。

张寅德选编：《叙事学研究》，中国社会科学出版社 1989 年版。

章培恒：《洪昇年谱》，上海古籍出版社 1979 年版。

赵山林：《中国戏剧学通论》，安徽教育出版社 1995 年版。

郑传寅：《中国戏曲文化概论》，武汉大学出版社 1993 年版。

钟嗣成撰：《录鬼簿》，《中国古典戏曲论著集成》，中国戏剧出版社 1959 年版。

周妙中：《清代戏曲史》，中州古籍出版社 1987 年版。

周明初：《晚明士人心态及文学个案》，东方出版社 1997 年版。

周秦：《苏州昆曲》，苏州大学出版社 2004 年版。

周秦主编：《昆戏集存·甲编》，黄山书社 2011 年版。

周秦主编：《昆戏集存·乙编》，黄山书社 2016 年版。

周群：《儒释道与晚明文学思潮》，上海书店出版社 2000 年版。

周贻白：《中国剧场史》，商务印书馆 1936 年版。

周贻白：《中国戏剧史长编》，上海书店出版社 2007 年版。

周贻白：《中国戏曲发展史纲要》，上海古籍出版社 1979 年版。

周育德：《汤显祖论稿》，文化艺术出版社 1991 年版。

朱权撰：《太和正音谱》，《中国古典戏曲论著集成》，中国戏剧出版社 1959 年版。

朱万曙：《明代戏曲评点研究》，安徽教育出版社 2002 年版。

祝肇年：《古典戏曲编剧六论》，中国戏剧出版社 1986 年版。

庄一拂编著：《古典戏曲存目汇考》，上海古籍出版社 1982 年版。

邹自振：《汤显祖综论》，巴蜀书社 2001 年版。

左东岭：《李贽与晚明文学思想》，天津人民出版社 1997 年版。

后　记

　　《明清传奇叙事艺术研究》课题研究是从我 2005 年 9 月进入苏州大学文学院跟随周秦教授攻读博士学位时开始的，2008 年 5 月提交了 15 万字论文参加答辩并通过，获得博士学位，同年 7 月进入浙江传媒学院工作。原设想工作后继续研读明清传奇剧本，将论文加以完善，无奈繁重的教学任务迫使我暂时中断了研究。2012 年 2 月起又参与学校的孔子学院建设工作，并受孔子学院总部委派至英国北爱尔兰孔子学院任汉语教师，直至 2016 年 1 月才回国。在异国四年，除了汉语教学任务，我把自己在苏州大学跟随导师学到的中国昆曲与英国师生分享，教会了不少学生演唱昆曲，以至于当地人总喜欢用"Scholar Opera"来称呼我。我相信自己是一名中华文化对外交流的合格使者，懂自己的文化，会对方的语言。于是，我的研究中心转向了昆曲曲学研究，更加注重昆曲演唱的教学，明清传奇叙事艺术的研究则又一次搁置。等外派任期满回国后，文学院张邦卫教授与学校戏剧戏曲学负责人刘水云教授动员我申报国家社科基金后期资助项目，我第一时间竟然拒绝了。我没有底气，因为这个项目的研究中断了 8 年，论文答辩时没有提交的关于明清传奇情节的一章所有的笔记又因为电脑硬盘损坏而丢失。如果不重写这一章，研究就不成体系；重写，就意味着必须重读"词山曲海"的数百部传奇剧本，困难之大可以想见。幸好领导专家没有放弃我，加上学校非遗基地王挺教授和科研处聘请的专家张国华教授又对我的课题给予充分肯定，我才决定填表申报。当然，最终决定申报，还有一个潜在原因。我有作诗填词的爱好，有意识地培养戏文系学生创作昆曲剧本，正好也有重新研读传奇剧本的需要。

　　侥幸项目获批。于是我又像读博期间一样，到处去看传奇本子。不过那时读博是脱产，现在要上课，补全了在职攻读博士学位的感受。这样一来，战线就拉得比较长了。春秋五度，总算完成了书稿，按期交付出版社。

　　回顾做项目的 5 年，如果说有一点点小收获，那首先是在创作方面。从 2016 年秋天起，我给戏文系学生开设昆曲剧本写作课，大部分学生能完成教学目标，每届学生都有 10 本新编传奇作品问世。2017 年浙江省文化厅中青年编剧扶持项目，全省 5 个名额，我的两位学生加我自己，获得了 3 项。2019 年我创作的新编昆剧《汤显祖平昌梦》获得了"第 33 届田汉戏剧奖"剧本二等奖。同年 11 月，我的新编昆剧传奇剧本集《刘志宏传奇五种》由中国戏剧出版社出版。书中还附录了我指导的两位学生创作的新编昆剧剧本。她们一位在北京电影学院读编剧硕士，一位在香港读硕士，现在依旧继续关注昆曲的创作。文学院也开始接受毕业生以昆曲剧本为毕业设计作品，近 3 年每年都有 6 位同学拿出自己的昆剧剧本。2021 年《上海戏剧》第 1 期和《新剧本》第 1 期分别发表了我创作的两部新编昆剧剧本《白居易与山塘街》和《钱塘湖传奇》。这些都是我做这个项目所得到的回报。我跟学生分享自己的研究心得，一起研讨明清戏曲的叙事艺术。学生们学习、模仿、借鉴古代戏曲编剧的艺术手法，创作自己的作品，该算是研究的实践应用了吧。

　　中国学者对明清传奇叙事艺术已经有了很深入的研究，角度也很多。我用西方的叙事学理论对明清传奇进行解读，主要选用了关于时间叙事和人物叙事两部分，因为这两部分的内容更容易作类比。研究的本意在于解读明清传奇的创作手法，以期对当下的戏曲特别是昆曲创作提供一些参考，相信从我和学生的创作实践中已经得到了肯定的答案。我也思考过，研究古代戏曲理论，能不能对戏曲现代化的问题有所裨益？最近有学者在探讨戏曲现代化的问题，提出"情节整一性"就是戏曲现代化的标志。通过对明清戏曲叙事艺术的研究，我们可以看到明清传奇戏曲中本来就具有明显的"情节整一性"。只不过大部分作品是文人创作，逞才寄志，非为登场；又篇幅冗长，线索繁多，关目多端，以大团圆作结。舞台搬演则多采用折子戏的形式，没头没尾，像《西厢记·佳期》《牡丹亭·惊梦》《玉簪记·琴挑》《长生殿·惊变》等经典出目，当然谈不上情节的整一性。这些都不符合现代人的观剧习惯，因而也不尽适合现代剧场的演出要求。所以，所谓"情节整一性"对于传统戏曲更多的是一个时间概念了。我认为这个提法不是戏曲现代化的标志，而是戏曲向西方古典主义戏剧理论归依的一种托词。对明清传奇叙事艺术进行研究，能够给"戏曲如何现代化"这个话题提供一些参考。就此而言，我的研究是有意义的。

　　这本书的正式出版得到了许多人的指导和帮助。浙江省一流学科（A类）戏剧与影视学学科资助了我的研究，学科负责人伏涤修教授一直关心着课题进度；杭州师范大学徐大军教授参加课题开题答辩，并提出许多修改意见。文学院王茂涛书记、俞春放副院长、黄义枢副院长给予我很多支持，戏文系的同事们对我的昆曲剧本写作教学提出很多建设性意见，并做了很多推介，在此一并致以诚挚的谢意。本书责任编辑郭晓鸿女士更是功不可没，校对过程中多次与我核对确认文中可能的差讹之处，不胜感佩。最后要感谢我的博士导师苏州大学周秦教授，感谢他督促我完成这本书稿的写作，并亲自主持开题，帮我校稿。也感谢他在我书稿交到出版社之后，没有让我喘口气，便又让我开始6卷本《昆戏集存·丙编》的曲谱译订工作，从中我学到了很多新的东西，掌握了新的技能。

当年博士论文的后记中有一首诗，抄录在此，并依韵自和一首，以此感谢我的老师、同学、朋友、家人，并就这个伴随我16年的漫长课题作一了结。

求知六载在吴中，古调磨腔才半通。
会寄诗心笛声里，江南无处不春风。

壮年风雨走寰中，曲学心传四海通。
橐笛拉甘河畔客，归来还我旧时风。

刘志宏
2021年8月于浙江桐乡